ANNE ØSTBY

Das Lied des Ozeans

GOLDMANN
Lesen erleben

Anne Østby

Das Lied des Ozeans

Aus dem Norwegischen von Gabriele Haefs

Roman

GOLDMANN

Die Originalausgabe erschien 2019 unter dem Titel
»Havsang« bei Gyldendal Norsk Forlag, Oslo, Norway.

1. Auflage
Deutsche Erstveröffentlichung März 2021

Umschlaggestaltung: Uno Werbeagentur, München
Umschlagmotiv: FinePic®, München; Andrey Popov / getty images; levente bodo / getty images
Redaktion: Viola Eigenberz
mb · Herstellung: kw
Satz: Buch-Werkstatt GmbH, Bad Aibling
Druck und Bindung: GGP Media GmbH, Pößneck
Printed in Germany
ISBN: 978-3-442-49076-9
www.goldmann-verlag.de

Ein Brief, der vorerst zur Seite gelegt wird

Liebe Maraia,

wenn du das hier liest, stehe ich an der Brücke. Nicht an der großen, die wir überqueren müssen, wenn wir nach Rakiraki wollen, oder an der, die wir zur Regenzeit bauen, um weiter oben im Tal über den Fluss zu gelangen. Wenn du diesen Brief in Händen hältst, stehe ich an der Sternenbrücke. Wir haben sie oft betrachtet, du und ich. Den Tanz der leuchtenden Punkte, wenn der Himmel am Abend lila wird und sich an die Farben erinnert, die eben noch die Sonne auf ihn gemalt hat. Die Brücke aus Sternen, die über dir schwebt, wenn du den Kopf ganz weit in den Nacken legst, die werde ich bald überqueren, und ich werde es allein tun. Dir bleibt noch lange Zeit auf diesem Ufer.

Wenn ich die Brücke überquere, wirst du hier an meine Stelle treten. Du hörst, was die Erde spricht, du verstehst das Muster im morgendlichen Tau auf den Blättern. Du kennst die Lieder, die hier gesungen werden, die Kinder, die geboren werden, das Blut, das Wald und Sand und Himmel Farbe gibt. Wenn ich in die Stille eintrete, sollen es deine Hände sein, die die Zukunft von Kat's Chocolate *formen. Verantwortung und Möglichkeiten liegen jetzt bei dir.*

Ich streiche den letzten Satz und lege den Stift weg. Die Wörter auf dem Blatt Papier krabbeln verwirrt umeinander wie orientierungslose Insekten. Was will ich eigentlich sagen, und wie soll ich es schaffen, das auszudrücken? Das junge Mädchen mit den klaren Augen, den Ohren, die auf das Ungesagte horchen, welche Worte werden ihr auf der Reise helfen?

Ich knülle den Brief zusammen. Die Zeit ist noch nicht gekommen.

1

Maraia

Der Speer liegt gut in der Hand. Er ist lang, länger als ihr Arm, aber er wiegt nicht sehr viel. Die Spitze funkelt im Sonnenlicht, während das Boot am Riff dümpelt und ihre Zehen sich am Dollbord festhalten. Die Schatten dort unten bewegen sich ruhig, sie haben es nicht eilig. Die Korallenforelle leuchtet rot auf dem Grund, ein Schwarm von Clownfischen jagt mit wehenden Flossen vor einem Feuerfisch davon. Maraia wartet und schaut, sie weiß, worauf sie Jagd macht. Einen blauen Makrelenfisch, der nicht zu groß sein darf. Nicht weil sie Angst vor den Kiefern dieses Fisches hätte, der den Speer zu Spänen zerbeißen kann, falls die Spitze wegrutscht und der Fisch nur verletzt wird – er wäre stark genug, sie mit sich in die Tiefe zu ziehen. Der, den sie sucht, ist der kleinere, der mit dem helleren Fleisch, das besser schmeckt.

Die Wellen sind leicht und munter, heute lacht das Meer. Es tanzt und spielt unter ihr und zeigt plötzlich einen hellgraugrünen Rücken, der auf das Boot zukommt. Die Schuppen mit den schwarzen und blauen Punkten funkeln wie Blitze. Maraia stößt sich so hart ab, dass das Boot seine Richtung ändert, sie hebt den Arm. Die Kraft ihrer Beine lässt sie durch die Luft jagen, der Speer ist der Arm, und der Arm ist der Speer, einen Moment lang tragen sie einander, ehe sie sich trennen. Die Spitze teilt das Wasser, es ruckt, als sich das Gummi an Maraias Handgelenk spannt. Als sie in die Wellen eintaucht, bohrt sich der Speer in den Fisch, genau über der blauen Rückenflosse. Sie packt wieder zu, umklammert den Schaft, während der Makrelenfisch kämpft und sie nach unten zieht. Blutstropfen quellen um die Spitze herum hervor und bilden dunkle Spiralen im Wasser, vermischen sich mit den Luftblasen, die Maraia ausstößt. Maraia weiß, der Fisch ist stark, doch der Fisch weiß nicht, dass Maraia stärker ist. Er zappelt und wendet sich, und sie bleibt auf Distanz, lässt den Speer aber nicht los. Noch hat sie Luft, ihr Blick haftet an der zweigeteilten Spitze, die tief im Fischrücken sitzt. Das Zappeln lässt nach, ein Film zieht sich über die glotzenden Augen, als das Leben aus dem Tier schwindet. Maraia stößt sich vom Boden ab und gleitet mit erhobenem Speer hinauf zum Licht.

»Der ist aber nicht groß«, scherzt Penaia, als der Makrelenfisch im Boot liegt. »Den ess ich heute Abend allein.«

»Der ist groß genug«, erwidert Maraia. »Davon werden alle in Vale nei Kat satt.«

Sie muss noch einmal hinaus. Nicht mit dem Speer, für diesen Tag braucht sie keine weiteren Fische. Sie weiß, dass Penaia denkt wie sie. Er verbringt seine Tage in dem gelben Boot und weiß: wenn das Meer hat, was es braucht, dann gilt das auch für den Fischer. Doch sie hört den Gesang. Alles dort unten hat seinen eigenen Ton, ein Summen, das in den Strömungen schwebt. Das Getuschel der Tentakel einer violetten Anemone, der Tanz der Finger eines Seesterns. Der Gesang, der mit dem Mond ein- und ausströmt, die Antworten auf die Fragen, die zu stellen niemand weiß.

In ihr ist ein Zittern und Knistern, ein Rauschen, ist das nur der Wind? Penaia ist am Vorsteven schweigend mit einem Netz beschäftigt. Maraia beugt sich über den Bootsrand und späht in das glitzernde Wasser. Die Strophen gleiten durch das Licht, ein sanfter, dunkler Klang. Sie nickt Penaia zu und lässt sich wieder ins Meer sinken. Diesmal muss sie tiefer gehen.

Der Reinigungsplatz liegt dort, wo das Riff eine kleine Bucht bildet. Als sie unten ankommt, blickt sie voll in den Schlund eines rotbraunen Barschs, der ganz still daliegt und die Putzkrabben in seinem Maul ein- und ausschwimmen lässt. Grauweiße Schwarzmundgrundeln arbeiten emsig am Kiefer eines fetten Aals und verschlucken Kleinparasiten. Die Fische kommen hierher, um gereinigt und gesäubert zu werden, sie öffnen das Maul und blecken die Kiemen.

Sie hört es in dem Moment, in dem sich das Licht ändert, das Saugen eines schwimmenden Unterseeboots, spürt den Druck des Wassers, das sich teilt, um Platz zu machen. Der große Rochen wogt auf das Riff zu, riesige dreieckige Flügel werden über ihr zu einem blauschwarzen Umriss. Glatt und glänzend gleitet der Rochen auf die Korallen zu, während ein Schwarm gelber Lippenfische herbeiströmt, um tote Haut an ihm zu entfernen und Schmarotzer zu verzehren. Der Rochen ist ein Mondschiff, ein Boot zwischen den Sternen an einem dunklen Himmel. Maraia spürt, wie das Wasser im Takt der Rochenbewegungen um sie herumwirbelt. Weiche Kopfflossen schieben Mengen unsichtbaren Planktons in den Riesenschlund, der weiße Bauch wölbt sich über ihr. Eine Uhr, die schlägt, eine langsame Trommel. Der Puls des Meerestieres im Takt ihres eigenen.

Der Rochen liegt noch immer dort, sanft fächelnd, während Maraia zum Luftholen nach oben muss.

»Du bist aber lange unten geblieben«, sagt Penaia, als sie ins Boot klettert. »Ich hab mir schon Gedanken gemacht.«

»Du weißt, dass es dazu keinen Grund gibt«, sagt Maraia. »Das Meer kennt meinen Namen.«

Er nickt.

»Ich hab *Vai* da unten gesehen«, sagt sie. »Einen Rochen.«

Wieder nickt er. »Die kommen oft her, um sich säubern zu lassen.«

Sie sagt nichts über den Gesang. Darin lag eine Unruhe. Sie blickt zu Penaia hinüber. Er ist beschäftigt, überzeugt sich davon, dass alle Leinen eingeholt sind und die Speerspitze von ihnen abgewandt liegt. Jetzt kehrt er ihr den Rücken zu und lässt den Motor an. Sein Nacken ist dunkel und runzlig, mit kurzen weißen Haaren wie auf einer Kokosnuss.

Sie fahren zu seinen Krebskörben und ziehen sie herauf. Alle sind leer, aber Penaia beklagt sich nicht. Er macht das schon mehr Monde lang, als Maraia bisher gelebt hat. Er hat gänzlich leere Körbe gesehen und so volle, dass die Krebse über den Bootsrand fielen. Er runzelt die Stirn, über seinen Augenbrauen bilden sich Hügel und Berge. »Die sind weiter rausgezogen«, sagt er und schaut hinüber zu der weißen Linie zwischen Himmel und Meer, die die Augen zum Brennen bringt.

Der Makrelenfisch, den sie mit ins Haus nimmt, ist mehr als genug für eine Mahlzeit im Damenhaus. Ehe Ateca an diesem Abend heimgeht, brät sie den Fisch und bereitet das Gemüse aus dem Garten hinter dem Haus vor: *Roro,* dicke Scheiben *Dalo* und in Kokosmilch gebackene Süßkartoffeln. Wie meistens sitzen auch an diesem Abend nur drei am Tisch: Nau Kat, Madam Sina und Maraia.

Madam Sina isst langsam und kaut jeden Bissen viele Male. Alles, was sie tut, ist Arbeit.

Nau Kat isst und redet gleichzeitig. Sie hat schon vor Maraias Geburt auf Fidschi gewohnt, dennoch spricht sie anders als die Menschen in Korototoka. Die Wörter fliegen ihr aus dem Mund wie von ihrer plötzlichen Freiheit überraschte Vögel.

Maraia hat eine *Na,* eine Mutter, und zwar Na Sai. Und sie hat Nau Kat. Als sie klein war, hat sie immer Madam Kat zu ihr gesagt, wie Ateca und Sai das taten.

Aber schon vor langer Zeit hat Kat sie gebeten, damit aufzuhören: »Nenn mich nicht Madam«, sagte sie. »Nenn mich Kat.«

»Das kann ich nicht«, erwiderte Maraia. »Das ist zu kurz im Mund. Das klingt, als ob ich dich beiße.«

Kat lachte, ihr Lachen rollte durch das Zimmer wie sprudelndes Wasser. Sie lachen zu hören macht alle froh. »Dann nenn mich *Nau*«, sagte sie zu Maraia. »Tante. Kannst du mich nicht Nau Kat nennen?«

Das tut sie nun also.

Sai schweigt dazu. »Du hast mich unter dem Herzen getragen«, sagt Maraia zu ihrer Mutter. »Du hast mir zu essen gegeben und mich nachts an dich gedrückt und mich vor Sonne und Regen beschützt.«

»Ja«, antwortet Sai. »Ich habe dich unter meinem Herzen getragen. Und Madam Kat trägt dich in ihrem.«

Na Sai hat jetzt weiße Haare, helle Fäden im Dunklen. Maraia weiß, dass es von ihrer Müdigkeit kommt. Man wird müde, wenn man immer aufpassen muss. Na Sai hat auf sie und Kelera, ihre Schwester, aufgepasst, seit ihr Mann weggegangen ist. Er ist aus Korototoka verschwunden, als Maraia klein war, einige sagen, er habe nach Australien gewollt. Na Sai hat hart für ihre Töchter gearbeitet. Sie hat Kassava und Papaya und Eier verkauft, hat gefischt und Muscheln gesammelt. Kelera und Maraia haben ihr geholfen. Sie sind es, die Geld kosten. Vor allem Kelera, die an der Universität in Suva studiert.

Na Sai wohnt dort, wo sie immer gewohnt hat, mit

Kassava und Dalo auf dem Feld hinter dem Haus und dem Bett unter dem Fenster im hintersten Zimmer. Einige Male übernachtet Maraia dort, manchmal übernachtet sie im Haus der Damen, im Vale nei Kat. Aber sie weiß, von dem Tag an, an dem für Nau Kat in die große Muschel geblasen wird und sie vor ihrem Sarg Matten hertragen, wird sie alle ihre Nächte dort verbringen. Dann wird das Haus Vale nei Maraia heißen.

*

Anfangs wohnten in Nau Kats Haus fünf Madams aus Norwegen. Jetzt sind es nur noch zwei, oder drei, wenn Madam Ingrid kommt. Meistens ist Ingrid zusammen mit Mister Johnny auf seinem Boot, der *Tarisso*. Sie fahren mit Gästen zum Fischen auf die Nordseite von Vanua Levu. Tunfisch, Wahoo und Fächerfisch, der große Fisch, mit dem Ausländer sich gern fotografieren lassen. Der Fisch hängt mit dem Kopf nach unten, und die, die ihn über die Reling gezogen haben, lächeln.

Madam Lisbeth ist jetzt meistens in Schweden. Seit einigen Jahren wohnt sie bei ihrem Sohn, in der Stadt, aus der dessen Frau kommt. Er hat zwei Töchter, die ungefähr so alt sind wie Maraia, und Madam Lisbeth ist ungern lange von ihren Enkelinnen fort. Doch ab und zu kommt sie noch nach Korototoka, zusammen mit Amanda, ihrer Tochter. Miss Amanda hat *Kat's Chocolate* in vielen Ländern zum Erfolg gemacht. Maraia freut sich immer auf Madam Lisbeths Besuche. Madam Lisbeth hat hohe Absätze an all ihren Schuhen und fragt immer, ob sie ihnen etwas mitbringen soll.

Als Maraia klein war, wohnte auch Madam Maya hier. Sie erzählte Maraia über die Himmel hinter den Himmeln und die Meere hinter den Meeren aus Sternen und über die Wolken dazwischen. Die Bilder, die sie und Madam Maya zusammen gemalt haben, hängen in Vale nei Kat an der Wand.

Maraia bedeutet Meerstern. Der Meerstern leuchtet über den Wellen, die die Tage an jede der Inseln spülen, glatt und blank von ungenutzten Stunden. Jeder Mensch ist ein Sandkorn an seinem eigenen Strand. Dieses Sandkorn wird mit der Brandung hinausgezogen und von Wirbeln und Strömungen umhergeworfen. Es weiß, was dort unten wohnt, was dort kämpft und lebt und geboren wird und tötet und stirbt. Jedes Sandkorn ist ein Teil des Ganzen und kennt seinen Platz.

2
Kat

Langsam falte ich das Seidenpapier auseinander. Es knistert in vergilbtem Protest, ein raschelnder Widerwille dagegen, das Licht auf Sehnsucht und Schatten treffen zu lassen. Das Silber funkelt in meiner Hand, die Silberplättchen klirren, als ich das alte Schmuckstück vorsichtig schüttle. Die Tropfen im Filigranwerk baumeln wie rundliche Gerstenkörner, Bilder von Leben und Fruchtbarkeit. Der Buchstabe auf der Rückseite des Taufsilbers ist abgenutzt und fast verwischt, ein K in Wirbeln und Schlingen. Katrine. Ein guter und gediegener Name. Erwartungen und Träume, geprägt in Silber, das ein Kind vor den Unterirdischen und anderem Übel beschützen soll.

Ich wünsche mir so viel für Maraia. Ruhe und Rhythmus im Blut. Klare Augen und scharfen Wind in der Lunge. Ein Herz, das warm und kräftig schlägt. Alles, was mir gehört, gehört ihr, sie soll den Kreis schließen. Im nächsten Jahr wird sie achtzehn.

Ich wickle das Geschenk sorgfältig wieder ein. Lege den Deckel auf die Schachtel und stelle sie in die unterste Kommodenschublade, die, die man abschließen kann.

Meine Hände ruhen im Schoß, während mein Blick über das Verandageländer wandert und die vertraute Aussicht umfängt. Die Reihe der Kokospalmen zwischen Haus und Strand, wo die trockenen Blätter eine Nachmittagsmelodie rascheln, die ich auswendig kann. Ewig und unermüdlich grüßt das Meer dort unten, in dem unerschütterlichen Rhythmus, der seit fast zwanzig Jahren mein Leben hier auf Fidschi begleitet hat, genau wie Niklas' Begeisterung, als wir die Kakaoplantage gekauft haben, und Atecas perlendes Lachen, als wir sie einstellten. Dieselben Wellen sind über den Strand gerollt, in der unwirklichen Nacht, als Niklas ertrunken ist. In der Nacht, in der alles, was ich bis dahin kannte, ein Ende nahm, und es an mir lag, etwas Neues beginnen zu lassen. Dieselbe unaufhaltsame Wellenbewegung, die meine Freundinnen aus Norwegen begrüßte, als sie das Alte zu Hause losgelassen und meine Einladung angenommen hatten. Der Stille Ozean, der wie heißes, salziges Blut das Leben durch Vale nei Kat pumpt.

Hat Meerstern nicht immer schon genau gewusst, dass sie alles bekommen soll? Es besitzen, darin wohnen, von den köstlichen Stücken von Glück leben soll, die wir hier im Laufe der Jahre geschaffen haben? Alles, was wir an Willen, Begabung, Dickköpfigkeit und harter Arbeit besaßen, haben wir hineingesteckt, und es ist uns auf eine Weise gelungen, die wir uns niemals hätten vorstellen können. Das Süßhaus, das angebaut und mehrmals erweitert wurde, ernährt mehr als dreißig Angestellte. Wir lassen uns Kakaobohnen aus anderen Orten an der Nordküste von Viti Levu liefern; die Plantage von sechzig Dekar, die Niklas und ich damals gekauft hatten, wurde zur Grundlage eines führenden Unternehmens in Korototoka. Die Weiterführung unserer Aktivitäten, unseres Lebenswerks, sichert Maraias Zukunft. Lebenswerk – was für ein Wort, eigentlich. Wessen Leben? Wessen Werk? Nicht das von Niklas, so ist es nicht gekommen. Er legte die Prämissen, er hatte die Idee. Aber er ist bei einem vollen *Balolo*-Mond in einer Mangrovenwurzel hängen geblieben und in einem Meer verschwunden, das während des jährlichen Fruchtbarkeitsfestes für die Tiefseeschlange brodelte und wogte. In jener Nacht habe ich Maraia zum ersten Mal in mein Boot aufgenommen. Die Nacht, in der ihr Vater ertrunken ist, war die Nacht, in der sie zu meiner Tochter wurde.

Seither habe ich sie Tag für Tag vorbereitet. Habe das Schulgeld bezahlt und bin mit Sai zu einer nüchternen, diskreten Übereinkunft gelangt, über eine Mutterrolle, in der wir ganz unterschiedliche Aspekte ausfüllen. Maraia hat alle Bücher durchgearbeitet, die es in der kleinen Schule in Korototoka gab, in den letzten drei Jahren ist sie mit dem Bus nach Rakiraki und zurück gefahren, um Prüfungen in Wirtschaft und Finanzplanung abzulegen. Hat Abend für Abend mit Ingrid da gesessen, um die Sache mit der Buchführung zu begreifen. Maraia geht schon ihr Leben lang auf der Plantage ein und aus, sie kann eine dunkellila Frucht in der Hand halten und sagen, wie viele Samenkörner die enthält. Sie kennt die Gerüche aus dem

Röstofen so gut, dass sie die Bohnen genau im richtigen Augenblick herausnimmt, sie kann das Conchiergerät betätigen und die Formen füllen, kann mit verbundenen Augen die Schokolade in Schachteln packen.

»Jetzt kann ich das, Nau Kat«, sagte sie, als sie im Frühjahr mit der Schule fertig war. »Mehr Schule brauch ich nicht.«

Natürlich braucht sie die. Wie soll sie ohne eine solide Ausbildung im Rücken ein Unternehmen wie *Kat's Chocolate* übernehmen können? Aber ich habe nachgegeben und ihr ein weiteres Jahr bewilligt. Noch ein Jahr in Korototoka, ehe sie zum Studium in die Hauptstadt Suva geht. Ein Jahr mit Schokolade in der Praxis, mit fachlicher Ausbildung von den Besten in der Branche: Sina, Ingrid und Vilivo, Atecas Sohn.

Maraias ältere Schwester hat ihr Medizinstudium schon zur Hälfte hinter sich. Sai hat immer gesagt, Kelera sei die Intelligentere von beiden, diejenige, die zur Schule gehen soll. Es fiel mir leicht, Sai zuzustimmen, als Maraia noch jünger war, ein Alibi, um den Meerstern hier bei uns in Vale nei Kat zu behalten. Sie in unser Frauenhaus hineinwachsen zu lassen, damit sich ihre kleinen nackten Füße mit den Böden in allen Zimmern vertraut machen können.

Etwas zupft ganz hinten in meinen Gedanken: Es macht mir zu schaffen, dass Sai sich dermaßen im Hintergrund hält. Ich bin keine Außenstehende und will auch keine sein, die sich mit Geld und Selbstverständlichkeit Sais Tochter bedient, weil ein armes Dorfkind es natürlich unter den Fittichen einer *Kaivalagi* – einer Ausländerin, einer »Fremden aus dem Himmelblauen« – besser haben wird. Aber ich tröste mich damit, dass Sai die gleiche Weisheit besitzt wie Maraia. Die Weisheit, die erfasst, dass manche Dinge seit jeher in den Sternen gestanden haben. Dass *Drua,* das große Heilige Boot, immer schon dazu bestimmt war, Niklas' Tochter herzuführen.

Maraia wohnt manchmal bei uns in Vale nei Kat und manchmal bei ihrer Mutter. Und wenn sie weder hier noch dort zu finden ist, ist sie am Strand. In ihrem Boot unterwegs zum Riff oder unter Wasser, mit einer Harpune in der Hand. Draußen über der Untiefe mit einem Eimer voller Muscheln oder unterwegs mit Penaia, um Krebskörbe zu setzen. Schon als kleines Kind ist sie mit dem alten Fischer im Boot hinausgefahren. Wenn ich die Hand an die Stirn lege und in der grellen Sonne die Augen zusammenkneife, habe ich das Gefühl, in dem tanzenden Gleißen alles klar zu sehen. Es ist Niklas' Blut, das durch Maraias Adern fließt. Aber es ist der tiefe, brausende Stille Ozean, der sie zum Meerstern macht.

Sechs Jahre alt war Maraia an dem Abend, an dem Sai die Tür einen Spaltbreit öffnete. Der seltsame Moment im Halbdunkel auf der Treppe, als Sai ohne Vorwurf und mit leiser Stimme meinen Mann von Schuld freisprach: »Er hat nur nach einer Stelle gesucht, um das Boot an Land zu bringen.«

Seit jenem Abend begleite ich Maraia. Habe auf

Kratzer gepustet und Milchzähne in ein Glas gelegt. Habe Fragen beantwortet und nach Erklärungen gesucht: Gibt es unter dem Wasser Wind? Können die Sterne sehen? Habe die runden Wangen gestreichelt, die langsam schmaler wurden, habe voller Staunen gesehen, wie die Knie ihre Lachgrübchen verloren, wie die Waden lang und flaumig wurden, wie eines Tages auf der Außenseite eines Knöchels eine tätowierte Schildkröte auftauchte. Ich weiß nicht mehr genau, wann sie Schwimmen gelernt hat, vielleicht konnte sie das immer schon. Was ich weiß, ist, dass das Boot, das ich ihr geschenkt habe, als sie zwölf war, wie ein Kleidungsstück ist, das sie überstreift. Ihr *Takia,* das kleine Auslegerkanu, das sie selbst lenkt, zeichnet sich zu allen Tageszeiten vor dem Horizont ab. Zahllose Male habe ich zum Fernglas auf dem Verandatisch gegriffen, während sich mein Herz zusammenkrampfte: Das Boot, das dort draußen liegt, ist es verlassen? Fieberhaft suchende Blicke, bis etwas Dunkles und Glattes aus dem Wasser auftaucht und sich geschmeidig über den Bootsrand zieht.

Ich habe in ihrem Gesicht nach den Zügen von Niklas geforscht. Die Ohren, so klein und wohlgeformt, haben mich als Erstes auf den Gedanken gebracht. Und der Teint, natürlich. Niklas' Gesicht war irgendwann von Sonne und Wetter gebräunt und gegerbt, aber ich weiß noch gut, wie hell seine Haut war, als ich ihn kennengelernt habe. Die blaue Munterkeit in den Augen unter dem weißgoldenen Pony. Maraias Haut ist Sahnekaramell, ein Leuchten, das in ihr Haar übergleitet. Als ob die

Sonne des Stillen Ozeans den dunkleren Ton von Mutter und Schwester aufgehellt und Maraias Locken einen Schimmer von reifer Mango gegeben hätte. Ihr Mund ist groß und frei wie der von Niklas, aber während seine schmale Oberlippe wie ein waagerechter Strich unter seiner Nase lag, hebt und senkt Maraias sich in einem bescheidenen kleinen Bogen, der an seiner höchsten Stelle ein Herz bildet. Wenn sie unzufrieden ist, schiebt sich die Unterlippe vor, der Herzbogen wird hochgedrückt und zeigt eine kleine quer verlaufende Falte.

Ich weiß, es ist unsinnig, aber ab und zu suche ich bei ihr nach meinen eigenen Zügen. Es ist zwar unmöglich, aber dennoch finde ich, dass Maraias Finger, lang und stark, Ähnlichkeit mit meinen haben. Spinnerei und Phantasie, natürlich. Wenn ihre Finger an meine erinnern, dann, weil ich darin die gleichen Hoffnungen und Möglichkeiten sehe wie damals in meinen eigenen, als sie sich gierig der Zukunft entgegenstreckten.

Zum Glück kommt Ingrid in einigen Tagen. Wenn meine Gedanken durcheinandergeraten, dann brauche ich ihre gelassene Sachlichkeit. Sie war immer schon mein Balancepunkt, selbst in den vielen Jahren, in denen wir uns kaum getroffen haben. Und seit vor mehr als zehn Jahren die Freundinnen aus Norwegen hergekommen sind und in Korototoka das Haus der Damen gegründet haben, ist Ingrid mehr gewachsen und aufgeblüht als die anderen. Sie steckt sich eine blutrote Hibiskusblüte hinters Ohr, und das steht ihr, egal ob zu wiegenden Hüften in einem geblümten, fußlangen *Sulo* oder zu abgeschnittenen Shorts mit Flecken von Fischschleim an Deck der *Tarisso*.

Ich freue mich darüber, was Ingrid und Johnny in Labasa teilen. Ich freue mich sehr, das ist es nicht. Wenn jemand Liebe verdient, Hände, die Geborgenheit schenken, und warme Nächte, dann ja wohl Ingrid. Aber ich bin trotzdem immer froh, wenn sie für einige Tage nach Vale nei Kat kommt. Das Haus erscheint mir vollständiger, wenn Ingrid hier ist.

Und bis Maraia übernehmen kann, brauche ich Ingrids feste Kontrolle über die Geschäfte, ihren ruhigen Überblick über Einnahmen und Ausgaben und Amandas manchmal ein bisschen überwältigende Expansionspläne. Noch immer ist *Maya* unser Flaggschiff, die reine dunkle Schokolade aus den allerbesten Bohnen – groß, mit hohem Fettgehalt und auserlesenem Geschmack. Auch die Verpackung haben wir nicht verändert, die beiden golden schimmernden Schildkröten sind weiterhin das unverkennbare Logo. Aber im Laufe dieser schwindelerregenden Jahre hat unsere Firma in wildem Tempo einen Meilenstein nach dem anderen passiert: die Erweiterung des Sortiments (jetzt sechs verschiedene Produkte), den Vertrieb durch eine neugegründete Importfirma in Norwegen (Kamikamica Import AS, Direktorin und Geschäftsführerin Amanda Bilstad), den Sponsorenvertrag mit der Fidschi Rugby Union (unser Logo auf den Trikots und Werberechte im Heimatstadion) und Amandas jüngstes Meisterstück – den Vertrag mit Sleepwell Hotels. Nicht nur mit deren Hotels hier auf Fidschi. Auch in Skandinavien wird vom nächsten Jahr an die exklusive Betthupferl-Schokolade auf den Kissen der De-luxe-Zimmer liegen, nachdem sie für die Nacht zurechtgemacht worden sind. Lisbeths Tochter hat ihren Blick sogar nach Australien gerichtet! Es ist fast zu heftig, ich habe Ingrid mehrmals gefragt, ob nicht alles aus dem Ruder läuft, zu groß wird. Aber Ingrid schüttelt immer den Kopf: »Genau das wird hier gebraucht. Nachhaltige Arbeitsplätze, basierend auf lokalen Rohstoffen, eine unverwechselbare Markenware, solide Exportvereinbarungen.«

Sie hat sicher recht, natürlich hat sie das. Und wir haben so hart dafür gearbeitet! Die Angst vor Pilzen und Schäden an den Kakaobäumen, der ewige Kampf gegen Ratten und Ungeziefer. Die Gärung, die Sorge um zu viel Sonne, zu wenig Sonne. Die mühsamen Tests an den Öfen, beim Rösten und mit den Temperaturen. Die Stunden mit endlosem Conchieren einer widerspenstigen Schokoladenmasse. Und dann endlich: der Moment des seidenweichen Genusses auf der Zunge. Der Triumph angesichts eines vollkommenen Stücks Schokolade, glatt und glänzend, zum Bersten gefüllt mit Sieg und in Erfüllung gegangenen Träumen.

Wir haben es geschafft. Die vier durchgefrorenen Frauen aus Reitvik, die ich hierher eingeladen hatte, als Niklas nicht mehr da war und das Dasein sich umkrempelte, haben es geschafft. »Lass alles los, was nicht so geworden ist, wie es werden sollte!«, schrieb ich jeder von ihnen damals. »Bring alles mit, was werden kann, und beziehe ein Zimmer in Vale nei Kat.« Und das haben sie getan. Ingrid, Sina, Lisbeth und Maya. Sie kamen hierher nach Korototoka, sie ließen alles zu Hause zurück, sie nahmen Anlauf und machten einen Riesensprung über die Meere. Fanden zu sich selbst, lernten sich lieben und erkämpften sich ihr Stück vom Glück.

Und wenn wir nicht mehr hier sind, wird Maraia übernehmen. All das ist für sie. Die einzige Fortsetzung, die einen Sinn ergibt. Die Freude in Niklas' Gesicht, als er strahlend die Arme ausbreitete: »Eine Kakaoplantage, Kat!« Jede einzelne rotlila Hülse, die wir vorsichtig vom Baum gepflückt haben. Jedes Stück Schokolade, das Sina mit unbeholfenen Fingern eingepackt hat. All das ist für Maraia. Wir müssen sie so gut wie möglich vorbereiten.

3
Ateca

Lieber Gott!

Danke dafür, dass du uns alles gibst, was wir brauchen, sodass wir mit sattem Bauch zu Bett gehen können. Den Dalo auf dem Feld und den guten Fisch im Meer. Danke für die Ohren, die hören, und für die Augen, die uns sehen lassen, was gewesen ist und was kommen wird.

Du weißt, dass ich manchmal nicht sehen will, was du mir zeigst, Gott, aber du hältst mich fest und gibst mir die Kraft, die ich brauche. Wenn mein Kopf schwer ist und meine Gedanken voll sind, öffnest du die Tür zu den Träumen. Ich erinnere mich gut an sie, aber ich verstehe deine Warnungen nicht immer.

Wenn Maraia mit ihrem Boot an Land kommt, bringt sie Wind und Gesang und Wolken mit. Ihr Meer kenne ich, es ist warm und tief und hat weiche Strände, zu denen man heimkehren kann. In dem Gesang spielen Delfine, und Schnecken und Muscheln leben still auf dem Grund jedes Tones. Aber der Traum, den ich heute Nacht hatte, war von einem anderen Meer, Gott. Es war dunkel, und das Wasser war kalt und trostlos. Die Wellen schlugen hoch und hart, als ich die Luft aus meiner Lunge entweichen ließ und sank. Ich schwamm tiefer und tiefer, das Licht wurde trüber und schwand schließlich ganz. Ich sank bis hinab auf den glatten, schwarzen Grund. Was dort unten herumschwamm, war groß und flatternd wie Schleier. Ein Körper glitt an mir vorbei, ein Wal. Er öffnete das Maul und nahm sich von allem um ihn herum, Fische und Meerestiere aller Art. Ich trieb neben ihm im Meer und spürte die kalte, knotige Haut unter den Fingern. Ich konnte auch sein Herz hören. Es pochte mit lauten, festen Schlägen. Aber unter den Herzschlägen lag ein Seufzen voller Trauer, Gott. Der Wal verschwand, verschluckt von dem dunklen Wasser, und die Strömung trieb mich wieder hinauf. Ich sah den Tag dort oben blinken, aber als ich die Oberfläche erreichte, erwartete mich ein anderes Land. Der Strand wies keinen warmen Sand auf, der sich um die Füße legte. Ich kroch über raue, kalte Steine. Die Bäume hatten keine Kronen aus saftigen Blättern, die Zweige waren nackt und zeichneten Striche in die Luft, die ich nicht deuten konnte. Der Himmel war weit und voller fremder Sterne, über mir tanzten grüne Flammen aus Licht. Die Stille war leer und weiß, kein Zwitschern von Zitronentauben und Papageien. Ich blickte nach unten, und um meine Füße herum trieb Tang, den ich nicht kannte, dicke Stränge mit Blasen voller Luft. Plötzlich stand Madam Kat neben mir. »Das sind dieselben Wellen, Ateca«, sagte sie. »Die kennst du doch.«

Ich erzählte Maraia von diesem Traum, sie kennt die Strömungen und Winde. »Jede Welle ist anders als die vorige«, sagte sie. »Aber alle Meere sind dasselbe Meer. Das Salz haben wir in uns, in Blut und Tränen. Wenn das Meer am Strand unseren Zehen begegnet, begegnen wir uns selbst.«

Gott, du hast Maraia mit Augen und Ohren erschaffen, die von denen der anderen verschieden sind. Ihr Herz ist gut, aber ihre Worte sind manchmal schwer zu verstehen. Hilf mir zu begreifen, was ich nach deinem Willen wissen soll, Gott. Pass auf die Damen in Vale nei Kat auf. Und halte deine Hand über die, die an schwarzen kalten Meeren wohnen müssen.

In Jesu Namen. Emeni.

4

Sina

Von: armand@noria.no
An: sina.guttormsen@hotmail.com
Betreff: Neuigkeiten

Hallo, Mütterchen!
Wie du weißt, sind Irene und ich jetzt schon seit einer Weile zusammen, und ich möchte doch behaupten, dass wir ein gutes Team sind. Sie ist eine hervorragende Köchin und betreibt von zu Hause aus Catering und Essenslieferung. Es ist schön für sie, dass ich mich um Marketing und solche Dinge kümmern kann, deshalb helfe ich ihr da so ziemlich. Irene hat sich mit einer Partnerin zusammengetan, aber sie brauchen doch jemanden, der sich um das Geschäftliche kümmert, während sie vor sich hin köcheln. Deshalb dachte ich, wir könnten auch gleich heiraten. Irene sagte Ja, sowie ich ihr den Ring mit Karaten und so weiter überreicht hatte. Wir wollen auf Kvitøya in Nordnorwegen heiraten, denn Irene kommt von dort. Sie will da oben eine kirchliche Trauung, und da soll sie ihren Willen haben. Ich dachte, du würdest dich über diese Neuigkeit freuen.

Es wäre schön, wenn du deine Mitbewohnerinnen mit zur Hochzeit bringen könntest. Es ist irgendwann im März, ich gebe das genaue Datum und alles noch durch, damit ihr kein Chaos mit den Buchungen anrichtet. Bringt gern auch die fidschianischen Damen mit, ein bisschen Hula-Hula würde sich auf der Tanzfläche doch gut machen.
Aber vor der Heirat müssen wir noch nach Fidschi kommen. Ich habe da so ein oder zwei Businessideen, die ich mir genauer ansehen will, und Irene möchte zu gern dein Südseeparadies kennenlernen, haha. Wir kommen dann nach Neujahr. Ich sage Bescheid, wann wir landen, damit es keine Irrtümer mit dem Abholen gibt.
Armand.

Sina klappt den Laptop zu. Hält den Atem an und lauscht, als ob irgendwer den Inhalt der E-Mail ihres Sohnes hören könnte. Aber alles ist still, in dem nachmittagsruhigen Haus ist sie nur von Staub und Schatten umgeben. Das Haus wartet und döst, legt sich um ein lautloses Spiel aus Sonnenstrahlen, das schräg über den Tisch fällt. Ein Satz tanzt in ihrem Kopf: *Wir kommen dann nach Neujahr.* Ach herrjemine! Armands letzter Besuch auf Fidschi, vor mehr als zehn Jahren, war eine Katastrophe. Sie sagt es laut, und ihre Stimme lässt sie zusammenzucken: Ka-ta-stro-phe! Zugleich – nun richtet sie sich auf – ist sie damals endlich aktiv geworden. Hat Klartext gesprochen und ihn nach Norwegen zurückgeschickt, nachdem alle ihn satthatten. Nachdem er Maya verspottet, Kat verärgert, Ingrid schockiert und zu allem Überfluss mit Lisbeth geflirtet hatte – jawohl, geflirtet! Und nun kommt er wieder. Eine ganz neue Erwartung schiebt die Unruhe zur Seite: Er kommt mit seiner Verlobten. Armand wird heiraten! Und sie sind allesamt zur Hochzeit eingeladen!

Wer kann sie wohl sein, diese Frau, die Armand für gute wie für böse Zeiten ihr Jawort geben will? Eine erwachsene Frau. Eine, die ihre eigene Firma betreibt, die Geld und Wohnung und alles Wichtige im Griff hat. Eine, die mit Sinas Sohn nun schon seit Jahren zusammen ist, das muss doch etwas bedeuten? Für einen kleinen Augenblick, nur einige Sekunden, lässt Sina alle alten Enttäuschungen los, und Freude darf ihre Brust füllen: Endlich! Armand ist endlich erwachsen und geht sein Leben und seine Zukunft an. Seine Einfälle, seine Geldverschwendung, die Probleme, in die er wieder und wieder hineingeraten ist, das alles ist nun vorbei. Irene will Armand heiraten, endlich wird Ordnung in sein wirres Leben kommen.

Nein – Sina holt tief Luft, sie kann doch nicht den ganzen Tag hier sitzen bleiben! Sie muss machen, dass sie ins Süßhaus kommt, muss sich um das Verpacken der nächsten Lieferungen kümmern. Madam Sina ist zwar alt, aber noch immer ist sie es, die bei der Produktion als Arbeitsleiterin gilt. Vilivo hat die Aufsicht über Plantage und Bäume, aber Sina überwacht den Alltag, mit raschen behandschuhten Händen, welche die kleinen Schokoladenstücke formen und hübsch in Zellophan wickeln.

Ist die Arbeit einsamer als früher? Jetzt, da Ingrid meistens auf dem Boot ist und Lisbeth wieder zu Hause lebt? Doch was heißt schon zu Hause ... Lisbeth hat hier schließlich immer noch ein Zimmer. Aber es ist nicht dasselbe. Obwohl sie es niemals laut sagen würde, hat sie Sehnsucht nach Lisbeth. Nach einer, mit der sie auf der Veranda eine Zigarette rauchen kann, mit der sie alte Erinnerungen teilt, und seien die noch so verzerrt und verworren.

Sie geht durch das Wohnzimmer, die Treppe hinunter und hinaus in den Garten. Schaut rasch hinüber zu dem kleinen Vorarbeiterhaus, in dem Vilivo mit seiner Familie wohnt und in dem Ateca ihr eigenes Zimmer hat. Vilivo ist ein Grundpfeiler in ihrem Unternehmen, ebenso unersetzlich wie seine Mutter es schon im Haus der Damen war, lange ehe Sina den ersten Fuß dort hineinsetzte. Ateca ist das Herz, das in Vale nei Kat pumpt und schlägt, denkt Sina, sie ist die Hände, die gewaschene Kleider ins Haus tragen, und die Füße, die einen sicheren und barfüßigen Rhythmus über den Boden laufen.

Auf dem Weg über den Hofplatz wird Sinas Blick von den Farben im Blumengarten vor dem Haus gefangen: Atecas Schwiegertochter Nunia kann einfach alles zum Wachsen und Blühen bringen. Rosa Flamingoblumen, orange Helikonien. Gelbweiße duftende Frangipani, dicke rote Ingwerblüten. Üppige Bougainvilleen in Rot, Weiß, Lila, Gelb. Nunias Blumen sind zu einem unbegreiflichen Erfolg geworden, jede Woche geht eine volle Wagenladung zum Samstagsmarkt von Rakiraki,

Papageienblumen und Plumerien schmücken sogar in der Hauptstadt Hochzeiten und festliche Tafeln. Sina hat ebenfalls einen grünen Daumen und hilft aus, wenn sie kann, aber der Blumengarten ist vor allem Nunias Projekt, eine Arbeit, die die zurückhaltende junge Frau problemlos mit der Fürsorge für ihren Zweijährigen kombinieren kann. Der kleine Niki ist ein ruhiger Junge mit ernsten Augen und einem seltenen Lächeln.

Im Schatten vor dem Süßhaus sitzen zwei kleine Jungen, jeder mit einer Plastikschüssel zwischen den Knien. Sie reden wild durcheinander und prusten ab und zu lauthals los, während sie mit flinken Fingern die Kakaokerne säubern und Reste von gerösteter Schale herunterzupfen.

»Danke für eure Hilfe«, sagt sie zu ihnen. »Ihr müsst sicher noch Hausaufgaben machen. Lauft jetzt nach Hause!«

Ein fröhliches Geheul ist die Antwort. Sina versteht, was sie mitten im Gelächter zueinander sagen, das Wort, das sie für »laufen« verwendet hat, *Cici,* bedeutet »Hintern«, wenn man nicht auf die Aussprache achtet. Die Jungen kichern und grinsen, und Sina seufzt: Egal, wie gut sie im Vosa vaka-Viti auch wird, solche Fehler wird sie niemals vermeiden können. Sie hat daran gearbeitet, das hat sie wirklich; von Anfang an hat sie sich vom Rhythmus und den singenden Vokalen der lokalen Sprache angezogen gefühlt. »Es hört sich immer so an, als werde etwas Wichtiges geplant«, hatte sie einmal zu Kat gesagt. Kat hatte gelacht. »Du hast recht. *Dromodromo* oder *katakata* klingen viel gewichtiger als *gelb* oder *warm.*«

»Ich bin alt, ihr dürft nicht über mich lachen«, sagt Sina streng zu den Jungen, die sich große Mühe geben, ihre Heiterkeitsausbrüche in den Griff zu bekommen, während sie die Plastikschüsseln aufnehmen und mit vor Munterkeit tanzenden Beinen davonlaufen.

Sina schiebt die Tür zur Produktionshalle auf. Der süße Geruch legt sich schwer und einschmeichelnd über Mund und Nase, eine Gesichtsmaske, die sie niemals sattbekommt. Sina mag am liebsten den Alltag, Montage waren ihr immer schon lieber als Freitage. Arbeit und Routine, einen Karton nach dem anderen produzieren, darin liegt Befriedigung. Im täglichen Duft ihres Erfolgs zu stehen, zu wissen, dass bald ein verlockender Gruß aus Fidschi erwartungsfrohe Gaumen auf der anderen Seite der Welt erreichen wird.

Vier Frauen mit Hauben über den Kräuselhaaren legen vorsichtig ein braunglattes Meisterwerk nach dem anderen in Schachteln mit geschwungener Goldschrift auf dem Deckel. Heute wird *Tokotoka* verpackt. Lecker, nicht mehr und nicht weniger. Die Creme, mit der jede Praline gefüllt ist, hat einen Hauch von Mango und Papaya, die intensive Süße der einen Frucht gleicht die kühlere Neutralität der anderen aus. »Kühle Neutralität« – ehe sie damals angefangen haben, hätte sie über solche albernen Ausdrücke gelacht. Sie sieht sie alle fünf mit gespitzten Ohren dasitzen und Johnny Mattson zuhören, dem Schokoladenfachmann, den Kat angeheuert hatte, um sie in Gang zu bringen, und der am Ende Ingrid mit nach Labasa genommen hat. Die Stadt auf Vanua Levu, der zweitgrößten Fidschi-Insel, liegt eine knappe Flugstunde entfernt.

Jetzt lacht Sina nicht, sie überzeugt sich nur routiniert davon, dass die acht Stücke in jeder Schachtel auf dem Stahltisch perfekt gerundete Kanten haben, sondert mit festem Griff eine aus, die oben einen Riss hat und einen winzigen Tropfen Füllung ausweint. Sie schaut zum Ofen hinüber, überzeugt sich davon, dass die Temperatur unverändert bei 135 Grad liegt. Inspiziert die neue Conchiermaschine, in der Schokoladenmasse und Kakao zusammenfließen und zu dem glatten Wohlbehagen poliert werden, das auf der Zunge zergehen und den Speichel im Mund zum Schäumen bringen soll. Sie wechselt ein paar Worte mit einem der Enkelkinder von Mosese; die Familie des alten Plantagenaufsehers bildet seit den Anfängen den Kern der Arbeitstruppe. Mosese taucht nachmittags immer noch ab und zu auf, inspiziert mit halbblinden Augen die zum Trocknen in der Sonne liegenden Bohnen, geht mit einem Korb voll Brotfrucht oder einem Bund Bananen für Kat zum Haus hoch. Wie immer lehnt er es ab einzutreten und klopft nur ans Küchenfenster, um seine Ankunft zu melden. Er steht nach wie vor auf Kats Gehaltsliste, das weiß Sina. Etwas Scharfes und Wehes durchfährt sie: Kat, die wusste, dass sie selbst ohne Rückflugticket und mit leerer Brieftasche in Korotokota eingetroffen war, die sie in die Arme nahm und sagte: »Das findet sich schon alles.« Kat, die verstand, ohne ein Wort darüber zu verlieren, dass Armand alle Konten und alle Taschen geplündert hatte, Kat, die Armand die Tür öffnete, als er sich frech selbst auf Fidschi eingeladen hatte.

Und jetzt will er wieder herkommen. Das muss sie Kat erzählen, ein Stich der Sorge im Bauch, sie glaubt nicht, dass die Freundin sich freuen wird. Aber die Unruhe weicht einer prickelnden Hochstimmung: Jetzt ist es anders. Armand kommt zusammen mit Irene, sie werden heiraten! Sinas Gedanken wirbeln weiter. Irene nimmt ihn nicht wegen des Geldes, das steht jedenfalls fest. Bildschön ist er auch nicht: Armand hat weniger Haar und einiges mehr an Bauch, als zum Idealmaß gehört. Aber Irene hat sich nun einmal entschieden. Sina hat ein Bild von ihr gesehen, ziemlich klein, mit kurzem mittelbraunem Haar. Könnte irgendeine sein, die man auf der Straße sieht. Dennoch, ihr Blick hat etwas Festes, und Sina spürt, wie sich Jubel erwartungsvoll mit Hoffnung mischt. Bald Hochzeit – ist es zu spät, an Enkelkinder zu denken? Sie weiß nicht, wie alt Irene ist, aber sie sieht mindestens zehn Jahre jünger aus als Armand. Mitte vierzig vielleicht. Es ist nicht unmöglich, beeilt euch, beeilt euch!

Ein Lächeln arbeitet sich in ihrem Gesicht hervor, drängt sich durch viele Schichten aus Enttäuschung und Misstrauen. Sina nimmt ein Stück Schokolade von dem Tablett auf dem Tisch und steckt es in den Mund. Saftig, ein bisschen scharf, etwas schmeckt anders. Ein Samstagsgeschmack an einem Montagnachmittag.

5
Maraia

Nau Kat hat Probleme mit dem Magen. Maraia pflückt einige feine Blätter ganz dicht am Stamm des Guavenbaums und zerstößt sie im Mörser. Weicht alles in Wasser ein und reicht ihr das Glas. Nau Kat mag den Geschmack nicht, aber sie trinkt trotzdem.

Ateca stimmt Maraia zu: »Dir geht es bestimmt bald besser, Madam Kat. Guave hilft dem Magen.«

Maraia und Ateca teilen sich die Verantwortung für die Damen. Madam Sina, die solche Einsamkeit in sich trägt, und Nau Kat, die nicht alt sein will. Die Hüfte, die sie sich vor einigen Jahren verletzt hat, tut ihr weh, und sie hat einen Stock, gibt aber vor, den nicht zu brauchen.

Ateca hat immer schon auf Nau Kat aufgepasst. Seit sie und Mister Niklas vor Maraias Geburt nach Fidschi gekommen sind. Ateca sagt, dass Nau Kat ihre Schwester ist, und Nau Kat sagt darauf: »Ich weiß nicht, was ich ohne dich machen sollte, Ateca.« Dann antwortet Ateca, dass ihr Sohn ohne Nau Kat und Mister Niklas jetzt keine Arbeit und keine Familie hätte und sich nicht selbst versorgen könnte. »Als ihr nach Korototoka gekommen seid, war ich eine Witwe und hatte gar nichts«, sagt sie.

»Ihr habt mir Arbeit gegeben, damit ich Essen auf den Tisch stellen konnte, und Mister Niklas hat für Vilivo die Schule bezahlt.«

Deshalb ist Niki nach ihm benannt worden. Ateca sagt, dass sie Mister Niklas viel mehr schulden als nur einen Namen.

Als Vilivo mit der Schule fertig war, ist er losgezogen und hat mehrere Jahre im Drokadroka-Tal gearbeitet, und als er zurückkam, brachte er Nunia mit. Jetzt kümmert er sich um die Maschinen im Süßhaus und kann sie reparieren, wenn eine defekt ist. Vilivo ist zudem für die Plantage verantwortlich. Seine Füße gehören auf den warmen, feuchten Boden, in dem die Kakaobäume stehen, seine Hände sind rund und ruhig, wenn sie sich um die reifen Hülsen legen.

Später an dem Tag fühlt Nau Kat sich besser, und zusammen mit Maraia hilft sie Nunia im Blumengarten. Maraia behält auch Niki im Auge. Er läuft schnell, und wenn sie nicht aufpassen, ist er im Nu an den Strand verschwunden. Nunia springt auf, um ihn zu holen, aber Maraia weiß, dass Nikis Mutter jetzt mehr zu tragen hat, und sie selbst ist schneller auf den Beinen. Sie läuft hinter dem Jungen her und beobachtet, was er tut. Niki steht lange ganz vorn im Wasser und hat keine Angst, wenn eine Welle kommt, die ihn nass macht. Er sagt nichts, er hat noch nicht angefangen zu sprechen. Seine Füße drücken runde Spuren in den Sand, als er weiterstapft, und Maraia folgt ihm. Ab und zu bleibt er stehen und bohrt die

Zehen in feuchte Tangdolden. Dann geht er hinüber zu den Booten, die bald zum Morgenfang ausfahren werden. Ateca steht dort, kneift in eine Goldmakrele und rümpft die Nase, wie sie das immer macht, wenn sie versucht, um den Preis zu feilschen. Maraia ist klar, dass Ateca für den Besuch an diesem Abend *Kokoda* kochen will. Das weiße Fischfleisch in Limonensaft und Kokosmilch ist Madam Ingrids Lieblingsessen.

Niki hält inne, dann wendet er sich zum Wasser. Sie beeilt sich, ihn einzuholen, jetzt steht er bis zu den Knien in den Wellen. Er bückt sich und hebt etwas auf. Einen blauen Seestern, der in seiner Hand wogt und leuchtet. Vor seinen Augen schrumpft er und verblasst in der Sonne, die Arme werden schuppig und welk. Niki lässt ihn wieder fallen. Als sich das Meer zurückzieht, verschwindet der Seestern.

Ateca kommt auf sie zu, sie lächelt, als sie Niki sieht. Sie gibt Maraia den Fisch und nimmt den Jungen auf den Arm, als sie zurückgehen. »Kokoda«, sagt sie. »Für Madam Ingrid. Du kannst mir helfen Zwiebeln und Chili zu hacken, Maraia.«

Nunia ist allein im Blumengarten, als sie nach Hause kommen. Ateca geht mit Niki ins Haus, und Nunia hält Maraia eine große rote Protea entgegen. »Schön, nicht wahr?«

Die Blume ruht auf ihrer Handfläche, eine leuchtende, zum Bersten bereite Knospe. Nunias Finger streichen behutsam über die Daunenhärchen, die blank sind wie

Spinngewebe. Ein geschlossener Krug, noch nicht bereit, die darin versteckten Samenkörner zu zeigen.

Maraia nickt. »Doch. Aber es dauert noch eine Weile, bis sie ihre Geheimnisse preisgibt.«

Nunia lässt die Blume los und wirft Maraia einen kurzen Blick zu. Eine dunkle Verstimmung huscht über ihr Gesicht, und Maraia weiß, dass Nunia sich nicht über den Samen freut, den sie selbst in sich trägt.

»Was ist los?«, fragt sie. »Bist du nicht gesund?«

Nunia flüstert etwas, das Maraia nicht verstehen kann, eine kalte Welle der Angst erfasst ihre Stimme und lässt sie ertrinken.

»Wovor fürchtest du dich?«

Nunia dreht den Kopf weg, und Maraia weiß, was es ist. Die Angst vor dem, was niemand auszusprechen wagt. Vor etwas, das Gestalt annimmt und entsteht, wenn man ihm einen Namen gibt. Nunia hat Angst, dass die Geister, die ihrem ersten Baby das Leben genommen haben, ehe es überhaupt zu leben begonnen hatte, ihr düsteres Netz über das werfen werden, was jetzt in ihr wächst. Das Mädchen, das bei der Geburt starb und den Namen der Großmutter erhielt, Ateca. Ein Kind, das einen Namen bekommen hat, wird nicht vergessen.

Maraia hört, wie Nunias Gedanken mit verwirrten Flügeln schlagen. Sie nimmt Nunias Hände. »Dein neues Kind wird leben«, sagt sie zu Nunia. »Sie wird stark und klug werden und schöne Körbe und Matten flechten. Sie wird sich um dich kümmern, wenn du alt bist.«

Im Haus der Damen sitzen Madam Sina und Nau Kat am Esstisch, und Nau Kat winkt sie zu sich herüber: »Komm doch zu uns.«

Maraia setzt sich, und Nau Kat fügt hinzu: »Wir erwarten Besuch.«

Maraia nickt. »Madam Ingrid kommt heute Abend.«

Wenn Madam Ingrid wieder in Korototoka ist, tanzt die Luft zwischen den Wänden von Vale nei Kat. Dann sitzen die Damen auf der Veranda und lachen bis in die Nacht hinein, oder sie schließen das Süßhaus auf und holen sich Schokolade aus dem Kühlraum.

»Ja«, sagt Nau Kat. »Ingrid kommt heute Abend. Aber wir erwarten noch mehr Besuch, irgendwann nach Weihnachten. Armand, Sinas Sohn, kannst du dich an ihn erinnern? Er kommt nach Fidschi, um Geschäfte zu machen.«

Maraia hört die Unruhe in Nau Kats Stimme kratzen. Was sie selbst von Mister Armand noch weiß, ist, dass das Lächeln in seinem Gesicht sich ein- und ausschaltete wie eine Glühbirne.

Jetzt lächelt Nau Kat und sieht Madam Sina an. »Und er bringt seine Verlobte mit. In einigen Monaten fahren wir dann alle zusammen zur Hochzeit nach Norwegen!«

Als Madam Ingrid am Abend kommt, ist sie nicht allein. Vilivo hat sie am Flughafen abgeholt, und vorne neben ihm sitzt ein Mann, den Maraia noch nie gesehen hat. Ein großer junger Mann mit blauem Hemd und einer

Brille, die im Licht der am Fuß der Treppe brennenden Fackeln funkelt. »Maraia!«, sagt Madam Ingrid und legt die Arme um sie. »Wie geht es dir? Das ist Edson, er kommt von Kosrae.«

Dann dreht sie sich zu Nau Kat, Madam Sina und Ateca um. »Ich soll vielmals von Johnny grüßen, er konnte diesmal leider nicht mitkommen. Deshalb habe ich euch stattdessen Edson mitgebracht«, sagt sie und lacht mit ihrem ganzen üppigen Leib. »Er ist mit Johnny verwandt. Er wohnt seit einiger Zeit bei uns.«

»Bula«, sagt der junge Mann und nickt den Damen höflich zu, ehe er zu Maraia hinüberblickt.

»Bula vinaka«, erwidert sie. »Willkommen.«

Er ist älter als sie, aber nicht sehr viel.

»Edson fährt in ein paar Tagen weiter nach Sydney«, sagt Madam Ingrid. »Und da dachte ich, er könnte doch vorher hier vorbeischauen. Er möchte sich *Kat's Chocolate* ansehen, wo ich so sehr damit geprahlt habe.«

Wieder lacht sie und nimmt Kat Nau in den Arm. Sie gehen auf die Treppe zu, und Edson bleibt schweigend neben Maraia stehen. Sie tritt zwei Schritte zur Seite. »Du wohnst bei Mister Johnny und Madam Ingrid?«, fragt sie.

»Nur vorübergehend. Johnny ist mein Onkel. Er soll mir beibringen, wie man ein Fischerboot zum Vermieten betreibt. Wie man mit Kaivalagi zum Hochseefischen fährt und sie Tunfisch und Makrelenfische hochholen lässt. Dafür bezahlen sie gut.«

»Das weiß ich«, sagt Maraia.

Aber Mister Johnny tut das nicht nur, weil die Ausländer gut bezahlen. Er ist auf dem Meer, weil er dort lebt. Das Tuckern im Boot und das Rucken an der Angelrute legen einen Fächer von Lachfalten um seine Augen.

»Macht dich das froh?«, fragt sie Edson.

Er schaut sie überrascht an und schüttelt den Kopf. »Froh? Ich weiß nicht. Vielleicht. Aber ich muss ja etwas tun, um Geld zu verdienen.«

»Auf Kosrae?«

Maraia weiß, dass diese winzige Vulkaninsel in den Föderierten Staaten von Mikronesien die »Insel der schlafenden Frau« genannt wird. Wenn man sie vom Meer her anschaut, sieht sie aus wie eine Frau, die auf dem Rücken liegt, die spitzen Brüste ragen in die Luft. Mister Johnny kommt ursprünglich auch von Kosrae, lebt aber schon seit vielen Jahren auf Fidschi. Ehe er herkam, um den Damen die Schokoladenfabrikation beizubringen, arbeitete er in der ganzen Welt. Aber in Vale nei Kat hat er Madam Ingrid kennengelernt und sie gelehrt, mutig zu sein. Jetzt wohnen sie in seinem Haus in Labasa, wenn sie nicht an Bord der *Tarisso* sind.

Edson nickt. »Ich will mein eigenes Boot. Deshalb gehe ich nach Sydney. Ich kenne jemanden, der mir da einen Job verschaffen kann. Wenn ich genug gespart habe, um mir ein richtiges Boot zu kaufen, geh ich zurück nach Kosrae. Und da werde ich das anwenden, was ich bei Onkel Johnny gelernt habe.«

»Und an Kaivalagi Geld verdienen?«, fragt Maraia. »Kommen da viele hin?«

»Es werden mehr werden.«

Er sieht sie an mit einem Blick, der sagt, dass er erwachsen ist und sie ein Kind. »Man kann nicht nur an das denken, was einen froh macht.«

Maraia denkt an Madam Ingrid. An ihre Arme, wenn sie die Größe eines Tunfisches zeigt. Ihre Nägel, die breit und zufrieden und voller Risse und Kratzer sind. Sie denkt an ihre eigenen Füße, wie die das warme Wasser erkennen, das über die Zehen rollt, und jede einzelne kleine Muschel, die eine Geschichte zu erzählen hat. Edson irrt sich. Erst wenn du hörst, wonach dein Herz sich sehnt, weißt du, wo du hingehörst.

»Maraia«, ruft Ateca. »Hilfst du mir mal kurz?«

Edson zuckt mit den Schultern und steigt vor ihr die Treppe hoch.

»Kvitøya im März also.« Sie haben Kokoda gegessen, und Madam Ingrid will mehr über Mister Armands Hochzeit wissen. »Und du bist sicher, dass wir allesamt eingeladen sind?«

Madam Sina nickt. »Das hat er geschrieben. Und Ateca und Maraia auch.«

»Dann lass ich mir einen neuen *Sulu Jaba* nähen!«, sagt Madam Ingrid zufrieden.

Nau Kat ist überrascht, dass Madam Ingrid fidschianische Kleider tragen will. »Sulu Jaba auf einer Hochzeit in Norwegen? Du willst nicht lieber eine Tracht anziehen? Meine hängt noch immer hier, ich weiß schon gar nicht mehr, wann ich sie zuletzt anhatte. Übrigens«, sagt sie und blickt Maraia an, »sollen Maraia und Ateca auf der Hochzeit sicherlich ihrer Nationaltracht ihre Ehre erweisen.«

Ateca lacht so sehr, dass sie sich die Tränen abwischen muss. »Madam Ingrid kann im Sulu Jaba tanzen«, sagt sie. »Ihre Füße sind groß und gut zum Tanzen.«

Madam Ingrids Mund lächelt weiter, aber ihre Stimme hat schärfere Kanten, als sie nun mehr wissen will und sich Madam Sina zuwendet. »Was hältst du denn von deiner angehenden Schwiegertochter?«

Maraia weiß, dass sie eigentlich fragt, was Madam Sina von ihrem Sohn hält. Das hat auch Madam Sina begriffen, wie sich nun herausstellt: Sie zieht das Kinn zurück und nach unten.

»Das werden wir sehen, wenn sie hier sind«, sagt sie endlich.

»Und was für Geschäftsideen führen ihn her, weißt du das?«

Madam Ingrid lässt nicht locker, sie rutscht im Sessel nach vorn und streckt die langen Beine aus.

Madam Sina weiß es nicht. »Armand hat immer so viele Pläne«, sagt sie nur.

Madam Ingrid will über alles informiert sein. Sie steht gern auf der Plattform im Boot und hält beide Steuerruder. Maraia war noch klein, als die Damen hergekommen sind, aber sie kann sich daran erinnern, wie Madam Ingrid sofort anfing, den Garten umzuräumen. Ateca nannte sie *Bosso* und musste sich abends vor dem Schlafengehen ab und zu aus dem Haus schleichen, um Kleider hereinzuholen, die Madam Ingrid auf die Wäscheleine gehängt hatte. Maraia fand, Ateca könnte ihr doch erzählen, dass düstere Geister sich in Kleidern niederlassen, die nachts draußen hängen. Aber Madam Ingrid wollte eben alles besser wissen.

Ehe Ateca abends nach Hause geht, zieht sie Maraia zur Seite. »Wenn Mister Armand kommt, müssen wir Madam Sina helfen.«

»Warum braucht sie Hilfe?«, fragt Maraia.

»Damit er ihr keine Schande macht.«

Maraia versteht, was sie meint. Wenn Mister Armand lichtscheue Pläne hegt, ist das eine Schande für Madam Sina. Sie nickt Ateca zu. Mehr Schande braucht Madam Sina wirklich nicht.

Edson wird bei Salote übernachten, sie hat hinten im Laden ein Zimmer frei. Maraia bringt ihn hin. Salote wartet schon vor dem Haus, sie will immer Bescheid wissen und redet mit allen, die nach Korototoka kommen. Das Zimmer, das sie vermietet, hat eine Tür, die direkt hinaus in den Garten führt. Sie gehen auf das Haus zu, vorbei am Kassava-Feld am Zaun. Eines Abends vor vielen Jahren hat Maraia eine Frau beobachtet, die genau hier entlanglief. Sie ging allein und schnell, damit sie niemand im Mondlicht sah. Maraia stand im Schatten des großen Brotbaumes auf der Straße. Madam Ingrids Schritte waren ängstlich und mutig zugleich, sie glich einem Fischer, der unter großen, drohenden Wolken hinausfährt. Entweder wird er untergehen oder sich den besten Fang sichern. Als Madam Ingrid am nächsten Morgen aus Mister Johnnys Zimmer kam, ging sie nicht mehr schnell. Sie schritt dahin wie eine Königin.

»Ich komme morgen zu euch, um zuzusehen, wie ihr Schokolade macht«, sagt Edson, als Maraia sich verabschiedet. »Das kannst du«, sagt sie. »Und wenn du willst, kannst du mit mir und Vilivo auf die Plantage gehen. Vielleicht kommt auch Mosese mit, wenn er die Kraft hat. Er weiß alle Geschichten.«

»Geschichten?« Salotes Interesse ist erwacht. »Über wen denn?«

»Über den Kakao«, sagt Maraia. »Über die Bohnen, die in ihren Hülsen schlafen. Und darüber, wie wir sie aufwecken und aus ihnen süße Stücke vom Glück machen.«

»Gute Nacht«, sagt Edson darauf nur.

Sie sieht, dass er nicht begreift, wovon sie redet.

Danach geht sie zu Na Sai, da Kelera an diesem Wochenende zu Hause ist. Maraias Schwester hat immer ein Buch auf den Knien liegen. Aber Keleras Bücher sehen nicht so aus wie die, die Madam Maya hinterlassen hat, sie öffnen keine großen Räume und ferne Meere. Die Bilder in Keleras Büchern zeigen kleine Dinge, winzige Teile des Körpers und des Kopfes. »Das Große ist aus dem Kleinen zusammengesetzt«, sagt sie. »Wir können den ganzen Körper nicht verstehen, wenn wir die vielen kleinen Teile darin nicht begreifen.«

Madam Maya hat das umgekehrt gesagt. »Wir sollen

nicht daran denken, wie klein die Inseln sind, sondern daran, wie groß das Meer ist«, hat sie gesagt. »Das Große befindet sich im Kleinen. Das Meer kann in einer Muschel sein. Und ein ganzes Leben hat Platz in einem Gedanken.«

6
Kat

Woher nimmt er sie bloß? Diese unfassbare Unverschämtheit? Ich hatte gedacht, ich sei zu alt, um noch zu spüren, wie die Wut in der Brust hämmert, um laut losbrüllen und mit den Füßen trampeln zu wollen. Aber als Ateca heute Morgen mit der *Island Times* in der Hand hereinkam, schnaubte sie in dermaßen vergnügtem Entsetzen, dass bei mir alle Alarmglocken schrillten: »Was ist los, Ateca?«

»Mister Armand, Madam Kat.«

Sie presst diese Worte zwischen Ausbrüchen hilflosen Gelächters heraus und muss sich die Augen wischen.

»Mister Armand steht in der Zeitung. Er will hier auf Fidschi Business machen. Er wird vielen Leuten Arbeit beschaffen. Hier steht es!«

Auf Grundstücksjagd auf Vitu Levu

Norwegischer Geschäftsmann mit vielversprechenden Plänen für Urlaubs- und Restaurantkomplex

»Ich gehe davon aus, dass hier von einer beträchtlichen Menge an Arbeitsplätzen die Rede sein wird«, sagt der norwegische

Geschäftsmann Armand Guttormsen der Island Times. *Er plane einen Restaurantkomplex an der Nordküste von Vitu Levu, wenn möglich in der Nähe von Rakiraki. Nach Informationen der* Island Times *soll der Komplex Restaurants unterschiedlicher Art beherbergen, aber auch Übernachtungsmöglichkeiten bieten. »Es ist ein ganz neues Konzept«, sagt Guttormsen in Norwegen am Telefon. »Der fidschianischen Tourismusindustrie fehlt ein Ort, der sich auf das Kulinarische konzentriert, ein Multikomplex, wo die Gäste die Wahl zwischen einer Reihe von unterschiedlichen Essenserlebnissen haben. Das hier wird etwas ganz Neues«, verspricht er.*

Guttormsen, der über breit gefächerte internationale Geschäftserfahrung verfügt, kennt sich auf Fidschi bestens aus. »Ich habe gute Kontakte hier. Unter anderem über meine Familie«, teilt er unserer Zeitung mit. »Ich weiß, dass dringend Arbeitsplätze benötigt werden und dass die Leute hier bereit sind, hart zu arbeiten, ohne wahnwitzige und unrealistische Gehaltsforderungen zu stellen. Wenn wir den richtigen Ort finden, kann ich garantieren, dass etliche Arbeitsplätze entstehen werden.«

»Was für Arbeitsplätze?«

»Es wird viele unterschiedliche Arten von Arbeit geben. Zunächst Jobs innerhalb der Baubranche, und wenn der Betrieb dann in Gang gekommen ist, wird es gute Möglichkeiten im Bereich Gastronomie und Service geben. Zunächst geht es dabei um einfache Aufgaben, die von ungelernten Arbeitskräften ausgeführt werden können. Und solche Arbeitsplätze werden hier ja besonders benötigt.«

Der norwegische Geschäftsmann hat bereits Kontakt zu den zuständigen Behörden hier auf Fidschi aufgenommen, um die nötigen Befugnisse einzuholen. »Aber das Wichtigste ist, den richtigen Ort zu finden«, betont er. »Ich suche nach einer erstklassigen Lage mit hervorragender Aussicht. Wenn Fidschi die beste Umgebung liefern kann, werden wir für die beste Kost sorgen.«

Guttormsens besonderes Interesse gilt der Umgebung von Rakiraki, da er bereits über Kontakte auf der Nordseite der Insel verfügt. »Ich habe keine Angst davor, mich auf die lokale Kompetenz zu stützen«, sagt er. »Die Kombination meines Fachwissens in der Gastronomie und meiner umfassenden internationalen Erfahrung garantiert ein Win-win-Projekt für alle Beteiligten.«

Armand Guttormsen wird Fidschi in wenigen Monaten besuchen, um mögliche vielversprechende Grundstücke in Augenschein zu nehmen. Er hofft, schon im kommenden Jahr ein attraktives Baugelände gefunden und die ersten Bauabschnitte in die Wege geleitet zu haben.

Das hofft er also. In meinen Schläfen hämmert es, ich spüre das hämische Lachen aufsteigen, während ich gleichzeitig vor Zorn koche. Er hat sich interviewen lassen – er hat ganz einfach Kontakt zur *Island Times* aufgenommen und ihnen weisgemacht, dass jetzt, jetzt *Bosso* Armand Guttormsen nach Fidschi kommt, um Schwung in den Laden zu bringen! Entwicklung und neue Arbeitsplätze im Handumdrehen. Ich höre in meinen Ohren ein seltsames scharrendes Geräusch, und mir geht auf, dass ich mit den Zähnen knirsche. Kronen und alte Füllungen schleifen übereinander, und ein jäher Schmerz schießt durch meinen Kiefer. Ich reiße wie wild den Schnabel auf, um der Plage ein Ende zu setzen, verdammt noch mal, der Trottel soll mir nicht zu allem Überfluss auch noch eine Zahnarztrechnung bescheren.

Ateca mustert mich neugierig. Sie hat die Hände in die Seiten gestemmt, aber die Art, wie sie von einem Fuß auf den anderen tritt, verrät, dass das Interview auch ihre Gedanken in Gang gesetzt hat. Jetzt runzelt sie die Stirn: »Hast du Zahnschmerzen, Madam Kat? Soll ich ein bisschen Ingwer holen?«

Ich mache den Mund zu. »Nein, danke, das ist es nicht. Es ist nur …«

Ateca nickt. »Mister Armand. Ich weiß. Du denkst daran, dass er nach Fidschi ziehen und hier sein Business aufmachen will.«

Ich beiße die Zähne zusammen, und wieder sprüht mein Kiefer Funken.

»Nein, Ateca, ich glaube nicht, dass er herziehen will. Aber er geht zur Zeitung und protzt drauflos und …«

Ateca sieht mich erwartungsvoll an, aber ich finde keine Worte. Hier ist alles falsch, einfach alles. Dann fällt mir doch etwas ein:

»Hat Sina die Zeitung gesehen?«

»Ich glaube nicht. Madam Sina ist im Blumengarten. Soll ich sie holen?«

»Nein«, sage ich eilig. Und überlege es mir im selben Moment anders. »Doch, sag ihr Bescheid. Ist vielleicht besser so.«

Ateca nickt vielsagend. »Madam Sina wird sicher stolz sein. Wir brauchen neue Arbeitsplätze in Korototoka.«

Sina liest langsam, sie verzieht keine Miene, während ihr Blick die Spalten hinabgleitet. Er bleibt eine Weile an dem Bild haften, ein sicher zwanzig Jahre altes Porträt eines wohlgenährten Armand, der schon damals hohe Geheimratsecken und hängende Wangen hatte. Ein zufriedenes Lächeln, das zweifellos vertrauenerweckend wirken soll.

Ich weine innerlich, während ich sie betrachte: Ach, Sina, Sina! Als dein Sohn zuletzt hier war, musstest du ihn vor die Tür setzen. Deine sauer zusammengesparten Kronen ausgeben für den Rückflug des Schmarotzers, den niemand hier länger ertragen konnte. Armand, der deine Freundinnen beleidigte und an nichts anderes dachte, als dir noch den letzten Tropfen abzupressen. Dir, die das gute Leben auf Fidschi mehr verdient hat als alle anderen! Die Freude über die Hochzeit, deine Erleichterung, weil Armand jemanden gefunden hat – jetzt ruiniert er alles und enttäuscht dich ein weiteres Mal.

Aber Reitvik steckt Sina noch immer in den Knochen. Dort war sie allein gegen alle, hat es geschafft, musste es ihnen zeigen. Als sie mich jetzt anblickt, sehe ich das Muttertier, das den Kopf senkt und die Nachkommenschaft verteidigt, egal wie.

»Er hat immerhin begriffen, was hier unten nötig ist.«

Sina nimmt einen langen Zug an der Zigarette und lässt die Fortsetzung mit dem Rauch ausströmen: »Arbeitsplätze, nicht wahr? Die Leute brauchen Arbeit, damit kenne ich mich wirklich aus.«

Sina kann doch nicht im Ernst meinen, dass Armands Fidschitour etwas anderem entspringt als dem Wunsch nach leicht verdientem Geld? Sie bildet sich doch wohl nicht ein, dass es ihm darum geht, die Arbeitslosenquote von Korototoka zu senken?

Aber das kann ich nicht sagen, ich darf den Sohn nicht angreifen, den Sina so blind, so schmerzlich liebt. Trotz allem. In meiner Erinnerung taucht ein Abend auf der Veranda vor vielen Jahren auf, der fast feindselige Trotz in ihrem Gesicht: »Ich liebe meinen Sohn.« Ihre verzweifelte Entschlossenheit, als sie nach fast vierzig Jahren des Schweigens ihrer Freundin Lisbeth die Wahrheit über deren Ehemann um die Ohren haute: »Dein Mann Harald ist Armands Vater.« Lisbeths entsetztes Gesicht, die stumme Ungläubigkeit, die anschließend das Haus füllte.

Ich versuche diese Erinnerung abzuschütteln. Habe ich nicht genug über Armands geschäftliche Katastrophen gehört, um über all das zu lachen? Ich sollte einfach mit den Schultern zucken und die Sache vergessen.

»Aber es wäre doch ein besserer Start gewesen, wenn er wenigstens mit uns gesprochen hätte, statt gleich zur Zeitung zu gehen.«

Das kann ich immerhin sagen.

»Was hättest du ihm dann erzählt?«

Sie hat recht, natürlich. Ich hätte ihn ausgelacht, und Sina weiß das. Aber indem er in der *Island Times* Geld und Arbeitsplätze verspricht, hat Armand sich lokales Wohlwollen und eine Erwartung gesichert, die ich nicht zerstören kann, ohne als egoistische alte Kuh dazustehen.

Ich balle die Fäuste, spüre, wie meine Finger zittern. Dieser verdammte berechnende …

Sinas blasser Blick klebt an meinem Gesicht. Ich muss dieses Gespräch aufs richtige Gleis bringen, ich brauche sie auf meiner Seite.

»Sina … findest du es nicht ein bisschen voreilig, Arbeitsplätze und – wie nennt er das noch? – ›Win-win-Projekte‹ zu versprechen, wo er noch nicht einmal ein Grundstück gefunden hat? Und diese internationale geschäftliche Erfahrung, von der er da redet …«

Ich mache ganz schnell den Mund zu, um nicht mehr zu sagen. Es ist nicht der richtige Augenblick, um Sina an Armands Katastrophenkauf von fiktiven Grundstücken in Malaysia oder an die Karriere als Manager einer Londoner Band zu erinnern, die niemals auf eine Bühne gelangt ist. Ihr trotziges Kinn und ihr starrer Blick verraten mir, dass sie das alles verdrängt hat und sich weigert, es wieder hervorzuholen.

Ich suche verzweifelt nach einer anderen Herangehensweise: »Glaubst du, dass Irene da mitmacht? Hat sie mit ihrer Cateringfirma in Trondheim nicht mehr als genug zu tun?«

Sina hebt die Augenbrauen. »Ich kann doch nicht wissen, wie sie denkt. Wir werden es wohl erfahren, wenn sie hier sind. Ich finde, sie wirkt wie eine sympathische und fleißige Frau.«

Hoffnung, das ist es, was ich höre. Die alles überlebt und dafür sorgt, dass sich das Rad weiterdreht, auch wenn noch so viele Speichen gebrochen sind. Für Sina wird

Armand immer die Hoffnung sein – wie könnte sie anders denken? Wie Vilivo für Ateca die Hoffnung ist. Und Maraia für mich.

Sina und ich haben in Vale nei Kat eine neue Zusammengehörigkeit entwickelt. Wir sind jetzt an einem anderen Ort, Lichtjahre entfernt von der Verzweiflung, mit der sie am allerersten Abend vor vielen Jahren auf dem Flughafen von Nadi gelandet ist: »Ich habe kein Geld!« Monde sind gekommen und gegangen. Das Meer hat neue Dinge an unseren Strand gespült und alte Wrackteile mitgenommen. Hat uns durch den Schmerz um ihren Sohn geführt, quer durch die Eröffnung, die Lisbeth den Boden unter den Füßen wegriss. Uns über Maya hinausgeführt, mit der sie eine behutsame, schroffe Freundschaft verband, den Leichnam, den Sina allein zurechtmachen wollte. Wir haben es durchgemacht, das alles. Sina und ich haben Ingrids inneren Zwilling herauskommen und an Deck der *Tarisso* in die Gummistiefel steigen sehen, haben uns über Lisbeths gutes Leben mit den Enkelkindern in Schweden gefreut. Lange Tage und Wochen, in denen nur wir hier waren, wir und Maraia.

Das alles hat mich an eine mildere, selbstsicherere Sina gewöhnt. Eine, die Verantwortung übernimmt und meine wichtigste Stütze im täglichen Betrieb ist. Aber stille Wasser, wie das Sprichwort sagt, oder das Blut, das immer dicker ist: Armand kommt, und Sina beschließt zu glauben. Zu hoffen. Dass Irene ihn verändert hat und dass es immer wieder Wunder gibt.

Wie ich vorausgesehen habe, ist Ingrid ebenso skeptisch wie ich. Einen Moment lang sieht sie verwirrt aus, während sie das Interview liest, als ob sie nicht weiß, wie sie reagieren soll. Aber dann kommt Wildrid zum Vorschein, die innere Wildkatze in ihr schlägt energisch auf den Tisch. »Aber großer Gott, ist das denn möglich? Dieser Trottel, der will hier unten sein Glück versuchen?«

Ich schüttele resigniert den Kopf. Keine von uns kann Armand ernst nehmen, wenn es um Geschäftssinn geht. Aber wir müssen ihn sehr ernst nehmen, soweit es Sina betrifft.

»Wir müssen sie aufnehmen, wenn sie kommen«, sage ich. »Das sind wir Sina schuldig. Vielleicht können sie bei Salote wohnen. In dem Zimmer da sind doch schon phantastische Dinge passiert.«

Es kommt unerwartet, und es ist nicht gerecht. Aber irgendwo tief in mir spüre ich Wärme, als Ingrid die Arme um mich legt. Sie riecht nach Sonne und Boot und Wind. »Ich weiß«, sagt sie. »Danke. Ich danke dir, Kat.«

7
Ateca

Müssen wir uns immer Sorgen um die machen, die wir lieben, Gott? Ich weiß, dass du die Hand über Vilivo und mich hältst. Und über Nunia und Niki. Und jetzt kommt noch eins. Ein neues Baby, von dem Nunia noch niemandem etwas gesagt hat.

Ich habe das erst vorgestern begriffen, als der Fisch, den sie gekocht hatte, uns krank machte. Eine Frau mit einem Kind unter dem Herzen kann ihr Geheimnis bewahren, aber das Essen, das sie kocht, zeigt die Wahrheit. Das Einzige, was ihren Fisch wieder essbar machen kann, ist, von dem Kind zu erzählen, das unterwegs ist.

Du siehst, dass meine Schwiegertochter Angst hat, Gott. Sie denkt an das kleine Mädchen, das sie beim letzten Mal geboren hat und das nicht leben durfte. Vilivo erlaubt nicht, dass sie darüber redet, aber ich weiß, dass sie Angst vor Zauberei hat. Davor, dass jemand eine Finsternis über das Kind gelegt hat, das in ihr heranwächst.

Gott, du hast gesagt, dass in deinen Augen wir alle einen einzigartigen Schatz darstellen. Und ich danke dir dafür, dass Niki gute Gaben hat. Aber er ist so still, wir warten darauf, dass er etwas sagt. Bis er Stimme und Wörter bekommt, wird er ein kleiner Baum sein, der nur langsam wächst und dessen Blätter im Schatten liegen.

Du siehst, dass sich mein Herz auch um Maraia ängstigt. Das Wasser zwischen ihr und Madam Kat ist unruhig. Wie wenn die Spinne ein dichteres Gewebe spinnt und der Regenbogen keinen vollen Bogen mehr bildet. Dann wissen wir, dass das Unwetter nicht weit entfernt ist. Wenn Madam Kat die Plantage in Maraias Hände legen will, sollte Meerstern sich vor sie setzen und den Kopf senken. Wenn Madam Kat für Maraia Schulgeld und Universität bezahlen will, sollte sie sich bedanken und nicht antworten, dass sie von Wind und Wellen lernt, was sie wissen muss. In Maraia braust der Gesang des Meeres, so groß und wild, dass er das Rascheln der Blätter des Kakaobaumes übertönt. Er ruft so laut nach ihr, dass sie Madam Kats Wörter und Träume nicht hört. Der Gesang des Riffs wischt alles aus, was sie gelernt hat darüber, die zu ehren, die älter sind als du und die immer für dich gesorgt haben.

Vergib mir meine vielen Sorgen, Gott. Hilf mir, mich darauf zu verlassen, dass alles ein Teil deines guten Planes ist. Lass das Kind in Nunias Bauch unversehrt heranwachsen. Lass Nikis Stimme hervorkommen. Lass Maraias Ohren und Madam Kats Hoffnung zusammenfinden. Lass uns alle das finden, was wir brauchen.

In Jesu Namen. Emeni.

8

Maraia

Edson kann Vale nei Kat noch kennenlernen, ehe er nach Sydney weiterfährt. Er sieht sich an, was im Süßhaus passiert, und beobachtet alles genau, als Vilivo und Maraia ihn über die Plantage führen. Mosese geht einige Schritte hinter ihnen. Der alte Vorarbeiter hört zu, sagt aber nichts, während Vilivo auf die Hülsen weist und Edson eine von Schimmelpilz schwarze und eine von Kakaokäfern zerfressene zeigt.

Fäule und Schädlinge sind Plagen, die sie nach besten Kräften auf Distanz halten, aber Maraia weiß, dass niemand von ihnen die Herrschaft darüber hat. Das Einzige, worüber wir Macht haben, ist das, was wir tun, denkt sie. Wenn das Meer ein einziges Sandkorn verschiebt, verändert sich etwas für alle anderen. Alles, was wir tun, bedeutet etwas.

Maraia ist an Zeichen gewöhnt. Sie sieht den Schaum auf den Wellen tanzen, wenn die Wale laut und frei singen. Sie weiß, was es bedeutet, wenn der Papaya-Samen glitzert wie eine Träne oder wenn ein Vogelschrei vor einer Gefahr warnt. Auf der Plantage redet an diesem Tag der ganze Wald, das Licht in weißen Strahlen, die Stämme, die von tausend Spinnen lebendig gemacht werden. Die Vögel, die über ihnen eine Decke aus Klang weben. Edson geht neben ihr, alles dort ruft seinen Namen und zeigt ihr, wer er ist. Die Bilder flackern zwischen grünen Blättern, steigen hoch aus der feuchten Erde und breiten sich vor ihren Augen aus: ein kleiner Junge, der in einem Boot wippt. Eine Schaukel an einem Baum, eine halbvolle Regentonne. Eine Frau mit einem Blumenkranz um die Stirn. Und dann: wirbelnde Funken eines Brandes, ein Mann, der mit zwei Kindern auf dem Arm rennt. Schreie und etwas, das fällt. Ein Mensch, der keine Luft bekommt.

»Maraia, geht's dir nicht gut?«

Erst als Vilivo sie direkt anspricht, geht ihr auf, dass sie stehen geblieben ist. Er schüttelt sie am Arm: »Ist dir schlecht?« Mosese steht ein Stück von ihnen entfernt, er dreht den Kopf weg und will nichts hören. Edson sieht erschrocken aus, aber nicht neugierig.

»Doch, doch, alles ist gut«, antwortet sie rasch. Der Wald ist wieder still, und das Licht zwischen den Bäumen zeigt nur die großen leuchtenden Kakaofrüchte in Geborgenheit schenkenden Familien an den Stämmen.

Abends fragt sie Edson, ob er eine Mutter hat. Er nickt erst nach einer Weile. »Aber sie ist nicht gesund.«

Er holt tief Luft. »Sie liegt im Bett. Meine Schwester pflegt sie.«

»Und dein Vater?«

Edson wendet sich ab, aber sie hört das Zittern in ihm, Wörter, die darauf warten, dass jemand sie aus ihm herausholen und verstehen kann. »Er kann gehen«, sagt er. »Und er trägt meine Mutter die ganze Zeit. Wenn er wach ist und wenn er schläft.«

Maraia versteht, was er sagt. Das Schlimme, das andere in unserer Nähe trifft, bleibt immer bei uns.

Später an diesem Abend hört sie Bruchstücke der Erklärung, die Madam Ingrid Nau Kat und Madam Sina gibt, halblaut gemurmelte Wörter über einen Brand. »Viele Jahre her … Dach eingestürzt … Frau eingeklemmt … die Kinder oder die Frau retten … musste sich entscheiden.«

»Sehen wir dich hier, wenn du aus Sydney zurückkommst?«, fragt sie Edson, ehe Vilivo ihn zum Flughafen fährt.

»Ich weiß nicht«, antwortet er. »Ich muss nach Kosrae zurück, wenn ich mir ein Boot beschaffen kann. Vielleicht kannst du einmal mit Onkel Johnny dort hinfahren.«

*

»Du siehst, wie fein sich das ausgleicht, nicht wahr?«

Madam Ingrid will, dass Maraia die Zahlen ebenso liebt, wie sie das tut. Darauf achtet, dass sie am Ende gleich groß sind, damit das, was hinausgeht, genau mit dem übereinstimmt, was hereinkommt. Wie bei der Waage auf dem Markt in Rakiraki, der großen, die für die Reis- und Mehlsäcke benutzt wird. Der Waagemann, der in die beiden Schalen Metallgewichte in verschiedenen

Größen hineinwirft und wieder herausnimmt, ohne hinzusehen. Seine Hände wissen genau, welches Gewicht in jeder Schale liegt.

Der Kakao und das, was sie verkaufen, bringt für sie Essen auf den Tisch. Die Zahlen auf dem Bildschirm erzählen Maraia das alles. Aber sie schmecken nach nichts; sie sind fest und hart wie das Geräusch von zuschlagenden Türen. Die Zahlen sind nur das, was sie sind, sie bergen keine Geheimnisse.

»Das sehe ich«, sagt sie.

Madam Ingrid nickt und schaltet den Rechner aus. »Jetzt dauert es nicht mehr lange, bis ich nicht mehr herkommen muss«, sagt sie.

Sie meint nicht, dass sie nicht mehr nach Korototoka kommen wird. Das wissen wir beide, denkt Maraia. Aber sie hat mich gern, und sie hat Labasa gern, und deshalb sagt sie das. So funktioniert es eben. Das eine Stück Glück ergibt das nächste.

»Du kommst immer her, Madam Ingrid«, sagt Maraia. »Du bist Schokolade-Bosso. Das warst du von Anfang an.«

Madam Ingrid lacht, und Maraia sieht, dass sie das gern gehört hat.

Madam Sinas Gedanken sind voll Unruhe. Madam Lisbeth war jetzt lange nicht mehr hier, und Madam Sina hat Sehnsucht nach ihr.

»Wie lange dauert es noch, bis Madam Lisbeth aus Schweden kommt?«, fragt Maraia.

»Ich weiß nicht«, antwortet Madam Sina und stellt sich gleichgültig. »Ich habe nichts von ihr gehört.«

»Und Mister Armand, wann kommt der?«

Madam Sina zuckt noch einmal mit den Schultern, aber etwas in ihrem Blick verändert sich. »Irgendwann nach Weihnachten, mehr weiß ich nicht.«

Manchmal scheint ein aufziehender Sturm nicht so groß. Nur eine kleine Wolke, die du fast nicht bemerkst, vielleicht ist sie nicht einmal dunkel. Aber du kannst nicht sehen, dass ihr andere Wolken begegnen und starke, wütende Winde. Und wenn die sich zusammentun oder im Krieg aufeinander losgehen, kommt ein Unwetter, das du nicht erwartet hattest.

9

Sina

Gott sei Dank, das ist der Gedanke, an den Sina sich klammert, während ihre Blicke über die Zeilen von Lisbeths E-Mail huschen. Sie hat auf die Mitteilung gewartet, wann ihre Freundin kommt, hat darauf gewartet und sich davor gegraust.

Hallo Sina und alle anderen!
Jetzt habe ich endlich meinen Flug gebucht und komme zum Weihnachtsbesuch nach Fidschi. Ich komme am letzten Wochenende im November, und das ist doch wirklich nicht mehr lange! Ich habe noch keinen Rückflug gebucht, aber ich möchte bis nach Neujahr bleiben.
Amanda will auch bei euch vorbeischauen. Sie hat das ganze Jahr geschuftet, um unsere Schokolade zu verkaufen, und sie hatte im Sommer fast keinen Urlaub. Sie bleibt drei Wochen, aber sie ist ja ziemlich jung verheiratet, und da will sie Weihnachten natürlich zu Thor nach Hause.

Gott sei Lob und Dank will Amanda zu Weihnachten zu ihrem Mann nach Hause. Armands Worte stehen in

Flammenschrift vor Sinas innerem Auge: *Wir kommen dann nach Neujahr.* Seither hat sie die ganze Zeit auf das genaue Datum gewartet. Sina erinnert sich an ihren Unglauben, als ihr Sohn damals vor vielen Jahren bei der ersten Begegnung mit Lisbeth das aufdrehte, was er für Charme hielt. Als er ganz einfach versuchte … Sie verdrängt diesen Gedanken. Ewig lange her, Schluss damit. Alles ist jetzt anders, er wird Irene heiraten! Doch auch Amanda kommt, der Armand nie begegnet ist. Der er niemals begegnen soll. Sina schaut noch einmal nach, während die Erleichterung sie durchrieselt, ein wunderbarer Schauer. Doch, sie hat richtig gelesen: *Sie bleibt drei Wochen.* Zu Neujahr ist sie also schon längst wieder zu Hause.

Ich freue mich darauf, wieder nach Korototoka zu kommen, schreibt Lisbeth. *Seit dem letzten Mal ist so viel passiert. Niki ist sicher gewaltig gewachsen, bei meinem Aufbruch war er ja fast noch ein Baby. Ich denke oft, dass ich die Kindheit meiner eigenen Enkelinnen verpasst habe, weil Harald meinte, Joachim habe »die Familie verlassen«, als er sich für etwas so wenig Ambitiöses wie die Krankenpflege entschieden hat. Viva und Sara, die habe ich deshalb ja nicht gekannt, als sie klein waren. Erst jetzt ist mir klar, dass mein Sohn die Familie nicht verlassen hat, er wurde hinausgedrängt. Und ich war nicht stark genug, oder mutig genug, um für ihn Partei zu ergreifen. Dafür werde ich mich in alle Ewigkeit schämen.*

In Sina mischt sich Mitleid mit Verlegenheit. Sie begreift fast nicht, dass Lisbeth ihr so etwas schreiben kann. In ihrer Jugend waren sie beste Freundinnen, aber … sind sie das auch jetzt? Sie haben nie so offen miteinander geredet. Darüber, was etwas bedeutet. Dafür war ein Blitzeinschlag nötig. Ein Erdbeben. Und mehrere Jahre Wiederaufbau. Zeit und Geduld. Vergebung.

Sina wirft einen raschen Blick auf den Kalender an der Wand und merkt, dass sie sich freut. Das letzte Wochenende im November, das sind nur noch zwei Wochen.

»Klingt so, als würde diesmal Vanuatu das Schlimmste abkriegen«, sagt Kat und schaltet das Radio aus. In der Zyklonsaison, die von November bis April dauert, verfolgt sie gewissenhaft die Sendungen von Fidschi Met.

»Ich hoffe, du hast recht.« Sina überläuft ein Schauder bei der Vorstellung: »Im vorigen Jahr sind wir ja hart rangenommen worden. Ateca sagt, dass Bienen und Wespen in diesem Jahr ihre Nester tief bauen, aber ich weiß nicht …«

Kat schüttelt den Kopf. »Ich glaube, diesmal kommen wir ungeschoren davon.«

Es ist Samstagabend, und sie haben es sich mit ein paar Glas Wein gemütlich gemacht. Sina ist schon fast eingeschlafen, sie fährt hoch, als die Tür geöffnet wird. »Madam Sina! Bist du wach?«

Sina setzt sich auf. »Ateca, wieso bist du so spät noch hier? Ist etwas passiert?«

»Wir müssen die Sturmblenden vor die Fenster setzen,

Madam Sina. In der Küche wimmelt es von Ameisen. Ich will Madam Kat nicht wecken, es fällt ihr so schwer, aus dem Bett zu kommen, aber …«

»Ameisen?«

Sina schaut forschend in das verängstigte Gesicht der Haushälterin. Ateca verhält sich schon seit einigen Tagen seltsam. Sie lacht weniger als sonst, steht oft auf der Veranda und mustert mit besorgtem Blick Meer und Himmel.

»Was willst du damit sagen, Ateca? Die Sturmblenden können doch die Ameisen nicht aussperren.«

»Komm«, sagt Ateca nur und dreht sich um.

Sina sieht es, sowie sie die Küche betritt. Ein schwarzer Streifen, wie mit breitem Pinsel gezogen, strömt von der Ecke unterhalb der Fensterbank herein. Windet sich wie eine Schlange an der Wand entlang und zerteilt den Küchenboden. Die Welle von Ameisen wogt über Schubladen und offene Regalfächer, auf der Arbeitsfläche neben dem Spülbecken schließt sie sich einer Kolonie von Brüdern und Schwestern an, die von der Leiste über das Becken kriecht. Sina steht wie gelähmt da und versucht zu begreifen, was sie da sieht. Ein paar Ameisen gibt es immer auf der Arbeitsfläche und in den Schränken, aber das hier ist etwas anderes. Eine Invasion, eine Masseneinwanderung von Millionen von krabbelnden Insekten. »Eine Völkerwanderung!«, rutscht es ihr heraus.

Ateca nickt vielsagend. »Ja, Madam Sina. Wanderameisen. Die wohnen nirgendwo. Aber wenn sie kommen, kündigen sie einen Sturm an. Ein Zyklon ist im Anmarsch.«

»Ein Zyklon?«

Wieder nickt Ateca vielsagend. »Die Früchte an den Bäumen, Madam Sina, hast du das nicht gesehen? Seit vielen Jahren waren nicht mehr so viele Brotfrüchte an den Bäumen. Und der Mangobaum hinter dem Blumengarten trägt so schwer, dass die Zweige fast den Boden berühren.«

Sina ist aus der Küche zurückgewichen, fort von dem brodelnden Ameisenfluss. Verspürt den verzweifelten Drang, sich an der Wade zu kratzen. »Mango? Wovon redest du eigentlich?«

Die Haushälterin macht ein Gesicht, das Sina kennt. Dieses Gesicht hatte Ateca, als sie ihr erklärte, sie dürfe sich nicht abends die Nägel schneiden (denn dann sind die düsteren Geister unterwegs) und niemals Jone nach seinen Fischgründen fragen (denn dann wird er garantiert nichts fangen). »Madam Sina«, sagt sie langsam, »wenn an den Bäumen mehr Früchte hängen, als wir essen können. Wenn die Ameisen ins Haus kommen. Dann bedeutet das, dass ein Sturm bevorsteht. Ein Zyklon, der Bäume umreißt und Menschen und Tiere wie altes Laub im Wind wirbeln lässt.«

Sina erinnert sich an Kats Bemerkung. »Aber Fidschi Met … Kat hat gesagt, dass sich das Unwetter auf Vanuatu richtet«, widerspricht sie.

Ateca schüttelt den Kopf. Auch sie hört Radio. »Die Ameisen irren sich nicht«, sagt sie. »Wir bekommen Sturm«

Sina spürt, wie sich die Müdigkeit wie Schlamm hinter

ihrer Stirn ablagert. »Hat das nicht Zeit bis morgen?«, fragt sie. »Es ist jetzt viel zu dunkel, um die Blenden anzubringen. Und Vilivo schläft bestimmt. Wir brauchen seine Hilfe.«

Widerstrebend gibt Ateca nach. Sie werden bis zum Morgen warten.

Sina geht wieder ins Bett, braucht aber ein Glas Wasser und kehrt zurück in die Küche. Öffnet vorsichtig die Tür. Nicht eine Ameise zu sehen.

10
Kat

»Hast du Post bekommen?«

Ich blicke fragend Sina an, die mit roten Wangen und mit einem Briefumschlag in der Hand vor dem Spülbecken steht. Sie reicht mir den Brief, er ist an den Rändern zerfetzt, da sie ihn mit dem Brotmesser geöffnet hat. »Von Irene«, sagt sie. »Bitte, lies einfach. Er ist an uns alle.«

Der Umschlag ist in Trondheim abgestempelt. Eine Einladung auf steifem Karton, ein Brief, zwei bunte Prospekte und etwas, das aussieht wie eine Landkarte.

Ich öffne zuerst die cremefarbene, in der Mitte gefaltete Einladungskarte. Auf der Vorderseite sind die Umrisse von zwei Herzen eingestanzt, feine goldene Striche. *Irene Stiberg und Armand Guttormsen … Kvitøya-Kirche … Samstag, 22. März, 16 Uhr … geselliges Beisammensein im Jugendzentrum Kvitøya …*

Ich lege die Karte weg und falte den Briefbogen auseinander. Irenes Buchstaben sind akkurat und sorgsam geformt, zurückhaltend und entschieden zugleich.

Liebe Sina und liebe alle,

hier kommt die richtige Hochzeitseinladung, auch

wenn ihr über unsere Pläne ja schon Bescheid wisst. Wir haben das Datum auf den 22. März gelegt, und Armand hat sicher bereits erzählt, dass wir in der Kirche von Kvitøya heiraten werden. Ich freue mich darauf, euch die Landschaft meiner Kindheit zeigen zu können, mit steilen Bergen, die aus dem Meer aufragen, und dem magischen blauen Licht, das wir im Winter haben. Um euch einen kleinen Eindruck zu geben, lege ich Prospekte bei, die unsere Touristeninformation hergestellt hat, und ich kann versprechen, dass die Wirklichkeit mindestens genauso schön ist wie die Bilder.

»Kvitøya – Sie werden es nicht bereuen«, steht auf dem oberen blanken Prospekt. Das Bild zeigt eine Bergkette, deren Gipfel aufragen wie Zähne in einem Kiefer, die grauen, wuchtigen Spitzen wachsen geradewegs aus dem Meer heraus. Das nächste Motiv stammt offenbar aus dem Herbst. Ein sanfterer, abgerundeter Gipfel, der sich in bewegungslosem Wasser spiegelt. Das Spiegelbild ist so perfekt, dass es fast künstlich aussieht, die rotbraunen Farbtöne des Heidekrauts und des Gestrüpps leuchten in der schwarzen Wasseroberfläche. Ich blättere auf die nächste Seite weiter, Kinder in dicken Jacken und Strickmützen ziehen ein Rodelbrett einen Hang hinauf. Das Tageslicht ist kein Licht, sondern nur der Schein eines riesigen Himmels über zwei kleinen Gestalten in blauem Schnee. Darunter: Frühling, ein Weg führt einen kahlen Felshang hoch, das Hellgrün weicht das steinige Grau behutsam ein wenig auf. Bilder von Fischerbooten, zwei Fäuste präsentieren einen gewaltigen Kabeljau. Eine Reihe roter Bootshäuser, ein in einer Bucht geborgener Bootshafen. Der Strand auf einem der Bilder ist kreideweiß, es könnte der Korallensand unterhalb von Vale nei Kat sein. Aber statt Palmen steht dort Laubwald, und die Gipfel der Berge im Hintergrund sind verschneit. Gibt es in Nordnorwegen wirklich solche Strände?

Meine Augen überfliegen die Namen auf der Landkarte. Trolltind und Draugedjupet. Vettevika. Krakekilen. »Wie spannend«, sage ich zu Sina. »Also am 22. März. Da müssen wir anfangen, nach bezahlbaren Flügen Ausschau zu halten.«

»Ja.«

Ihre Stimme ist neutral, keine jubelnde Erwartung, aber ich bin nicht überrascht. Bei Sina brauchen die Dinge ihre Zeit. Unkontrollierte Freudenausbrüche sind nichts für eine, die das Dasein immer mit Vorbehalten gemustert hat. Ich wende mich wieder Irenes Brief zu und lese die letzten Sätze:

Mein Elternhaus auf Kvitøya ist groß, es gibt Übernachtungsmöglichkeiten für alle. Wir hoffen, dass ihr vor und nach der Hochzeit noch einige Tage bleiben könnt. Ihr müsst doch einen Ausflug nach Trondheim machen und sehen, wie wir dort leben, und Armand meint, dass ihr sicher auch in Reitvik vorbeischauen wollt.

Sagt Bescheid, wenn ihr Fragen habt oder wir euch irgendwie helfen können. Ich freue mich darauf, euch nach Neujahr alle auf Fidschi zu treffen.

Herzliche Grüße von Irene

Ich halte Sina den Prospekt mit den prachtvollen Bildern hin. »Das sieht ja wunderschön aus«, sage ich. »Ich freue mich darauf, Nordnorwegen zu erleben, du nicht?«

Sie nickt, und ich bin froh über die Andeutung von Begeisterung in der sonst so tonlosen Stimme. »Es gibt viel, worauf wir uns freuen können.«

Ateca greift sofort die Frage des Hochzeitsgeschenks auf und erkundigt sich nach der Wohnsituation von Armand und Irene. »Haben sie viele Zimmer? Brauchen sie Bettwäsche? Lampen?«

Ich kann ihr keine befriedigende Antwort geben, nur dass das Brautpaar vermutlich bereits alles hat, was es braucht.

Ateca schüttelt energisch den Kopf. »Alle brauchen etwas«, sagt sie. »Auch Mister Armand und diese Frau. Auch wenn sie schon viel haben.«

Aus irgendeinem Grund nennt Ateca Irene nicht beim Namen. »Sie heißt Irene«, sage ich zum Gott weiß wievielten Mal. »Sie hat einen Namen, Ateca.«

Unsere Haushälterin blickt mich geduldig an. »Ihr Name gehört mir erst, wenn ich sie kenne, Madam Kat.«

Sie hat viele Fragen nach Essen und Feier. Was wird die Braut anziehen? Und was der Bräutigam? Ich fürchte, dass ein Hochzeitsfest in einem Bürgerhaus in Norwegen langweilig wirken kann im Vergleich zu den reichhaltigen Traditionen, die bei einer Hochzeit auf Fidschi zum Tragen kommen: kostbare Walzähne, das Boot, das die Braut an Land bringt. Trommeln und Tanz. *Lovo* mit Fleisch, das vor Fett glänzt, wenn es unter den Steinen in einer Grube im Boden ausgegraben wird. In Salatblätter gewickelte Hühner. *Salusalu,* die schönen Kränze, die Braut und Bräutigam um den Hals tragen. *Kava,* die schweren Wurzeln, die in großen Mörsern zerstampft und für das Getränk verwendet werden, das zu den Festen auf Fidschi einfach dazugehört. Die braunen bitteren Schlucke, die Vergangenheit und Gegenwart zusammenbringen, die alte Erzählungen und große Wahrheiten am Leben erhalten. »Tanzt ihr *Meke,* Madam Kat?«, fragt Ateca. »Wer hilft dabei, die Braut zu schmücken? Hat Mister Armand ihrer Familie einen Walzahn gegeben?«

Ein alter Schulatlas wird hervorgeholt, und Maraia und Ateca sehen interessiert zu, während ich im Netz Informationen zu den dort eingezeichneten Orten suche. »Krakekilen, das muss doch vom Kraken kommen«, sage ich.

»Vom Kraken?«

Ich lese vom Bildschirm ab: »Ein Riesentintenfisch mit inselgroßem Körper. Er konnte Schiff und Mannschaft auf einen Bissen verschlingen.«

Maraia blickt mich mit ernster Miene an und nickt ein wenig. Ateca lacht nervös. Ich finde auch etwas über den Draug und lese weiter: »Der Draug ist ein Wiedergänger, der Fischer und andere Leute am Meer heimsucht. Er hat nur einen halben Kopf, und sein Rumpf ist verwest. Er ist von Seegras bedeckt und stößt ein furchtbares Kreischen aus, das Tod und Unglück ankündigt, während er in einem Boot mit zerfetztem Segel umherfährt.«

Ateca macht ein entsetztes Gesicht.

»Das sind nur alte Sagen und Mythen«, sage ich beruhigend. »So was hat man in alten Tagen geglaubt.«

Sie kneift den Mund zusammen.

»Das ist nur eine Geschichte«, füge ich hinzu. »Aberglaube. Wenn jemand auf dem Meer blieb, war es wichtig für die Familie, sich eine Erklärung zurechtzulegen. Das macht ihr hier doch auch! Der Draug ist ein Symbol für die gefährlichen Kräfte im Meer, genau wie *Dakuwaqa* …«

»Madam Kat!«

Zu spät erkenne ich meinen Fehler. Dakuwaqa, der Haigott mit den grausamsten Zähnen des ganzen Meeres. Er kann nach Belieben seine Gestalt verändern, und er sieht und weiß alles, was in der Tiefe vor sich geht. Dakuwaqa ist Realität, und das nicht nur für Ateca. In den Schulbüchern von Fidschi steht schwarz auf weiß, dass er die Bösen bestraft. Er vergisst niemals eine Beleidigung. Und jetzt habe ich ihn gerade beleidigt.

»Das war nicht so gemeint. Aber der Draug … der ist nur eine Märchengestalt, den gibt es in Wirklichkeit nicht. Das ist wie mit den Trollen – wir sagen, dass sie im Wald hausen und zu Stein werden, wenn ein Sonnenstrahl sie trifft. Aber im Ernst glauben wir das nicht.«

Es ist schwer zu sagen, ob Ateca empört oder zutiefst verletzt ist oder beides. Ihr Gesicht ist angespannt, als sie antwortet. »Es gibt Dinge, die wir nicht sehen, Madam Kat. Du hast selbst gehört, wie sich der Schlangengott im Gebirge umgedreht hat. Das ist das, was passiert, auch wenn wir es Donner nennen.«

»Ateca, ich …«

Lass es auf sich beruhen, sprich über etwas anderes. Trotz ihrer Verwurzelung in der Methodistenkirche akzeptiert Ateca auch die Kräfte, die im Kirchenschiff nichts zu suchen haben. Über diese dunklere Seite redet sie nur selten, aber ich weiß, dass sie sie in ihre tägliche Buchführung einbringt. Eine schlechte Zuckerernte, ein Brand, den niemand erklären kann, nichts passiert ohne Grund.

»Jedenfalls brauchst du nicht zu befürchten, dass dir auf Kvitøya ein Troll über den Weg läuft«, sage ich und versuche, meiner Stimme einen leichten Klang zu geben. »Und wir werden nicht bis ganz nach oben auf den Trolltind klettern.«

Sie gibt keine Antwort und wendet sich ab, als ich versuche, ihren Blick einzufangen.

11
Maraia

Sie war zwölf, als sie das Boot bekommen hat, aber Maraia fährt schon zum Riff hinaus, solange sie sich zurückerinnern kann. Als kleines Mädchen war sie bei Jone auf dem *Fahrzeug der Ehre,* dem größten Fischerboot in Korototoka. Jone, Moseses Sohn, ist der Nachbar von Na Sai. Er und seine Brüder, seine Söhne und Schwiegersöhne sind allesamt Fischer. Wenn das Wetter gut ist und der Fregattvogel zeigt, welchen Weg die Schwärme nehmen, fahren sie weit über das Riff hinaus, auf das tiefe Meer.

Ateca will nicht, dass Maraia das Riff hinter sich lässt. Sie sagt, niemand kann wissen, was sich unten in der Tiefe befindet, und unsere Augen sollen auch nur das sehen, was am Haken des Fischers anbeißt. Maraia fährt nur so weit hinaus, wenn der Wind verspricht, sich für viele Stunden in derselben Richtung und Stärke zu halten. Der Gesang dort draußen ist anders. Was tief dort unten lebt, ist weit gereist und verwendet eine andere Sprache.

Sie weiß, dass das Meer angreifen kann. Korototoka hat schon viele Zyklone gesehen, die Meer und Regen zu

Himmeln aus Wasser aufpeitschen. Die Wellen brüllen, die Menschen sollen machen, dass sie wegkommen, sich an etwas anbinden, das stehen bleibt, oder aufwärtslaufen, weg von den gebleckten Zähnen. Dann ist der Gesang des Meeres wild, grausam und unersättlich.

Dort unten, wo niemals Licht hingelangt ist, gibt es eine andere Melodie. Die Geschichten darüber, was dort unten lebt, sind noch nicht geschrieben worden. Die Welt dort unten ist dunkler und größer als unsere, vielleicht gibt es in ihr etwas anderes als Licht, weil das, was dort lebt, keine Augen hat? Vielleicht haben die Geschöpfe in der Tiefe andere Sinne als wir. Vielleicht essen sie, oder vielleicht haben sie nur ein Herz und Blut. Wir werden niemals erfahren, wer sie sind.

Unter Wasser hat Maraia eine andere Haut. Damit gleitet sie leichter, legt sich in die Strömung, als wäre sie mit Schuppen bedeckt. Dort unten hört sie mit anderen Ohren und sieht mit anderen Augen. Das Riff, das mehr Jahre gebraucht hat, als sie zählen kann, um seine Gänge und Hohlräume zu bauen, winkt mit einem Teppich aus tanzenden Schleiern. Tausende von Leben wimmeln hin und her, während Maraia sich nähert, Schwärme von roten Glasaugenfischen und spitzen, beleidigten Glasnadelfischen. Schnecken mit leuchtend grünen Punkten kriechen in Spalten und Falten der Korallen, blaue Seesterne klammern sich geduldig an die unebene Oberfläche. Wogende Fäden und offene Münder suchen nach Nahrung, saugen unsichtbare Essensteilchen in sich auf. In Gruben und Höhlen versteckt sich die Muräne. Der Kopf mit den scharfen Zähnen ist nur zu sehen, wenn man weiß, dass er da ist. Eine Muräne kann so lang wie drei Männer aneinander werden und ist schnell wie ein zu Tode verängstigter Gedanke. Sie ist giftig, und sie frisst alle, Fische, Tintenfische, Krabben. Aber die Muräne ist auch schön. Manchmal funkelt sie gelb oder mit grünen Tupfen oder hat eine Haut wie eine Schlange mit einem strahlenden Muster. Alle haben ihren Platz, und es ist Platz für alle. Das Riff war immer hier und hat das Dorf beschützt, wie ein Wall, den niemand sieht und an den niemand denkt.

Hier unten sind nur selten Menschen, ihr ist noch nie einer begegnet. Feriensiedlungen und Tauchschulen gibt es in Korototoka nicht. An vielen anderen Orten auf Fidschi gibt es Boote, die Menschen mit Ausrüstung hinausbringen, sie tauchen lassen, damit sie sich Fische und Korallen ansehen können, und sie danach wieder an Bord nehmen und verköstigen. Sie schwimmen in großen Gruppen, viele möchten nahe an die Riffe heran, möchten ein Stück abbrechen und mit nach Hause nehmen.

Das Riff vor ihrem Dorf strotzt vor Leben, aber so ist es nicht überall, das weiß Maraia. Das Wasser um die Inseln ist wärmer als früher, und das sagt den Riffen nicht zu. Wenn das Wasser sich erwärmt, spucken die Korallen die Algen aus, die sie brauchen, um Farbstoff zu bilden, und das Riff sieht tot und grau aus wie ein Skelett. An vielen Orten entlang der Korallenküste sind die Riffe im seichteren Wasser weiß und leblos, darin wohnen keine Fische mehr. Pagageienfische und Riffbarsche finden dort keine Nahrung, und für ihren Laich gibt es kein Versteck.

Obwohl das Fischen mit Dynamit verboten ist, kommt es doch an vielen Orten vor. Wenn das Dynamit unter Wasser gesprengt wird, wird das Riff in Fetzen gerissen, und die toten Fische werden an die Oberfläche geschleudert. Die Luftblase birst, die Hohlräume füllen sich mit Blut, und die Bauchhaut wird zerfetzt.

Das Meer ist reich. Es gibt genug von allem, was wir brauchen, denkt Maraia. Aber es droht Gefahr, wenn wir der gierigste Fisch von allen werden.

In der Regel ist sie allein draußen beim Riff. Wenn ihre Freunde mitkommen, dann zum Fischen, sie fahren nicht hinaus, nur um zu lauschen oder zu sehen. Flora war immer Maraias beste Freundin, aber jetzt sind sie nicht mehr so oft zusammen. Flora hat viel zu tun, sie hat ein Kind im Bauch und wird bald heiraten. Sie hat zu Maraia gesagt, dass sie jetzt mit der Schule fertig ist: »Ich werde zu beschäftigt sein, wenn das Baby da ist.«

Flora weiß nicht, dass es nicht nur ein Baby ist, sondern zwei. Im warmen Meer in ihr wogen zwei Herzschläge, leicht wie Wind, unter ihrem eigenen. Maraia hat davon nichts zu ihr gesagt. Flora braucht es nicht zu wissen, noch nicht.

Maraia hatte noch nie einen Freund. Keiner von den Jungen, die sie geküsst hat, hat ihr Lust gemacht, zu heiraten oder Kinder zu bekommen.

Ateca hat ihr mehrmals gesagt, Jimi, Floras Bruder, sei ein guter Junge. »Er ist lieb«, betont sie. »Und er trinkt auch nicht zu viel Kava.«

Ateca hat recht. Jimi interessiert sich mehr für Musik als dafür, an der Kava-Schüssel zu sitzen. Er träumt davon, nach Suva zu gehen und einen Job als DJ zu bekommen.

Maraia mag Jimi, er ist ein guter Freund. Aber sein Körper ist dünn und entfacht keinen Brand in ihr. Wenn sie sich küssen, trifft sein Mund ihren, aber Maraia weiß, dass die Träume, ihre und Jimis, an unterschiedlichen Orten sind.

Ihr Körper kann Kinder bekommen, das weiß sie, seit sie zum ersten Mal geblutet hat. Als das passierte, hat Na Sai ein Fest gemacht, um *Tunudra* zu feiern, das Kommen des Mutterblutes. Na Sai hat ein Festmahl vorbereitet und die Verwandtschaft eingeladen, und Maraia bekam die Matte, die dazugehört. Na Sai und ihre Mutter, Maraias *Bubu,* hatten ihr an jenem Abend viel zu erzählen. Dass jetzt etwas Wichtiges mit ihr vor sich gehe. Dass sie kein kleines Mädchen mehr sei und dass sie den Unterschied zwischen Falsch und Richtig kennen müsse. »Vergiss nicht, dass immer viele Jungen in deiner Nähe sein werden«, sagte Na Sai. »Überleg dir gut, was du tust, und triff die richtigen Entscheidungen.«

Maraia hat sich mehr gewünscht als Küsse, sie hat das Feuer im ganzen Leib gespürt. Kinder zu machen ist nicht schwer, das hat sie schon oft gesehen. Wenn die Balolo-Schlange in einer langen, wogenden Nacht Eier und Milch absondert, finden die Zellen blind zueinander. Aber sich zusammen um ein Kind zu kümmern, das ist etwas anderes. Dieselbe Art von Spuren im Sand zu hinterlassen. Dieselben Lieder auf der Zunge zu haben, wenn das Kind in den Schlaf gewiegt werden muss. Maraia weiß, dass sie und Jimi ganz verschiedene Lieder haben.

Flora hat sie gefragt, als Edson in Vale nei Kat war. Den »Fischer von Kosrae«, hat sie ihn genannt. »Wäre der nichts für dich?«

Maraia glaubt nicht, dass Edson etwas für sie wäre. Zuerst muss er etwas für sich selbst werden.

Abends sitzt sie mit Nau Kat vor dem Globus, der Mister Niklas gehört hat. Auf dem ist Fidschi ein kleiner Punkt und auf allen Seiten von Meer umgeben. Norwegen, das Land, aus dem Nau Kat kommt, sieht aus wie ein Schlüssel. Es hat Meer an der einen Seite, dreht die Spitze aber weg, hin zu den Ländern, mit denen es zusammenhängt. Vielleicht kommt es Nau Kat so vor? Dass die Wellen über ihr zusammenschlagen, während sie ihre Wurzeln eingräbt und versucht, sich festzuhalten?

»Hat Mister Niklas das Meer gemocht?«, fragt Maraia sie.

Nau Kats Blick gleitet nach innen, sieht Länder und Menschen und Inseln und Wolken.

»Er hat das Meer geliebt«, antwortet sie. »Er hat sich von den Wellen tragen lassen, sich und mich, wohin sie uns bringen wollten.«

»Und am Ende haben sie ihn mitgenommen«, sagt Maraia.

Nat Kat nickt. »Ja.«

»Hast du Angst davor?«, fragt Maraia.

Nau Kat bleibt lange stumm. »Keine Angst«, antwortet sie endlich. »Aber es ist doch so, dass wir etwas, von dem wir das Ende nicht kennen, erschreckend finden.«

Maraia sieht sie erstaunt an. »Wenn wir wüssten, wie alles aufhört, würden wir doch sicher die ganze Zeit nur auf den Tod warten.«

Nau Kat seufzt. »Du bist so jung«, sagt sie, und Maraia hört den Missmut in ihrer Stimme, einen traurigen Vogel. »Du weißt nicht, dass man alles verlieren kann.«

Es wird still zwischen ihnen, und Maraia sieht, dass sich die Gedanken hinter Nau Kats Stirn zu düsteren Schichten ablagern. Sie denkt an Mister Niklas, der ertrunken ist. Sie denkt an mich, geht es ihr auf. Sie hat Angst, mich an das Meer zu verlieren.

»Nau Kat«, sagt sie. »Du kannst Wasser nicht in den Händen halten, es wird immer einen Ausweg finden.«

Sie sieht, dass der traurige Vogel in Nau Kats Herz ein Nest baut, und versucht ihn zu verscheuchen. »Nimm mich mit in dein Land«, sagt sie und zeigt auf den Globus. »Erzähl mir, wie das Licht dort am Morgen ist. Worüber lachen die Menschen? Wie tanzen sie, wenn sie froh sind?«

Nau Kats Gesicht öffnet sich, sie hebt den Kopf, der fast auf ihre Brust gesunken ist, zu einem der kurzen Schlummermomente, die sich immer häufiger einfinden.

»Sie lachen … wenn die Mühe vorüber ist«, sagt sie. »Sie lachen, wenn sie sich blamieren oder wenn andere das tun. Sie lachen, um eine Enttäuschung zu überwinden oder um jemandem, dem es schlecht geht, zu sagen, dass alles besser werden wird.«

Maraia hört genau zu. »Und tanzen sie?«

Nau Kat bleibt für einen Moment still, ein kleines Lächeln besucht ihren Mund.

»Das haben wir jedenfalls getan, als ich jung war.«

»Hat Mister Niklas dich herumgeschwenkt?«

Der traurige Vogel ist aufgeflogen.

»Das hat er. Und ich hatte das Gefühl zu fliegen. Wenn ich die Augen schließe, spüre ich es noch immer.«

»Da siehst du, Nau Kat«, sagt Maraia. »Wir verlieren die Dinge nicht, auch wenn wir sie nicht in den Händen halten. Wenn wir sie freilassen, finden sie zu uns zurück, wenn wir sie brauchen.«

*

Für die, die sehen können, sind die Zeichen deutlich. Wenn die Bäume tragen wie jetzt, muss so schnell so viel Ernte eingeholt werden wie nur möglich. Den Rest wird der Zyklon mitnehmen. Jedes Jahr werden die Winde stärker und die Regengüsse schwerer. Vielleicht liegt es daran, dass ich selbst älter werde, denkt Maraia. Dann erinnert man sich an immer mehr, bis man sich an gar nichts mehr erinnert.

Nau Kat glaubt noch immer, dass der Zyklon nicht herkommen wird. Sie vertraut auf Fidschi Met, und die haben gesagt, dass diesmal Vanuatu an der Reihe sein wird. Dort wird der Wind die Menschen aus ihren Häusern jagen und das Obst von den Bäumen rütteln. Die Kokospalmen werden aus dem Boden gerissen werden, sodass die Wurzeln da liegen wie klaffende Schlünde, und die Eltern werden ihre Kinder festbinden, damit sie nicht verschwinden.

Penaia muss sein Boot an Land holen. Sein Boot ist klein, er muss sich beeilen, seine Körbe hereinzuholen, ehe das Unwetter kommt. Er lebt von den Krebsen, bekommt immer die größten, die mit dem meisten Fleisch. Seit seine Frau vor einigen Jahren gestorben ist, kümmert sich niemand um das Kassava-Feld auf seinem Grundstück, es ist wild und überwuchert. Ateca sagt, dass es eine Schande ist, Gottes Gaben zu vernachlässigen. Die Erde ist reich, und der Wind bringt den guten Regen vom Meer herein; Penaia könnte das Feld bepflanzen. Aber Maraia kann Penaia verstehen. Wenn das Herz allein ist, will es offene Räume und Platz zum Umherstreifen.

Nau Kat und Madam Ingrid sitzen im Schatten auf der Veranda, sie reden darüber, was sie tun wollen, wenn Madam Lisbeth kommt. »Falls sie kommt«, sagt Madam Ingrid. »Es sieht aus, als ob der Zyklon seinen Kurs ändert, und er wird stärker. Vielleicht will Lisbeth lieber abwarten.«

»Das Schlimmste wäre, wenn der Flughafen in Nadi schließt, nachdem sie schon in der Luft sind«, sagt Nau Kat. »Dann sitzt sie irgendwo fest, in Sydney oder so.«

»Ja.« Madam Ingrid stimmt ihr zu. »Und wenn der Flughafen gesperrt wird, hast du mich hier am Hals.

Ich kann ja nicht nach Vanua Levu zurückschwimmen. Jedenfalls nicht bei einem Zyklon.«

»Ich habe nichts dagegen, dass du ganz lange hierbleibst, das weißt du. Aber ich glaube, du kommst noch zurück. Erst heute Morgen habe ich gehört …«

Sie verstummt, als Madam Ingrids Telefon klingelt. Ihr ist sofort anzusehen, dass Mister Johnny anruft. Maraia wendet sich zum Gehen, bleibt aber in der Tür stehen, als sie Madam Ingrids Stimme hört. Die ist schwarz und unruhig, wie Ameisen.

»Das war Johnny«, sagt Madam Ingrid, als das Gespräch beendet ist. »Er fragt, ob wir die letzten Nachrichten auf Fidschi Met gehört haben. Der Zyklon kommt jetzt geradewegs auf Viti Levu zu. Und er ist auf Kategorie 4 hochgestuft worden.«

12
Ateca

Lieber Gott!

Du siehst, dass wir uns nach besten Kräften vorbereitet haben. Wir haben das Obst von den Bäumen geholt und Schweine und Ziegen eingesperrt. Die Leute, die keine Sturmblenden haben, haben ihre Fenster mit Brettern vernagelt, um sie vor fliegenden Ästen und Kokosnüssen zu beschützen. Moseses Söhne haben lange Seile über sein Hausdach gezogen und sie auf dem Boden befestigt. Den Blumengarten können wir nicht sichern, aber das Süßhaus ist abgeschlossen und verriegelt, und wir haben alles von der Plantage geholt, was reif ist.

Mehr können wir nicht tun. Das Murren in Madam Sinas Beinen sagt, dass das Unwetter gleich hier draußen liegt, und das sagt auch das Radio. Mein Herz ist klein und hart vor Unruhe, und ich habe außer dir niemanden, an den ich mich wenden kann. Du bist länger hier als alle Stürme, Gott. Pass auf uns und das Haus und die Plantage auf und auf alle, die hier wohnen.

Ich habe heute Nacht von Mister Armand geträumt. Dass er nach Vale nei Kat kam und Madam Lisbeth ihn vor dem Haus erwartete. Sie sagte, er dürfe nicht hineingehen, aber Mister Armand lief einfach an ihr vorbei. Er zog sich nicht einmal die Schuhe aus, Gott, und ging ins Haus, ohne bei der Tür zu warten. Ich bin froh, dass Madam Sina in dem Traum nicht dabei war, denn so brauchte sie sich für ihren Sohn nicht zu schämen.

Gott, du hast gesagt, dass du uns vor allen Gefahren behütest, aber es ist schwer, keine Angst zu haben. Pass auf unsere Boote auf, wenn das Meer seinen gewaltigen Schlund aufreißt. Lass Litias Hühner Zuflucht finden, du weißt, dass sie die Eier braucht. Lass die Dächer auf den Häusern liegen und die Kakaobäume stehen bleiben. Lass dein Licht über Niki leuchten, und lass das Kind in Nunias Bauch geborgen liegen.

Leite uns alle sicher durch diesen Sturm.

In Jesu Namen. Emeni.

13
Kat

Jetzt hat es angefangen. Die Sturmblenden sind vorgelegt, und das Haus liegt im Halbdunkel. Der Regen ist bisher nicht stärker als ein normaler Nachmittagsschauer, aber der Wind, der die Wellen immer weiter den Strand hochschiebt, bläst sich auf und verheißt, dass es schlimmer werden wird. Das Meer ändert sein Gesicht, von wachsblanker Leblosigkeit zu zitterndem Silber, von harter Entschlossenheit zu runzliger, ängstlicher Haut, voller Sorge vor dem, was kommen wird.

»Mach, dass du ins Haus kommst«, ruft Sina, während ich mich nach einer letzten Kontrollrunde draußen über den Hofplatz mühe. »Du wirst da noch umgeblasen!«

Ich schaue zu Sais Haus hoch. Die Wellblechplatten auf ihrem Dach klappern bedrohlich, und jetzt muss eilig alles hereingeholt werden: Krüge mit Pflanzen, Plastikstühle, Keleras Fahrrad. Zwei kleine Jungen laufen an mir vorbei auf der Jagd nach zwei Hühnern, die vor ihnen herumhüpfen und flattern, es ist unmöglich zu sehen, ob sie vom Wind getragen werden oder von ihren eigenen Flügeln. Ich mache mir Sorgen um Mosese, er und sein Haus sind beide gebrechlich.

»Hast du gesagt, dass sie zu uns kommen können?«, frage ich Ateca, aber die Haushälterin schüttelt den Kopf. »Sie haben schon viele Stürme gesehen. Mosese hat die größten Äste an den Bäumen in Hausnähe abgesägt. Er macht sich vor allem Sorgen um seinen Dalo. Er hat keine Lust, alles zu ernten, aber ich glaube, es wäre besser, das jetzt zu erledigen. Morgen kann es zu spät sein.«

Ich schüttele resigniert den Kopf. Ich bin triefnass, und Mosese und Litia sind bei diesem Wetter im Garten und graben Dalo aus? Aber ich weiß, dass mich das nichts angeht.

Ein ängstliches Lachen quillt in Ateca auf, sie schlägt sich die Hand vor den Mund und packt mich mit der anderen am Arm. »Komm, Madam Kat«, sagt sie. »Ich habe viele Stürme gesehen. Aber dieser wird sehr groß.«

Ingrid wartet schon in der Tür. »Im Radio haben sie eben gesagt, dass die Flughäfen geschlossen werden, in Nadi und auch in Suva. Kein Flugzeug landet noch, keins fliegt ab.«

Wir sehen einander an. »Wann genau wollte Lisbeth kommen?«

»Ich habe ihre Reiseroute«, sagt Ingrid und nickt. »Sie sind in Sydney. Bestimmt suchen sie sich ein Hotel, und dann wird sie wohl anrufen, sobald sie kann.«

Ich hoffe, dass es nicht lange dauern wird. Die Götter allein wissen, wie lange wir noch Telefon haben werden. Oder Strom.

Nicht lange, wie sich nun herausstellt. Ich hole Fidschi Met auf den Bildschirm und sehe, dass die orange Spirale sich immer heftiger dreht, während sie sich auf der mit Kreisen und Pfeilen gefüllten Karte voranarbeitet. Ich lasse den Cursor über den Bildschirm wandern, um festzustellen, womit wir rechnen müssen, doch dann ist ein seufzendes Klicken zu hören, und das Bild verschwindet. Gleichzeitig wird es im Zimmer dunkler, und ich weiß, was passiert ist, ohne dass Ateca laut rufen muss: »Kein Strom, Madam Kat!«

Einige Stunden darauf ist Vale nei Kat zur Notaufnahmestelle geworden. Unser Haus liegt nahe am Strand und liefert keine Sicherheit vor der Flut, aber es gehört doch zu den solidesten im Dorf, und ich gehe davon aus, dass das Dach halten wird. Bei Salote war das nicht der Fall, sie kommt gekrümmt und vom Wind gebeutelt zur Tür herein und berichtet aufgeregt von den Wellblechplatten, die vom Sturm weggerissen wurden, sodass jetzt das halbe Dach fehlt, und die Angst um ihre Waren ist ihr anzusehen. »Ich habe alles in den Laden gebracht, in Kisten unter dem Tresen, aber wenn auch das Dach über dem Laden verschwindet …«

Ateca kocht Tee und holt weitere Matten, während sich das Haus der Damen füllt. Sai und Kelera, Maraias Mutter und Schwester. Der Lehrer und seine Frau samt den drei Kindern. Eine der Töchter des Wächters Akuila mit Mann und Kindern. Penaia mit dem gelben Boot und den besten Krebsen. Jemand fragt, ob er sein Boot bergen konnte, aber er schüttelt zur Antwort den Kopf.

Ingrid lebt mehr und mehr auf, als die Menschen

hereinströmen. Einige bringen Lebensmittel mit: Süßkartoffeln, Kassava, Roro, Konserven. Matten zum Sitzen, Kochgeschirr. Ingrid organisiert das Umstellen der Möbel, um die Bodenfläche auszunutzen, sucht den Vorrat an Taschenlampen heraus. Es ist unerträglich heiß, der Ventilator unter der Decke bewegt sich nicht, und die Luft ist von Feuchtigkeit gesättigt. Die Mütter haben die kleinsten Kinder auf den Schoß genommen, die etwas größeren drücken sich vor den Fenstern zusammen und lugen durch die Spalten zwischen den Blenden.

Die Geräusche sind fast das Schlimmste. Das ununterbrochen mahlende, knirschende Geräusch von Brettern und Balken, die verzweifelt festhalten, ist, wie ein Stück knisterndes Seidenpapier dicht am Ohr zu haben. Kokosnüsse und Brotfrüchte knallen auf das Dach. Eine Palme unten auf dem Grundstück wird mit einem Brüllen aus der Erde gerissen, als ihre Wurzeln loslassen. Zweige werden von den Bäumen gebrochen, ein Mann, den ich nicht kenne, steht plötzlich mit blutendem Arm in der Tür. Sina greift ein, wäscht seine Wunden aus und holt unsere medizinische Ausrüstung. Der Wind ist so stark, dass wir alles an Stimme aufwenden müssen, um ihn zu übertönen. Ingrid versucht, einen älteren Mann aufzuhalten, der die Tür öffnen will, er will nach seinen Ziegen sehen. Die sind im Schuppen hinter seinem Haus angebunden, und er hat Angst, dass der kleine Schuppen der Belastung nicht gewachsen ist. Ich denke, dass er die Tiere hätte laufen lassen müssen, damit sie auf eigene Faust Schutz suchen könnten. Ingrid weist ihn energisch zurecht. »Wenn du jetzt rausgehst, ist das für dich gefährlicher als für die Ziegen.« Durch den Wind, der heult und an den Wänden reißt, ist ein leises Murmeln zu hören. Ateca hockt mit dem Kopf in den Händen an der Wand und fleht ihren Gott an, den Sturm aufzuhalten. Nun richtet sie sich auf: »Ich gehe zu Vilivo hinüber.«

Maraia ist bereits unten im Vorarbeiterhaus.

»Willst du sie herholen?«

Sie schüttelt den Kopf. »Vilivo hat ein starkes Haus. Er will, dass sie dort bleiben. Aber ich muss bei Niki sein.«

»Ateca«, fange ich an, aber etwas Unerschütterliches im Blick der Haushälterin bringt mich zum Verstummen. »Lass sie«, sage ich zu Ingrid, die sich als Wache neben die Tür gestellt hat. »Lass sie dahin gehen, wo sie sein muss.«

Ingrid und Ateca lehnen sich mit aller Kraft gegen die Tür, und Ateca presst sich hindurch. Durch den Türspalt sehe ich für einen Moment etwas Graubraunes und höre einen Knall, als ein Baumstamm gegen die Sturmblende vor dem größten Fenster kracht. Die Blende hält, aber der Junge, der eben noch seine Nase in den Spalt gepresst hatte, liegt auf dem Boden und heult vor Schreck. Tränen und Trost, und alle rücken dichter aneinander heran. Einige stimmen einen Choral an, und andere singen mit:

Blick, Gott, herab auf unsere Not
und deinen tröstenden Geist uns sende.
Sei unser Schild gegen Angst und Tod,
und nimm uns in die Hut deiner Hände.

Die Gesichter im Raum glänzen. Vor Tränen und vor Angst. Vor brennendem Vertrauen, dass alles in Händen des Einen liegt, der sie unversehrt durch das Unwetter führen wird. Ich atme langsam aus und denke, das hier geht gut, das wird gut gehen. Vale nei Kat hat schon manchen Sturm überlebt.

Penaia sitzt allein unter einem Fenster, er singt nicht. Wenn er sein Boot und seine Körbe verliert, verliert er alles. Das Gesicht des alten Krebsfischers zeigt keine Bewegung, die mageren Arme sind um seine Knie geschlungen. Plötzlich kommt mir der schmerzliche Gedanke: Sie sind so wehrlos! Ein einziges lautes Gebrüll des Meeres, auf das sie sich verlassen und von dem sie leben, und alles kann verschwinden. Ernten können ertrinken und Lebensgrundlagen zerbrechen. Mein Blick bleibt an einem Riss in Penaias Shorts hängen, seine knielange Hose ist von eingefressenen Flecken übersät. Wenn er sie morgens nicht mehr anziehen, das kleine Stück von seinem Haus zum Strand gehen, die Körbe ins Boot laden und hinausfahren kann – was soll er dann machen?

Der Ziegenmann zuckt zusammen, als etwas dröhnend das Dach trifft. Er sieht verzweifelt aus, und ich schicke ein Stoßgebet zum Himmel, dass seine meckernden Tiere sich losreißen und in Sicherheit bringen mögen. In einem Spalt, unter einer Brücke, wo auch immer. Nein, lieber nicht unter einer Brücke. Die kleinen Bäche, in denen die Kinder spielen, die Rinnsale, die in dunklen, schlammigen Mangrovenhainen ins Meer münden, jetzt schlagen sie sich an die Brust und wachsen in ungeheurem

Tempo. Sprengen mit einem Fingerschnipsen Brücken und schäumen über Felder und Weideland. Verwandeln sich aus Spielplatz und plätschernder Speisekammer in eine bedrohliche graubraune Flut. Bitte, bitte, mach, dass die Ziegen einen Felsspalt gefunden haben, bis das hier vorüber ist.

Freunde werden in dem donnernden Inferno draußen zu Feinden. Strommasten werden zu Guillotinen, die erbarmungslos auf Schuppen und zum Tode verängstigte Haustiere fallen. Propangasflaschen, Schubkarren, Fischereigeräte, alles, was nicht angenagelt oder mit Seilen und Ketten gesichert ist, wird jetzt zum tödlichen Geschoss, das ohne Sinn und Ziel alle und alles trifft. Das Meer, an dem wir leben und von dem wir leben, steigt. Der Rhythmus, an den wir gewöhnt sind, der ruhige Atem, der unseren Alltag untermalt, ist jetzt ein anderer. Fremd, beängstigend, ein Freund, der uns nicht mehr wohlgesinnt ist. Die Wellen schäumen über den Tanggürtel, vorbei an der Verteidigungslinie der Palmen zwischen Haus und Strand. Schonungslos erobern sie neues Terrain, gierige Finger greifen nach starrem Gras und hartnäckigen Kriechpflanzen. Es kann nicht bis zum Haus kommen. Das ist noch nie passiert. Es kann nicht passieren.

Aber es passiert. Ich presse mein Gesicht in den Spalt der Wirklichkeit, die ich durch die schweren, vor den Fenstern klappernden Blenden erfassen kann, jeder Schlag ist eine immer deutlichere Erinnerung daran, dass der Wind über unser Schicksal entscheidet. Durch die Wand aus Regen ahne ich zerfetzte Teile eines Puzzlespiels; eine Matratze, die Reste eines Stuhls, Zweige, einen vorüberfliegenden Autoreifen. Und dahinter kommt das Meer. Ein Ungeheuer, das vom Gebrüll des Sturmes zum Leben erweckt worden ist. Das die vier Stufen zur Veranda hochschäumt und das Verandageländer an sich reißt. Es gegen die Wand schleudert, es mit einem langen, saugenden Gurgeln mitnimmt. Ich schaue zu Ingrid hinüber, aber sie hat nichts bemerkt. Sie kniet neben Sina, untersucht deren Gesicht, es blutet. Ein Bild ist von der Wand gefallen und hat Sina auf der Stirn getroffen. »Nicht der Rede wert«, murmelt Sina. »Nur ein Kratzer. Hol ein Pflaster.«

Sie schiebt Ingrid weg und liest die Reste des zerbrochenen Bilderrahmens auf. Es ist eins von Mayas Bildern, ein grau schäumendes Meer, Menschenpunkte in vielen Farben wimmeln wie Ameisen am Strand herum. *Alles Große ist klein,* heißt es. Glassplitter haben eine Kerbe in das »Große« geschlagen.

Einige Frauen weinen jetzt, wieder erhebt sich der Choralgesang.

Im Schutz von des Thrones Strahlenglanz
Liegt unsere Hoffnung ganz bei dir
Du stillst den Sturm, du schützt das Land
Bei dir nur sind stets geborgen wir.

Ich lasse mich auf den Boden sinken, spüre, wie meine Hüfte aufschreit. Die Wand vibriert hinter meinem Rücken, das Haus zuckt vor Angst zusammen, wenn eine

Welle vor uns ihren Riesenschlund aufreißt. Wir. Können. Dich. Holen. Wann. Wir. Wollen. Die Müdigkeit hüllt mich jetzt ein wie eine weiche, unwiderstehliche Decke. Wenn ich die Augen schließe, ist es vielleicht vorüber, wenn ich sie wieder öffne. »Wir sind so klein, weil das Meer so groß ist«, sagt Maraia immer.

14
Maraia

Sie sitzt bei Nunia, als das Wasser kommt. Ateca ist mit Niki in der Küche, und Vilivo steht gerade ein Stück zu weit entfernt. Der Türrahmen kreischt, als er sich von der Wand losreißt und ins Zimmer stürzt, er kreischt so laut, dass Maraia nicht hören kann, was Nunia ruft. Aber sie spürt Nunias Hände, die sie am Arm packen und mit sich ziehen, als das Wasser sie hinauswirbelt und ins Freie spült. Maraia kann den Rand packen, in dem die Tür war, ein klaffendes Loch aus roten Ziegeln, das sie jedoch ausspeit, als das Wasser sie durch das Loch in der Wand saugt. Zwei Boote ohne Ruder und Anker, sie sind leere Kokosschalen, mit denen die Kinder am Strand spielen. Der Wind zieht sie hinaus, das Wasser hält sie fest. Nunia sagt nichts, ihre Augen blicken wahnsinnig vor Angst, aber sie schließt sie nicht. Die Augen sind groß und offen, während Nunias Finger sich in Maraias Arm bohren und das Meer ihren Kopf unter Wasser zieht. Ihr den roten Sulu vom Leib reißt und ihn verschlingt. Jedes Mal, wenn sie auftaucht, bohrt sie ihre Nägel tiefer in Maraias Arm und starrt ihr ins Gesicht. Maraia ist eine gute Schwimmerin, aber wenn das Meer seine Kräfte zeigt, sind Arme und Beine nicht mehr als Reisig und Tang in den Wellen. Sie legt die Arme um Nunia, schließt die Augen und lauscht, bis sie die Stimme findet, die das sagt, was sie bereits weiß. Meerstern, sagt die Stimme. Das hier ist nicht deine Stunde. Der Sturm wird dich nicht holen. Du hast Nunia versprochen, dass ihr Kind leben wird.

Ihre Waden schrappen über Sand, das Meer spuckt sie an den noch immer wogenden und brausenden Strand. Die Boote sind verschwunden, unter einem Haufen abgerissener Zweige liegt ein Stück vom Bug des *Fahrzeug der Ehre,* Jones rotem Boot. Sie spürt Boden unter den Füßen und sagt zu Nunia: »Komm! Komm! Wir müssen höher hinauf.« Nunia hält sich an ihr fest, kann aber ihre Beine nicht bewegen. Wie ein großer schwerer Fisch hängt sie in Maraias Armen, die ziehen und schleppen, sie weiß, dass sie nach oben gelangen müssen, ehe das Wasser sie zurückreißen kann. Nunia ist stumm, sie hängt nur da wie der letzte Fisch am Zweig, den niemand kaufen will, weil die Kiemen nicht mehr rot sind. Maraia ist stark und zieht Nunia mit sich, sie spürt das Herz des Kindes in den Fingerspitzen schlagen, die sich um ihren Arm krallen. Aber das Meer setzt ihnen nach, es holt sie ein und umschließt ihre Knöchel. Sie hört Dakuwaqas tiefes Gebrüll und spürt seine Zähne auf ihrer Haut. Der Haigott zieht sie rückwärts und saugt den Sand weg, damit der ihnen keinen Halt geben kann. Maraia versucht, Nunia loszulassen, damit Nunia und das Baby nicht zusammen mit ihr weggerissen werden, aber Nunias Finger sind an Maraias Haut festgewachsen, sie kann nicht loslassen, sie sind jetzt ein Leib. Das Meer ist kein Meer mehr, das Wasser ist kein Wasser, nur eine stürmende, undurchsichtige Wand. Eine brennende, peitschende Masse, die eindringt und Nase und Ohren füllt, die an den Haaren zieht und die hinaus- und hinunterpresst. Sie weiß nicht mehr, ob Nunia lebt, ob das Zucken und Rütteln des Körpers, der an ihrem eigenen festsitzt, dem Leben oder dem Tod entspringen. Das Wasser saugt und zieht, bildet neue Berge und Gipfel und Türme und zerschlägt sie in der nächsten Sekunde. Sie kann nichts sehen und kann die Augen nicht schließen, kann nicht atmen und nicht schlucken. Als Nunia loslässt, ist es, als triebe eine Boje weg, als glitte ein Schatten zur Seite. Maraia sieht Nunias weit aufgerissene Augen, den Mund, der sich vor Angst verzerrt. In der trüben, aufgepeitschten Dunkelheit wogen verschleierte Wesen von allen Seiten auf sie zu. *Abaia*, der Monsteraal, der alles tötet, was das Leben im Wasser stört. Er rächt sich, indem er einen furchtbaren Regen schickt, der das Meer steigen und die Dörfer ertrinken lässt. Maraia tritt sich mit aller Kraft vom Boden ab, aber Nunia gleitet immer tiefer zwischen die Schatten, die Maraia nicht mehr voneinander unterscheiden kann. Etwas Langes und Glattes – ein Hai, innerhalb des Riffs? Der Kragenhai ähnelt einer Schlange. Maraia hat die Fischer darüber reden hören. Er hat Reihen von nadelscharfen Zähnen und lebt tiefer unten, als sie jemals gefischt hat. Die Wellen zerren und reißen. Maraia weiß nicht, ob sie hinausgetrieben oder in Richtung Strand geschleudert wird. Der Hai ist verschwunden, ihr Trommelfell droht zu bersten, sie fuchtelt mit den Armen und kann den Kopf für einen Moment aus dem Wasser heben. Dort, ein Gesicht – Nunia! Maraia will rufen, aber das Meer schnappt wieder nach ihr, und wieder zerrt brüllendes Wasser sie nach unten. Ihre Beine bewegen sich wütend, sie streckt die Arme über den Kopf und erreicht ein weiteres Mal die Oberfläche. Eine Tangdolde bleibt zwischen ihren Fingern hängen, sie ist schwer und klebrig, Maraia versucht, sie abzuschütteln. Sie muss die andere Hand zu Hilfe nehmen, und plötzlich sieht sie, dass ihre Finger in Haare verwickelt sind, schwere, dicke Strähnen, die sich um ihre Handgelenke schlingen. Sie reißt und zieht und holt Nunias Kopf aus dem Wasser. Die Freundin keucht und schnappt nach Luft, ihre Augen verdrehen sich blicklos. Sie lebt jedenfalls, kann Maraia denken, während sie die verfilzte Masse noch fester packt.

Zweige und Äste treiben um ihren Kopf, eine weiße Wand aus Wasser bricht über ihr zusammen und zieht sie nach unten. Ihre Augen füllen sich mit stechendem Sand, sie hat nur einen Gedanken: Nicht loslassen. Nunia nicht loslassen; nach oben kommen, Luft schnappen. Versuchen, durch den heulenden Wind und das Wasser zu sehen, das um sie herum siedet.

Eine neue Welle sammelt sich hinter Maraia, sie findet Boden unter den Füßen, etwas Glattes und Festes. Ein blauschwarzer Schatten, ein Sog nach oben, ein Mondschiff aus der Tiefe. Der Wind legt sich unter ihre Arme und schiebt sie zum Land hin, bringt sie fort von dem brausenden Wasser und setzt sie an den Strand.

Große Muscheln, die in der Tiefe wohnen, liegen als kleine Scherben im Sand. Sie schneiden Wunden in Maraias Knie, als sie Nunia mitzieht und mit aller Kraft zu einem Baumstamm hochkriecht, der sich mit gebrochenen Armen im Sand festklammert. Sie bringt Nunia hinter dem Stamm in Sicherheit, dreht sie auf die Seite und sieht, wie sie sich erbricht und ihr das Wasser aus Mund und Nase quillt. Maraia hält sich an den Zweigen fest und zwingt sich dazu, aufs Meer zu schauen, durch den Regen, der sich hektisch bewegt wie wahnsinnig gewordene Fledermäuse. Will ein Bild des Rochens herbeibeschwören, seiner Flügel wie schwarze Segel, seines Gesangs, den sie erkannt hat. Danke, will sie sagen. Aber es ist nichts zu erkennen. Nur das Meer, das hämmert und pocht, das sich ihnen wieder und wieder entgegenwirft.

Nunias Gesicht ist bleich wie ein neuer Mond, mit Streifen aus Blut und Sand auf der Stirn. Ein Geräusch kommt näher, ein anderes Geräusch als das Knacken und Dröhnen von stürzenden Ästen.

»Nunia!« Es ist Vilivo. Er stürzt und kriecht, läuft und schreit gegen Wind und Regen und Geister an.

»Nunia!« Maraia hat die Arme um sie gelegt, hält und hält sie fest, bis Vilivo sie erreicht hat. Nun öffnet Nunia die Augen, und Vilivo weint.

Maraia dreht sich um und sieht, dass sich das Meer zurückgezogen hat. Es hat seinen fauchenden, gierigen Schlund geschlossen und sich wieder auf den Boden gelegt.

15
Ateca

Danke, dass du uns durch den Sturm getragen hast, Gott. Danke, dass du Maraia die Kräfte gegeben hast, die sie brauchte, um Nunia und ihr Kind zu retten. Ich weiß nicht, warum du sie bis an die Tür des Todes geführt hast, aber am Ende hast du sie Dakuwaqas gierigem Schlund entrissen, und ich danke dir dafür, dass das Herz des Kindes noch immer schlägt.

Du hast deine Hand über das Haus der Damen gehalten, als das Meer brüllte und drohte, Gott. Danke, dass du die Gebete derer erhört hast, die im Haus saßen. Du hast dafür gesorgt, dass das Dach liegen blieb und dass der große Brotfruchtbaum hinter dem Haus seine Äste behalten durfte.

Wir werden es schaffen, in Korototoka aufzuräumen. Wir haben junge Männer und Frauen, die gelernt haben, aus wenig viel zu machen. Sie wissen, welche Wurzeln sich unter der Erde verstecken und vor dem Sturm verborgen haben. Jetzt können sie sie heraufholen und ihre Familien satt machen. Gib ihnen Kraft genug, um hart zu arbeiten, Gott. Gib ihnen lange Tage mit großer Hoffnung und starken Herzen. Hilf ihnen, die Erde wieder gesund zu machen, damit sie uns genug zu essen geben kann.

Danke dafür, dass du unser Versammlungshaus erhalten hast. Wir werden Matten hineinlegen, damit die, die kein Haus mehr haben, dort schlafen können. Ich bitte dich, dafür zu sorgen, dass Wasser und Luft sauber und ohne Krankheit sind und dass Jone sein Boot reparieren kann.

Nimm Penaia auf und schenke ihm den weißen Umhang. Als er begriff, dass Boot und Körbe verloren waren, konnte sein altes Herz das Leben nicht mehr durch seinen Körper pumpen. Wir werden uns um seine Hinterlassenschaften kümmern und dafür sorgen, dass er in Frieden reisen kann. Ich war noch nicht auf dem Friedhof, deshalb weiß ich nicht, wie es dort aussieht. Aber wir werden einen Ort finden, wo er unter den letzten Matten ruhen kann.

Lieber Gott, segne die Reise für die, die gehen, und für die, die kommen. Behüte Madam Lisbeth und Miss Amanda, bis ihr Flugzeug in Nadi landet. Lass den Wind freundlich und das Meer ruhig bleiben.

In Jesu Namen. Emeni.

16
Maraia

Ihren ersten Gang zur Plantage nach dem Sturm will Maraia allein hinter sich bringen. Der Boden ist nicht warm und freundlich unter ihren Füßen, er ist voller klaffender Wunden, und die Zweige zerkratzen ihre Beine. Die Kakaohülsen sind abgerissen worden und schwimmen im Schlamm, rote und blaue gekenterte Boote, zerschlagen in einem Meer, dessen Grund sie nicht sehen kann. Einige von ihnen sind aufgeplatzt, Bohnen und Fruchtfleisch wurden herausgepresst und dümpeln jetzt zwischen zerbrochenen Zweigen und toten Ratten herum.

Das Schlimmste sind die Schäden an den hohen Bäumen. Denen, die keine Hülsen und Bohnen geben, sondern für Dach und Schatten über den Kakaopflanzen sorgen. Der Zyklon hat die Bäume angegriffen wie ein tobsüchtiger Krieger. Maraia klettert über dicke Stämme und abgerissene Baumkronen. Es wird schwere Arbeit sein, hier aufzuräumen, und erst danach können sie feststellen, wie viel Kakao sie verloren haben. Wie viel Geld der Zyklon ihnen aus den Händen gerissen hat, wie viele Säcke Reis und Zucker sie nicht kaufen können.

Jone sagt, dass das Meer ihnen den Sturm geschickt hat. Sie sprechen darüber, als Maraia ihn am Nachmittag unten bei seinem Boot antrifft. Das *Fahrzeug der Ehre* wurde in viele Stücke zerschlagen, und jetzt versucht er, die wieder zusammenzusetzen.

»Ich lebe schon viele Jahre«, sagt Jone, »aber ich habe noch nie erlebt, dass das Wasser bis an die Häuser steigt.«

»Vielleicht will das Wasser etwas zurückhaben«, sagt Maraia. »Wir nehmen ihm so viel, ohne ihm etwas zu geben.«

»Nicht doch«, widerspricht er. »Wir geben etwas zurück. Aber wir sagen nicht danke.«

Sie versteht, was er meint.

»Wir beide leben vom Fisch im Meer«, sagt sie. »Du verkaufst ihn, ich esse ihn.«

»Ja.«

Er nickt. »Aber das ist noch nicht alles. Kaivalagi reisen nach Denarau«, fährt er fort. »Sie wohnen im Hotel und bezahlen, um tauchen zu können. Viele auf der Insel haben Arbeit, wenn Fremde herkommen und Anemonenfische und Rochen und Haie sehen wollen. Die Chinesen kaufen alle Seegurken, die wir aus dem Meer holen können. Viele in Korototoka leben davon, aus den roten Korallen Schmuck herzustellen, den nehmen die Touristen gern.«

Seine Augen liegen unter seinem Mützenschirm im Schatten.

»Aber wir sagen nicht danke. Wir glauben, dass unser Abfall verschwindet, wenn wir ihn in die Mangroven werfen. Wir glauben, wenn der Fluss den Abfall wegschwemmt, dann haben wir nichts mehr damit zu schaffen. Wir bauen unsere Schweineställe am Flussufer und lassen das Wasser den Dreck für uns wegspülen. Das ist unser Dank.«

Maraia hat den Blick auf das Riff gerichtet, während sie nach Hause geht, es ist ein heller, flimmernder Streifen unter der Wasseroberfläche. Das Meer ist noch immer unruhig, die Wellen gleiten ängstlich auf ihre Füße zu, ehe sie sich eilig zurückziehen. Sie bleibt stehen und schließt die Augen. »Es wird gut gehen«, flüstert sie den blauen Seesternen zu, die dort draußen neuen Halt suchen. Gestreifte Anemonenfische mit großen Augen jagen verwirrt umher, lila Nacktschnecken winken unsicher mit weichen Stacheln. Seepferdchen nicken nervös mit ihren langen Nasen, und Maraia bleibt ganz still stehen, während ein langer Seufzer auf einer weißen Schaumkrone zu ihnen hinaustreibt: Ich höre euch. Ich weiß.

17
Ingrid

Am vierten Tag hat Vale nei Kat wieder Strom. Die vom Sturm umgerissenen Masten wurden wieder aufgestellt, und Vilivo überprüft in einem Aufwasch die Maschinen im Süßhaus. Gott sei Dank blinken und leuchten die richtigen Lämpchen, und Ingrid atmet erleichtert auf. Lob und Dank. So bleiben ihnen wenigstens teure Reparaturen von defekten Geräten erspart.

Die Geräte sind aber auch die geringste Sorge. Was zählt, ist die Plantage, der Kakao, der zu *Kat's Chocolate* werden soll. Als sie Vilivo nach den Ausmaßen der Schäden fragt, nimmt er an, dass ein Drittel der Ernte dieses Jahres verloren ist. »Und wir werden noch mindestens zwei Jahre die Nachwirkungen spüren«, sagt er düster.

Ingrid krempelt zusammen mit dem restlichen Dorf die Ärmel auf, vor ihnen liegt viel harte Arbeit. Die tiefe, fette Erde hinter dem Haus, das grüne Gras unter dem Zitronenbaum, das ist alles verschwunden. Brauner Schlamm hat Atecas Bohnen erstickt und bedeckt Sinas Auberginen und Melonen. Die Farben in Nunias Blumengarten liegen unter Erdklumpen und der zähen grauen Schicht, die Meer und Regen zurückgelassen haben.

Vilivo räumt und schleppt, hackt und bricht Haufen aus Ästen und Zweigen auseinander. Der Zyklon hat Sand, Kies und Steine in sein Haus gespült, nachdem die Tür fort war, und Möbel und Matten mitgenommen. Eine Kommodenschublade wurde unter einem zerbrochenen Torpfosten gefunden. Der Sessel, in dem Ateca abends gern sitzt, war bis zu Jones Haus gereist.

Während sie aufräumen, müssen sie auf der Plantage retten, was zu retten ist. Die Hülsen auflesen, deren Bohnen noch verwendet werden können und vielleicht ein verkäufliches Kilo ergeben. Ingrid hofft, obwohl Vilivo skeptisch ist, dass etwas davon auch für die Schokoladenproduktion gut genug ist, nach dem Trocknen und Gären müssen sie dann eben alles als Ware zweiter Wahl verkaufen.

Vilivo hat sich schon Alternativen überlegt: »Ich versuche, auf einer Plantage an der Ostküste Bohnen von ebenso guter Qualität wie unsere zu finden. Die im Osten wurden nicht so hart getroffen wie wir, und wenn wir preislich mit den anderen Einkäufern konkurrieren können, kann ich uns Zugang sichern.«

Ingrid ist überrascht und gerührt. Er ist wirklich tüchtig! Sie kannte Vilivo schon als rundlichen Teenager, immer ein wenig zu groß und zu hungrig. Sie weiß noch, wie er verzweifelt Arbeit suchte und am Ende in den Norden gehen musste, aber seht ihn euch jetzt an! Familienvater mit Ingenieursdiplom, ruhig und zuverlässig, Vilivo ist alles wert, was sie in ihn investiert haben, und noch mehr. Jetzt stützen wir uns auf ihn, stellt Ingrid fest.

Vilivo hat Moseses Platz eingenommen, so wie Maraia Kats einnehmen soll. Meinen und Kats.

Ebenso wichtig wie die Beschaffung neuer Bohnen ist es, die noch vor dem Zyklon hergestellte Schokolade abzuschicken. Sie können es sich nicht leisten, ihre Abmachungen nicht einzuhalten, so weit sie dazu in der Lage sind jedenfalls. Morgen kommen Lisbeth und ihre Tochter, dann werden sie mehr über den Export reden. Vermutlich hat der Rest der Welt keine Ahnung davon, wie schlimm das Unwetter hier in Korototoka gewütet hat.

»Was für ein Glück, dass wir Amanda haben«, sagt Kat, als sie das Ingrid gegenüber zur Sprache bringt.

»Es ist ein Glück für sie, dass sie uns hat«, erwidert Ingrid trocken. »Mit ihrer eigenen Importfirma verdient Amanda an jedem Stück Schokolade, das sie verkauft.«

Geradewegs aus dem Paradies zu dir, sie hat die Werbung gesehen. Der Strand, eine Palme am Bildrand, die Sonne, die das Wasser glitzern lässt, eine Kakaopflanze mit reifen braunlila Früchten. Die Pflanze hat am Strand natürlich nichts zu suchen, aber auf dem Bild sieht sie echt aus. Fotoshopping, hat Amanda das genannt.

»Ich kann es nicht fassen, wie sie einen Flug ergattern konnten, gleich am ersten Tag, an dem der Flughafen wieder geöffnet ist.«

Kat schüttelt nachdenklich den Kopf. »Da müssen doch Hunderte Schlange gestanden haben, nachdem alles mehr als eine Woche lang gesperrt war.«

Sie wechseln einen Blick und sagen dann wie aus

einem Munde: »Amanda! Lisbeths Tochter hat doch immer wieder bewiesen, dass sie fast alles deichseln kann.«

Dennoch wird deutlich, dass sich die beiden Reisenden nicht vorgestellt hatten, wie schlimm der Zyklon gewütet hat. Lisbeth keucht auf, als sie das Versammlungshaus sieht: »Du liebe Zeit, das ist ja wie ein Flüchtlingslager!«

Ingrid kann den Vergleich nachvollziehen. Der Raum ist voll belegt mit obdachlosen Familien und dem, was sie retten konnten: Kochgefäße und zerfetzte Fischernetze, Kleidungsstücke und Hühner und Hundebabys, Dalo-Bündel, Plastikkannen und Waschschüsseln. An jeder freien Stelle sind Matten ausgebreitet, Kinder schlafen neben Haufen von Brotfrüchten, die ihre Mütter zwischen den Wrackresten gesammelt haben. Auf dem Platz vor dem offenen Gebäude wird ununterbrochen gekocht, die Feuer brennen den ganzen Tag. Die größten Kessel wurden aus dem eingestürzten Gemeindesaal hinter der Kirche geholt und hier in Gebrauch genommen.

»Wird ihnen denn gar nicht geholfen?«

Lisbeth hebt die Hände. »Von den Behörden oder was weiß ich?«

Ingrid schüttelt den Kopf, sie hat sich diese Frage schon selbst gestellt.

»Hier gibt es keine Katastrophenversicherung. Die Behörden stiften ein paar Säcke Reis und Mehl, das ist alles. – Das Wichtigste ist sauberes Wasser«, fügt sie hinzu. »Damit wir nicht zu allem Überfluss auch noch einen Ausbruch von Dengue-Fieber oder Pocken erleben müssen. Unser Brunnen und unsere Pumpstation hat der Sturm verwüstet, und der Fluss ist noch immer gefüllt mit Abfällen und Schlamm. Aber solange von Rakiraki aus Tankwagen kommen, können wir hoffen, dass alles gut geht.«

»Tankwagen?«

Ingrid hört die Beunruhigung in Amandas Stimme.

»Ja, da drüben haben sie ein Reservoir, das zum Glück unversehrt geblieben ist. Aber jeder Haushalt bekommt nur ein bisschen.«

Sie kann sich nicht mehr beherrschen: »Es kann sein, dass du nicht so oft duschen kannst, wie du gewohnt bist.«

Dennoch, und Ingrid gibt das gern zu – die Damen packen mit an. Als Sina Gummistiefel verteilt und Lisbeth und Amanda den Garten hinter dem Haus als Einsatzgebiet zuweist, ziehen sie sich Handschuhe über die rosa lackierten Fingernägel und legen los. Alles muss gleichzeitig erledigt werden: Das Süßhaus muss aufgeräumt und instand gesetzt, alles muss gereinigt werden. Sie müssen das Zerbrochene reparieren, und sie müssen die Leute wieder zur Arbeit holen. Sie haben einen Betrieb zu leiten, sie müssen alles in Gang bringen.

Mit Spaten und Geduld wird Vale nei Kat hervorgegraben. Das Verandageländer wird wieder angebracht, sie finden den größten Teil davon festgeklemmt zwischen einem Baum und den Überresten ihrer Hollywoodschaukel hinter Sais Haus. Die zerbrochenen Sturmblenden werden repariert und für das nächste Mal aufgestapelt.

Ateca hat Schlamm, Abfälle, Zweige und Reste von Gott weiß was, die ins Haus eingedrungen waren und den Boden bedeckten, fast vollständig entfernt. Sie läuft in dem einzigen Tempo, das sie kennt, zwischen den Zimmern hin und her, es geht nicht schnell, aber es geht. Außerdem, sagt sich Ingrid, hatten wir mehr Glück als die meisten anderen. Mehrere Häuser in Korototoka sind vollständig zerstört.

Während Lisbeth und Amanda versuchen, den Gemüsegarten zum Leben zu erwecken, geht Ingrid mit zur Plantage. Sina arbeitet hart daran, die Überreste von Nunias Blumengarten freizulegen. Die junge Mutter ist noch immer nicht wieder sie selbst, nachdem sie fast ertrunken wäre, mit großen Augen starrt sie nach dem schrecklichen Erlebnis ins Leere.

Und Kat, was macht die? Natürlich weiß Ingrid, dass Kat mit ihrer lädierten Hüfte nicht über umgestürzte Bäume klettern und bis zu den Knien im Matsch waten kann. Dennoch … müsste sie nicht ein bisschen eifriger sein? Mehr Fragen stellen und … sich ein paar mehr Sorgen machen, ganz einfach? Kat sitzt meistens auf der Veranda, die ist jetzt sauber, und die meisten Bambusmöbel sind wieder aufgestellt. Sie seufzt verständnisvoll, wenn Ateca über alles klagt, was gereinigt und in Ordnung gebracht werden muss, und nickt, wenn Ingrid erzählt, dass das Schulhaus von Grund auf neu gebaut werden muss. Aber oft wirkt ihre Miene abwesend, als sei das, was sie in sich hört, deutlicher und wichtiger als das, was um sie herum gesagt wird. Ingrid verdrängt diese Überlegung.

Es ist kein Wunder, dass Kat erschüttert und durcheinander ist nach allem, was sie durchmachen mussten. Absolut kein Wunder.

*

Es geht kein Weg dran vorbei. Ingrid weiß nur zu genau, dass ihre Berechnungen nicht viel mehr als Schätzungen sind, dennoch besteht sie darauf, dass Maraia dabei ist, wenn sie die Verluste und die möglichen Erträge durchgeht. »Vor solchen Situationen wirst du in Zukunft immer wieder stehen«, betont Ingrid.

Maraia sitzt schweigend neben ihr. Das Licht des Bildschirms flackert über ihre verschlossenen Gesichtszüge, zittert in den Schweißperlen auf ihrer Stirn. Ihre Finger spielen mit einem fünfarmigen hölzernen Seestern. Ingrid kennt Niklas' alten Briefbeschwerer, den Kat der Kleinen vor vielen Jahren geschenkt hat. Die blaue Farbe ist fast abgeblättert, nur einige Reste sitzen noch in den Furchen im Holz. Ingrids Kehle wird eng, als sie bei dem jungen Mädchen die Züge von Kats Mann wiederfindet. Die schmale Nase, der Ernst, der sich wie eine schwere Last über die Stirn legen kann. Weiß sie es?, fragt sie sich. Müsste Maraia nicht wissen, welche Gene sie hat? Aber Wildrid versetzt ihr einen Rippenstoß: *Ist das denn so wichtig? Was zählt, ist das Hier und Jetzt, nicht etwas, was vielleicht vor langer Zeit an einem Strand geschehen ist. Und wir reden hier von Maraia. Sie sieht und weiß ohnehin.* Ingrid nickt zustimmend. Das Spinngewebe in den Ecken von Vale nei Kat kann hängen bleiben. Und Meerstern findet, was sie braucht, anderswo als in Gerede und Gerüchten.

Ingrid betrachtet sie aus dem Augenwinkel heraus. Wie kann es ihr entgangen sein, dass das Mädchen erwachsen geworden ist – beinahe jedenfalls? Woran denkt Meerstern? Was wünscht sie sich? Eins steht fest, ihr Herz brennt nicht für das, womit sie sich hier beschäftigt.

Ingrid schaltet den Rechner aus. Lässt ihre Stimme ruhig klingen, ohne Vorwurf. »Dein Herz ist nicht dabei, oder, Maraia?«

Meerstern schüttelt den Kopf. »Mein Herz hat viele Farben, Madam Ingrid. Viel mehr als deine Zahlen.«

Ingrid hört zu, und Maraia redet weiter.

»Die Zahlen sind gut und nützlich. Aber sie glitzern nicht wie der Bauch der Fische. Sie leuchten nicht wie die Hülsen am Baum, wenn sie bereit sind, uns ihren Samen zu geben. Sie duften nicht süß vom Regen oder düster und faul wie die Mangrovenwurzeln. Ich kann die Zahlen verwenden, Madam Ingrid, aber sie können mein Herz nicht ergreifen.«

Am Nachmittag verschwindet Maraia unten am Strand. Dort liegt ihr Boot. Die *Qaqa* hat den Zyklon unter dem Haus unbeschadet überstanden. Maraia ist mit Niki zusammen, Ingrid sieht von der Veranda aus, dass die anderen Kinder dort unten sich um die beiden versammeln. Meerstern sitzt mitten in einer Gruppe von kleinen Kindern, sie zeigt ihnen etwas, das sie in den Händen hält.

Ingrid sieht keine Einzelheiten, aber etwas an diesem Bild erweckt in ihr eine Erinnerung. Die Farbe des Meeres, fast weiß über der Untiefe, weiter draußen türkis. Das Niedrigwasser, das Märchenwälder aus Tang und Muscheln freilegt, das Riff, das dort draußen neckend den Kopf aus dem Wasser streckt. Maraias Sulu, knallrot vor dem weißen Sand. Plötzlich weiß sie es wieder. Mayas Bild neben der Tür zur Veranda, das Bild, das der Sturm von der Wand gerissen hat. Es sind dieselben Farben, die Menschenpunkte unten am Strand. Der Titel in der Ecke, in grauer Bleistiftschrift. *Alles Große ist klein.*

Ingrid bleibt stehen, ein Gedanke bewegt sich langsam durch ihren Kopf. In der kurzen Zeit, die Maya bei ihnen war, hat sie ihnen so viel hinterlassen. Nicht nur die Bilder an der Wand, den Namen der Schokolade. Eine Mahnung, gütig zu sein. Sich dem Unvollkommenen zu öffnen. Das Gebrechliche und Kranke zu umarmen. Dorthin gelangen wir am Ende, denkt sie. Das ist es, was wir endlich begreifen werden.

Zu Hause auf Vanua Levu ist der Sturm viel glimpflicher verlaufen. Sie hatten nur einen ordentlichen Regenguss ohne besonders viel Wind, hat Johnny erzählt. Zum Glück hatten sie die *Tarisso* schon vorher an Land geholt, und das Boot hat nicht eine einzige Schramme davongetragen. Johnny hat angeboten, nach Korototoka zu kommen, um ihnen zu helfen, aber Ingrid hält es für besser, wenn er in Labasa bleibt. Er hat dort Termine und Bestellungen, Einnahmen, auf die sie nicht verzichten können, auch wenn die Götter allein wissen, was der Zyklon bei den Fischen angerichtet hat.

Am Vorabend vor ihrer Rückreise steht sie am Fenster ihres alten Zimmers. Spielt mit dem Gedanken, Johnny anzurufen, sehnt sich nach ihm, heiß und plötzlich. Nach seinem Körper neben ihrem, wenn sie einschläft, der Gewissheit, dass er da ist, wenn sie aufwacht.

Die Stille in Korototoka ist anders als die an Bord der *Tarisso*. Die Nacht ist näher, nicht gedämpft von rollenden Wellen. Hier liegt sie dicht vor dem Fenster, nah und voller Geräusche. Ein scharfer Eulenschrei lässt sie zusammenzucken, sie packt die Fensterbank, stößt dabei eine Muschel herunter, die an der Kante lag. Gelbweiß und stumm starrt die Muschel Ingrid an, sie ist glatt und von einem zarten Rot. Die Falten runden sich zu gleichmäßigen Kränzen, die Lippen sind dick um die Öffnung, die sich ausweitet und mit hohlen Zacken wappnet. Die Muschel trifft Ingrids nackten Fuß, einer der Zacken reißt ihre Haut auf. Ein roter Tropfen quillt hervor und fällt auf den Boden.

18
Sina

Sina sieht, dass es Nunia nicht gut geht. Ihr Schwangerschaftsbauch strotzt nicht vor Kraft, sondern versteckt sich klein und schüchtern hinter dem Sulu. Ihr Blumengarten sieht mit jedem Tag besser aus, aber Nunia selbst scheint noch immer nicht wieder ganz an die Oberfläche gelangt zu sein.

»Machst du dir Sorgen um das Baby?«, fragt Sina sie, als sie eines Nachmittags allein im Blumengarten sind. »Sich ein bisschen zu sorgen ist normal, weißt du, aber bestimmt geht alles gut.«

Sie hört selbst, wie wenig überzeugend das klingt, die Hilflosigkeit drückt ihre Stimme zusammen wie ein Gewicht. Sina ist es nicht gewöhnt, andere mit schönen Worten zu beruhigen.

Zu ihrem Schrecken bricht Nunia in Tränen aus. »Was ist denn los?«, fragt Sina und zuckt zusammen, als die junge Frau ihr mit einem Aufschluchzen um den Hals fällt. »Madam Sina, ich weiß nicht, was ich machen soll! Ich glaube, es ist *Vokatevoro!*«

Sina hat dieses Wort noch nie gehört, und ihr erster Gedanke ist, Ateca zu holen. Aber Nunia klammert sich an sie: »Nein, nein, Ateca will das nicht hören. Sie sagt, Gott weint, wenn wir darüber reden.«

Sina streichelt unbeholfen Nunias mageren Rücken. »Worüber denn reden? Vakatevoro, was bedeutet das?«

Nunia bebt vor Schluchzern, und erst nach langer Zeit kann Sina ihrem Gestammel einen Sinn entlocken. Die Zahl 3, das bringt Sina heraus, sei ein Omen. Das erste Baby, das bei der Geburt starb. Der kleine Niki, der laut Nunia »zu still« ist. »Er lacht so selten, Madam Sina, er sitzt auf dem Arm, statt zu spielen. Und das dritte, das Baby in meinem Bauch, ist nicht glücklich. Es fühlt sich an, als ob ich ein Ei mit einer harten Schale in mir hätte.«

Sina weiß nicht, was sie sagen soll. In ihren Augen ist Niki ein ganz normaler kleiner Junge. Ein bisschen zaghaft vielleicht, aber jedes Kind ist schließlich anders. »Soll ich mit dir zum Doktor gehen?«, fragt sie, als sich das Schluchzen ein wenig beruhigt hat. »Vielleicht kann er dir etwas geben, das dich wieder richtig auf die Beine bringt, Vitamine oder so …«

Nunia schüttelt heftig den Kopf. »Nein, nein! So bin ich nicht krank. *So* nicht!«, beteuert sie. »Es ist …«

Sie verstummt, und Sina begreift. Nunia glaubt, dass ein Fluch auf dem Baby in ihrem Bauch lastet, und die Schwiegermutter erlaubt nicht, dass sie darüber redet.

Sina weiß, dass Ateca Angst vor Kräften hat, vor denen ihr eigener Gott sie beschützt, deren schwarze Finger sich aber um alle schließen können, die nicht auf der Hut sind. Babys, und vor allem die Ungeborenen, die noch keinen einzigen unreinen Atemzug getan haben, sind besonders gefährdet und müssen mit allen Mitteln behütet werden. Atecas bestes Mittel ist das Gebet, und das Gemurmel, das sie mehrmals am Tag aus der Küche oder dem Garten hinter dem Haus hören, besteht oft aus ihren Lieblingsversen aus der Bibel oder Zeilen aus Chorälen. *Jesu Name stillt die Furcht, lässt meine Sorgen ruhen,* wenn Ateca die Wäsche macht. *Sei du mein Schutz und Schirm,* wenn sie die Bettlaken zusammenfaltet.

»Willst du nach Ba fahren?«, fragt Sina und versucht, Nunias Blick einzufangen.

»Da hast du Verwandte, nicht wahr? Willst du zu deiner Mutter?«

Nunia sieht sie entsetzt an. »Nein, nicht Ba!«

Sina begreift sofort, dass sie etwas Dummes gesagt hat. Die kleine Stadt im Inselinneren gilt als Zentrum für Schwarze Kunst und Zauberei.

»Meine Mutter lebt nicht mehr«, schluchzt Nunia. »Und mein Vater ist mit einer neuen Frau zusammen. Zu der habe ich kein Vertrauen. Und ich habe einen Brief bekommen.«

»Einen Brief?« Sina schaut sich um, als ob dort im Garten ein Brief liegen könnte, der erklärt, wovon die Rede ist.

»Ich hab ihn verbrannt. Nachdem ich ihn gelesen hatte.«

Nuna streicht sich mit einem zitternden Finger die Tränen weg. »Der kam mit der Post.«

»Aus Ba?«

Nunia nickt. »Ich glaube, ja. Aber ich weiß nicht, wer

ihn geschrieben hat. Nur, dass er mit der Hand geschrieben war.«

»Warum … aber wer … was hat denn Vilivo gesagt?«

Sina kann nicht glauben, dass sie sich hier wirklich nach einem von bösen Händen geschriebenen anonymen Brief erkundigt.

»Ich habe den Brief aufgemacht, als Vilivo nicht zu Hause war. Und dann habe ich ihn verbrannt. Vilivo darf davon nichts erfahren.«

Ein Geheimnis. Groß und schwer senkt es sich in Sina. Nunia teilt ein Geheimnis mit dem Kind in ihrem Bauch. Niemand kennt sich mit solchen Geheimnissen besser aus als Sina. Aber Nunia, sie und Vilivo, das ergibt doch keinen Sinn. Sie muss fragen, nein, sie kann nicht fragen. Sie tut es trotzdem.

»Du meinst, dass … wurdest du … gezwungen?«

Nunias große Augen, die gerade ein wenig zu weit auseinanderstehen, als dass sie hübsch sein könnte. Oder was heißt schon hübsch, denkt Sina ganz schnell, die Kleine ist doch hübsch genug. Ihre Augen werden ganz groß, und Sina bereut ihre Frage sofort. Aber sie musste fragen. Was Nunia passiert ist – die Umstände sind vielleicht anders, sie ist verheiratet und hat ein Kind, aber Sina kennt diese Situation. Die Schande, eine zu sein, die benutzt und weggeworfen wurde. Sie erinnert sich an die kalte Wand des Jungenklos in ihrem Rücken, an seine Hand, die zwischen ihren Oberschenkeln herumkratzte, die harten, kurzen Stöße: »Das gefällt dir doch, was, Sina?« Sein Blick, der ihrem danach nie wieder begegnete, während ihr Bauch wuchs und sie trotzig gegen den Klatsch von Reitvik den Kopf hob. Sina wurde nicht von Ehe und Nachnamen beschützt wie Nunia, aber Nunias Verzweiflung ist dieselbe. Die Abscheu vor dem, was geschehen ist, das Schuldgefühl dem Wesen gegenüber, das in dir wächst.

»Wer war das?«, fragt sie mit schroffer Stimme und spürt hinter ihrer Stirn einen heißen Zorn. Dieses junge Mächen, das hier sitzt, ebenso verloren und verängstigt wie sie damals, soll jedenfalls nicht ohne Unterstützung sein.

Die Frage beruhigt Nunia nicht. Ihre Augen sind noch immer groß und verwirrt, und sie presst sich die Arme auf die Brust, als sie nun den Kopf schüttelt. »Ich weiß nicht. Es könnte jeder gewesen sein, der …«

Nunia weiß nicht, wer es war. Sina wirbeln die Gedanken durch den Kopf, wie in aller Welt kann das passiert sein? War Nunia bewusstlos? Stand sie unter Drogen? War es mehr als einer?

»Wo ist das passiert?«, fragt sie. Vor allem, um etwas zu sagen, irgendwo muss sie doch anfangen. Sie kann Nunia nicht helfen, wenn sie nicht weiß, was passiert ist. Mit wem und wie.

Aber Nunia schüttelt nur immer weiter den Kopf. Will nicht darüber reden, und Sina versteht sie. Sie versucht, ruhig zu bleiben, das Wichtigste ist jetzt, Nunia zu zeigen, dass jemand zu ihr hält. »Das kommt schon in Ordnung«, sagt sie und streichelt Nunias Arm. »Wir werden dir helfen, Kat und ich, wir finden ihn.«

Die Verzweiflung in Nunias Gesicht weicht der Verwirrung. »Es ist nicht sicher, dass es ein Mann war, Madam Sina«, sagt sie.

Sina starrt die junge Frau an. Die Gedanken klumpen sich in ihrem Kopf zusammen, undeutliche Bilder jagen hin und her: Haralds geöffneter Mund, der Speichel in den Mundwinkeln. Danach ihr eigenes Gesicht im Spiegel, leer, das einer anderen. Wochenlang das Untersuchen des Toilettenpapiers, das Warten auf einen roten Fleck.

»Ich weiß nicht, wer es ist, Madam Sina. Aber Vilivo darf es nicht erfahren.«

Sina versteht das Bedürfnis, die Sache geheim zu halten. Sie hat es ebenso gemacht. Den Mund gehalten und den Kopf hoch erhoben. Aber dass es nicht sicher ist, ob es ein Mann war – warum sagt sie das? Redet sie hier von Göttern und Geistern?

Vor Sinas Augen dreht sich alles, sie packt Nunias Hände mit ihren beiden. »Du meinst … er darf nicht erfahren, dass nicht er der Vater des Babys ist?«

Die junge Frau reißt ihre Hände zurück. Schnappt nach Luft, während sich ihr Gesicht mit Entsetzen und Unglauben füllt. Sina möchte im Erdboden versinken, eine Sintflut aus Schuldgefühlen bricht über sie herein. Was sie da gesagt hat, ist unvorstellbar für Nunia, die sich alle Mühe gibt, die Frage zu begreifen, die jetzt grob und hässlich in der Luft widerhallt. Sie weicht zurück und hebt wie zur Verteidigung die Arme: »Nein. Nein!«

Sina greift wieder nach ihr, hält sie fest. »Entschuldige, Nunia, entschuldige! Das war eine dumme Frage, es war nicht so gemeint. Ich hatte das falsch verstanden. Ich habe einmal ein Mädchen gekannt, dem etwas Ähnliches passiert war, es war nicht ihre Schuld, es … Ach, Nunia, das war nicht so gemeint!«

Nunia lässt sich gegen sie sinken, ein schlappes, weiches Bündel. »Vilivo darf nichts von dem Brief erfahren. Er sagt, wenn ich an Vakatevoro glaube, dann lade ich den Teufel zu uns ein. Aber er ist doch schon da!«

Der Brief. Von dem Brief darf ihr Mann nichts erfahren. Von dem Briefumschlag, der mit der Post kam, dem Inhalt, der Nunia solche Angst machte, dass sie ihn verbrannt hat.

»Was stand in dem Brief, Nunia? Was hat die böse Hand geschrieben?«

»Da stand …« Nunia ist ganz weiß um die Lippen, was sie sagt, ist fast nicht zu hören. »Da stand, dass der Teufel dreimal meinen Namen geflüstert hat.«

Was kann sie tun? Zu Kat gehen? Die Ortskundige wird vermutlich die Dorfältesten hinzuziehen, und dann bekommt Nunia all die Aufmerksamkeit, vor der sie so schreckliche Angst hat. Ingrid anrufen? Was kann Ingrid tun, außer das zu sagen, was Sina selbst auch sagen kann? Dass das alles Aberglaube und Ammenmärchen sind, nur Einbildung und Unsinn? Wörter, die keine Möglichkeit haben, in die verängstigte Finsternis der jungen Frau vorzudringen.

Nunia murmelt etwas. Sina muss sich über sie beugen, um es zu verstehen. »Was hast du gesagt?«

»Einen Heiler. Der Doktor kann mich nicht gesund machen. Jemand hat einen Fluch über mich und das Baby geworfen, und nur ein Heiler kann den wegnehmen.«

Sina beugt sich noch weiter vor. »Nunia, ich kann dir nicht helfen, wenn du mir nicht erzählst, was du brauchst.«

»Einen, der die schwarzen Krallen aus meinem Leib ziehen kann.«

Sina wird von Müdigkeit überwältigt. Sie ist zu alt, das ist zu viel für sie. Einer solchen Aufgabe ist sie nicht gewachsen.

Ich hole Ateca, will sie sagen. Vilivo hin oder her, flüsternde Teufel und böse Geister, das hier kann ich nicht allein.

»Du kannst reingehen, Madam Sina.«

Die Sonne steht genau hinter Meerstern. Ihr Gesicht verschwindet im Gegenlicht, Sina sieht nur das Blinken der Goldkette um ihren Hals, als Maraia sich bückt und Nunias Hände nimmt.

»Du kannst reingehen. Ich bringe sie nach Hause.«

19

Kat

Wenn wir ein Auto hätten, würde ich hinter ihnen herfahren. Johnny ist für ein paar Tage gekommen, »ich muss ein oder zwei Sachen erledigen«, sagte er, als er anrief und fragte, ob das gelegen käme. Also sage ich natürlich Ja, als er fragt, ob er für ein paar Stunden den Lastwagen leihen kann, er hat in Ba einige Besorgungen. Sicher irgendetwas mit dem Boot, oder jemand, mit dem er sprechen muss. Johnny kennt viele Leute in Ba.

Erst als ich sehe, wie Nunia sich ins Auto setzt, mache ich mir Gedanken. Und Maraias Gesicht, als sie auf den Rücksitz klettert; ihr entschiedener, ernster Ausdruck mischt sich mit etwas, das Angst ähnelt. Ich sehe sie nur für einen kurzen Moment, vielleicht irre ich mich ja – Maraia hat niemals Angst, ist auch nie überrascht. Sie scheint alles zu kennen, was je gewesen ist, und alles, was je geschehen ist. Das habe ich einmal zu Ingrid gesagt, aber die zuckte nur mit den Schultern; sie findet mich sentimental, vor allem, wenn es um Maraia geht. Sentimental oder blind. »Maraia ist etwas Besonderes, Kat, das wissen wir alle«, sagte sie herablassend und ließ durchblicken, dass selbst die, die in unseren Herzen einen besonderen Platz haben, normale Menschen sind und sonst gar nichts. Für Wunder und Magie hat Ingrid keine Zeit. In der Regel bin ich froh darüber. Die Finanzen von *Kat's Cocoa* und vor allem von *Kat's Chocolate* haben auf Ingrids solider Verankerung in der Wirklichkeit beruht. Die Jahre mit Johnny in Labasa haben sicher einiges in ihr gelockert, das ist vor allem zu merken, wenn sie lacht. Das ungehemmte Lachen, das Knöpfe springen lässt und Löcher in die Wand schlägt, das hat Ingrid hier auf Fidschi gefunden. Ihre großen Füße tanzen barfuß auf eine Weise, die in Reitvik einfach unmöglich gewesen wäre. Aber mit dem, was von Flut und Mond bestimmt wird, was sich in der Dunkelheit versteckt und keinen Namen hat, damit kann Ingrid nichts anfangen.

Ich habe Ateca angesehen, dass etwas nicht stimmt. Während Maraia meist unergründlich gelassen wirkt, ist Atecas Gesicht wie ein offenes Buch. So war es immer schon, seit sie angefangen hat, bei mir und Niklas im Haus zu arbeiten, die fleißige junge, alleinstehende Mutter, auf so verbissene Weise entschlossen, gute Arbeit zu leisten. Ich habe in ihr immer lesen können: Wie sie Verlegenheit mit einem überspannten Lachen tarnt, wenn sie um einen Gehaltsvorschuss bittet. Die Sorgen in tiefen Linien um ihren Mund, wenn Vilivo abends zu lange bei der Kava-Schüssel sitzt. Ich habe Atecas Schmerz um das erste Enkelkind geteilt, das bei der Geburt gestorben ist, und ich habe die Freude in ihr leuchten sehen, wenn sie ihre Choräle singt. Ich weiß, dass ihr großes, fürsorgliches Herz für die Frauen in Vale nei Kat schlägt und wegen allem leidet, was wir nicht begreifen.

Aber an den letzten Tagen hat die Besorgnis um Nunia wie ein Bleigewicht auf Atecas Stirn gelastet und ihr Lachen erstickt. Als sie an diesem Morgen mit Niki auf der Hüfte hereinkommt, wirkt sie wie gehetzt. Ihre Hände versuchen, die Arbeit so schnell wie möglich zu erledigen, als ob sie sich danach sehnen, sich mit wichtigeren Dingen zu befassen als Bügeln und Gemüseschälen. Als sie sich in den Finger schneidet, zerbricht ihre Selbstbeherrschung. Ich komme in die Küche, und da hält sie den Finger unter das laufende Wasser, während sie versucht, mit einer Hand ein Pflaster aufzuziehen. »Brauchst du Hilfe, Ateca?«

»Madam Kat!«

Ihr Blick – den sehe ich nicht zum ersten Mal. Am Morgen nachdem Niklas verunglückt war, als sie vor mir stand, mit dem Weinen wie einer Wunde im Hals, ich werde nie vergessen, wie sie aussah. Ein verblasstes rosa T-Shirt, das einmal mir gehört hatte, die BH-losen Brüste, die schwer und deutlich darunter wogten. *Madam Kat, Mister Niklas … sie haben ihn in den Mangroven gefunden. Niemand hat etwas bemerkt.* Die nackte Not in ihren Augen, die sehe ich jetzt wieder.

»Was ist los, Ateca?«

»Sie sind nach Ba gefahren. Mister Johnny und Maraia. Sie haben Nunia mit nach Ba genommen.«

Ich begreife sofort. »Und was hast du jetzt vor? Wo ist Vilivo?«

»Du darfst Vilivo nichts sagen, Madam Kat. Er will nichts über Vakatevoro hören. Er ist auf der Plantage, vor heute Abend kommt er nicht nach Hause.«

Wir bringen mühsam das Pflaster an, und Ateca wischt sich die Augen mit einem Sulu-Zipfel. »Die bösen Kräfte haben es auf Nunia und das Baby abgesehen. Zuerst ist sie fast ertrunken, und jetzt …«

»Ateca, du darfst nicht …«

»Nunia hat ihre Träume verloren, Madam Kat, sie hat es mir selbst erzählt. Und ihre Haut ist dunkler geworden. Das passiert, wenn der Teufel deinen Namen geflüstert hat. Dann wird der Lebenshauch schwach, und der Körper schrumpft immer mehr. Und vorige Woche habe ich die Vögel gesehen, die hoch über ihrem Kopf flogen, drei Elstern, von links nach rechts. Da wusste ich, dass es Vakatavoro ist.«

Sie wischt sich die Oberlippe ab und reißt sich zusammen.

»Ich möchte in die Kirche gehen, Madam Kat. Vielleicht wird Vater Iosefa mit mir zusammen beten.«

»Geh nur«, sage ich. »Ich passe auf Niki auf.«

Ateca bleibt lange aus. Sie taucht erst zum Mittagessen wieder auf, sicher braucht sie heute die Kirche mehr, als wir Ateca brauchen. Ich füttere Niki, zum Glück scheint der Kleine sich bei mir wohlzufühlen, er ist ja oft im Haus der Damen. Nachdem wir beide im Schatten auf der Veranda ein Nickerchen gemacht haben, nehme ich ihn auf den Schoß. Streichele seine weichen Locken, die solche Ähnlichkeit mit denen seiner Mutter haben. »Hast du

Lust auf einen Spaziergang, Niki?«, frage ich. »Komm, dann gehen wir an den Strand.«

Wir gehen nicht sehr schnell, dafür sorgt meine verdammte Hüfte, aber so ist das Tempo uns beiden angenehm. Wir kommen vorbei an der Mole und an dem Baum, an dem einige von Penaias zerbrochenen Krebskörben aufgestapelt sind.

Unsere Schritte sind kurz, und Sonne und Wind haben wir genug, der Tag füllt sich selbst. Als wir zu dem verkommenen Kassava-Feld auf Penaias Grundstück kommen, bin ich erschöpft und meine Hüfte knirscht, ich brauche eine Pause. »Wir setzen uns ein bisschen«, sage ich zu dem Jungen und lasse mich auf einen abgeschabten Baumstamm sinken. Niki bleibt brav stehen, setzt sich aber nicht. Steht nur lauschend da, als ob er etwas hört, das man nur mit jungen, reinen Ohren wahrnehmen kann. Ich versuche ebenfalls zu lauschen, aber die Wellen schlagen lediglich im selben Rhythmus, den ich immer höre. Hin und her, alt, geduldig. Ich lasse Niki nicht aus den Augen, er steht noch immer bewegungslos da. Gibt es doch ein Geräusch? Etwas Dünnes und Straffes, eine bis zum Äußersten gespannte Saite? Ich schaue mich um, sehe aber nichts. Es muss Einbildung gewesen sein, ich höre es nicht mehr. Ein Widerhall von etwas, das ich nicht zu fassen bekomme, ein Hauch in trockenen Blättern. Wenn Ingrid hier wäre, würde sie es als Selbsttäuschung bezeichnen. Wenn Maraia hier wäre, würde sie von Meeresgesang reden.

20

Ateca

Gott, du siehst, das, was in Ba passiert ist, macht mir arg zu schaffen. Die Stadt ist voller dunkler Kräfte, und ich hatte Angst, als Nunia und Maraia hinfuhren. Dort aber ist etwas mit Nunia passiert, und ich muss glauben, dass es von dir kam und in deinem Geist geschah. Sonst könnte es ihr doch nicht so viel besser gehen? Meine Schwiegertochter isst wieder, sie findet jetzt ihre Kräfte in Fisch und Tavioka, und ihre Hände sind schnell, wenn sie arbeiten.

Angeblich sind die schwarzen Mächte stärker als die weißen, aber du bist stärker als alles, Gott. Ich habe darum gebetet, dass du Nunia gesund machst, und ich habe Vater Iosefa gebeten, sie in seine Gebete einzuschließen. Dennoch wurden ihre Gedanken schwerer und schlimmer, sie hörte auf zu essen und saß nur still da, das Gesicht zur Wand gekehrt.

Ich habe versucht, mich um Nunia zu kümmern. Nur du weißt, warum du ihre Mutter in die Ewigkeit heimgeholt hast, als Nunia noch ein kleines Mädchen war. Und ihr Vater – mein Sohn sagt, dass er ein schwacher Mann war, der seine Töchter im Stich gelassen hat. Als Vilivo auf Arbeitssuche ins Drokadroka-Tal kam, lebte Nunia dort schon seit mehreren Jahren bei ihrem Onkel. Die Verwandtschaft suchte einen Mann für sie, und als Vilivo und sie heirateten, freuten sich alle.

Ich habe mich auch gefreut, Gott, und ich gebe mir alle Mühe, ihr eine Mutter zu sein. Aber die bösen Hände, die nach ihr und ihren Kindern greifen, vor denen habe ich sie nicht beschützen können.

Maraia hat erzählt, was in Ba geschehen ist. Ich weiß, dass sie ein Haus aufgesucht haben, in dem Mana, *die Kraft, stark ist. Die Frau, die dort wohnt, sieht im Dunkeln ebenso klar wie bei Licht, und die Lieder, die sie singt, sind älter als der Mond. Ihre Worte sind aus Erde und Salz, und was sie in ihrem Feuer verbrennt, ist für immer verschwunden. Im Rauch ihres Feuers konnte Nunia zwei Frauen sehen, es waren die neue Frau ihres Vaters und deren Tochter. Die Kava-Schüssel stand zwischen ihnen, und das Gebräu war braun und stark. Ein Bilo wurde gefüllt, und die junge Frau bot den Geistern zu trinken an. Es war Sova Yaqona, Gott, der Kava, der Böses will. Die Tochter der Frau des Vaters hat keine Kinder, und sie will nicht, dass Nunia welche bekommt. Sie wollen alles erben, was der Vater besitzt.*

Ich glaube, du warst im Rauch von diesem Feuer, Gott. Ich glaube, du hast das Feuer auflodern und die schwarzen Knoten lösen lassen, die der Teufel über Nunias Bauch gebunden hatte. Du hast ihr eine Ecke eines verkohlten Briefes gezeigt, der in einer wütenden und stinkenden Flamme verschwand. Und ich glaube, du hast ihr einen Gruß ihrer Mutter gesandt, nachdem das Feuer erloschen war. Einen gelben Schmetterling, der in einem Bogen um sie herumflog, ehe er sich für einen Augenblick auf ihren Ärmel setzte. Du kannst den Toten eine Stimme geben, Gott, durch einen Vogel in einer Baumkrone oder einen Wind in der Dunkelheit.

Nunia spricht jetzt mit einer neuen Stimme, einer warmen und hellen. Sie spürt, dass das Kind wächst, tief in ihr dreht es sich ruhig in seinem eigenen Meer. Aber bei den beiden Frauen in Ba wird etwas

Wertvolles verschwinden. Vielleicht wird ihre beste Kuh sterben, oder vielleicht wird eine von ihnen von Krankheit erfasst.

Du hältst alles Leben in deinen Händen, Gott. Ich habe Angst vor den dunklen Kräften, aber ich danke dir, weil du über sie siegst. Ich danke dir dafür, dass Nunia zu uns zurückgekommen ist und dass ihr Kind zur Welt kommen und leben wird.

In Jesu Namen. Emeni.

21
Ingrid

Ingrid und Johnny haben ihr eigenes Leben, ihren eigenen Rhythmus. Gemeinschaft, Arbeit, Hände, die wissen, wo sie einander finden. Die Lachfältchen um seine Augen jeden Morgen, wenn er aufwacht und Ingrid sieht, ihre Finger, die die Landschaft aus Gipfeln und Tälern auf seinem blanken Schädel auswendig kennen. Sie lächelt beim Gedanken an seine Geschichte über eine mögliche Verbindung zwischen Kosrae und Norwegen. »Offenbar gab es früher einmal auf der Insel eine norwegische Walfangstation. Vielleicht strömt auch durch meine Adern Wikingerblut?« Ingrid hatte genickt und mit ihm gelacht, und dabei hatte sie in sich Wildrids Stimme gehört: *Da siehst du! Ihr gehört zusammen!*

Als er also zum ersten Mal Edson erwähnte, den jungen Mann, der bei ihnen wohnen sollte, reagierte sie mit Unwillen: »Der Sohn deines Bruders? Ich dachte, du hättest auf Kosrae keine Verwandten mehr. Da muss dein Bruder doch schon ziemlich alt gewesen sein, als er Vater wurde?«

Johnny hatte den Kopf geschüttelt und ein resigniertes Gesicht gemacht, und Ingrid hatte ihre Fragenflut sofort bereut. Sie war schon lange genug in diesem Teil der Welt, um zu wissen, dass »Bruder« ein dehnbarer Begriff ist.

»Ich bin bei ihnen aufgewachsen, mehr oder weniger«, sagte Johnny nur. »Bei uns zu Hause waren wir ja nicht gerade reich.«

Ingrid ahnte damals die Umrisse eines Raumes, den Johnny noch nicht betreten wollte, aber sie konnte sich die Frage doch nicht verkneifen: »Bei wem bist du aufgewachsen?«

»Bei meinem Vetter und seiner Familie.«

Lange Pause.

»Als mein Vater alles vertrunken hatte, was wir besaßen, habe ich mir in ihrem Haus abends den Magen gefüllt. Bei ihnen habe ich verstanden, was es bedeutet, sich umeinander zu kümmern. Er war mein kleiner Bruder, und jetzt reden wir hier von seinem Sohn.«

»War? Lebt dein Vetter nicht mehr?«

Ingrid hatte gehört, wie ihre Stimme nervte und bohrte, und noch während sie das sagte, wusste sie, sie hätte besser geschwiegen. Sie und Johnny sind ein Team. Sie stehen zusammen auf einem Bootsdeck unter einem grenzenlosen Himmel, nicht auf dem Lehmboden einer Küche mit Staub und Eifersucht in den Ecken.

Johnnys Blick war ausdruckslos ins Leere gegangen.

Ingrid hatte sich beherrschen können, aber ihre unausgesprochenen Worte jagten wie Blitze durch die Luft: Gibt es denn Menschen, die es nicht schwer haben?

Aber als Johnny dann etwas sagte, war seine Stimme

fest und ruhig, und Ingrids Wangen glühten vor Scham. »Jetzt bin ich damit an der Reihe zu helfen.«

Mehr Worte wurden darüber nicht verloren, und Edson verbrachte über zwei Monate bei ihnen, ehe er nach Sydney fuhr. Der Junge tat niemandem etwas, bewahre, aber ein Seemann war er nicht. Still und freundlich, aber zerstreut und absolut nicht praktisch veranlagt, das musste man ja wohl sagen dürfen. Träge, wenn Schnelligkeit gefragt war, und unentschlossen, wenn es um Präzision ging. Wenn er sich ein Boot kaufen und auf Kosrae ein Johnny werden will, muss er sich an Bord gute Hilfe sichern. Dass Johnny das nicht auch sehen kann? Aber ich muss ihn unterstützen, schärft Ingrid sich ein. Johnny unterstützen, der Edson unterstützt.

Wenn es dem Jungen in Australien nur gut geht. Sie begreift nicht ganz, was er sich da für eine Arbeit gesucht hat, es hat irgendetwas mit einem Hotel zu tun. Ein Freund eines Freundes im Nachbardorf, der Kontakte hatte. Johnny wirkt jetzt weniger besorgt: »Das wird schon gut gehen«, sagt er. »Die Leute aus Kosrae kümmern sich umeinander. Wir sind ja nicht so viele.«

Ingrid beschließt zu glauben, dass er recht hat. In den Jahren, in denen sie Johnny nun kennt, hat er wenig über seinen Heimatort gesprochen. Sie hat im Netz Bilder von dichten, tiefen Mangrovensümpfen gesehen, von vor Feuchtigkeit triefenden Regenwäldern, von Korallenriffen, die jahrtausendelang ungestört wachsen durften. Aber schon bei ihrem ersten Gespräch erzählte Johnny, dass er seine Heimatinsel seit mehreren Jahrzehnten nicht mehr besucht hat. Er hat ein Nomadenleben geführt, ganz anders als ihr eigenes: Ist von zu Hause weggegangen und war in England, hat in Belgien alles über Schokolade gelernt, hat in Australien und Neuseeland gejobbt, ehe er dann mit der *Tarisso* in Labasa gelandet ist. Ein Mann, der nur in Wind und Wetter wurzelt. Dennoch erinnert sie sich an ein kleines Lächeln, einen Nachsatz: »Es ist schön da.« Er spricht nie über Kosrae. Aber Ingrid vermutet, dass es stimmt und dass sich die Leute von dort umeinander kümmern.

Heute Abend sitzt sie aber da und überlegt. Vielleicht macht sich Johnny doch mehr Sorgen um Edson, als er zugeben mag? Oder ist es etwas anderes? Sie hat ihn in letzter Zeit mehrmals beobachtet; wenn sein Telefon klingelt, dann geht er damit ein Stück zur Seite und beendet das Gespräch, während er ihr den Rücken kehrt. Geht gewissermaßen zufällig ein Stück weiter, wenn sie näher kommt. Sie stellt keine Fragen, das tut sie wirklich nicht, so weit ist es mit ihnen nicht gekommen, mit ihr und Johnny. Wenn er etwas für sich behalten will, dann soll er. *Vielleicht plant er eine Überraschung*, flüstert Wildrid in ihren Gedanken. *Vielleicht will er zu Weihnachten mit dir nach Sydney fahren, das Opernhaus besichtigen, bei einer Hafenrundfahrt im Sonnenuntergang zu Abend essen.* Ingrid achtet nicht auf diese Stimme, aber natürlich kann Wildrid recht haben, es kann ein spannendes Geschenk sein, über das er am Telefon flüstert, und das wird sie ihm auf keinen Fall verderben. Vor Zärtlichkeit kommen ihr fast die Tränen, als sie sein vertrautes Profil als Silhouette vor dem Wasser sieht, den gesenkten Kopf unter der hoch stehenden Sonne. Das alles, denkt Ingrid, das alles, weil ich es gewagt habe. Gewagt, die Ingrid der Busgesellschaft beiseitezuschieben und Wildrid an Deck zu lassen. Die mit dem grauen Pferdeschwanz unter einem von der Sonne gebleichten Hut da steht und mit sicherer Hand Angelruten und Eiskästen sortiert, die endlich wagt zu lieben. Johnny Mattson, durchwogt es Ingrid, es gibt nichts, was ich nicht für dich tun würde. Und ich werde dich in Ruhe lassen, wenn es das ist, was du brauchst.

Kat ruft an, als sie gerade schlafen gehen wollen. Sie kommt sofort zur Sache: »Neuigkeiten von Armand. Sina hat eine Mail erhalten. Er kommt Anfang Januar.«

»Mit der Verlobten?«

Sie kann hören, dass Kat nickt. »Mit Irene.«

Dann geht ihr auf, was der Grund für Kats Anruf sein kann. »Soll ich zu der Zeit auch da sein?«, fragt sie.

Ein kurzes Schweigen am Telefon. »Ich komme mir so dumm vor, weil ich darum bitte«, sagt Kat dann endlich.

Ein Bleigewicht, eine unerwartete Traurigkeit in Ingrids Bauch. Kat und ängstlich? Die Freundin, die immer allem, was ihr in den Weg geworfen wurde, mit offenen Armen und furchtlosem Lachen gegenübergetreten ist? Jetzt hört Ingrid, nur für einen kurzen Augenblick, die zitternde Unsicherheit einer ratlosen alten Frau.

»Ich muss die ganze Zeit an das Interview in der

Zeitung denken«, sagt Kat nur. »Ich will nicht in seine Pläne für ein Gourmet-Resort oder wie er das nun nennt hineingezogen werden.«

»Das hat doch auch nichts mit uns zu tun«, erwidert Ingrid, obwohl Kat sich das ganz sicher schon selbst gesagt hat.

»Das weiß ich.«

»Natürlich komme ich«, sagt Ingrid. Versucht, ihre Stimme unbeschwerter klingen zu lassen. »Ich bin doch genauso neugierig auf die geheimnisvolle Irene wie alle anderen.«

Kats Erleichterung ist wie ein Windhauch in ihrem Ohr. »Ateca soll Salote fragen, ob sie da wohnen können«, sagt sie. »Bei uns geht das jedenfalls nicht.«

Johnny schaut sie forschend an, als sie ins Bett schlüpft. Streckt einen Arm aus, damit sie den Kopf darauf legen kann. »War das Kat?«, fragt er. »Probleme?«

Ingrid schmiegt sich an ihn, sucht die vertraute Wärme. »Nicht doch«, antwortet sie. »Sie wollte bloß ein bisschen reden.«

Er stellt keine weiteren Fragen, streichelt nur ihr glattes graues Haar. Sie spürt, dass die Haare unter seinen Händen zum Leben erwachen, sie tanzen und winden sich zu weichen Locken, die unbedingt spielen wollen. Gott segne dich, Johnny Mattson, denkt Ingrid. Du hast mich auf dein Boot geholt, hast mich gelehrt, in den Wind zu rufen. Bist mit deinen Händen über meine klobigen Pranken gefahren. Ich liebe dich so sehr, dass es bis in meine Fingerspitzen brennt.

22

Kat

Eigentlich bin ich immer mit dem Wind gesegelt, der gerade wehte. Mit der unerwarteten blonden Brise, die Niklas war, mit der steifen Brise, die zu Hause wütete, als ich erzählte, dass ich ohne Reiseroute oder Rückfahrkarte losziehen würde. Ich habe Stürme erlebt, von kleinen bis zu großen und starken, den Orkan in mir, als Niklas ertrank. Ich müsste daran gewöhnt sein, die Dinge zu nehmen, wie sie kommen. Aber vielleicht liegt auch das am Alter? So, wie ich jetzt eine Ewigkeit brauche, um vier Treppenstufen hochzusteigen, so brauche ich auch viel länger, um zu jeder Gelegenheit die richtigen Gefühle zu finden.

Denn als Frank anruft, bleibe ich stumm. Ich bin nicht verzweifelt, bin nicht außer mir, bin nicht entschieden oder tatkräftig. Der Lebensgefährte meines Bruders drückt sich behutsam aus, will die unbarmherzigen Worte mildern. »Karsten geht es schlechter, Kat.«

Ich beiße die Zähne zusammen, spüre die Stahlsaite in meinem Hals zittern.

»Der Gelenkrheumatismus?«

»Auch … der ist ja immer da. Du weißt doch, dass er

in den letzten Jahren mehr oder weniger permanent im Rollstuhl sitzt.«

Ich nicke. »Ja.«

»Jetzt haben sie Bechterew festgestellt. Und das ist …«

»Bechterew? Also …«

»Entzündungen in Rückgrat und Becken, ja. Hüften und Knie sind ebenfalls stark in Mitleidenschaft gezogen. Und der Brustkasten wird steifer.«

»Was bedeutet das?«

Leere Schwere in mir.

»Dass seine Atemkapazität gering ist.«

»Hat er …?«

»Schmerzen? Ja. Die ganze Zeit. Kat, ich … ich will das nicht, das musst du mir glauben, aber wir sind zu dem Schluss gekommen, dass es das Beste für ihn ist umzuziehen.«

»Umzuziehen? Wohin denn?«

Ich begreife nicht.

»Ins Pflegeheim. Die haben dort einen Rheumatologen. Karsten wird viel besser versorgt werden, als ich das kann, selbst mit Heimpflegedienst. Und …«

Er unterbricht sich, aber ich höre es kommen. »Ich werde ja auch alt, Kat. Ich kann nicht mehr so schwer heben. Er sitzt kaum noch aufrecht im Stuhl, und er muss doch aufs Klo und …«

Ich falle ihm ins Wort, will nicht mehr hören. »Soll ich kommen?«

Er sagt Nein, aber ich höre Ja. Höre, dass mein Bruder sein Zuhause verlassen und in eine Anstalt soll, eine oft aufgeschobene und verabscheute Reise. Höre, dass Frank sich Hilfe wünscht, um das alles zu überstehen.

»Wann?«, frage ich hilflos. »Habt ihr …«

»Er bekommt irgendwann nach Neujahr einen Platz im Pflegeheim. Februar oder spätestens März, sagen sie. Wenn es ihm nicht vorher schon viel schlechter geht.«

Franks Stimme, seine Worte, ich kann das alles nicht ertragen. Mein Bruder, der gute, solide Karsten, ist es denn möglich, dass wir über so etwas sprechen? Im Pflegeheim, da wohnen doch alte Leute. *Alte* Leute! Nicht mein Bruder, der mich abends von der Brücke geholt und nicht verraten hat, dass ich verbotenerweise im Kanal gebadet hatte, wo das unsichtbare und lebensgefährliche Flößerholz lag. Karsten, der mein Rad wiederfand, das ich irgendwo abgelegt und dann vergessen hatte. Karsten, der mir seine Sachen lieh und niemals etwas sagte, wenn er sie verdreckt und zerbrochen zurückbekam. Mein großer Bruder, der Mutter vorsichtig den Arm um die Schultern legte, wenn sie sich über mich aufregte, der es auf wundersame Weise schaffte, zu uns beiden zu halten. Passiert das hier wirklich? Muss Karsten »in die Pflege«, wie man in Reitvik sagt?

»Ich fahre im März nach Norwegen«, sage ich zu Frank. »Dann komme ich.«

Nach dem Gespräch bleibe ich mit dem Telefon in der Hand stehen. Karsten. Ich sage den Namen meines Bruders mehrere Male laut. Ein schöner Name. Stark, bündig. Eine Rettungsleine, an der wir uns beide festhalten werden.

Ich habe nicht besonders gut Kontakt zu meinem Bruder gehalten, das liegt mir jetzt brennend auf der Seele. Nach Vaters Tod war ich nur einige wenige Male zu Hause. Er ist solide und ordentlich, mein Bruder Karsten, und war nie von Reiselust geplagt. Er und Frank haben Niklas und mir nicht die Tür eingerannt, und auf Fidschi war er noch nie. Wir sind so verschieden, haben uns so unterschiedliche Leben ausgesucht. Wir waren sicher schon von Anfang an verschieden, mich lockte immer das Neue, das Unbekannte.

Es gab so viele Gründe, warum ich immer seltener nach Hause gefahren bin. Mutter, ihre niemals ausgesprochene, aber immer greifbare Erwartung, dass ich mich in meiner Heimatstadt niederlassen, dort heiraten, Kinder bekommen sollte. Die Enttäuschung stand ihr ins Gesicht geschrieben, als ich stattdessen in jenem Sommer mit Niklas loszog: »Indien! Katrine, du weißt doch kaum, wo das liegt!« Gefolgt von einem beleidigten: »Na, du wirst schon bald genug zur Vernunft kommen.«

Vater, sein gequältes Gesicht, wenn Mutter und ich uns stritten. Er wurde selten deutlich, aber es kam vor: »Lass sie in Ruhe, Karen. Katrine macht das schon.«

Die Lampe, die seinen blanken Schädel aufleuchten ließ, wenn er den Kopf wieder über sein Buch senkte.

Es war nicht nur, dass die Reise weit und teuer war und dass Niklas und ich immer so viel zu tun hatten. Es war auch alles andere – das Graue, Öde. Meine Ungeduld Reitviks jämmerlicher Unveränderlichkeit gegenüber. Mein schlechtes Gewissen, als es Mutter schlecht ging und Vater sie jahrelang zu Hause pflegte. Die Gewissheit, dass sie eigentlich keine Ahnung hatten, was Niklas und ich da in der Ferne trieben, und die Verbitterung, weil es sie im Grunde auch nicht sonderlich interessierte. Mutter starb zuerst. Um die Beerdigungen kümmerte sich Karsten, um den Verkauf unseres Elternhauses, das geerbte Geld, das er für mich so gut wie möglich anlegte. Alles wurde ordentlich abgeschlossen und beendet, ich kam in einem schwarzen Mantel nach Hause, als es vorbei war.

Bei Karsten war alles so anders. Sich mit dem Mann häuslich niederlassen zu können, den er liebte, muss ihn sehr viel mehr gekostet haben, als es mich kostete, mir den Rucksack aufzuladen und mit Niklas loszuziehen, ohne mich noch einmal umzusehen. Frank ist Bauingenieur, Karsten arbeitete in einer Bank, ehe er aufgrund seiner Krankheit in Frührente ging. Er ist viele Jahre lang zurechtgekommen, aber ohne Frank hätte er nicht so lange zu Hause wohnen können, das ist mir schon klar. Der Rheumatismus, der ihm die Beweglichkeit genommen hat, hat ihn auch in einen immer tieferen Dämmerzustand aus schmerzstillenden Mitteln und Steroiden gezwungen, die Nebenwirkungen haben. Und jetzt also Bechterew. Eine autoimmune Krankheit, wie ich voller Angst im Netz lese. Der Körper, der sich selbst angreift. Wasser in der Lunge. Augenentzündungen, Verlust der Sehkraft. Die Gelenke, die am Ende ganz steif und unbeweglich werden.

In der Nacht träume ich von Karsten. Dass ich ihn aus dem Rollstuhl heben und ins Badezimmer tragen soll. Ich kann uns beide nicht durch die Türöffnung bugsieren, ich falle und bleibe auf ihm liegen. Ich versuche mich von ihm herunterzurollen und entdecke plötzlich, dass er nicht atmet. Voller Angst rufe ich um Hilfe, und nun steht Frank neben mir. Er schaut aus traurigen Augen auf mich herab.

Ateca sieht am Morgen den Traum in meinem Gesicht. »Dein Herz ist müde, Madam Kat.«

Ich nicke. »Das stimmt, Ateca. Mein Herz ist alt. Es wird schneller müde.«

Maraia sieht es ebenfalls. »Ich komme mit dir, Nau Kat«, sagt sie. »Wir reisen zu deinem kalten Meer, und dann wärmen wir deinen Bruder.«

Ich lächele sie an. Ihr junges, leuchtendes Gesicht. Was weiß sie denn wohl über Krankheit und Schmerzen und ein Leben, das sich dem Ende nähert?

Ich zeige ihr Bilder von Karsten und mir. Kinderbilder, wir stehen da mit dünnen Armen und den Schulranzen auf dem Rücken. Obwohl er älter ist, sind wir gleich groß. Ich erzähle ihr, dass Karsten viel lieber zur Schule gegangen ist als ich. »Karsten war tüchtig«, sage ich, »und deshalb brauchte ich das nicht zu sein.«

Ich versuche dabei zu lachen, aber Maraia macht ein überraschtes Gesicht.

»Warum brauchtest du das nicht?«

»Weil … weil es so leichter war«, sage ich.

Sie wartet schweigend darauf, dass ich weiterrede.

»Es war leichter, dass er tüchtig war und ich die Kleine. Dann wurden für unsere Eltern doch einige Hoffnungen und Erwartungen erfüllt … verstehst du? Dann brauchte ich nicht mit guten Noten nach Hause zu kommen oder eine großartige Ausbildung zu machen. Oder eine großartige Karriere.«

»Aber das lag doch nicht daran, dass du die Kleine warst?«

Sie runzelt die Stirn.

»Das lag daran, dass dein Bruder er war, und du warst du. Alle können doch nur sein, was sie sind.«

Hinter ihren Worten scharrt etwas anderes, etwas, das ich nicht hören will.

»Wer nicht dem eigenen Wind folgt, wird immer aus dem Kurs geraten, Nau Kat.«

Sie schaut mir ins Gesicht, und in ihren Augen lese ich eine Weisheit, oder einen Kummer.

23
Ateca

Lieber Gott!

Du weißt, dass ich Maraia liebe. Jede von uns versteht die Träume der anderen, ihr Herz schlägt in meinem und meines in ihrem. Sai ist meine beste Freundin, und ihre Tochter ist auch meine Tochter. Maraia hat gelernt, ihr Blut, ihre Sippe und ihr Vanua *zu respektieren. Ohne die Erde sind wir hilflos, und sie ist hilflos ohne uns. Meerstern spürt die Bande zu denen, die vor ihr waren, und hält sie fest.*

Aber sie kann schnippisch sein, das war sie schon als kleines Kind. Es gibt nichts Böses in ihr, sie hat ein gutes und treues Herz. Aber alle iTaukei, *alle, die von unserer Erde sind, lernen, den Älteren zuzuhören. Ich habe Angst, dass Maraia das vergessen hat, Gott. Madam Kat ist alt, sie hat Tage und Nächte gesehen, von denen Maraia nichts weiß. Sie hat Anfänge und Enden erlebt, sie hat Kenntnisse, die nur die haben können, die die Früchte von Bitterkeit und Zorn gegessen haben. Dass Maraia sich Madam Kats Willen widersetzt, macht mir Angst. Wer jung ist, soll auf die hören, die Alter und Weisheit besitzen.*

Aber das ist noch nicht alles, Gott. Madam Kat ist Bosso der Schokoladenfabrik, die in vielen Familien hier in Korototoka das Essen auf den Tisch bringt. Ohne Madam Kat hätten Jones Töchter und Schwiegertöchter keine Arbeit, und die Kakaoplantage, die Vilivo leitet, wäre nicht erweitert worden – jetzt ist sie größer als zu Lebzeiten von Mister Niklas. Maraia müsste Madam Kat größeren Respekt erweisen. Wenn das Boot sie hinausträgt, sehe ich, dass sie mit den Wellen tanzt, und sie singt Lieder, die nur der Wind kennt. Aber alle wissen, dass Wind und Meer treulose Freunde sind. Und Madam Kat will nur ihr Bestes. Ich weiß nicht, was ich zu Meerstern sagen soll, Gott. Hilf mir, ihr zu raten, zeige mir, was ich tun soll, damit die Unruhe, die ich spüre, zwischen den beiden nicht zum Sturm wird.

Maraia ist klug, und sie hat Kräfte, die sie beschützen. Hilf ihr, Kopf und Herz gleichermaßen zu benutzen. Lehre sie, so behutsam zu sein, wie sie furchtlos ist.

In Jesu Namen. Emeni.

24
Kat

Es ist so lange her, ich versuche, mich an das Gefühl zu erinnern. Von feuchten Wollhandschuhen an den Fingern, Zehen, die in den Winterstiefeln so starrgefroren waren, dass ich sie nicht krümmen konnte, um den Blutkreislauf in Gang zu bringen. Wann habe ich zuletzt einen Schneeball gemacht? Wann bin ich zuletzt auf dem Eis losgesaust, mit flatternder Pudelmütze und einem auf der Schlittenkufe balancierenden Fuß? Wann habe ich die Bindung an der Stiefelspitze befestigt, bin den Hang hinter dem Haus hochgestakst, habe einen Sprung über die Kante riskiert und bin auf zitternden Holzskiern zwei Meter weiter unten gelandet? Wann habe ich vor dem Küchenfenster eine Schneelaterne gebaut und abends mit einem Teller mit Butterbroten am Küchentisch gesessen und den Kerzenstummel draußen flackern sehen?

Am besten erinnere ich mich an den vielen Schnee. Vielleicht gab es nicht jedes Jahr meterhohe Schneewehen, aber so sieht es in meiner Erinnerung aus. Dass es schneller ging, auf Skiern zu laufen als zu Fuß, dass wir über die verschneiten Äcker einen Pfad freitrampelten und mit den Skistöcken den frischen Schnee von den schweren Zweigen schlugen. Dass wir mit Stehschlitten den Hang hinter dem Laden hinabsausten und in die Schneehaufen geschleudert wurden, wenn der, der den Schlitten lenkte, die scharfe Kurve ganz unten vor der Straße nicht schaffte.

Ateca macht ein skeptisches Gesicht, wenn ich erzähle, dass es dunkel war, wenn wir morgens zur Schule gingen, und dunkel, wenn wir den Heimweg antraten.

»Hattet ihr so lange Schultage?«

»Nein, aber die Sonne scheint im Winter nur für wenige Stunden.«

Ateca nickt nachdenklich. »Dann hat der Mond mehr Zeit«, sagt sie.

Ich überlege. Der Wintermond, wie sah der aus? Ein vager leuchtender Fleck, eingehüllt in das blaue Licht, das wir Nachmittag nannten. Ein beschützender großer Bruder für die Sterne, die ich abends durch den Vorhangspalt sah.

Ich erzähle von den Schneewehen am Straßenrand, die weit über die Autos hinausragten, über Schnee, der vor dem Küchenfenster brüllend vom Dach rutschte und die Vögel auf dem Brett voller Panik nach allen Seiten aufstieben ließ.

»Warum hat ihr Vögel auf ein Brett gesetzt?«

»Wir haben ihnen da Futter hingestreut. Körner und Fett und Brotreste.«

»Wieso denn? Können die keine Insekten fressen?«

Dass die Natur nicht für ihre Geschöpfe sorgt, kann Ateca nur schwer begreifen.

»Nicht im Winter. Dann ist es zu kalt.«

Sie macht wieder ein skeptisches Gesicht, aber fehlende Sonne und Insektenmangel haben ihr trotzdem nicht die Reiselust genommen. »Ich freue mich darauf, dein Meer zu sehen, Madam Kat. Obwohl da Riesentintenfische hausen. Und tote Seelen in halben Booten.«

Tote Seelen in halben Booten? Ich begreife nicht sofort. Großer Gott, der Draug. »Das ist nur Aberglaube, Ateca. Kein Mensch ist jemals dem Draug wirklich begegnet.«

Dakuwaqa erwähne ich lieber nicht.

Der Gedanke an den Winter zu Hause lässt mich nicht los. Die Eisblumen auf der Innenseite der dünnen Fensterscheiben draußen auf dem Gang. Mein Bruder und ich, die nebeneinanderstanden und mit dem Finger unsere Namen in den weichen Reif schrieben: *Karsten, Katrine*, in kleinen, dampfenden Zeigefingerabdrücken. Der Kleiderbügel, der abends immer langsam pendelnd über dem Kamin hing, damit unsere Schulhosen trockneten.

War alles so einfach, wie es in meiner Erinnerung erscheint? Wir wussten, wer wo wohnte und wer mit wem zusammengehörte. Sina und ihre graue Mutter, die sich das Kopftuch so fest unter dem Kinn verknotete. Lisbeth und ihr kleiner Bruder, immer wurde unter den Erwachsenen darüber gemunkelt, dass die beiden Kinder die meiste Zeit bei ihrer Großmutter wohnten. Ich habe Lisbeth erst in der Oberstufe kennengelernt, als wir uns nur noch selten für das Gemunkel der Erwachsenen interessierten und Lisbeth die schönste Haarpracht und den schicksten Lippenstift hatte. Der Küchentisch zu Hause bei Ingrid, wo es immer möglich war, ein Butterbrot zu bekommen, ihre Mutter mit der Schürze an der Anrichte. Bestimmt war alles übersichtlich. Aber einfach? Vielleicht nicht immer.

Vaters Gesicht, plötzlich ist es da. Der Raum aus Stille, den er um sich herum bilden konnte, wenn er das brauchte, seine gequälte Miene, wenn im Haus Unfriede herrschte. Sein über ein Buch gesenkter Kopf. Vor meinem inneren Auge erscheint ein deutliches Bild: das Licht einer Glühbirne über den Buchrücken in der Bibliothek des Bürgerhauses. Das kleine Zimmer war eigentlich nur ein Kabuff, eine abgegriffene Buchsammlung hinter einer abgeschlossenen Tür ganz hinten auf dem Gang. Den Schlüssel hatte der Hausmeister, Zutritt war jeden Mittwochnachmittag, und Vater und ich warteten oft als Einzige, wenn die Tür geöffnet wurde. Ich kniete vor dem Regal mit den Kinderbüchern, während Vater den Buchstapel der vergangenen Woche durch einen neuen ersetzte und zum Stempeln die Ausleihkarten aus den Taschen hinten in den Büchern zog. Ich durfte jede Woche ein Buch mit nach Hause nehmen und verschlang sie alle der Reihe nach: *Die Schatzinsel*, *Das Dschungelbuch*, *König Salomos Schatzkammer*. Die abenteuerlichen Reisen, die ich vom Wohnzimmersofa aus unternahm!

Mayas Bücher stehen noch immer in den Regalen des Zimmers, das jetzt Maraias ist. Nimmt Maraia diese Bücher herunter? Liest sie darin? Reist sie? Ich winde mich, möchte ein Schuldgefühl verdrängen, das weit im Hinterkopf liegt. Es ist nicht nur, weil Maraia nicht zum Studium nach Suva gehen will, dass ich ihr noch ein Jahr hier zu Hause erlaube. Natürlich steckt dahinter mein eigenes Bedürfnis nach ihrer Nähe. Danach, sie zu sehen, jeden einzelnen Tag ihren Geruch wahrzunehmen. Wie den eines Hundebabys, das ich am liebsten die ganze Zeit im Arm halten will, wie den von jemandem, den ich sogar dann vermisse, wenn er im selben Zimmer ist.

Plötzlich höre ich die Stimme meiner Mutter. »Ich begreife nicht, dass du einfach so losziehen kannst! *Reisen* – wohin denn? Und um was zu tun? Du bist begabt, Katrine, du kannst studieren. Eine gute Stelle finden und … was glaubst du eigentlich, was du da draußen finden wirst?« Meine Antwort, rasch, ungeduldig: »Ich will mehr sehen als Reitvik. Du kannst mich hier nicht mehr festhalten!«

Das Letzte, was ich will, ist, dass Maraia weggeht. Aber muss ich mich nicht dazu zwingen, es zu wollen? Damit sie die Flügel weit ausbreiten und hoch fliegen kann, ehe sie dann zurückkehrt und auf Dauer hier landet?

Auf der großen Reise nach Norwegen wird sie mich ja jedenfalls begleiten. Ich will Verbindungen für sie knüpfen. Verbindungen nach Reitvik, zu meinem Bruder, es ist gut möglich, dass ich ihn jetzt zum letzten Mal sehe. Eine schwere, traurige Gewissheit: Die Reise nach Norwegen im März ist ein letzter Aufruf. Wenn Maraia dann nicht mitkommt, kann ich ihr nicht den See auf Reitviksletta zeigen, weiß bereift in der Wintersonne. Vielleicht liegt dort im März schon kein Eis mehr. Die Kirche auf der Anhöhe darüber, die Grabsteine wie Aschenflecken im Schnee.

Ich teile kein Blut mit Maraia. Aber wir teilen etwas anderes, und das weist aus Viti Levu hinaus. Über Meere und Geheimnisse, durch Schweigen und Vergebung. Wenn das Flugzeug mit Meerstern an Bord mit Kurs auf Norwegen abhebt, werde ich die Bänder endlich miteinander verknoten können.

25
Ingrid

Er sagt nicht so viel darüber, was er denkt, ihr Bootsgefährte, und Ingrid braucht nicht für alles Mögliche Wörter. Oft reicht die Stille zwischen ihnen. Aber manchmal wünscht sie sich doch, dass Johnny gesprächiger wäre. Dass Edson im Wohnzimmer auf sie wartet, als sie an diesem Abend nach einem langen Tag auf See nach Hause kommen, hätte er durchaus erwähnen können.

»Hast du gewusst, dass er die Arbeit in Sydney aufgegeben hat?«, fragt sie, als der Junge nicht in Hörweite ist.

Johnny fährt sich über den Kopf, wie immer mit der linken Hand. »Er hat vor ein paar Tagen angerufen.«

»Und das konntest du mir nicht sagen?«

Wildrid kneift sie in den Arm. *Alte Kuh! Du hörst dich an wie eine zänkische alte Kuh!*

Sie schüttelt Wildrid ab. »Es ist schön, dass du ihm hilfst«, sagt sie und hört eine Bitte um Entschuldigung, ohne sicher zu wissen, dass die ehrlich gemeint ist. »Aber was können wir eigentlich für ihn tun?«

Was bist du ihm schuldig?, würde sie gern fragen. Dieser junge Mann, gut in der Schule, intelligent, muss er nicht zuerst selbst herausfinden, was er will?

Als Johnny antwortet, ist seine Stimme ruhig wie immer, und Ingrid wird klein und beschämt unter seinen Worten. »Wir tun, was notwendig ist. Das bin ich ihnen schuldig. – Ich habe ihnen mit Geld geholfen«, fügt er hinzu. »Habe Edson mit guten Noten durch die Schule gebracht, er lernt leicht. Aber er braucht etwas Dauerhaftes. Und mit Booten kenne ich mich eben aus. Mit Fischerei.«

Du kannst noch viel mehr, Johnny Mattson, denkt Ingrid. Der vertraute Drang, sein Gesicht zu streicheln, ihre Hände über den spärlichen grauen Haarkranz gleiten zu lassen. Du kannst noch viel, viel mehr.

»Ist es in Sydney nicht gut gelaufen?«, fragt sie Edson nach dem Essen. »Ich dachte, du wolltest länger dort bleiben.«

»Das mit dem Chef ging nicht so gut«, sagt Edson, lässt aber keine Erklärungen folgen. Ingrid sieht Johnny an, dass er Bescheid weiß, dass aber keiner der beiden sie ins Bild zu setzen gedenkt.

»Dann wollen wir mal sehen, was es hier für dich gibt«, sagt sie nur und steht auf, um den Tisch abzuräumen.

Ingrid hat sich darauf gefreut, dass sie Weihnachten zusammen verbringen werden. Die Damen in Vale nei Kat, wie früher. Und Maraia. Und Johnny natürlich. Ihre eigenen Weihnachtsvorbereitungen hat sie längst erledigt: Die Geschenke, die sie einpackt und mit denen sie im Postamt Schlange steht, müssen Anfang November abgeschickt werden, um rechtzeitig bei Petter und Simon einzutreffen. Die Enkel ihres Bruders Kjell, ihre Goldjungs, haben immer schon ganz oben auf der Liste der Weihnachtsgeschenke gestanden. In diesem Jahr ist noch ein Name dazugekommen: Simon wurde im Frühjahr Papa eines kleinen Mädchens. Die Kleine heißt Ingelin, »sie heißt natürlich nach dir«, hatte er geschrieben, als er Bilder schickte. Ingrid weiß nicht, ob es ein Witz war, aber sie beschließt es zu glauben, und die Bilder des mollig-runden Babys hängen am Küchenschrank. »Du musst nach Hause fahren und sie dir ansehen, ehe es zu spät ist«, sagte Johnny, aber sie winkte ab. Es ist ja wohl noch lange nicht zu spät?

Durch die Hochzeit von Armand und Irene Ende März bietet sich nun plötzlich eine Gelegenheit. Ingrid hat allerdings ein bisschen geschwankt. Sie war nicht zu Simons Hochzeit nach Norwegen geflogen, soll sie jetzt an der Hochzeit eines Kerls, den sie nicht leiden kann, und einer Frau, die ihr noch nie begegnet ist, teilnehmen? Aber Kat wollte von ihren Zweifeln nichts hören und wies sie energisch zurecht: »Natürlich fahren wir alle zusammen. Sina zuliebe.«

Kat hat selbstverständlich recht. Sie sind Sinas Nächste. Kat und Lisbeth und Ingrid werden am 22. März in der Kirche von Kvitøya neben ihrer Freundin sitzen und sich mit ihr darüber freuen, dass das Unvorstellbare endlich passiert.

Ingrid schaut auf das Bild am Kühlschrank. Ein tiefer blauer Blick unter einer hohen, unerschütterlichen Stirn. Eine, die sie nicht kennt, die jedoch einige Moleküle

Erbgut mit ihr teilt. Zukunft der Vergangenheit. Natürlich wird sie die kleine Ingelin besuchen und den neuen Tag treffen, ehe es zu spät ist.

Johnny freut sich auf die Hochzeit, ohne viel Wesens darum zu machen. »Das wird schön«, sagt er. »Zu sehen, wo du herkommst.«

Sie nickte. »Sie werden nicht in Reitvik heiraten«, sagt sie dann. »Irene kommt aus einem kleinen Ort in Nordnorwegen, und dort wird die Hochzeit gefeiert.«

Er zuckt mit den Schultern. »Ich freue mich auf jeden Fall. Darauf, dein kaltes Land zu sehen.«

Edson hört diesem Gespräch zu, ohne etwas zu sagen. Wache Augen hinter der Brille, auf der Stirn die Furchen, für die er viel zu jung ist. Er ist wie ein Stück Treibholz, denkt sie plötzlich. Lässt sich umhertreiben, ohne zu wissen, wozu er verwendet werden kann oder wie er an Land kommen soll. Jetzt ist er bis auf Weiteres an ihren Strand gespült worden, aber Ingrid glaubt nicht, dass er hier bleiben wird. Plötzlich weiß sie, mit wem er Ähnlichkeit hat. Mit Arve. Edson erinnert sie an ihren kleinen Bruder. Der in der Schule »Professor« genannt wurde, der nicht gut im Fußball war und keine Mopeds reparieren konnte. Der es mit Studiendarlehen und Jobs aller Art bis zum Universitätsdozenten und schließlich zum Sprachforscher brachte. Der Brillenaffe, der Buchjesus aus dem kleinen Haus hinter der Meierei, der nach der Schule lieber in die Bibliothek ging als auf den Sportplatz. Arve hat das gefunden, was ihn froh macht, denkt sie und unterdrückt den Impuls, Edson zu umarmen; er würde beschämt zurückzucken, das weiß sie. Arve hat einen Preis bezahlt, aber er hat es gefunden. Edson wird es bestimmt auch finden.

März und Hochzeit liegen noch weit in der Zukunft. Erst werden sie in Vale nei Kat Weihnachten feiern. Der dickbäuchige Plastikwichtel steht schon bei Ram Singh Food im Fenster, und über den Türen der Nachbarn funkeln die Glitzerketten. Und jetzt werden sie und Johnny also Edson mit nach Korototoka nehmen. »Ja … wir können den Jungen doch nicht hier allein lassen?«, fragt Johnny und blickt sie überrascht an. Vorwurfsvoll und liebevoll zugleich.

»Kann er nicht …«

Nach Hause fahren, will sie sagen. Kann er nicht nach Hause nach Kosrae fahren, da ist doch seine Familie, die möchten ihn sicher bei sich haben?

Johnny blickt sie geduldig an. »Natürlich könnten wir ihm den Flug bezahlen. Aber das will er nicht. Es wäre eine Niederlage für ihn, jetzt nach Hause zu kommen, ohne mehr in der Tasche als bei seinem Aufbruch. Vielleicht wissen sie zu Hause nicht einmal, dass er die Stelle in Sydney aufgegeben hat.«

»Warum hat er das eigentlich getan?«

Ein Biss von einer Frage, für die sie plötzlich eine Möglichkeit der Beantwortung erahnt. Ingrid ignoriert Wildrids warnendes *Hör jetzt auf* und drängt weiter. »Was war denn so schrecklich an dem Hoteljob, dass er da nur zwei Monate ausgehalten hat?«

Das Gesicht des Mannes, den sie liebt, verzerrt sich für

einen Moment schmerzlich, er schämt sich einer Sache, über die er nicht sprechen will. Seine Zunge sucht in seinem ganzen Mund nach Worten, seine Kiefer spannen sich an: »Man will für Geld nicht alles tun, auch wenn man arm ist.«

»Natürlich«, sagt Kat, als Ingrid sie am nächsten Tag anruft. »Natürlich müsst ihr Edson mitbringen. Wir finden schon einen Platz für ihn.«

*

Das Adventsfest in Korototoka ist zur Tradition geworden. Das Datum wird schon früh festgelegt, und das ganze Dorf weiß genau, wann die Weihnachtszeit anfängt, mit Lovo, Musik und Tanz in Vale nei Kat.

Ingrid, Johnny und Edson treffen am Vortag morgens in Nadi ein, und Vilivo holt sie am Flughafen ab. »Willkommen, Madam Ingrid und Mister Johnny«, sagt er feierlich.

»Danke«, sagt Johnny lächelnd und schüttelt ihm die Hand. »Es tut mir leid, dass wir dich heute so früh aus dem Bett geholt haben. Soll ich auf dem Rückweg fahren?«

»Nicht doch, Mister Johnny«, erwidert Vilivo. »Madam Kat verlässt sich darauf, dass ich euch unversehrt nach Hause bringe.«

Damit scheint Johnny zufrieden zu sein. »Setz du dich nach vorn«, sagt er zu Ingrid und ist auf der Rückbank schon eingeschlafen, ehe sie den Parkplatz verlassen haben.

Die Matten bedecken den ganzen Bereich unterhalb der Treppe, und die Säulen an der Veranda sind in grüne Blätter gewickelt. Alles ist geschmückt wie sonst, auch das Essen ist wie immer. Ingrid erinnert sich an ihr erstes Adventsfest, als sie noch nie einen Lovo gesehen hatte. Wie sie gestaunt hat, als das Fleisch nach zwei Stunden auf glühenden Steinen ausgegraben wurde. Der Fleischsaft, der über die Hände floss, als Schinken und Geflügel aus braun versengten Bananenblättern gewickelt wurden. Überfüllte Plastikschüsseln mit *Palusami,* die Fettperlen blinkten in der Soße. Eifrige Finger, die die Alufolie von riesigen Fischen schälten.

Ingrid und Johnny sitzen neben Mosese und Litia; Ingrids Wangen glühen bei der Erinnerung daran, wie sie vor einer Ewigkeit den alten Vorarbeiter bewegen wollte, im Internet Recherchen anzustellen. Wie traurig sie war und wie sie sich schämte, als ihr dann aufging, dass er nicht lesen konnte. Vage erinnert sie sich, wie abweisend seine Frau Litia anfangs war, Ingrid hat nie ganz begriffen, weshalb. Jetzt lächelt Litia ihr freundlich zu und steckt sich ein dampfendes Stück Fisch in den zahnlosen Mund.

Lisbeth sitzt allein auf der untersten Treppenstufe. Die Freundin ist noch immer hübsch, aber auf eine entspanntere Weise als früher. Ihr Rücken ist nicht mehr ganz so steil, ihre Schultern dürfen ein wenig nach vorn hängen. Eine kleine Andeutung von rundlichem Bauch unter dem blasslila Jaba. Ingrid empfindet etwas wie Zärtlichkeit: Sogar Lisbeth ist zur alten Frau geworden. Ihr Haar ist nicht mehr glänzend und kastanienbraun, jetzt ist es silbergrau, aber ebenso füllig wie früher. Ingrid konnte sich diese Bemerkung nicht verkneifen, als die Freundin diesmal aus Schweden kam: »Hast du endlich auch graue Haare gekriegt?« Aber Lisbeth hatte die Antwort schon bereit: »Weißt du nicht, dass Silber das neue Gold ist?«

Und es ist eben Lisbeth, das weiß Ingrid ja – ihr Haar wäre niemals strähnig oder zerzaust. Ein blanker Helm, ein Schutz. Etwas an diesem Bild versetzt ihr einen Stich, oder liegt es daran, wie die Freundin den Kopf in die Hand stützt? Als seien ihre Gedanken so schwer, dass ihr schmaler Nacken sie nicht tragen kann.

Ingrid springt auf und setzt sich neben sie. »Fehlt dir deine Familie?«

Lisbeth lächelt verblüfft. »Ja, ein bisschen. Ich meine, ich bin ja froh, dass ich hier bin. Weihnachten ist … irgendwie größer.«

Ingrid würde das nicht so ausdrücken, aber sie hat verstanden. Die Freude, die intensive Freude über die Weihnachtsfeier hier auf Fidschi rührt und überwältigt sie jedes Mal.

»Ein bisschen wie Weihnachten, als wir klein waren«, sagt sie, vor allem zu sich selbst.

Lisbeth schüttelt den Kopf. »Das nun wirklich nicht.«

Ihre Ablehnung kommt dermaßen wie aus der Pistole geschossen, dass Ingrid sie überrascht anschaut, und Lisbeth wirkt total erschrocken über sich selbst. Dann reißt sie sich zusammen.

»Du weißt doch, dass ich bei meiner Großmutter aufgewachsen bin? Mit meinem Bruder?«

Ingrid nickt, etwas an diesem Thema ist unangenehm, es ist etwas, worüber nicht gesprochen wird. Aber nun spricht Lisbeth. Die Dunkelheit, die sie umgibt, sanfte Bruchstücke von Gesang und Gelächter hüllen sie in eine Vertraulichkeit, die Ingrid und Lisbeth sonst nicht teilen. Vielleicht ist diese Vertraulichkeit auch jetzt nicht vorhanden, vielleicht ist es nur das Alter, das Verwirrung mit Gemeinschaft verwechselt.

»Bei meiner Großmutter war es im ganzen Jahr nur am Heiligen Abend gestattet, sich ein bisschen gehen zu lassen. Das war der einzige Tag, an dem ich mich schön machen konnte, ohne mich schämen zu müssen, und an dem ich so viel Nachtisch essen durfte, wie ich wollte. Im übrigen Jahr war fast alles verboten oder gefährlich. Also beschloss ich, dass Weihnachten strahlen sollte, wenn ich selbst Kinder hätte. Es sollte mit Licht und Geschenken gefüllt werden, ich wollte an nichts sparen. Und Harald, das muss ich ihm lassen« – rasches Einatmen, ein Blick zu Ingrid hinüber –, »geizig war er nie. Das Haus von oben bis unten geschmückt, der größte Weihnachtsbaum weit und breit. Im Feinkostladen bestellter Schinken, neue Skiausrüstung für alle. Aber das hier …«

Lisbeth hebt einen Arm, lässt ihn den Abendwind und den süßen Gardenienduft umfangen. Den Gesang um sie herum, die Stimmen, die einander finden. »Das hier haben meine Kinder nie erlebt.«

Ingrid hört Tränen zwischen den Wörtern, und Lisbeth dreht den Kopf weg, um ihre feuchten Augen zu verbergen. Setzt ein Lächeln auf, während sie sich eilig die Oberlippe abwischt. »Ach, was bin ich auf meine alten Tage doch für eine Heulsuse geworden. Es braucht kaum einen Anlass, ein Brautkleid in einem Schaufenster, egal, was. Ich weiß nicht, woher das kommt.«

Wegen der Zeit, will Ingrid sagen. Dass davon nur noch so wenig übrig ist. Dass jede Minute etwas Wichtiges enthalten muss. Wir haben die fünfundzwanzigste Stunde angebrochen, jetzt zählt alles.

Aber das sagt sie nicht. Legt stattdessen den Kopf in den Nacken und lässt sich vom Nachthimmel umarmen. Hört Erwartung und Freude zu einem Chor zusammenfließen und sieht, wie das Kreuz des Südens nur ihr zuzwinkert.

»Hattest du einen schönen Abend?«, fragt sie Johnny, als sie in Ingrids altem Zimmer schlafen gehen. Sie presst sich an ihn. Das Bett ist schmal, und etwas erinnert sie an das erste Mal, als sie seine Hand an ihrem nackten Rücken spürte. Das kleine Zimmer hinten in Salotes Haus, das Licht, das er nicht einschaltete. Ihre Finger, die trotzdem wussten, welchen Weg sie einschlagen sollten. Die weichen Falten gelebten Lebens.

»Mm.« Sie hört, dass er lächelt. »Es ist immer schön, hier zu sein.«

Erst am nächsten Morgen begreift sie, dass etwas nicht stimmt. Johnny ist müde und dreht sich zur Wand, als sie aufsteht. »Ich glaube, ich bleibe noch ein bisschen liegen.« Sonst ist immer er als Erster auf den Beinen. Wenn er dann zur Tür hereinschaut und ihr sagt, dass der Kaffee fertig ist, flüstert ihr Wildrid immer zu, wie sie doch verwöhnt werde.

»Ich hatte gedacht, wir könnten eine Runde über die Plantage drehen«, sagt sie. »Vilivo sagt, dass sie schon viel weiter gekommen sind, es könnte doch schön sein, das zu sehen.«

»Geh du nur«, sagt er und deutet ein Lächeln an. »Ich bin wohl nicht so ganz in Form.«

Sie nimmt Edson mit. Er übernachtet in Salotes Zimmer und ist offenbar froh, der Neugier der Ladenbesitzerin zu entrinnen.

»Hast du gefrühstückt?«, fragt Ingrid, ehe sie gehen. Er nickt. »Kekse und Tee und eine Menge Fragen.«

»Wonach denn?«

Er zuckt mit den Schultern. »Alles Mögliche. Sydney. Ob ich mir noch immer ein Boot kaufen will. Ob ich bald heiraten will.«

»Und willst du?«

Ingrid muss ihn einfach aufziehen, aber Edson bleibt ernst. »Erst wenn ich für meine Eltern gesorgt habe.«

Als sie nach Hause kommen, geht es Johnny schlechter. »Liegt das am Essen?«, fragt Ateca besorgt. »An etwas, das Mister Johnny gegessen hat? Sonst ist gestern Abend doch niemandem schlecht geworden.«

»Ich brauche nur Ruhe«, widerspricht Johnny. Er ist aufgestanden, sitzt aber zusammengekrümmt in einer Sofaecke im Wohnzimmer.

»Du bist heiß«, sagt Ingrid und legt ihm die Hand auf die Stirn. »Wo tut es weh?«

Es ist deutlich zu sehen, dass er Schmerzen hat. Sein Gesicht glänzt vor Schweiß, und Ingrid sieht ihm an, wie demütigend er es findet, in diesem Zustand im Mittelpunkt zu stehen. »Komm, wir bringen dich wieder ins Bett«, sagt sie. »Ateca, hilf mir.«

»Nierensteine«, sagt Lisbeth aus der Türöffnung, während sie den schweren Mann beim Gehen stützen. »Harald hatte mehrere Male Nierensteine, es tut offenbar unglaublich weh.«

Als sie Johnny ins Bett bugsiert haben, holt Maraia ihre Schwester. Kelera studiert im dritten Jahr in Suva Medizin, auf dem Weg zu der Karriere, die Sai für ihre älteste Tochter schon ausgesucht hatte, als die noch nicht einmal zur Schule ging. »Kelera kann sich Mister Johnny ansehen«, sagt Maraia. »Wenn er will.«

Ingrid nickt, und sie gehen zu Johnny, der sich jetzt durch das Zimmer schleppt und die Hände in den Rücken presst. Kelera scheint zu zögern, bittet ihn dann aber, sein Hemd auszuziehen und zu zeigen, wo es wehtut. Sie fragt, ob ihm schlecht sei, ob er sich erbrochen habe.

»Was ist los?«, fragt Ingrid. »Was fehlt ihm?«

Kelera schüttelt den Kopf. »Ich bin nicht sicher«, sagt sie. »Aber ich glaube, er sollte zum Doktor fahren.«

»Nierensteine?«, fragt Ingrid und merkt, dass sie das zierliche Mädchen am liebsten packen und aus ihr eine Antwort herausschütteln würde. Eine Diagnose herauszwingen, die so wenig gefährlich ist, dass ein Arztbesuch alles beheben kann.

»Das ist möglich. Ich bin nicht sicher. Ich bin doch noch keine richtige Ärztin.«

Ingrid ist die zwölf Kilometer nach Rakiraki noch nie schneller gefahren als an diesem Tag. Johnny lächelt gequält. »Immer mit der Ruhe. Der Doktor kann mir nicht helfen, wenn ich tot bin, ehe wir ankommen.«

Sie erwidert sein Lächeln und sieht im Rückspiegel die Grimassen, die er vor ihr zu verstecken versucht. »Ich habe nicht vor, dich sterben zu lassen.«

»An den Schmerzen wird er nicht sterben«, sagt der Arzt in Rakiraki. »Solche Steine kommen normalerweise auf dem natürlichen Weg heraus. Aber ich finde doch, er sollte sich in Suva gründlich untersuchen lassen. Das Krankenhaus dort kann ihn richtig durchleuchten, dafür sind wir nicht eingerichtet.«

Sie diskutieren auf der Rückfahrt nach Korototoka im Auto. Johnny döst vor sich hin, von schmerzstillenden Mitteln benebelt, aber er besteht darauf, dass ihre Pläne nicht geändert werden. »Das geht vorbei«, sagt er. »Du hast doch den Doktor gehört, das Problem landet im Klo.«

Kelera sitzt mit Edson und Maraia auf der Terrasse, als sie eintreffen. Nun blickt sie Ingrid gespannt an. »Was hat er gesagt?«

»Er stimmt dir zu«, sagt Ingrid. »Vermutlich Nierensteine. Es geht von selbst vorbei, aber er will, dass Johnny sich im Krankenhaus in Suva richtig untersuchen lässt.«

Kelera nickt. »Es kommt ja ab und zu vor, dass der Stein beim Pissen doch nicht herauskommt. Er kann sich in der Harnröhre festsetzen, und dann muss man …«

Ingrid würde ihr gern den Mund verbieten. Sie will Johnny in ihr Zimmer bringen, nicht hier auf der Treppe stehen und über seine Uriniergewohnheiten diskutieren, während Gott und die Welt und Ateca zuhören können. Die Haushälterin ist herausgekommen und steht mit besorgter Miene daneben. Mister Johnnys Harnröhrenprobleme werden heute Abend für alle Kundschaft in Salotes Laden das Gesprächsthema sein, denkt Ingrid resigniert. Sie bedankt sich bei Kelera für ihre Hilfe und nimmt Johnnys Arm, um ihn ins Haus zu bringen. Maraia steht auf und fasst ihn wortlos unter dem anderen Arm. Ingrid kann den Blickwechsel zwischen den beiden nicht deuten.

26
Maraia

Die Glocken haben lange geläutet, und vor der Kirche wimmelt es von Menschen. Beim Weihnachtsgottesdienst ist der Gesang am schönsten, ein Wasserfall aus Stimmen. Ateca ist längst von zu Hause aufgebrochen, während Maraia zu Nunia geht, um zu fragen, ob sie Hilfe mit Niki braucht.

Nunia sitzt vor ihrem Haus im Schatten. Ihr Bauch liegt schwer zwischen ihren Beinen, aber sie müht sich vom Stuhl hoch und wischt sich den Schweiß von der Stirn.

»Wie geht es dir?«, fragt Maraia.

»Gut«, antwortet Nunia und lächelt. »Dem Baby und mir geht es richtig gut.«

»Willst du in die Kirche?«, fragt Maraia. »Wir können Niki mitnehmen, und ich gehe mit ihm raus, wenn es schwierig wird.«

Nunia schüttelt den Kopf. »Niki ist mit seinem Vater zusammen. Aber vielleicht können wir eine kleine Runde drehen. Meine Beine sind schwer vor Wasser, sie brauchen ein bisschen Bewegung.«

Sie schlendern durch das Dorf, Nunia hält sich an

Maraias Arm fest. Sie bleiben eine Weile bei Salote stehen, die Ladenbesitzerin will wissen, wie es Mister Johnny geht. »Sagt ihm, dass er sich ausruhen und viel Wasser trinken soll«, rät sie. »Das gilt auch für dich«, sagt sie zu Nunia. »Und vergiss nicht, nur glatte Dinge zu essen. Kohl und Spinat. Dann gleitet das Kind leichter heraus.«

Litia sitzt vor ihrem Haus auf der Treppe. Sie lacht und malt mit den Händen eine riesige Kugel in die Luft, als die beiden jungen Frauen vorübergehen. Der Weihnachtstag ist warm und ruhig, die Luft tut gut. Aus der Kirche hören sie den Chor, und als alle Anwesenden einstimmen, strömt der Gesang freudig durch die offenen Türen. Nunia bleibt stehen, atmet tief durch und füllt ihren ganzen Körper mit der Musik. Zieht sie in ihre Lunge und lässt sie dem Blut folgen, schickt jeden Taktschlag und jeden Ton hinunter zu dem Baby.

»Willst du kehrtmachen?«, fragt Maraia, als der Gesang verklungen ist. »Wir können gern zurückgehen, wenn du müde bist.«

Nunia schüttelt den Kopf. »Es geht noch.«

Etwas huscht über ihr Gesicht, und als sie sich mit den Händen das Kreuz reibt, weiß Maraia, dass Nunia das schon früher erlebt hat.

»Bist du sicher?«, fragt sie.

»Ja.«

Sie werden langsamer dort, wo der steile Weg zum Strand hinabführt. Maraia fragt sich, ob sie umkehren und den Weg zurück nehmen sollten, den sie gekommen sind. Die Sonne brennt hoch am Himmel, und es wird für Nunia schwer werden, am Strand entlang nach Hause zu gehen, ohne Schatten. Aber Nunia hält sich an ihrem Arm fest und will nicht kehrtmachen. »Es sind noch mehrere Wochen, Maraia«, sagt sie. »Das geht schon.«

Das Licht ist weiß, und die Bäume schweigen, als Nunia am Rand von Penaias überwuchertem Kassava-Feld plötzlich stehen bleibt. Sie schreit nicht, sie stößt nur einen kurzen Ruf aus, dann wird ihr Sulu dunkel von dem Wasser, das an ihren Oberschenkeln hinabläuft. Die Wehen kommen, die Krämpfe pressen ein leises Stöhnen aus ihrem Mund. Der Schmerz sitzt innen, in Blut und Muskeln. Immer wenn er zupackt, gibt er Signale, klarer und klarer, dafür, dass es jetzt so weit ist. Es wird jetzt geschehen, und es lässt sich nicht anhalten. In Maraias Kopf rauscht es, aber ihre Gedanken sind klar. Sie weiß noch, wie schnell alles ging, als Niki geboren wurde. Sie waren gerade erst im Krankenhaus angekommen, als der Junge auch schon da war. Damals hatte Nunia Ateca und Vilivo, Arzt und Hebamme. Jetzt hat sie mich, denkt Maraia.

Nunia atmet jetzt anders, und der Schweiß bringt ihr Gesicht zum Glänzen.

»Das darf noch nicht sein«, sagt sie und hängt schwer in Maraias Armen. »Du musst Ateca anrufen. Ich muss nach Hause.«

Maraia braucht nicht einmal in ihrer Tasche zu suchen, um zu wissen, dass sie ihr Telefon nicht bei sich hat; es liegt zum Aufladen im Haus der Damen.

»Kannst du gehen?«, fragt sie, aber Nunias Knie geben nach, und sie sinkt in sich zusammen. Maraia muss sie aus der Sonne wegbringen. »Versuch mal, bis zum Schatten unter dem Nunu-Baum da hinten zu kommen. Ich helfe dir.«

Sie hebt und zieht Nunia, die Stille um sie herum klingt in ihren Ohren. Das hier hat sie doch schon einmal gemacht? Plötzlich hört sie den Wind, den Sturm, der an ihnen zerrt, heulende Wassermassen, die sie mit sich reißen wollen. Irgendwie schafft Maraia es, Nunia den Sulu auszuziehen und unter ihr auszubreiten. »Versuch, ruhig zu atmen«, sagt sie, auch wenn Nunias Atem jetzt seinen eigenen Willen hat. »Ich hole Hilfe.«

Nunia öffnet die Augen. »Geh nicht weg!«

Ihre Finger halten Maraias Arm mit einem Griff, den niemand lösen könnte.

»Nunia, ich werde mich wirklich beeilen, ich hole Ateca. Oder Vilivo. Er kann mit dem Auto bis zum Ende des Weges fahren, und dann bringen wir dich ins Krankenhaus.«

»Geh nicht weg!«

In Maraias Kopf wütet der Sturm: Was weiß ich über das hier? Was hat Na Sai erzählt? Und was Ateca? Vor ihren Augen flimmert ein Bild von Flora, das Geräusch der beiden Herzen, die in ihr schlugen. Nunia bekommt ihr Kind jetzt, es ist mehrere Wochen zu früh, und außer Maraia ist niemand hier und kann helfen.

»Du musst mir helfen, Maraia.« Nunias Stimme ist ein Flüstern, Sand, der über Muscheln gleitet. »Du warst mit mir in Ba. Du hast mich aus dem Sturm gezogen. Du musst mir helfen.«

Es gibt nur sie beide. Die Vögel schweigen in den Bäumen, die Wellen schlagen nicht mehr gegen den Strand. Der Bauch lebt sein eigenes Leben, rollt in einer Dünung nach der anderen. Ein großes Tier mit eigenem Atem. Maraia sucht in ihrer Erinnerung danach, was Kelera erzählt hat; ihre Schwester hat im Krankenhaus von Suva schon Kindern auf die Welt geholfen. »Die Mutter muss die Arbeit tun«, hat sie gesagt. »Und das Kind kommt heraus, einen anderen Weg kann es nicht nehmen.«

Die Zeit verrinnt, die Minuten vergehen. Nunia hat die Augen geschlossen. Sie lässt fast nichts hören, nur ein dünnes Jammern wie ein brechender Zweig. Maraia ist in ihren Schmerzen, spürt am eigenen Leib, wie Nunia dem Kind die Tür öffnet, sich ausweitet, sich bereit macht.

Um sie herum ist es still, nur das leise Rauschen von allem, was lebt, ohne sich ihnen zu zeigen. Nunias Hände liegen in Maraias; wenn eine neue Wehe an ihrer Gebärmutter reißt, krümmt sie die Finger und gräbt weiße Spuren in Maraias Handflächen. Ein Griff aus Schrei und Not. Maraia kennt sie, dieselben Hände, die sich an sie geklammert haben, als der Sturm sie verschlingen wollte. An jenem Tag hat sie dem Kind das Leben gerettet. Und wer jemandem das Leben gerettet hat, hat für immer eine Verantwortung auf sich genommen.

Maraia beugt sich über Nunia, packt ihre Schultern, holt den Wind aus den Bergen und ruft allen Gesang im

Meer herbei: »Nunia, das hier wird gut gehen! Dein Kind wird geboren werden, und es wird gut gehen.«

Die Gebärende keucht mit offenem Mund. »Wenn du mir hilfst.«

Ein Tanz aus Blut und Erde, ein uralter Meke, den sie beide kennen. Maraia kniet hinter Nunia. Schiebt ihr die Arme unter die Schultern und hebt ihren Oberkörper vom Boden. Nunia keucht und lehnt den Rücken an Maraia, zwingt die Qual aus jedem Teil ihres Körpers. Dann murmelt sie und ruht sich aus. Sie warten. Nunia sammelt Kräfte, ehe sie von einer neuen Sturzflut mitgerissen wird. Ihre Finger werden weiß um die von Maraia, als ihr Körper sich in einer neuen Wehe spannt. Wieder und wieder. Das Dorf ist still, nur ein Hahnenschrei dringt zu ihnen. Alles hält den Atem an und wartet auf das Kind. Nunia dämmert zwischen den Wehen ein, bis der Drang zu gebären unausweichlich ist, ohne Gnade, dann presst sie. Maraia fängt sie auf und stützt ihren Kopf, flüstert Wörter, von denen sie nicht wusste, dass sie sie kennt. Sie spürt ihre Knie nicht mehr und kriecht zwischen Nunias Beine. Deren Oberschenkel bilden einen bebenden Bogen, ein kurzer Schrei mit auf die Brust gepresstem Kinn, dann fällt sie wieder rückwärts. Eine dritte Runde, und der Kopf gleitet wie eine Kugel in Maraias Hände. Geschlossene Augen, der Mund ist eine feste kleine Schleife. Ohne ihr Zutun rotiert das Kind zwischen ihren Fingern und rutscht aus Nunia heraus. Eine Welle, ein Rätsel. Das Gesicht ist verschlossen, Maraia hebt den Kopf des Kindes zu ihrem eigenen. Atmet es nicht? Es muss atmen! Sie bläst in die Nasenlöcher des kleinen Mädchens, klopft ihm vorsichtig den Rücken. Ein Ruck, das Zittern eines Brustkastens mit haarfeinen Adern unter der Haut. Und dann: der Schrei! Nunia hebt jählings den Kopf. Maraia wischt dem Kind Blut und Fett ab, ehe sie Nunia das Bündel in dem geblümten Stoffstück reicht. »Hier ist sie«, sagt sie mit einer Stimme, die sie nie zuvor benutzt hat, einer neuen Stimme für neue Wörter. »Sie ist geboren. Du hast es geschafft.«

Der Rückweg den Strand entlang ist ein Flimmern. Ihre Füße, die in dem nassen Sand schneller Spuren hinterlassen, als das Meer sie auswischen kann. Die gleißende Sonne, das Glitzern der Wellen, der Wind, der in den Palmen tanzt. Der Gesang, der aus der Kirche strömt, oder vielleicht jubelt er in ihrem eigenen Kopf. Nau Kat, die auf der Veranda sitzt, als sie angerannt kommt, Atecas verängstigtes Gesicht: »Was ist los?« Vilivo, der plötzlich da steht, ehe sie etwas erklären kann. »Wo ist sie, Maraia?«

Sie lassen den Lastwagen oben am Ende des Weges stehen und laufen den Hang hinab. Vilivo stolpert und rutscht gegen Maraias Ferse, sie hört Ateca ihre Gebete murmeln: »Gott, lieber Gott, lass sie leben. Lass alles gut sein!«

Das Baby ist wie ein Licht, eine Hochmesse. Golden und geheimnisvoll liegt die Kleine an der Brust ihrer Mutter, ihr Atem ist ein Flüstern des Windes in ihrem Körper. Die Nachgeburt ist gekommen, rotlila und prachtvoll. Ateca hat ein sauberes Laken und ein Messer mitgebracht, sie schneidet die Nabelschnur durch und wickelt die Nachgeburt in Blätter, begräbt sie im Schatten unter dem Nunu-Baum. Vilivo und Maraia sehen zu, wie der neue Mensch mit ihrer Vanua verbunden wird, der Erde, von der sie ein Teil ist. Wenn die Nachgeburt und später der Nabelstumpf nicht dort begraben werden, wo das Kind zu Hause ist, wird es im Herzen immer ruhelos sein.

Sie bleiben eine Weile sitzen und lassen das Baby langsam in die Zeit eintreten. Nunia bewegt die Lippen über dem Kopf des kleinen Mädchens, ein Gebet, ein Dank. Maraia lässt den Blick über den Acker gleiten, über die verwilderten Sträucher, den Wald dahinter. Niemand ist zu sehen, kein Geräusch zu hören. Nur Nunia und ihre neugeborene Tochter. Eine Mutter und ihr Kind am Rand eines Kassava-Feldes auf einer Insel in einem Meer.

27
Ateca

Ich weiß, dass dein Wille geschieht, Gott. Du wolltest, dass das Baby an diesem Weihnachtstag geboren wird, und du hast bestimmt, wie es geschehen würde. An dem Morgen habe ich in der Kirche gespürt, dass die Kräfte kämpften, mein Herz schrie im Gesang. Danke, dass du meinen Ruf gehört hast, Gott, und dafür, dass das kleine Mädchen den Lebensatem bekommen hat.

Lieber Gott, du überschüttest uns mit Wohltaten. Du hast Nikis Zunge gelöst und ihm seine Stimme gezeigt; jetzt kann Nunia die Sorgen aufgeben, die sie sich um ihren Sohn gemacht hat. Du hast seinen Finger geführt, als er die Wange berührt und sich mit dem flachen Näschen vertraut gemacht hat. »Das ist deine Schwester, Niki«, habe ich zu ihm gesagt. »Sie hat sich darauf gefreut, dich kennenzulernen.«

Sein Blick, als er das Baby losließ und meinen erwiderte, Gott, darin habe ich dein Licht gesehen. »Midimidi«, sagte er. »Winzig.«

Ich habe dir schon oft dafür gedankt, dass Maraia bei Nunia war. Sie hat Nunia und das Baby vor dem Ertrinken gerettet, und sie war mit Nunia in Ba, um die bösen Bande zerreißen zu lassen. Jetzt hat sie uns das Kind geholt, danke dafür, dass du ihr gezeigt hast, was sie tun sollte, Gott. Du hast Maraia einen starken Willen und ein furchtloses

Herz gegeben. Gib ihr auch Respekt und die Klugheit, auf die zu hören, die schon länger leben als sie und die nur ihr Bestes wollen.

Gott, du gibst uns, was wir brauchen, um das auszuhalten, was wir durchmachen müssen. Gib Mister Johnny Worte, um das, was er mit sich trägt, mit Madam Ingrid zu teilen. Gib dem dünnen Jungen von Kosrae ein Ruder zum Steuern. Gib Madam Sina Freude darüber, dass ihr Sohn heiratet, und gib den Kakaopflanzen kräftige Erde und warmen, stillen Regen. Gib Madam Kat Frieden und Trost, denn ihr Bruder ist krank. Sie hat nicht mehr viel Kraft. Hilf ihr, diese Kraft einzusetzen, um die richtigen Lasten zu tragen.

Danke für meine Arbeit im Haus der Damen und für das, was wir jeden Tag essen. Danke für Maraia und Nunia und das kleine Mädchen, das im Licht atmen soll.

In Jesu Namen. Emeni.

28
Maraia

Vilivo und Nunia haben viele Matten für ihr Haus bekommen, und das kleine Mädchen hat jetzt einen Namen. Sie heißt Elisabeta, das bedeutet »Versprechen Gottes«.

Maraia soll Patin sein. »Du hast mein Baby in Empfang genommen«, sagt Nunia zu ihr. »Sie wäre nicht am Leben, wenn du nicht da gewesen wärst. Und ich auch nicht. Ich wäre tot.«

»Patin zu sein ist eine Ehre«, antwortet Maraia. »Aber auch wenn du andere gebeten hättest, Elisabeta zum Taufbecken zu tragen, wäre sie trotzdem mein Patenkind. Ich habe sie als Erste in den Armen gehalten, als sie gekommen ist.«

Vor dem Tauffest wollen Vilivo und Ateca nach Suva fahren. Eine Menge Zutaten zum Lovo müssen gekauft werden, und Ateca achtet genau darauf, womit sie ihren Palusami füllt. Aber an dem Morgen, als sie aufbrechen wollen, fühlt sie sich nicht wohl, und sie bittet Maraia, an ihrer Stelle mit Vilivo zu fahren. »Du weißt, was wir brauchen«, sagt sie. »Es muss genug zu essen geben.«

Auf der Fahrt sprechen sie nicht viel. Die Straße windet sich an der Küste entlang, und Maraia folgt den glitzernden Wellen mit Blicken. Es ist *Vula i Nuqa Levu,* der Monat für viel Fisch, und die Netze sind schwer, wenn sie in die Boote gezogen werden. Sie weiß, dass Jone das *Fahrzeug der Ehre* instand gesetzt hat, frisch repariert und stolz hat es seinen Platz am Strand eingenommen, die Taurolle liegt im Bug, und das Plastiksegel ist aufgerollt und bereit. Aber das Meer ist nach dem Zyklon noch immer unruhig, das Riff atmet auf andere Weise. Es muss sich die Wunden lecken, muss die Weichkorallen betrauern, die von den Sturmwellen weggerissen wurden, und sich gegen abgebrochene Zweige wehren, die auf das Leben einschlagen, das sich noch immer festklammert. Am Strand liegen weit über dem Ebbestreifen tote Korallenfinger neben zerbrochenen Seeigeln mit langen Stacheln.

In den Einkaufszentren von Suva gibt es vieles, das an Salotes Tresen nicht zu haben ist. Vilivo und Maraia stapeln einen Karton nach dem anderen auf die Ladefläche; Konservendosen, Stoffrollen, große Behälter mit Speiseöl, neue Gläser für alte Petroleumlampen. Süßigkeiten in knalligen Farben, Leckereien, die es in Korototoka nicht gibt. Elisabeta soll gefeiert werden, und dabei darf es an nichts fehlen.

Nach dem Einkaufen haben sie Hunger und gehen durch die Hauptstraße zu Best Fried Chicken. Mitten im Zentrum liegt eine dreieckige Rasenfläche mit einem alten Baum darauf, umgeben von einer niedrigen Kette.

Der *Ivi*-Baum ist über hundert Jahre alt, aber weder die Kette noch die prächtige Krone konnten ihn vor dem Zyklon schützen. Sie bleiben stehen und betrachten den zerfetzten Stamm und die Reste von gebrochenen Zweigen. »Jetzt werden sie ihn abhacken«, sagt Vilivo. »Vielleicht lassen sie den Stumpf stehen.«

»Der Baum hat so lange gelebt«, widerspricht Maraia. »Vielleicht kann er sich wieder aufrichten.«

»Es ist zu spät«, entgegnet Vilivo. »Irgendwann wird man nicht mehr stärker, je älter man wird.«

Sie nickt, ohne zu antworten. Irgendwann kommt die Wende. Das Alte muss sich geschlagen geben, und das Neue muss übernehmen.

Sie kaufen sich zwei Portionen Brathähnchen mit Pommes und setzen sich im Park auf eine Bank mit Blick aufs Meer. Die Pommes sind golden vor Fett, groß und dick. Als sie gegessen haben, steht Maraia auf und hält Ausschau nach einer Möglichkeit, die leere Schachtel wegzuwerfen. Alle Mülleimer neben den Bänken sind voll. Limodosen und Essensreste liegen auf dem Boden, Tauben mit runden gelben Augen hacken und gurren und fressen. Sie geht den Weg am Wasser entlang und schaut hinunter auf den Strand, er weist den gleichen verschlungenen Hochwasserstreifen aus Tang und Tauresten auf wie der in Korototoka. Aber hier gibt es noch andere Dinge: Styroporbehälter wie den, den sie in der Hand hält, Pommestüten, Limodosen, Plastikstücke in allen Farben, Glasscherben. Im Wasser rollen Plastikflaschen in den Wellen. Sie tanzen und stoßen aneinander, ein tiefer Seufzer jedes Mal, wenn sie an den Strand gespült und wieder mit hinausgerissen werden. Sie versucht zu hören, was das Meer sagt, aber die Stimme unter den Wellen ist undeutlich, fast schon erstickt.

Auf der Rückfahrt macht Vilivo Halt in Barry's Coffee Shack. Während er drinnen Kaffee holt, sieht Maraia unten am Strand Menschen zusammenströmen. Jemand kniet im Sand, sie hört Rufe und laute Stimmen. Sie geht näher heran. Und sie hört das Geräusch sofort. Im ganzen Gewimmel da unten, beinahe vom Wind übertönt, ist ein Weinen zu hören.

Als sie zum Wasser kommt, hat ein Junge die Schildkröte hochgehoben. Ihr Kopf baumelt schlaff an ihrem Hals, die Füße hängen bewegungslos aus dem glänzenden braunen Panzer. Ihre Augen sind fast geschlossen, schmale, schwarze Spalten aus unendlicher Geduld. Die Schildkröte ist alt und jung und ohne Alter, ihre Tage und Nächte werden gelenkt von Strömung und Wellen. Sie will nicht hier sein, kann aber nicht entkommen. Um ihren Hals, tief eingegraben in die weichen Hautfalten, hängen lange Stücke eines Nylonseils. Reste eines Fischernetzes. Die Fasern haben die Haut aufgescheuert und sich unter dem Rand des Panzers verknotet. Eifrige Finger versuchen, die Schnur abzuwickeln, jemand zieht ein Messer hervor und schneidet sie vorsichtig durch. Der grauweiße Bauch zittert unter den Fingern, die das Tier halten, sein ängstlicher, lautloser Atem, sein Widerwille schreit in Maraias Ohren. Als der Junge ein Stück hinauswatet und die Schildkröte loslässt, taucht sie unter und ist verschwunden.

*

Am Tag nach der Taufe wird Edson zusammen mit Mister Johnny, der nicht gesund ist, nach Labasa zurückkehren. Madam Ingrid sagt nichts, aber ihre Schultern werden von ihrer großen Angst niedergedrückt. »Du musst ihn nach Suva schaffen, zu einer gründlichen Untersuchung«, sagt Nau Kat zu Madam Ingrid. »Das hat der Arzt doch auch gesagt.« Aber Mister Johnny will zurück zum Boot. »Wenn ich ein Krankenhaus brauche, ist die *Tarisso* das beste«, sagt er. »Bessere Pflege als da bekomme ich nirgendwo.« Damit meint er, dass Madam Ingrid die beste Ärztin ist.

Aber Madam Ingrid weiß nichts von den anderen Ärzten, die er aufgesucht hat. Als er mit Maraia und Nunia nach Ba gefahren ist, war das nicht sein erster Besuch in dieser Stadt. Mister Johnny kann nicht lügen, und es ist schrecklich für ihn, Madam Ingrid etwas zu verheimlichen. Er hat Wind und Meer in ihr Lachen gebracht und ihr einen Rücken gegeben, der den Himmel über ihr trägt. Aber jetzt hält er etwas zurück, wie ein Acker, der zu wenig Regen bekommen hat, und in seinen Schritten liegt ein Warten.

Maraia und Edson nehmen draußen auf dem Hofplatz voneinander Abschied. Sie erzählt ihm nicht, dass sie von seiner Mutter geträumt hat. Maraia weiß, dass es seine Mutter war, sie hat den Geruch von Krankheit wahrgenommen und das rote Leuchten des Brandes gesehen, von dem Edson immer umgeben ist. Sie hat seinen Vater gesehen, der neben dem Bett saß, sein einer Arm war schlaff wie ein verwelktes Blatt. Die Mutter hatte die Augen geschlossen, der Vater streichelte mit seiner unversehrten Hand ihre Stirn. Und dort war noch eine andere Frau. Sie stand vor dem Haus und wartete darauf, dass der Vater herauskam.

Edson muss abfahren, darum will sie nicht über Träume sprechen. Stattdessen fragt sie: »Hast du es in Sydney nicht gefunden?«

»Was denn gefunden?«

Er versteht nicht, was sie meint, auch diesmal nicht.

»Das, was dich froh macht. Hast du das auch in Sydney nicht gefunden?«

Er sieht sie resigniert an und zuckt mit den Schultern.

Edson glaubt nicht, dass es wichtig ist, aber Maraia weiß, dass ihn genau das zurückgesandt hat. Er wird weiter im Kreis schwimmen, bis die richtige Welle ihn am richtigen Strand absetzt. Auf Mister Johnnys Boot soll er Fischerei lernen, aber Edson sucht noch immer nach dem Ort, wo sein Herz wohnen kann.

29
Sina

Je näher die Ankunft von Armand und Irene rückt, umso mehr verspannen sich Sinas Nackenmuskeln. Ihre Freude über die Hochzeit, ihre Erwartungen an Irene, ihre guten Gedanken werden von einer vertrauten Unruhe gestört. Was hat ihr Sohn diesmal vor? Wird er sich zum Gespött machen, nachdem er in der Zeitung verkündet hat, dass hier der Mann kommt, der neue Arbeitsplätze schaffen wird?

Sina glaubt schon längst nicht mehr an Armands großartige Pläne. Sie ist durch eine harte Schule gegangen, was Enttäuschungen und Kummer angeht, und sie ist nicht so leicht in Verlegenheit zu bringen. Das Einzige, was jetzt zählt, ist, diesen Besuch zu überstehen, ohne dass die Hochzeit gefährdet wird. Denn hinter dem schmerzenden Nacken und der verdrossenen Miene weigert sich das kleine Goldkorn in ihrem tiefsten Herzen, mit Glitzern aufzuhören: Hochzeit auf Kvitøya, Trauung in der Kirche, ein Fest im Bürgerhaus, Armand, der hocherhobenen Hauptes dort steht und endlich etwas tut, das von Dauer sein wird. Das darf er einfach nicht ruinieren.

Ateca hat tausend Fragen. Jedes Mal, wenn sie über Armands Hochzeit sprechen, könnte sie sich ausschütten vor Lachen. Hochzeit in Norwegen, diesem seltsamen Land in der Ferne, wo erwachsene Kinder ihre Eltern allein wohnen lassen und die Kinder mit dem Bus zur Schule fahren, obwohl es zu Fuß keine Stunde dauern würde. Sie wischt sich Lachtränen ab, wenn sie darüber reden, und sagt wieder und wieder, dass die Braut wunderschön sein wird, *totoka*. Sie lacht sicher auch ein bisschen über Armand. Der alte Mister Armand mit den weißen Strähnen im Haar, der jetzt noch heiraten will. Auf Fidschi wäre er längst Großvater.

Sie interessiert sich für das Essen. »Esst ihr bei Hochzeiten Fisch? Und ganze Hühner und Palusami? Macht ihr Lovo?«

»Nein«, antwortet Sina. »Lovo machen wir nicht. Und es gibt auch kein Palusami.«

Der lokale Spinat, vermischt mit fein gehacktem Hammelfleisch aus der Dose und gekocht in Kokosmilch, ist für Ateca der Höhepunkt jedes Lovo-Festes.

Jetzt nickt sie nur und wartet aufmerksam darauf, dass Sina weitererzählt. »Es gibt sicher irgendein Fleisch«, sagt Sina vage, während ihr aufgeht, dass sie nicht die geringste Ahnung hat, was Armand und Irene auf ihrer Hochzeit servieren werden. »Oder Fisch«, fügt sie hinzu. »Wir haben auch guten Fisch in Norwegen. Lachs vielleicht.«

»Krabben? Die aus dem Fluss magst du doch, Madam Sina? Die aus dem süßen Wasser weiter oben im Fluss?«

Sina isst gern Krabben, glaubt aber nicht, dass auf Kvitøya im März Krabben auf dem Menü stehen werden. Aber wer weiß das schon.

»Wird die Frau, die Mister Armand heiratet, das Essen machen? Sie hat doch ein Restaurant, ja?«

Sina schüttelt den Kopf, korrigiert Ateca aber nicht. Restaurant oder Catering, das ist doch egal. »Ich glaube nicht, dass Irene kochen wird.«

Sina begreift nicht, warum sich ihre angehende Schwiegertochter für Armand entschieden hat. Oder … ist es eigentlich so, fragt sie sich, dass man sich aus einem bestimmten Grund für einen Menschen interessiert? Abgesehen von den offensichtlichen Gründen wie Geld oder Sicherheit oder Zusammenführung von Sippen, wie hier auf Fidschi. Aber Irene – was kann sie gewinnen, wenn sie auf Armand setzt? Geschäftsfrau mit Geld und Sicherheit, eine gute Partie für jeden anderen auch. Geht es da einfach um Verliebtheit?

Was weiß ich denn schon über Liebe, weist sich Sina zurecht und drückt ihre Zigarette aus. Eine Arena, zu der sie nie eine Eintrittskarte hatte, und auch nicht das Geld. Der Junge, der immer da war. Der sie forderte, sie besaß. Der unerschütterliche Beschluss, zu dem sie in alle Ewigkeit stehen würde: Ich will dieses Kind. Wir kommen allein zurecht. Die flachbrüstige Sina Guttormsen mit der trotzigen Miene. Wie hätte es für sie jemanden geben können?

Sie glaubt nicht, dass sie Harald gehasst hat. Ihn

verachtet, vielleicht. Die Demütigung, Brotkrumen annehmen zu müssen, die Stelle im Laden. Aber der Alltag wird eben normal, und Harald war der Chef ein Stockwerk höher, er hatte nichts mit ihrem Sohn zu tun. Und Sina denkt nicht mehr an Einar. Was daraus hätte werden können, wenn es etwas hätte werden können. Einar aus dem Nachbaraufgang, Einar Berget, der immer so fröhlich gegrüßt hat. Der natürlich zu alt für sie war, er war schon Witwer, als sie und Armand ins Haus gezogen sind. Ein stilles Leben, glaubte sie, wie ihr eigenes. Wenn sie ihm begegnete, war es immer zufällig: im Laden, vor dem Block, ab und zu sah sie ihn, wenn sie am Friedhof vorbeikam. Einige freundliche Bemerkungen, zwei Sätze höchstens, einmal fragte er, ob sie Hilfe brauche, als sie ihr Fahrrad für das Frühjahr putzte. Nein danke, sie schaffe das allein, tausend Dank. Er hatte freundlich gelächelt und war weitergegangen. Sie hat seither oft an dieses Lächeln gedacht. Und dann, eines Tages, die Todesanzeige in der Zeitung. Hat uns heute plötzlich verlassen. Beisetzung in aller Stille.

Ist es mir peinlich?, überlegt Sina. Die zur Schau gestellte Liebe, Braut und Bräutigam, die einander auf der Kirchentreppe küssen? Die Peinlichkeit, die Ateca mit lauten, lärmenden Heiterkeitsausbrüchen überdeckt? Nein, nicht peinlich, ihr ist das nicht peinlich; denkt doch nur an Ingrid und Johnny. Sina hat alles aus nächster Nähe gesehen. Sie macht sich eben Sorgen. Hinter der Hoffnung, hinter der Freude: eine Unruhe, ein Floh im Ohr. Etwas, das Armand begleitet und niemals loslässt.

Jetzt kommt er wieder nach Korototoka, und alles ist möglich.

*

Er steigt als Erster aus dem Auto. Bedankt sich nicht bei Vilivo fürs Fahren, trampelt die Treppe hoch, ohne auf die kleine Frau zu warten, die vorsichtig von der Rückbank klettert. Armand breitet die Arme aus, das Hemd mit den blanken Polyesterfäden spannt über dem Bauch und hat Schweißflecken auf der Brust. »Endlich! Du hast sicher schon gewaltig gewartet, Mama!«

Sina steht auf der Veranda. Er hebt seine Mutter hoch und schwenkt sie herum, ihr »willkommen, alle beide« ertrinkt in grauen Brusthaaren zwischen den offenen Hemdknöpfen. Armand reißt sich den weißen Fedora herunter, der bisher oben auf seinem Kopf balanciert hat, und macht eine tiefe Verbeugung vor Kat und Ingrid, die in passender Entfernung an der Tür stehen. Küsst Ateca die Hand, sie kichert und muss sich die andere Hand vor den Mund halten, dann feuert er ein Lächeln in Richtung Lisbeth: »Ach was – Lisbeth – wie schön, dich wiederzusehen!«

Erst jetzt fällt ihm ein, wen er mitgebracht hat. »Darf ich vorstellen«, sagt er, packt das Handgelenk seiner Reisebegleiterin und zieht sie ins Licht vor der Tür. »Das ist Irene, meine Verlobte. Sie hat sich so auf diese Reise gefreut.«

Irene nickt und streckt den Damen der Reihe nach

die Hand hin. »Irene Stiberg«, sagt sie, und ihre Hand ist warm, aber nicht schweißnass. Ihre Stimme ist angenehm, ein klarer, reiner Ton mit etwas … Süßlichem? Nicht überwältigend süß, eher wie ein Duft von … Lantana vielleicht. Ateca reibt die Bettrahmen damit ein, sie sagt, das hält Wanzen ab. Die Blüten sind klein und bescheiden, aber schön. Und der Duft, der hat etwas Spannendes an sich. Würzig und süß zugleich. Ein Parfüm, das nicht alle benutzen können. Das alles kann Sina aus der Stimme der Frau heraushören, die da vor ihr steht, während sich deren Gesicht verwandelt, von langweilig – einer, an die sie sich nach dieser Begegnung nicht erinnern wird – zu einer, mit der zu rechnen ist. »Danke, dass wir kommen dürfen«, sagt Irene. »Und das mitten in dieser schwierigen Situation. Das Dorf ist doch weitgehend zerstört worden, wenn ich das richtig verstanden habe? Wir möchten natürlich gern helfen, wenn es etwas gibt, das wir tun können.«

Die abendliche Dunkelheit verbirgt die verwüstete Umgebung, aber Armand weiß Bescheid. »Ihr seid hier übel mitgenommen worden, habe ich gehört. Das ist was anderes, als sich in den Liegestuhl fallen zu lassen, was? War nur Spaß«, er winkt grinsend ab. »Wäre doch zu arg gewesen, wenn euer Haus nicht mehr hier stünde, wo wir schon die weite Reise gemacht haben.«

»Ihr wohnt bei Salote.«

Sina hört, wie schroff ihre Stimme klingt, aber Armand lächelt weiterhin strahlend. »Die mit dem Kiosk, ja. An die kann ich mich erinnern.«

Er dreht sich zu Irene um. »Warte nur, bis du siehst, was sie hier als Laden bezeichnen. Verstaubte Kekspackungen, Nudeln und ranzige Butter. Es ist zum Brüllen, du wirst es nicht glauben.«

Seine Verlobte sieht verlegen aus, und Sina mustert sie neugierig. Obwohl sie ein Bild von Irene gesehen hat, hatte sie sich doch eine andere Vorstellung von ihr gemacht. Sie sieht ein bisschen aus wie ich – Sina staunt über diesen Gedanken – oder so, wie ich einmal ausgesehen habe. Kein besonders schönes Haar, keine tolle Figur. Graue Maus.

Armand dreht sich zu Kat um.

»Ich hab gehört, der Zyklon hat hier alles ganz schön zu Brei geschlagen.«

Brei, großer Gott. Das Versammlungshaus, wo die Familien das teilen, was sie an Kassava und Yams retten konnten. Die Haufen von Decken, Matten und Keksdosen. Die Frauen, die das Wasser in den Waschschüsseln mehrfach benutzen. Sina würde gern die Augen zukneifen, ins Haus fliehen, vor allem weglaufen.

»Schön, dass wir ein bisschen helfen können«, sagt Armand zufrieden und geht als Erster die Treppe hoch. »Wie sieht es aus, Mama, du hast vielleicht einen Bissen zu essen für uns?«

»Da oben bei Salote gibt es doch wohl Strom?«, fragt er, nachdem sie gegessen haben. »Dieser kleine Kumpel hier braucht neuen Saft.«

Er öffnet eine schwarze Schultertasche und zieht eine

Filmkamera hervor, sie erinnert Sina an ein neugieriges kleines Tier mit spitzer Schnauze.

»Was für eine tolle Kamera«, sagt Lisbeth und nickt höflich. »Es ist immer so nett, Urlaubserinnerungen zu haben.«

Armand bricht in ein Gelächter aus, bei dem Ingrid verärgert das Gesicht verzieht. »Urlaubserinnerungen, haha, ja, schön wär's. Nein, du, Lisbeth, das hier ist keine Vergnügungsreise. Zeit ist Geld, weißt du, für uns, die ernsthaft arbeiten.«

Jetzt kommt's, denkt Sina und beißt die Zähne zusammen, jetzt wird er einen weiteren hoffnungslosen Geschäftsplan vorstellen. Irene sitzt still und beherrscht da, ihre Miene verändert sich nicht, während Armand laut und schnell redet und Sina das Gefühl hat zu ertrinken. »Als ich kapiert habe, dass diese Zyklonkiste wirklich schlimm war, wusste ich es sofort. Wenn es nur halb so übel ist, wie es sich anhört, dachte ich, wird eine Filmszene aus dem Elend die Seele von weichherzigen Norwegern erschüttern können. *Süße Solidarität,* was sagt ihr dazu? *Ein Mundvoll für die Zukunft.* Anfangs hatte ich so an den üblichen Touristenkram gedacht, Palmen und Strände und so. Aber jetzt werden andere Saiten aufgezogen. Oder andere Bilder, könnte man sagen.«

Er lächelt jetzt noch breiter, und das Einzige, was Sina denken kann, ist, dass die schiefen Zähne in seinem Unterkiefer niemals reguliert worden sind. Dafür hatten sie einfach kein Geld. »Muss doch die Gelegenheit beim Schopf packen«, fügt er hinzu.

Kat hat den Faden verloren. »Die Gelegenheit?«

»Ja … jetzt, wo das Unglück zugeschlagen hat, müssen wir es doch ausnutzen. Ein kleiner humanitärer Touch, versteht ihr?«

»Humanitärer was?«

Kat kann Armands Redestrom nicht aufhalten.

»Nichts ist so gut wie lebende Bilder, weißte. Ich hab haufenweise Investoren in Norwegen, die mir ihr Geld vor die Füße schmeißen werden, wenn sie das hier sehen. Weiße Strände und Kokosnüsse, kombiniert mit obdachlosen Kindern und armen Leuten, die Arbeit brauchen, um wieder auf die Beine zu kommen.«

Sina sieht, dass Ingrid versucht sich einzuschalten. Sie hebt die Hände und winkt sich einen Weg durch den Strom aus Wörtern, die Sina schon längst nicht mehr zu verstehen versucht.

»Investoren … wie meinst du das? Ich begreife nicht, wovon du redest.«

Sinas Blick irrt zwischen den Personen im Raum hin und her. Ingrids Lippen sind straff gespannt, Armands Lächeln wirkt nicht mehr so sicher. Er wirft Irene rasch einen Blick zu und verzieht dann ein wenig den Mund. »Ja, also, ich denke so an High Class. *Gourmet Heaven.* Ein Ort, wo das Essenserlebnis im Zentrum steht, zusammen mit allem anderen, was man sich von Fidschi erwartet, natürlich. Nur die Crème de la Crème, wenn ihr versteht, was ich meine? Die Gäste sollen elegant wohnen und Zugang zu den Freuden des Strandlebens haben, während wir zugleich essensmäßig das Allerbeste anbieten.«

»Lokale Kost also?«

Sina kann nicht entscheiden, ob Ingrid aus Interesse fragt oder ob sie sich über ihn lustig macht.

»Das auch, ja. Wir brauchen wohl diese Lavo-Sache, es muss doch irgendwie ethnisch und so sein, für die, denen das gefällt.«

»Lovo«, korrigiert Sina automatisch.

»Ja, genau, richtig. Aber«, er lässt seinen Blick in die Runde schweifen, mit einer Miene, als werde er ihnen jetzt ein unbeschreibliches Geheimnis anvertrauen, »der Erfolg liegt in der Variation. Va-ri-a-zi-ohn. Egal, was du dir in den Mund stecken willst, im *Gourmet Heaven* wirst du es bekommen. Wenn du im Liegestuhl liegen und einen Burger oder eine Pizza essen willst, bekommst du das. Willst du von einer Südseeschönheit massiert werden, während du in Knoblauch eingelegte Tintenfischringe verzehrst, dann ist das kein Problem. Wer Spinatsaft trinken und dabei auf dem Laufband rennen oder zwischen den Sets auf dem Tennisplatz ein paar Tomatenstücke einwerfen will, bekommt auch das. Alles ist möglich! Und natürlich gibt es das romantische Sieben-Gänge-Menü mit gegrillten Austern auf einem Bett aus gefrorenen Passionsblüten auf deiner eigenen privaten Terrasse, wenn das dein Wunsch ist. Nur die besten Rohstoffe in der exklusivsten Umgebung. Ein unschlagbares Konzept, nicht wahr? Gastköche aus den großen Restaurants in Europa, ein *Chocolatier* aus Belgien – ja, und hier kommt übrigens ihr ins Spiel. Da wir in diesem Bereich ja ganz besondere Kontakte haben, dachte ich, dass die Dessertauswahl zu hundert Prozent schokoladebasiert und eine unserer wirklich großen Attraktionen sein soll.«

»Du willst Schokolade von *Kat's Chocolate?*«

Jetzt ist Ingrids Tonfall nadelspitz.

Armand macht ein überraschtes Gesicht. »Ja … ich dachte, das läge auf der Hand. Ich hab doch in der Mail an Mama erwähnt, dass ich nicht nur herkomme, um meine charmante Verlobte vorzuzeigen«, er weist mit der Hand auf Irene, »ich muss doch auch an die Geschäfte denken. Wir reisen ja nicht umsonst in der Business Class.«

Er lacht und legt den Arm um Irene. Sina windet sich und sieht, dass Ingrid um Beherrschung ringt. Sie lächelt der kleinen Braunhaarigen eilig zu und registriert den Blick, den die ihrem Verlobten zuwirft. Liebevoll, aufmunternd.

In Sinas Kopf wirbelt alles durcheinander. Filmszenen und arme Menschen und gegrillte Austern, wovon redet er hier eigentlich?

Aber Ingrid hat das Puzzlespiel gelegt, jedenfalls die wichtigsten Stücke.

»Ihr müsst jetzt also die richtige Stelle finden? Ein Grundstück, wo du dein Gourmet-Paradies bauen kannst?«

»Genau! Im Moment stehen die Leute doch sicher Schlange, um ihre Klitschen zu verkaufen. Damit sie das Elend nicht selbst beseitigen müssen und auch noch Geld bekommen, wer würde da nicht zuschlagen? Kaufen, wenn der Preis am niedrigsten ist, das ist die

Businessregel Nummer 1! Dann braucht man nur noch ein bisschen Ordnung zu schaffen und etwas Fetziges zu bauen, das Touristen mit dicken Brieftaschen anlockt. Die Norweger haben derzeit doch so viel Geld, dass sie gar nicht wissen, wie sie es ausgeben sollen. Ja, und natürlich nicht nur die Norweger. Australier und Chinesen rennen euch hier doch auch die Bude ein, wenn ich das richtig verstanden habe.«

Er lacht und stupst Irenes Schulter an. »Und wenn sie kommen, werden wir sie mit gedecktem Tisch erwarten.«

Sina starrt einen Punkt an der Wand hinter ihm an. Eine vage Enttäuschung füllt ihren Bauch, legt sich wie ein Druck hinter die Augenlider. Nichts hat sich geändert. Armand, der Prahlhans, der Weltmeister. Wieder in Vale nei Kat, und alles ist wie beim ersten Mal.

Armand beugt sich vor und redet weiter. »Wenn ich mir die armen Kinder ansehe, die auf dem nackten Boden sitzen und Schule spielen, dann ist das doch einfach nur traurig. Tragisch. Aber was für eine Möglichkeit! Für eine Handvoll Glasperlen ein Grundstück kaufen, zu Hause den Leuten mit dem Geld das Elend vorführen. Sie mit abgeknickten Kakaobäumen und eingestürzten Häusern voller Schlamm und Dreck bombardieren, aber mit Strand und Meer im Hintergrund, und schwupp! Die Finanzierung ist gebongt. Felsenfest.«

»Du weißt aber, dass auf Fidschi Boden und Grundstücke der Sippe oder dem ganzen Dorf gehören?«

Kat hat endlich die Sprache wiedergefunden, und Sina atmet aus.

»Sie können nicht einfach irgendwem ein Grundstück verkaufen.«

Armand macht eine unbekümmerte Handbewegung. »Das findet sich schon. Wenn ich das richtig verstanden habe, herrscht an der ganzen Nord- und Westküste große Not. Wenn die Menschen verzweifelt sind, weiß der Geschäftsmann, was zu tun ist. Wo die Not am größten, ist Armands Rat am nächsten, könntest du sagen.«

Ingrid hat Donner und Blitz im Blick, als sie sich einschaltet. »Ich hoffe wirklich, ich habe dich hier falsch verstanden, Armand. Menschen auszunutzen, die nach einer Naturkatastrophe in einer verzweifelten Lage sind, redest du etwa davon?«

Die Frage ist an Armand gerichtet, aber Irene antwortet. Ihr Blick ist ruhig und ihre Stimme hell und rein, ein Glockenspiel. »Manchmal«, sagt sie, »kann es Gutes hervorbringen, wenn man das Schreckliche zeigt.«

30
Ateca

Lieber Gott

Du weißt, dass wir nicht immer zeigen, was wir denken. Wenn Mister Armand alle in Korototoka filmt, bekommt er viele Bilder von lachenden iTaukei. Aber er versteht unser Lachen nicht, Gott. Kaivalagi lachen, wenn ihre Herzen leicht wie Vögel sind oder wenn sie sich über etwas lustig machen wollen, ohne es in Worte zu fassen. Bei uns ist es nicht so. Wenn die Tochter des Melonenverkäufers lacht, während sie hinter den Überresten ihres Hauses steht und die einzige Jaba wäscht, die ihr geblieben ist, liegt das nicht daran, dass ihr Herz tanzt. Sondern daran, dass Mister Armands Kamera das Lachen in ihren Mund zieht. Wenn die Frau des Busfahrers abends nur grüne Blätter servieren kann, lacht sie nicht, wenn sie allein sind. Aber wenn Mister Armand sie fragt, ob sie nach dem Sturm gut zurechtkommen, fängt sie an zu lachen, wenn er auf den Knopf seiner Kamera drückt.

Wenn den Leuten der Film gefällt, den Mister Armand drehen will, bekommt er Geld, um sein Restaurant am Strand zu bauen. Dann gibt es für viele Arbeit, genau wie er das in der Zeitung versprochen hat. Ich bitte dich, ihm und Miss Irene dabei zu helfen, einen guten Film zu machen, Gott. Und dann bitte ich dich, lass sie ihn schnell machen, damit sie nach Hause zurückkehren und ihre Hochzeit vorbereiten können. Es gibt viel zu tun, wenn man viele Gäste hat.

Danke dafür, dass du Miss Irene zu Mister Armand geschickt hast, Gott. Sie kann seine Wörter kleiner machen und Ordnung in seinen Gedanken halten. Madam Sina hat viel für Mister Armand auf sich nehmen müssen. Jetzt wird Miss Irene mit ihm zusammen alle Lasten tragen.

Und lieber Gott, heute Abend spreche ich ein besonderes Gebet für Madam Ingrid. In meinen Träumen hängen Wolken über ihr, und im Gebirge hallt ein Donner, den sie noch nicht gehört hat. Halte deine Hand über ihr und über uns anderen allen.

In Jesu Namen. Emeni.

31

Kat

»Hallo, Kat!«

Mein Herz wird schwer, als ich die joviale Stimme höre. Armand kommt die Verandatreppe hoch und schwenkt dabei seinen albernen weißen Fedora. Irene geht gleich hinter ihm und nickt freundlich, abwartend.

»Hast du Zeit für einen Businessplausch? Wir müssen doch versuchen, Schwung in die Kiste hier zu bringen, ich hab zu Hause ja auch einiges zu erledigen.«

Mein Arm überzieht sich vor Ärger mit Gänsehaut. Armand ist erst seit wenigen Tagen hier, aber er hat das Dorf bereits überfahren wie ein Bulldozer. Mit der Kamera in der Hand und Irene neben sich war er zu Besuch hinter allen flatternden Wäscheleinen und in allen verwüsteten Gemüsegärten. Warum lassen sie ihn gewähren? Ist es die pure Unverschämtheit, die ihm überall Zutritt verschafft? Die ihn in die zerstörten Häuser trampeln, zwischen Kindern ohne Schulbücher und Eltern, die nicht ahnen, woher die nächste Mahlzeit kommen soll, eindringen lässt?

Seine Filmidee verstehe ich ganz einfach nicht. Wenn er Investoren für ein Restaurantprojekt interessieren will, dann sind die Katastrophenszenen bestimmt nicht das Richtige. Die eingestürzten Häuser, die erschöpften Gesichter. »Süße Solidarität«, hat er das nicht so genannt? Mir dreht sich der Magen um, während ich zu begreifen versuche, was das bedeutet. Wenn irgendwo im Hintergrund der Wunsch liegt, etwas für das Dorf zu tun, dann war das bestimmt Irenes Idee. Ich sehe ihr ruhiges Gesicht an, ihren Blick, der mir erzählt, dass sie begriffen hat, was da im Versammlungslokal zu sehen war: der Reis, der in genau gleich große Haufen geteilt wurde; der kleine Junge, der die Arme um ein kostbares Huhn legte.

Armand ist nicht dumm. Er weiß, wenn das Dorf von seinem Nebelprojekt irgendeinen Vorteil hat, wird er bei uns eher auf Gegenliebe stoßen. Er weiß noch etwas anderes. Dass Sina mir etwas ganz Besonderes bedeutet. Etwas Untrennbares, unendlich Nahes. Er weiß, ihn abzuweisen bedeutet, einen Teil meiner selbst abzuweisen, ohne den ich nicht leben kann. Jemanden, den ich hierher eingeladen und für den ich die Verantwortung übernommen habe.

Was Armand sucht, ist Hilfe bei der Beschaffung eines Grundstücks. Er hat sich in der Umgebung des Dorfes ein bisschen erkundigt – es ist unglaublich, wie hilfsbereit die Leute werden, wenn dabei Geld herausspringen kann, haha –, und er hat sich mehrere Orte angesehen. »Nichts ist so gut wie persönliches Erscheinen«, sagt er zufrieden. »Du glaubst ja nicht, wie viele schlaffe

Dalo-Felder und versumpfte Mangrovenhaine gerade im Angebot sind.«

Er fächelt sich mit dem Hut Luft zu. »Aber ich nehme ja nicht irgendwas«, sagt er dann, und mit einem raschen Blick zu Irene: »*Wir* nehmen nicht irgendwas. Niemand will sein Tunfischtatar mit Blick auf eine verschlammte Flussmündung oder einen Haufen Wellblechschrott genießen. Wir setzen nur auf Spitzenklasse.«

Ich weiß nicht, ob ich lachen oder weinen soll. Er hat kein Kapital, er kann nicht auf Erfolge verweisen, er hat kein klares Konzept. Nur ein albernes Luftschloss, dem niemand einen Sinn entnehmen kann.

»Armand«, versuche ich. »Wie schon gesagt kann man hier nicht einfach so ein Grundstück kaufen. iTaukei-Boden ist Kollektivbesitz, er gehört der ganzen Sippe.«

Er winkt ab. »Mir ist noch niemand begegnet, der nicht doch zu irgendeiner Einigkeit gelangt, wenn genug Geld geboten wird.«

»Ehrlich gesagt«, ich hole tief Luft, das hier muss klar und deutlich ausgesprochen werden. »Wovon du hier redest, das ist Ausbeutung! Sich über Menschen hermachen, wenn sie ganz unten sind, hast du denn keinen Respekt?«

»Kat, Kat, meine Liebe!«

Er streichelt meine Hand. »Es ist doch eine Weile her, dass du dort warst, wo … wie soll ich das sagen, wo es *swingt*. Du und Mama und eure Generation, da kann man nicht erwarten, dass ihr versteht, wie die Dinge heute laufen. Money talks, verstehst du, das ist das Einzige, was zählt. Und wir haben ja auch nicht vor, diese armen Leute zu betrügen. Sie werden für ihre Landfetzen bezahlt werden.«

In meinem Kopf siedet es, ich finde keine Worte. Plötzlich merke ich, wie müde ich bin, meine Hüfte tut weh, und meine Arme sind sehr schwer und träge. Vielleicht bin ich wirklich zu alt. Vergessen in einer Zeit, wo es noch Falsch und Richtig gab und man anderen sagen konnte, dass sie in die Irre gingen.

Irene hat bisher kein Wort gesagt, aber jetzt rutscht sie an die Stuhlkante heran. »Respekt«, sagt sie ruhig. »Respekt kann auch bedeuten einzugreifen, wenn andere Hilfe brauchen.«

Für einen Moment wird es still, die Luft im Raum hat sich verändert, als ob jemand ein Fenster geöffnet hat. Sogar Armand hält für einige Sekunden den Mund. Sein Blick, mit dem er Irene ansieht, ähnelt dem von Ateca, wenn sie über Niki sagt, dass er »gute Gaben« hat. Irene erwidert seinen Blick, dann wendet sie sich wieder mir zu.

»Tatsache ist«, sagt sie, »dass wir ein Grundstück gefunden haben, das wir für ideal halten.«

Die Müdigkeit verschwindet, und ich richte mich auf. Was stellen sie sich in ihrer Torheit jetzt wieder vor?

»Und es liegt nicht weit von hier. Ganz am Dorfrand auf der anderen Seite liegt ein ungepflegter und heruntergekommener Kassava-Acker, ungefähr da, wo der nächste Sandstreifen endet.«

Ich nicke. »Ja. Der hat Penaia gehört, dem Krebsfischer, der beim Zyklon umgekommen ist.«

Vor Kummer, denke ich. Laut sage ich nur: »Er hatte sein Boot und seinen Lebensunterhalt eingebüßt. Als er begriff, dass alles verloren war, wollte sein Herz nicht mehr schlagen.«

»Aber hast du gewusst«, jetzt kann sich Armand nicht mehr beherrschen, »dass das Grundstück viel größer ist als dieser jämmerliche Acker? Es reicht bis auf die andere Seite der Landspitze, vorbei an einer Wildnis von Wald und mit fast einem Kilometer Strandlinie auf der anderen Seite der Felsspitze? Im Moment sieht es zwar aus wie ein Lawineneinschlag, aber es kann saugeil werden! Ich habe mit Leuten geredet, die gerade mit ihren Fischerbooten an Land kamen, und es klingt nach einem Superort für Wassersport. Scooter und Bananenboote, zum Beispiel, die Leute brauchen doch ein bisschen Unterhaltung zwischen den vielen Mahlzeiten. Hast du mal Bananenbootfahren probiert, Kat? Ein riesiger Arschrüttler, wo die Leute hintereinander sitzen und von einem Speedboot gezogen werden. Aber jedenfalls«, er redet eilig weiter, »das Grundstück ist genau das, was wir suchen. Wenn wir ein paar Bulldozer hinschaffen, die Müll und Scheiß wegräumen, ist in null Komma nix alles baubereit. Die Zufahrt kann über die Hauptstraße im Dorf gehen, wir brauchen nur ein paar Dekar Kokospalmen zu entfernen, um Auffahrt und Parkplatz anzulegen. Und die Aussicht, die wird einfach …« Er schnippt mit den Fingern und küsst die Fingerspitzen. »Logenplatz vor glühendem Sonnenuntergang und glitzerndem Meer … Es ist, wie sich geradewegs ins Paradies zu essen!«

Ich komme mir vor wie von einem Rummelplatz überfallen, in meinem Kopf blinkt und dröhnt und dreht sich alles. Kann es stimmen, was Armand sagt, dass Penaia viel mehr besessen hat als das kleine Kassava-Feld und dahinter das bescheidene Haus am Hang? Das Gebiet, von dem er redet, muss doch an die fünfzig Dekar groß sein. Aber egal wie, ich muss es sagen, ich muss jetzt ganz deutlich werden. Was er sich vorstellt, ist der glatte Wahnwitz.

»Nie im Leben wirst du Penaias Land kaufen können, Armand. Wenn die Größe, von der du redest, richtig ist, und ich habe nie gehört, dass ihm so viel gehört hat, dann ist es eine große Aufgabe für seine Familie, es zu verwalten. Das gilt übrigens immer, egal, um wie viel Land es geht.«

»Ja, aber er war doch Witwer! Und hatte keine Kinder!«

Armand blickt mich triumphierend an.

»Das spielt keine Rolle. Die Familie ist trotzdem groß: Geschwister und Neffen und Nichten, Vettern und Kusinen zweiten Grades und Onkel und alles, was es sonst noch gibt.«

»Und du meinst, die haben kein Interesse an Geld?«

»Hier geht es nicht um Geld. Die Erde ist … sie ist heilig!«

Ich finde kein besseres Wort. Jedenfalls keins, das Armand verstehen könnte.

»Sie müssen sie für die kommenden Generationen bewahren. Sie können nicht nach Belieben damit schalten und walten.«

Armand schnaubt; doch Irenes Blick hängt an meinen Lippen, ich spüre die Wärme an meinem Mund. Ich kann nicht aufgeben. Ich muss mich ihnen verständlich machen.

»Die Erde, ihre Vanua, bedeutet alles, was sie *sind.* Ihre Lieder, die alten Erzählungen, die Erinnerungen an die Toten. Die Hoffnungen für die, die noch nicht geboren sind. Die Träume, die dort geträumt worden sind.«

Armand schüttelt den Kopf, jetzt reicht es ihm offenbar. »Wir können das Grundstück nicht kaufen, weil da irgendwer *geträumt* hat?« Er versucht zu lachen, kann seine Gereiztheit jedoch nicht verbergen. »Dschieses! Jetzt machst du Witze!«

Ruhig jetzt, ganz ruhig, bis zehn zählen. »Nein, ich mache keine Witze. Es geht darum, dass wir von dem, was Erde und Meer geben, niemals mehr nehmen sollen, als wir brauchen. Dankbarkeit und Respekt sollen unseren Verbrauch der Rohstoffe lenken.«

»Ja, ja!« Armand hebt ungeduldig die Hände. »Ja und ja und bla und bla. Das werden wir ja wohl schaffen. Ökofreundlich und der ganze Kram, im Moment darfst du ja nicht mal einen Briefkasten aufstellen, ohne zu unterschreiben, dass alles biologisch abbaubar ist und kein Brutgebiet bedroht. Wenn wir uns erst das Grundstück gesichert haben, werden wir schon dafür sorgen, dass alles nach dem Umwelthandbuch vor sich geht.«

Irgendwann kann ich sie hinauskomplimentieren. Sage so ungefähr, er kann ja gern versuchen, mit Penaias Familie zu reden, aber es wäre vielleicht eine viel bessere Lösung, den bürokratischen Weg zu gehen, über die Behörden. »Es gibt auch *Freehold Land*«, sage ich zu seiner Erinnerung. »Das ist für alle zugänglich.«

Armand schnaubt verächtlich. »Ein paar karge Landfetzen oben in den Bergen, wo du nicht mal das Meer sehen kannst? Nein, danke, du, darüber habe ich mich informiert. Nichts für uns. Wir suchen nur nach *Prime Location.* Nicht wahr, Irene?«

Etwas passiert mit ihm, wenn er ihren Namen ausspricht. Er spricht leiser, beugt sich zu ihr vor, intim, vorsichtig. Mir geht auf, dass sie ihm wichtig ist. Wirklich wichtig. Irene lächelt ein seltsames kleines Lächeln und erwidert im Gehen meinen Blick. Deutet ein Nicken an, wie eine Zusicherung.

Ich lasse mich im Sessel zurücksinken und schließe die Augen.

Als ich sie wieder öffne, sitzt Maraia da und mustert mich forschend. Ich blinzele verwirrt, war ich eingeschlafen? War sie die ganze Zeit hier?

»Nau Kat.«

Maraias Blick ist sehr ernst.

»Penaia würde keine Wasserscooter und Restaurants wollen.«

Ich seufze. »Natürlich würde er das nicht. Stimmt es übrigens, dass ihm Land bis zur anderen Seite der Landzunge gehört hat? Hast du das gewusst?«

Maraia nickt. »Bis zum Ivi-Hain. Da, wo die Papageien mit dem roten Brustgefieder hausen.«

Ich weiß, was sie meint, dort holt Ateca Ivi-Palmenblätter, wenn Fächer geflochten werden sollen. »Aber der Boden da hinten ist doch nie für irgendetwas genutzt worden? Ich wusste nicht einmal, dass die ganze Gegend Penaias Sippe gehört.«

Maraias Gesicht ist geduldig. »Alle gehören zu anderen, Nau Kat.«

Alle gehören zu anderen. Darum geht es im Grunde.

»Aber du weißt, wovon Armand geredet hat? Glaubst du, sie werden ihm das Land verkaufen?«

Maraia schüttelt den Kopf. »Viele wollen Geld. Aber Penaias Vanua vergisst ihn nicht.«

»Ja, aber dann …« Ich hebe die Hände. »Wenn Penaias Verwandte nicht verkaufen wollen, ist das ja kein Problem. Dann sagen sie einfach Nein zu Armand.«

Maraia schweigt für einen Moment, ehe sie antwortet. »Die bösen Kräfte sind stark, wenn ein Mann glaubt, dass er allein reich werden kann.«

»Was meinst du, Maraia?«

»Gier macht giftiges Blut. Wer glaubt, auf mehr ein Anrecht zu haben als andere, kann Mächte benutzen, die im Dunkeln liegen.«

Ich sehe sie überrascht an. »Redest du von Zauberei? Von Schwarzer Kunst?«

Sie schaut mir ins Gesicht.

»Die Erde vergisst nichts, Nau Kat. Es gibt vieles, das wir nicht im Griff haben.«

»Ich will damit einfach nichts zu tun haben«, sage ich zu Ingrid, als wir am späten Nachmittag auf der Veranda sitzen. Orange Wolken sammeln sich dort draußen um einen strahlenden Sonnenuntergang, ein Gecko stößt quäkende Geräusche aus, während er am Geländer entlangläuft. »Armand versteht kein Wort von dem, was ich sage, es ist einfach hoffnungslos. Ich glaube, Irene ist sehr viel vernünftiger, aber …«

»Lass ihn nur«, antwortet Ingrid und leert ihre Kaffeetasse. »Es wird schon von selbst aufhören, wenn er kein Grundstück kaufen kann.«

Dennoch nehme ich die Unruhe mit ins Bett. Lege mich unter den weißen Himmel aus Mückennetzen und versuche, mich auf einem stillen See der Ruhe treiben zu lassen. Aber die Gedanken geben keine Ruhe: Sina, lieber Gott, mach, dass Armand ihr nicht noch einmal alles verdirbt. Sina wird niemals die Wunschträume aufgeben, die sie für ihn hegt. Kleine lichte Funken von Unwahrscheinlichkeit und Hoffnung.

Maraias Warnungen über Verwünschungen und böse Kräfte – wie viel verstehe ich eigentlich, nach all diesen Jahren, von dem, was hier vor sich geht? Maraia, mein Meerkind, werde ich sie jemals verstehen?

Das Kissen ist schweißnass und zerknüllt, ich wälze mich von einer Seite auf die andere. Ich muss Maraia etwas geben, woran sie sich festhalten kann, etwas Solideres als den Briefbeschwerer von Niklas' Schreibtisch. Der blau angemalte Seestern, der seine Taten organisierte und seine Tage im Griff hielt; Tage, zu denen er seiner Tochter keinen Zutritt gewährte. Jetzt liegt der fünfarmige Briefbeschwerer in ihrem Zimmer, und seine Spitzen sind von ihren und von Niklas' Fingern blankgescheuert.

Ich muss mich auf Maraia konzentrieren. Nur auf sie. Armands Possen sind nicht mein Problem.

32
Sina

Sina kann es nicht in Worte fassen, auch wenn das Gefühl ihr vertraut ist. Achterbahnfahrten zwischen Hoffnung und Enttäuschung; sie erlaubt sich, für einige Sekunden in der Freude zu versinken, dann zieht sie sich an den Haaren wieder heraus: Nein, nein, nein, nichts glauben, nichts erwarten. Sie war schon tausendmal dort. Dennoch, es gibt eine kleine Stimme, ein winziges »Doch!«, wenn Resignation und Erfahrung »Nein!« rufen. Denn mit Armand ist wirklich etwas geschehen. Noch immer weiß und kann er alles, noch immer geht er allen in seiner Umgebung auf die Nerven. Der Armand, dem Sina vor vielen Jahren das Rückflugticket in die Hand gedrückt hat, ist noch immer der Erste, der ins Zimmer trampelt. Aber mit seinen Ohren ist etwas passiert. Er hört. Nicht mit einem aufmerksamen Lächeln und nicht sofort, aber das, was andere Leute sagen, scheint nicht mehr so ganz von ihm abzuprallen. Als ob das Gesagte irgendwo in seinem Kopf Halt findet und versucht, sich festzuklammern. Ein winziges Fragezeichen, ein Hauch von Zweifel, eine Prise Nachdenklichkeit. Oder vielleicht ist es nur die Hoffnung, die sie nicht loslassen kann.

Ist es wirklich Irene, auf die sie die ganze Zeit gewartet haben? Sina kann nicht klar sagen, was das Besondere an dieser kleinen Gestalt ist, mit den Händen, die so ruhig wartend daliegen. Etwas, das am richtigen Platz ist, das etwas ganz für sich ist.

Irene spricht nur wenig über ihre Firma, oder *unsere* Firma, wie Armand betont. »Unser Business.« In Norwegen ist für solche Unternehmungen die Post gerade total abgefahren, wie er sich einige Tage nach ihrem Eintreffen den Damen gegenüber ausdrückt. »Unglaublich, was? Das Zipfelmützenland hat begriffen, dass man etwas Neues ausprobieren kann.«

Sie bieten eine Art Service, indem sie den Leuten das Essen ins Haus liefern, wenn Sina das richtig verstanden hat. Essen für drei Tage, oder für vier, oder für eine ganze Woche. *Armands Kochtüte,* nennen sie das. »Warum Armands und nicht Irenes?«, fragt Ingrid, und Sina starrt ihre Hände an. Aber Irene antwortet arglos: »Armand fand seinen Namen passender. Er klingt irgendwie besser. Es heißen ja nicht viele Armand.«

Ingrid kann das nicht auf sich beruhen lassen. »Findest du auch, dass das besser klingt?«

Irene deutet ein Schulterzucken an. »Ich finde es nicht so wichtig, wie wir heißen. Wichtig ist, was in der Tüte ist. Und dass es der Kundschaft gefällt.«

Sina erkennt die Art, wie Armand zufrieden den Mund verzieht, wie er sein Kinn ein bisschen hebt. »Man muss eben wach sein, wenn sich eine Gelegenheit bietet«, sagt er. »Sehen können, wofür der Markt gerade reif ist. Ich bin ja nicht gerade ein Zauberer in der Küche, aber das ist auch nicht nötig. Da hat Irene alles im Griff ... Aber wenn es um die gute Nase geht ... ich will ja nicht unbescheiden sein, aber in der Hinsicht besitze ich eben ein gewisses Talent.«

Er dreht sein Lächeln voll auf, und Sina wappnet sich. Jetzt geht das wieder los, jetzt wird er etwas so Dummes und Unverschämtes sagen, dass die anderen nichts mehr mit ihm zu tun haben wollen. Ein alter Knoten bildet sich in ihrem Zwerchfell, die Nervenenden klumpen sich zu einem wehen kleinen Ball zusammen.

»Und ihr tüchtigen Businessdamen seht natürlich die Chance, die sich hier auch für euch auftut. Ihr habt ja wohl nichts dagegen, dass eure Schokolade in einem exklusiven Gourmet-Resort gepusht wird? Und außerdem ...«

Er wartet, bis alle ihn ansehen. Sina kann gerade noch denken, dass er so dramatisch auftritt wie immer.

»Mit dem *Immitsch,* das ihr der *Maya*-Schokolade geben könntet«, hierbei macht er eine großzügige Armbewegung in Lisbeths Richtung, »und mit dem Gesundheitskram und Gott weiß was nicht noch alles haben wir noch eine Saite, die wir anschlagen können. Viele alte Leute gehen heutzutage auf Reisen, sie haben Geld, und sie haben Lust, noch älter zu werden. Sie wollen länger leben, und sie wollen gesund sein. Wenn wir also betonen, dass unsere Leckereien in jedem Flavinal Gesundheit enthalten, ist das die Cocktailkirsche auf der Sahnetorte. Ich sehe einen eigenen Schokoladesalon vor mir, in Bonbonfarben gestreifte Sonnenschirme oder was immer ihr wollt, mit Schokoladenmousse unter Kokosglasur und in Mango mariniertem Nougat. Sollen sie doch loslutschen, mit oder ohne Zähne, Schokolade kriegen alle runter egal wie.«

»Flavanol.«

Sinas Stimme ist trocken und tonlos, und sie spürt Lisbeths raschen Blick.

»Sie können sogar das Gebiss rausnehmen und sich die guten Sachen gleich unter den Gaumen klatschen, haha.«

Armand prustet los und blickt sich beifallheischend um. »Was hast du gesagt, Mama?«

»Es heißt Flavanol, nicht Flavinal.«

»Ach … ja, ja, ist doch egal. Der Schokosalon wird einer der Höhepunkte, wenn wir loslegen. Mehr Reklame für euch, mehr Verdienst für alle. Was meinst du, Kat? Schlägst du zu? – Entschuldigung«, sagt er dann plötzlich und lässt seinen Blick um den Tisch herumwandern, während er sich übertrieben höflich verbeugt. »Ihr. Schlagt *ihr* zu?«

Sina schaut zu Kat hinüber, die sich aufrichtet und den Kopf ganz hoch hebt. »Ich bin die Erste, die gute Ideen zu schätzen weiß«, sagt sie. »Und wir wissen ja, dass *Kat's Chocolate* ein großes Verkaufspotential besitzt. Aber im Moment gibt es Wichtigeres. Korototoka hat soeben eine Katastrophe überlebt, und jetzt müssen wir uns vor allem auf das Dorf konzentrieren. Die Menschen haben ihre Häuser und ihren Lebensunterhalt verloren. Und wir selbst können nicht an irgendwelche Erweiterungen denken, ehe wir wissen, ob wir überhaupt die Verpflichtungen erfüllen können, die wir bereits eingegangen sind. Außerdem«, sie legt eine Kunstpause ein, »bringt es wohl kaum etwas, über Schokosalons zu phantasieren, solange du weder das Grundstück noch die Finanzierung für deinen Gourmet-Himmel hast.«

»Das findet sich schon, Kat.«

Armand lächelt nachsichtig, er spricht mit diesem »Jetzt stell dich doch nicht so an«-Tonfall, den Sina so gut kennt.

»Wie schon gesagt: die norwegische Volksseele ist leicht zu rühren. Wenn ich klarstelle, wie verzweifelt hier Investitionen und Jobs gebraucht werden, werden Herzwurzeln und Geldbeutel gleichermaßen in Bewegung geraten. Garantiert.«

Sina lugt zu Kat hinüber. Die Entwicklungshelferin unter ihnen, mit Insiderwissen über Not und Elend hier und an anderen Orten, wie wird sie darauf reagieren?

Kat beginnt neutral: »Es bringt also etwas für die Lokalbevölkerung? Die soll nicht nur als Köder für Investoren auf Schnäppchenjagd dienen?«

Dann wird sie härter. »Welchen Anteil stellst du dir denn vor? Eine Krone für das Dorf auf jeden Tausender, den du verdienst?«

Er verliert den Faden. »Also … ich muss mich doch auf das Businessmäßige konzentrieren. Das ist schließlich meine Stärke, um das mal so zu sagen.«

»Es ist doch klar, kein Business ohne Investitionen. In Marketing und Wohlwollen.«

Das kommt von der Frau, die man neben ihm auf dem Sofa fast nicht sieht. Ihr Ausspruch verändert die Temperatur im Zimmer. Umschließt sie alle mit Wärme, mit einem Gefühl, dass es gut gehen wird. »Das soll natürlich auch ins Konzept einbezogen werden«, sagt Irene. »Eine Art Hilfe zur Selbsthilfe. Ein Handschlag für Korototoka. Wir bauen, schaffen Arbeitsplätze, unsere Kosten werden gedeckt, aber etwas von dem Überschuss fließt in die Hilfe vor Ort, jedenfalls in der Eingangsphase.«

Sina weiß nicht, was sie glauben soll. Irene schaut rasch zu Armand hinüber, und erst jetzt sieht Sina, dass die beiden einander an den Händen halten. Armand sitzt breitbeinig mitten auf dem Sofa und hat die Faust gegen die Außenseite seines Oberschenkels geklemmt, und Irenes kleine Hand liegt in seiner. Dieser Anblick überwältigt Sina. Die Nacktheit darin, zu zeigen, dass man einen anderen Menschen wichtig findet. Tränen wollen ihr in die Augen steigen, sie weiß nicht mehr, welche Welle in ihr am höchsten schlägt. Scham, Stolz, Verwunderung. Armands Gesicht hält sie fest, das Licht darin, wenn er Irene ansieht, etwas, das Demut ähnelt. Sina ist überrascht von dem Wort, das ihr da in den Sinn kommt, Demut. Als Irene weiterspricht, hört Sina sie durch einen Filter aus Verwunderung.

»Wir können uns ein Ziel setzen, eine halbe Million, eine Million, was auch immer. Und danach wechseln wir über auf ein normales Geschäftsmodell mit normaler Profitrate.«

Um den Tisch herum ist es still. Kat nimmt die Brille ab, putzt sie zerstreut mit ihrem Hemd. Lisbeth sagt nichts, und Ingrid hat einen neuen Gesichtsausdruck, ihr Mund ist nicht mehr so verspannt, als sie nun sagt: »Ich verstehe. So einigermaßen.«

Sie beugt sich vor und packt die Tischkante. »Aber wenn irgendetwas gelingen soll, geht es nur, wenn die Kundschaft respektiert wird. Das ist die Grundbedingung bei jeder Verkaufstätigkeit.«

Ingrids Blick durchbohrt Armand, und in Sina schäumt der alte und vertraute Drang auf, ihn in Schutz zu nehmen. Er will doch das Beste für alle. Es gibt nichts Böses in ihm, nur …

Aber wer antwortet, ist Irene. »Wir könnten unsere Kundschaft niemals behalten, wenn wir sie nicht respektieren«, sagt sie ruhig. »Die Kundschaft ist das Wichtigste, das wir haben.«

Etwas in ihrer Stimme glättet Klumpen und füllt Risse, wie ein Anstrich.

*

»Irene ist etwas Besonderes, findest du nicht?«

Sina bläst den Rauch durch die Nase aus und genießt Lisbeths missbilligenden Blick fast schon. Seit sie vor einer Ewigkeit hinter dem Fahrradschuppen des Gymnasiums die ersten eiligen, heimlichen Züge gemacht haben, betont ihre Freundin, wie entsetzlich wenig feminin es ist, den Rauch durch die Nase auszustoßen. »Du bist doch kein Stier!«

»Wie meinst du das?«, fragt Lisbeth vage. Sina seufzt, Lisbeth weiß ja wohl genau, was sie meint! Alle können sehen, dass diese kleine, unansehnliche Person Einfluss auf Armand hat. Irene macht seine Gürtelschnalle weniger protzig, sein Lächeln weniger selbstzufrieden. Sina findet nicht die richtigen Worte dafür, aber Irene Stiberg macht Armand … genießbarer.

Sie zuckt mit den Schultern, setzt ein gleichgültiges Gesicht auf. »Ich weiß nicht. Sie ist eine angenehme Gesellschaft.«

»Angenehm?«

Lisbeth wartet auf mehr, aber Sina ist damit beschäftigt, ihre Zigarette im Aschenbecher auszudrücken. Redet weiter, ohne aufzublicken: »Eine schlichte, sympathische Person. Sie scheint Armand gutzutun.«

Schlichte, sympathische Person – warum kann sie es nicht offen sagen, wie sehr sie sich über Irene freut? Wie ungeheuer und tief sie sich darüber freut, dass ihr Sohn eine Frau gefunden hat, die bereit ist, über seine Prahlereien und seine Narrenstreiche hinwegzusehen? Eine, die ihn aushält.

Aber Lisbeth hört ihre Gedanken. »Das wünschen wir uns sicher alle für unsere Kinder«, sagt sie langsam. »Dass auch jemand anderes sie liebt, meine ich. Dass jemand da ist, bedingungslos, an dem Tag, an dem die einzige Liebe, die sie immer für selbstverständlich halten konnten, nicht mehr da ist.«

»Mm.«

Sina atmet aus. Riskiert Nähe hier auf der Verandatreppe in der warmen Abenddunkelheit. »Denkst du daran?«

Lisbeth nickt. »Ab und zu. Ich meine … Joachim und Birgitta – sie hat immer so viel zu tun, verstehst du? Nachtwachen und Notfälle und ich weiß nicht was. Aber sie hat so eine Art, Joachim anzusehen. Eine Art … Hingabe.«

Sie schaut rasch zu Sina hinüber, unsicher angesichts dieses ungewohnten Wortes. »Etwas sozusagen, das sagt, du und ich halten zusammen.«

Sina erwidert ihren Blick nicht, das Gespräch ist zu ernst. Das Terrain unbekannt.

»Und Amanda und Thor?«

Lisbeth zögert. »Ich bin nicht sicher. Weißt du …«

Sie holt tief Luft, und Sina erkennt ihn wieder. Diesen kleinen Zug um den Mund, den immer nur sie gesehen hat. Den Zug, der Lisbeth Karlsen entlarvte, die Prinzessin der Klasse: die Unsicherheit hinter dem korallenrosa Lippenstift.

»Weißt du, eigentlich war ich verletzt, als Amanda die Familie nicht bei der Hochzeit dabeihaben wollte. Natürlich konnte ich die beiden gut verstehen. Thor war schon einmal verheiratet, und sie wollten nichts Großes. Einfach nur die standesamtliche Trauung und dann mit den Trauzeugen essen gehen. Aber es hat trotzdem wehgetan.«

Sina kann das irgendwie verstehen, vor allem, weil Lisbeth Lisbeth ist. Weißes Kleid und prall gefüllter Gabentisch, sonst ist es keine richtige Heirat.

»Ich habe Thor erst jetzt im Sommer kennengelernt«, sagt Lisbeth. »Mehrere Monate nach der Hochzeit. Ja, ich hatte natürlich schon von ihm gehört, früher, als Amanda und er zusammengearbeitet haben. Und ich wusste, dass sie sich noch immer getroffen haben, nachdem sie gekündigt und sich ganz dem Schokoladenimport gewidmet hatte. Aber dass sie geheiratet hat, ohne dass ich dabei war …«

»So ist Amanda eben«, sagt Sina tröstend. »Trifft ihre eigenen Entscheidungen, meine ich.«

Lisbeth sieht erstaunt aus. »Ist sie so? Ja … das ist sie vielleicht. Sie hat auch seinen Namen angenommen, jetzt heißt sie Amanda Bilstad. Jetzt haben ich und meine Kinder drei verschiedene Nachnamen«, fügt sie nachdenklich hinzu. »Und nur einer davon ist der von Harald.«

Und sein ältestes Kind heißt Guttormsen, denkt Sina. Sie schüttelt diesen Gedanken eilig ab. Sie hat Lisbeth versprochen, diese Tür verschlossen zu lassen. »Armand weiß nicht, wer sein Vater ist«, hat sie gesagt. »Und er soll es auch nicht erfahren.«

»Thor liebt Amanda sicher sehr«, sagt sie eilig und ungeschickt, um weiterzukommen, oder zurück zum Thema.

Lisbeth setzt sich auf, Erleichterung und ein Nicken. »Amanda muss auf eine andere Weise geliebt werden als ihr Bruder«, sagt sie. »Mit Anfeuerungsrufen und Applaus.« Ein schwaches Lächeln. »Ich hoffe, das kann Thor liefern.« Sie fährt sich über das Haar, ehe sie sich vorbeugt und Sinas Hand streichelt. »Und Armand …?«

Etwas daran, wie die Freundin diesen Namen ausspricht, ist für Sina plötzlich umwerfend und rührend. Haralds Sohn, der einen viel schlechteren Ausgangspunkt hatte als seine beiden anderen Kinder, wie muss er geliebt werden?

33
Ingrid

Johnny ist seit Neujahr wieder in Labasa, aber er ruft an, weil er in Korototoka vorbeischauen will. »Habt ihr für ein paar Tage in Vale nei Kat Platz für mich?«

Ingrid ist überrascht. »Hast du denn Zeit dafür? Hast du jetzt am Wochenende keine Touren mit dem Boot gebucht?«

»Dafür, dass du so alt bist, hast du ein gutes Gedächtnis.«

Das liebevolle Necken in seiner Stimme. Ingrid spürt, wie sich das Lächeln über ihr Gesicht ausbreitet.

»Darum kümmert sich Stanley. Er holt seinen Bruder dazu, das schaffen die problemlos.«

Ingrid weiß, dass er recht hat. Stanley arbeitet seit mehreren Jahren für sie und wird mit Leichtigkeit allein mit der *Tarisso* fertig.

»Hast du in Suva etwas zu erledigen? Geht es um die Ersatzteile für die Pumpe, die du erwähnt hast?«

Zögert er ein wenig, ehe er antwortet?

»Ich hab Verschiedenes auf der Liste. Und ich muss ja zugeben, dass ich ein bisschen neugierig auf den berüchtigten Armand bin.«

Ingrid seufzt. »Nicht viele sind auf den ersten Blick hin und weg von ihm. Aber seine Verlobte ist wirklich total sympathisch.«

Sie sehen nicht viel von Johnny, während er in Korototoka ist. Er fragt höflich, ob er den Lastwagen leihen kann, er muss nach Rakiraki, oder nach Suva, Ingrid durchschaut nicht so ganz, was er alles vorhat. Wenn sie fragt, ob alles in Ordnung ist, bekommt sie als Antwort das alte breite Lächeln: »Natürlich.« Sie findet trotzdem, dass er müde aussieht, hat er nicht auch abgenommen? Und sie ist nicht die Einzige, die sich solche Fragen stellt. Am ersten Abend, als Johnny früh zu Bett geht, fragt Kat: »Ist er nicht in Form? Noch immer Probleme mit den Nierensteinen?«

Als Ingrid antwortet, hat sie das Gefühl, sich von außen zu sehen: Warum zuckt sie mit den Schultern und spielt alles herunter?

»Nein, nicht, dass ich wüsste. Er ist wohl nur erschöpft«, hört sie ihre Stimme sagen. »Und gestresst, weil er zum Boot zurückwill. Der Buchungskalender ist voll.«

»Es ist also nichts mit Edson?«

Ingrid schaut rasch zu Kat hinüber. »Warum fragst du?«

Kat hebt abwehrend die Hand. »Naja … Es ist ja deutlich, dass der Junge ihm wichtig ist, ich dachte, vielleicht sieht er deshalb so besorgt aus.«

Ingrid seufzt, spürt, wie ihre Unruhe wächst. »Ich weiß nicht, ich hab mich das auch schon gefragt.«

»Hat er nichts gesagt?«

Eine Niederlage, es kommt ihr vor wie ein Eingeständnis von Schwäche, dass sie den Kopf schütteln, dass sie Kat eingestehen muss, dass Johnny nicht alles mit ihr teilt.

»Es gibt etwas, das er mir nicht erzählt, und ich bin nicht … wie …«

Sie kommt nicht weiter, die Wörter lösen sich in ihrem Hals auf. Kat streckt die Hand aus und legt sie über ihre. Ingrid sieht auf die beiden Hände auf ihrem Schoß hinunter, mit Flecken aus Arbeit und Streifen aus Mühsal. Kats tätowierter Trauring, eine dunkle, verschlungene Erinnerung um den Finger. Ingrids eigene eingerissene Nägel und ihre breiten Fingerspitzen. Ab und zu haben sie einander festgehalten, diese beiden Hände, haben einander weitergeholfen. Viel häufiger haben sie jede für sich das Leben beim Schopf gepackt oder einander zum Abschied zugewinkt.

Ein Lächeln huscht über Kats Gesicht, und Ingrid nimmt es dankbar entgegen. Flicht ihre Finger in die der Freundin und spürt, dass der Druck der dünnen Hand noch immer fest ist.

»Auch die Großen und Starken brauchen jemanden«, sagt Kat. »Das vergisst man zu leicht.«

Nach drei Tagen muss Johnny zurückfahren. Stanley hält in Labasa die Stellung, aber die Pumpe macht noch immer Probleme, und Johnny hat die benötigten Ersatzteile kaufen können.

»Du bleibst hier, solange du willst«, sagt er zu Ingrid. »Aber du weißt, dass ich mich immer darauf freue, dass du zurückkommst.« Er drückt kurz ihre Schultern, als sie draußen auf dem Hofplatz stehen. »Pass auf dich auf.«

»Das werde ich. Grüß Edson«, sagt sie, als er sich ins Auto setzt. »Ich hoffe, bei ihm ist alles in Ordnung.«

Sie findet selbst, dass das locker und freundlich klingt, und Johnny nickt, wenn auch mit fragend gerunzelter Stirn. »Ja … das werde ich.«

Ingrid schläft ein, aber es ist ein unruhiger Schlaf. Sie träumt von Edson und von Johnny. Johnny steht an Deck eines Bootes, das sie nicht kennt, er braucht Hilfe, aber er will sie nicht an Bord haben. Jemand ist bei ihm, ein Mann, das weiß sie, ohne diesen Mann deutlich sehen zu können. Sie versucht, ihn dazu zu bringen, dass er Johnny hilft, aber der Mann steht nur da, versteckt sich hinter seinen eigenen gesenkten Schultern. Ingrid sucht nach Edson. Verängstigt und atemlos findet sie ihn auf einer Bank in einer fensterlosen Kammer, er wartet auf etwas und kann nicht kommen. *Auch die Großen und Starken brauchen jemanden,* sagt er traurig.

Sie erwacht schweißnass und atemlos. Setzt sich im Bett auf und schwenkt beide Beine über die Kante, ehe sie plötzlich erstarrt – hört sie da Musik? Eine singende Saite? Dann wird es still. Ingrid schüttelt den Kopf, es muss ein Geräusch sein, das sie aus dem Traum mitgebracht hat. Sie legt sich wieder hin und richtet ihren Blick auf einen Gecko, der versucht, sich oben unter der Deckenleiste unsichtbar zu machen. Da ist es wieder – versucht da jemand, Gitarre zu spielen? Aber es ist keine

Melodie, nur immer wieder die eine Saite. Ein Rhythmus auf demselben Ton, wie eine Trommel. Ingrid legt sich unter ihrem Nachthemd die Hand aufs Herz. Spürt das treue Pochen unter ihren Fingern, bis ihr endlich die Augen wieder zufallen.

34
Maraia

Madam Sina ist jetzt fröhlicher, ihre Schritte sind leichter und neugieriger als früher. Ihre Augen sind ebenfalls neugierig, auf Gesicht und Bauch von Miss Irene. Aber Mister Armands Liebste verbirgt nichts unter ihrem blauen Kleid, das hat Madam Sina jetzt verstanden. Dennoch ist sie froh. Sie zeigt Miss Irene das Süßhaus, geht mit ihr in die Küche und zeigt ihr, wie Roro gekocht wird. »Viel Salz«, sagt sie. »Und du musst die ganze Zeit umrühren.«

Madam Sina kann von Miss Irene auch viel lernen, aber Miss Irene ist klar, dass das in aller Stille passieren muss. Wenn man zu viele Dinge zu laut kann, will Madam Sina das nicht hören.

Mister Armands Kamera war teuer. Er trägt sie die ganze Zeit mit sich herum und filmt und macht Fotos. Das kleine Mädchen, das mit dem Kopf auf dem Ranzen daliegt und schläft. Die Kleider, die an einer zwischen entwurzelten Bäumen gespannten Leine flattern. Die Männer, die abends zurückkommen, mit müden Gesichtern und vor Schlamm braunen, starren Hosen. Die Kinder sehen sich gern in dem kleinen Viereck hinten auf der Kamera. Sie machen mit den Fingern ein V-Zeichen und lachen.

Madam Ingrid gefällt es nicht, dass er so viele Fotos macht. »Tu die Kamera weg«, sagt sie. »Und ich hoffe, du fragst die Leute um Erlaubnis, ehe du ihnen voll ins Gesicht knipst.«

»Den Kindern gefällt das«, widerspricht Mister Armand.

»Sie wissen es nicht besser«, sagt Madam Ingrid. »So elend, wie es hier ist, und dann davon Bilder machen, das ist so unverschämt, mir fehlen die Worte.«

Mister Armand lacht und spielt den Verständnislosen. Aber Miss Irene bekommt alles mit und versteht jedes einzelne Wort.

Maraia hat immer gehört, dass das Meer bei den Damen zu Hause ganz anders ist als ihres. Dass es dort keine blauen Seesterne und keine gewaltigen Lieder gibt wie in den Wellen vor Korototoka. Es ist schwer zu glauben, doch sie weiß, dass die Wellen im einen die Träume im anderen hören können.

Sie fragt Miss Irene danach, die eines Tages zu ihr an den Strand kommt, als der Nachmittag ganz besonders heiß ist. Maraia war mit dem Boot draußen, und Miss Irene hat einen Korb bei sich und sammelt Muscheln. Sie muss lange suchen, um welche zu finden, die nicht zerbrochen oder bewohnt sind. Maraia warnt sie vor der Kegelschnecke, die einen giftigen Pfeil in ihren Finger schießen kann. Miss Irene nickt und sagt, dass sie die Muscheln mit nach Hause nehmen will.

»Hörst du die Lieder darin?«, fragt Maraia.

»Ja«, antwortet Miss Irene. »Sie rauschen hinter der Stille.«

Maraia fragt Miss Irene, wie das Meer dort singt, wo sie herkommt, wo es so kalt ist, dass das Wasser schwarz ist und das Licht nicht den Weg zur Erde findet.

»Es singt alle Arten von Liedern«, sagt Miss Irene. »Wilde und muntere, wie die Flammen eines Feuers. Oder leichte und stille, wie Rauch am Himmel.«

Sie überlegt. »Manchmal sind es Lieder, die uns mehr geben, als wir erbeten haben«, fügt sie hinzu. »Sie füllen die Netze und laden zum Fest.«

Miss Irene sagt nichts mehr, aber Maraia weiß nun, dass sie auch die anderen Lieder hört. Die mit den dunklen, langen Tönen, die vom Meeresgrund her rufen.

*

Penaia hat nie viel über sein Land gesprochen. Er hat nur erzählt, dass er nach dem Tod seiner Frau keine Verwendung mehr für Boden und Äcker hatte. Das Meer gab ihm, war er brauchte, und im Licht, das in den Wellen zitterte, sah er das Lächeln der Frau, die ihm fehlte. Maraia ist sicher, dass er, als der Zyklon das gelbe Boot holte, sein Herz bat, nicht mehr zu schlagen, damit er ihr folgen könnte.

Jetzt will Mister Armand sein Land kaufen. Nicht, um den Kassava-Acker zu säubern und Zuckerrüben oder

Kopra anzubauen. Er will dort ein großes Hotel errichten, alles soll sich um Essen drehen. Nicht damit niemand mehr hungern muss, sondern damit sie von allem, was sie wollen, verzehren können, so viel sie wollen. Am Strand auf der anderen Seite der Landzunge bei Korototoka, wo die Rotbrustpapageien in den Bäumen hausen, wollen er und Miss Irene Terrassen anlegen, auf denen die Gäste Tunfisch und Krebse und Mahi-Mahi essen können, während sie zusehen, wie die Sonne abends das Meer in Gold verwandelt. Tagsüber werden sie Wasserscooter haben und Boote, die sie im Fallschirm hochziehen, damit sie sich dort, wo sich das Riff in einem Halbmond bewegt, auf das Meer hinunterlassen können. Die Delphine, die dort draußen in der Luft tanzen, werden dann nicht mehr kommen.

Mister Armand will kaufen, und Penaias Verwandte wollen verkaufen. Sie waren in Vale nei Kat und haben mit Mister Armand gesprochen. Maraia hat sie miteinander reden hören. Sie hatten Kava mitgebracht, wie es Sitte ist, und sie haben den in Vilivos Haus um seine *Tanoa* getrunken, um den großen Kava-Kessel. Wenn Mister Armand das Geld hat, haben sie versprochen dafür zu sorgen, dass er sofort loslegen kann.

Aber Penaias Vanua gehört ihnen nicht. Die Arbeit von denen, die das Land bestellt haben, die Lieder, die sie gesungen haben, das Essen, das das Land ihnen gegeben hat, kann niemand verkaufen. Die Tränen um die Toten haben die Bäume begossen, die hier wachsen, und die Freude auf den Festen, die hier gefeiert wurden, tanzt in den Wolken, die über die Erde wachen. Niemand kann die Geister der Ahnen verkaufen, die hier gewohnt haben, oder die Zukunft der noch nicht Geborenen.

Penaias Sippe ist groß, mit vielen Brüdern und großen Familien. Ratu Meli ist der Älteste. Er ist der Vater von Asaeli, dem Jungen, den Flora heiraten wird. Anfangs waren es mehr, die das Grundstück, auf dem die Reste von Penaias Haus stehen, nicht verkaufen wollten. Sie sagten, am Strand unterhalb des Halbmondriffs fließe das Blut der Familie im Sand unter den Palmen. Dort könnten keine Kaivalagi wohnen. Aber vor einigen Tagen haben sie sich die Sache anders überlegt, und nun ist Mister Armand mitgeteilt worden, dass alles in Ordnung ist. Ratu Meli und die übrige Familie wollen Penaias Land verkaufen.

Alle in einem Dorf wissen, wer Schwarze Kunst betreibt. Und zwar die, die nicht zum Gottesdienst kommen, die in den Schatten gleiten, wenn der Pastor sie anspricht.

Maraia macht sich auf den Weg zu Vater Iosefa. Er freut sich, sie zu sehen, und lädt sie zu einer Tasse Tee in sein Büro ein. »Wie geht es Ateca?«, fragt er. »Und den Damen in Vale nei Kat?«

Maraia lehnt den Tee dankend ab. »Den Damen geht es gut«, sagt sie. »Und Ateca kommt und hilft am Sonntag wie immer bei den Blumen in der Kirche. Aber ich muss mit dir über Penaias Land sprechen.«

Vater Iosefa setzt sich. Er faltet die Hände auf dem Tisch und hört aufmerksam zu, während Maraia von

Mister Armands Essenshotel, von Penaias Sippe und von Ratu Meli erzählt, der seine Brüder dazu gebracht hat, ihre Meinung zu ändern. »Jetzt wollen sie verkaufen, allesamt«, sagt sie.

Der Pastor nickt verständnisvoll. »Ich habe Ratu Meli schon länger nicht mehr in der Kirche gesehen«, sagt er. »Und vorigen Sonntag sind auch die beiden jüngsten Brüder nicht gekommen.«

Sova Yaqona. Maraia braucht das nicht einmal laut zu sagen. Asaelis Vater und seine Brüder haben bösen Kava gemischt und den Ahnen geopfert, um sich deren Hilfe zu sichern.

»Sie haben sich in Geldgier und Habsucht verirrt«, sagt Vater Iosefa. »Ich werde für sie beten.«

»Das ist gut«, sagt Maraia. Der Pastor wird es auf seine Weise probieren und sie auf ihre.

35
Ingrid

Bei Ingrid gab es immer nur entweder – oder. Rot oder Schwarz. Minus oder Plus. Buchhaltung ist nicht die Arena der Kompromisse. Aber es geht ja darum, zu einem Ausgleich zu kommen. Beide Seiten zu hören und Einigkeit zu erlangen. Kat war anfangs ebenso skeptisch wie Ingrid, was Armands Prahlerei und Luftschlösser anging, aber nach und nach hat sie ihre Meinung geändert. Das liegt an Irene, natürlich liegt es an Irene. »Ein Handschlag für Korototoka«, die Aufrichtigkeit in ihrer Stimme, als sie ihre Idee vorstellte, das hat Kat offenbar beeindruckt.

Ingrid will alles genauer wissen, und was am Ende übrig bleibt, ist das Geld. Korototoka braucht Geld, um wieder auf die Beine zu kommen, und Armand geht es ums Geld, daran hat es nie einen Zweifel gegeben. Ingrid weiß nichts darüber, wie man Investoren anlockt, aber sie begreift immerhin, dass Armand zwar mit einer teuren Kamera durch die Gegend laufen kann, aber dass Geld beschafft werden muss, wenn er sein Produkt aufpolieren und vermarkten will. Um damit durchzukommen, braucht er gute PR, und die gibt es ja wohl nicht gratis?

An dem Abend, an dem er die Grundlage seiner Selbstgewissheit verrät, denkt sie, es sei seltsam, dass er das bisher verschwiegen hat: Seine Verlobte sitzt auf einem Vermögen. Es besteht aus Grundstücken in einem Skiparadies in den Bergen, einem Erbe, das ihre Brüder leiten und verwalten, das aber aus Irene Stiberg eine wohlhabende Frau macht. Ingrid sackt das Kinn auf die Brust, als Armand seine Trumpfkarte auf den Tisch knallt: »Wenn ihr es absolut wissen wollt, dann ist die Finanzierung für den Film schon längst unter Dach und Fach. Irene ist nicht unvermögend, haha. Aber da sie in ihrer Küche alle Hände voll zu tun hat, um das mal so zu sagen, überlässt sie es ihrem geliebten Verlobten, einige, sagen wir, kluge und weitsichtige Investitionen zu tätigen.«

Als sie sich genauer erkundigen, stellt sich im Grunde heraus: Der Film wird ganz und gar von Irene bezahlt.

»Ich sitze hier also mit der Garantie in den Armen, im wahrsten Sinne des Wortes.«

Armands Grinsen ist fetter als eine Speckschwarte in Butter.

»Und ich kann euch versprechen, meine Damen, was ich meiner Liebsten versprochen habe«, hier macht er eine elegante Verbeugung in Irenes Richtung, »dass das hier sich als Goldgrube entpuppen wird.«

Ingrid vermeidet es, Sina anzusehen.

»Das Brachland, das der alte Fischer hinterlassen hat, wird neu gestaltet, und Touristen aus aller Welt werden herkommen und Geld ausgeben«, schwadroniert Armand weiter. »Korototoka wird zum Begriff werden, und es wird Leben und Action und Arbeit für die Menschen hier geben. Ihr werdet für eure Schokolade einen größeren lokalen Absatz finden, und wir bekommen ein exklusives Produkt. Das Gourmet-Paradies wird wie am Schnürchen laufen, und Irenes Investition wird vervielfacht zurückgezahlt. Souverän, was?«

Jetzt reicht es Wildrid. Ingrid ertappt sich dabei, dass sie aufgesprungen ist: Ist es möglich, dass Irene, die bedächtige Irene, ihr Geld auf diesen Trottel setzt, der immer wieder bewiesen hat, wie unfähig er ist?

»Und was, wenn es doch nicht wie am Schnürchen läuft?«

Ingrid stemmt beide Hände in die Seite, merkt kaum, dass Sina wie zur Abwehr die Arme hebt. »Wie sieht Plan B aus? Irenes Geld ist weg, Chaos und Elend bleiben für die, die an dich geglaubt haben? Ganz zu schweigen davon«, sie lässt ihren Blick von Kat zu Lisbeth und dann zu Sina wandern, »dass auch unser Name mit ins Fiasko hineingerissen wird.«

Die Frage bleibt in der Luft hängen, groß und wütend, und Armand holt Atem zum Gegenangriff. Aber dann antwortet Irene, öffnet eine Tür, durch die Irene gehen kann. »Wir waren vielleicht nicht deutlich genug«, sagt sie. »Aber wir haben unsere Hausaufgaben gemacht. Den Markt analysiert, mit Werbefachleuten und Branchenorganisationen gesprochen. Ja, es wird bedeutende Investitionen geben müssen, aber ich bin davon überzeugt, dass es ein gutes Geschäft ist. Ich zeige euch gern unsere Berechnungen.«

Zahlen, die gemeinsame Sprache. Ein Code, den sie beide verstehen und vertreten. Ingrid war nie in Irenes Küche, aber sie kann sie vor sich sehen. Solide Gegenstände von guter Qualität. Wenn Armands Größenwahn von einer Frau gezügelt werden kann, die seit vielen Jahren ihre eigene vernünftige Firma hat, dann wird es vielleicht gut gehen.

Wildrid setzt sich, und Sina lässt die Arme sinken.

Dennoch ist es vor allem Kats erwachender Optimismus, der Ingrid dazu bringt, sich mit der Vorstellung mehr und mehr anzufreunden. »Es ist doch möglich, dass es gut wird«, sagt Kat. »Wenn wir die zusätzlichen Bohnen bekommen, auf die Vilivo jetzt Jagd macht, können wir auch Armands Nachtischauswahl beliefern, also, wenn etwas aus diesem Wahnsinn wird.«

Ingrid freut sich über die Glut in der Stimme ihrer Freundin, eine Begeisterung, die sie lange nicht mehr gehört hat. Kat verlangt sich nicht mehr ganz so viel ab wie früher, das hat Ingrid in den vergangenen Monaten mehrmals gesehen. Kat, die nie gezögert hat, die immer zugepackt und Dinge in die Tat umgesetzt hat, sitzt jetzt oft auf dem Zaun. Will keine Entscheidungen treffen, sagt, sie müssten erst abwarten. Aber jetzt ist sie hier, die Kat, an die Ingrid sich von jenem denkwürdigen Abend her erinnert, an dem *Kat's Chocolate* das Licht der Welt erblickte. Jener Abend, an dem Lisbeth sich erhob und das lancierte, was jetzt zu ihrem Motto geworden ist: »Stücke vom Glück«, sagte sie damals. Und Kat hörte die

Möglichkeit, die darin lag, sah eine nach der anderen an und rief: »Warum nicht?«

Wenn sie stattdessen damals gefragt hätte »Warum?«, wie würde mein Leben dann aussehen?, fragt sich Ingrid. Ich würde im Dorf spazieren gehen, im Küchengarten herumpusseln, ein Glas Guavensaft für den Magen trinken. Und Wildrid, die riesige Tunfische über das Deck schleppt und nie um Erlaubnis fragt, ehe sie etwas tut, würde sich noch immer hinter dem obersten Blusenknopf verstecken.

Ich musste auf die siebzig zugehen, ehe ich es angenommen habe, denkt sie. Sonne im Nacken, bloße Füße. In den Wind rufen. Meine Kleider einfach auf den Boden fallen lassen und nackt zu Bett gehen. Jetzt bin ich damit an der Reihe, zu helfen und eine Stütze zu sein.

»Ja, warum nicht«, sagt Ingrid, zu Kat und zu Schokolade und zu dem Film und einfach zu allem. »Warum um alles in der Welt nicht?«

Dennoch ärgert sie sich über Armand, und vor allem ärgert sie sich über die Selbstverständlichkeit. Das ewige breite Lächeln und die freundlichen Bula-Grüße nimmt er als gegeben hin, für ihn liegt es auf der Hand, dass Bosso Armand auf Respekt und am besten ein wenig Ehrfurcht stößt. Und sie glüht vor Wut, wann immer er sein aufgeblasenes Projekt noch größer, noch besser macht, noch etwas wichtiger als das Dorf, in dem doch alles stattfinden soll: *Gourmet Heaven. Mit dem exklusivsten süßen Geschmack auf der Zunge.* Was haltet ihr von diesem Motto, meine Damen?

Ingrid versucht, die Ohren zu verschließen, aber Irenes Stimme dringt zu ihr durch und streichelt ihre Wange. »Es darf nicht zu versnobt werden«, sagt die Stimme. »Es geht doch darum, dass so viele wie möglich ein kleines Stück vom Glück kosten dürfen.«

Ingrid nickt. Sie hat ein großes Stück bekommen. Mehr, als sie sich erträumen durfte. Sie hat das Boot, sie hat Johnny, sie hat Freundschaft, Kat, alles. Und Armand weiß es vielleicht nicht, aber er hat sein Stück in Irene Stiberg gefunden.

Zusammen mit Ateca erlebt Ingrid Vale nei Kat so, wie es früher war. Ateca, die ihr Korototoka zeigte, ohne zu ermahnen oder zu tadeln, die mit ihr in die Kirche gegangen ist und ihr von ihren Träumen erzählt hat. Die sie gelehrt hat, Gast zu sein. Ingrid weiß, dass sie – auch wenn sie noch so fidschianisch wird, Fußsohlen wie gegerbtes Leder bekommt und lacht, dass sich das Dach vom Haus hebt – doch immer ein Gast sein wird. Ein willkommener Gast, der gern auf unbestimmte Zeit bleiben kann. Aber ein Gast, der niemals die Dankbarkeit für die Einladung vergessen darf. Ateca fand uns anfangs sicher hoffnungslos, denkt Ingrid, aber so leicht war es auch nicht, Ateca zu verstehen, mit ihren Andeutungen, den Chorälen und dem Gerede über Träume. »Freust du dich, Ateca?«, fragt sie impulsiv. »Darauf, nach Norwegen zu fahren und die Hochzeit von Armand und Irene zu feiern? Was glaubst du, wie das wird?«

Zu ihrem Schrecken sieht Ingrid, wie sich das Gesicht

der Haushälterin verzieht. Ateca dreht den Kopf weg und reibt sich rasch mit dem T-Shirt über die Wange, kann aber ihre Tränen nicht verbergen.

»Aber Ateca, was ist denn los?«

Eine verlegene Hilflosigkeit angesichts eines Gefühlsausbruchs, den sie nicht begreift. In welches Fettnäpfchen ist sie jetzt getreten? Ist etwas – oh, großer Gott, es kann doch nicht wieder etwas mit Nunia sein? Dem Baby?

»Ateca … gibt es … hast du etwas geträumt?«

Die Träume sind nicht nur Zeichen und Erinnerungen, Ingrid weiß, dass sie für Ateca Wegweiser und Mahnungen sind. Wichtiger und wirklicher als Tag, Datum und Uhrzeit.

Die Tränen strömen noch immer, aber noch schlimmer ist die unbeschreibliche Traurigkeit in dem gütigen runden Gesicht. Als ob Ateca ein Wissen besitzt, auf das sie gern verzichtet hätte. »Ich weiß nicht, was es bedeutet, Madam Ingrid«, sagt sie. »Aber es lastet ein Kummer auf dieser Hochzeit. Unter dem Gesang liegt ein Weinen.«

36
Kat

Ich begreife nichts, als ich den Bus kommen höre. Der Zeitpunkt stimmt nicht, es ist zu früh für den Linienbus, der in Korototoka auf dem Weg nach Nadi und weiter zur Hauptstadt Station macht. Ateca steht schon auf der Treppe und ruft laut und aufgeregt: »Madam Kat, das ist Mister Armand! Und …«

Nun überstürzen sich die Ereignisse. Der Bus fährt auf den Platz vor dem Versammlungshaus, Armand springt mit triumphierendem Grinsen heraus. Die Kinder kommen aus der improvisierten Schule hinter der Kirche gestürzt und rufen: »Jerry! Viliame!« Der Lehrer steht mit großen Augen da. Und aus dem Bus steigt einer nach dem anderen: die Goldjungs. Die Rugbymannschaft, Freude und Stolz der Nation. The Flying Fijians, die Helden, die für das Land die allererste olympische Medaille geholt haben, und noch dazu die von der edelsten Sorte. Plötzlich stehen sie hier, breitschultrig strahlend, der Traum jedes fidschianischen Jungen in jedem fidschianischen Dorf. Ateca ist schon losgestürzt und auf dem Weg zu ihnen, ihre kurzen Beine sind plötzlich leicht und schnell. Ich bleibe auf der Veranda stehen, während Vilivo aus der

Vorarbeiterwohnung kommt; nun rennt auch er auf den Bus zu, wo die Spieler jetzt Autogramme auf verdreckte T-Shirts und nackte Unterarme schreiben.

Sina läuft zum Tor, dicht gefolgt von Lisbeth und Ingrid, und mir bleibt nichts anderes übrig, als ihnen zu folgen. Armand hat sich nun vom Strahlenglanz der Rugbymannschaft losgerissen und kommt mit einem Lächeln auf uns zu, das leuchtender strahlt als jede Goldmedaille: »Na, was sagt ihr?«

Ich versuche, wieder zu Atem zu kommen. »Was ist das denn hier?«

Sein Lächeln, jetzt steht sein Gesicht kurz vor dem Platzen.

»Die beste Reklameidee der Welt ist das hier.«

»Was … Rugby?«

»Ja, natürlich.«

Armand legt eine Kunstpause ein, ehe er seinen genialen Gedanken vorträgt: »Der *Film,* Kat! Die Goldjungs von der Rugbymannschaft machen in meinem Film mit.«

Er wiehert vor Lachen. »Das kann doch wohl kein Schock für euch sein, wo ihr doch schon eine Sponsorenvereinbarung mit dem Rugbyverband habt? Banner mit *Kat's Chocolate* im Stadion und überhaupt.«

Er erklärt langsam und deutlich, um seine begriffsstutzigen Zuhörerinnen nicht zu überfordern: »Punkt 1: Wofür ist Fidschi zu Hause und im restlichen Europa bekannt? Neben Kokosnüssen und Badestränden? Die Rugbyjungs! Punkt 2: Was kann meine Anlage bei der Lokalbevölkerung populär machen? Die Rugbyjungs!

Punkt 3: Was kann dort, wo die meisten Touristen auf Fidschi herkommen, den *Gourmet Heaven* beliebt machen? Den anderen großen Rugbyländern, nämlich Australien und Neuseeland? Die Rugbyjungs!«

Er schaut uns abwartend an, als ob er uns gerade die Umlaufbahn der Sonne um die Erde erklärt hätte, und hofft, dass seinem Publikum nun die Bedeutung dieser Tatsachen aufgeht. »Und hier spielt jetzt das eine Rolle, was *Vision* genannt wird, meine Damen.«

Ich bin wie erschlagen. Wie so oft, wenn es um Armand geht, finde ich keine Worte. Ingrid legt neben mir los: »Du hättest uns nicht vorher einen kleinen Wink geben können, oder? Statt einfach mit dem gesamten Rugbyteam hier aufzukreuzen und das Dorf auf den Kopf zu stellen?«

Armand sieht überrascht und beleidigt aus. »Was ist denn das Problem? Ist das denn keine tolle Überraschung?«

Ingrid versucht, eine andere Herangehensweise zu finden. »Aber ich begreife nicht, was das soll ... Richtet sich dein Film nicht in erster Linie an ein norwegisches Publikum?«

Die Antwort kommt von Irene. Ohne dass ich es bemerkt hätte, ist sie herübergekommen und steht gelassen und kerzengerade neben ihrem Verlobten.

»Es wird die Leute in Norwegen ansprechen«, sagt sie. Ihre Stimme ist so leicht, zuerst hält man sie für ebenso unscheinbar wie ihre ganze Erscheinung. Aber ihre Stimme hat Gewicht, Verlässlichkeit.

»Nichts macht mehr Eindruck als brennende Herzen«, sagt sie nun. »Wenn wir zuerst den Herzschlag der Nation auf den Film bannen können und den Film in den richtigen Zusammenhängen zeigen, haben wir sie auf unserer Seite. Investoren und Sponsoren. Da bin ich sicher.«

»Der Herzschlag der Nation«, was für eine phantastische Beschreibung. Und sicher hat Irene recht, es hat etwas Rührendes, fast Poetisches, wie die Triumphe der Rugbymannschaft dem ganzen Land Ehre und Stolz bringen. Die hemmungslosen Feiern, als die olympischen Helden mit den Goldmedaillen heimkehrten, Tanz auf den Straßen, Flaggen, Menschen, die jubelnd auf den Dächern standen. Trommel und Blasmusik, die selbstgemachten Banner: *Go Fidschi Go!* Der Premierminister teilte großzügig Lob und Geldgeschenke aus, Frauen fielen den Spielern weinend um den Hals. Die Helden aller Helden, nun sind sie hier, wirklich und leibhaftig.

Ich gebe auf, was bleibt mir anderes übrig? Ohne Vorwarnung ist das gesamte Dorf zu einem großartigen Fest geladen worden, das Lachen tanzt um die Wette mit der Wäsche an den zwischen den Häusern gespannten Wäscheleinen, an einigen werden riesige fidschianische Flaggen befestigt. Die Götter mögen wissen, woher Armand Requisiten und Helfer beschafft hat, aber im Laufe einer Stunde ist das Versammlungslokal zum Hauptquartier für etwas geworden, das wirklich aussieht wie eine echte Filmaufnahme.

Ateca erklärt sich als verantwortlich für die Versorgung, sie läuft zwischen Vale nei Kat und dem Versammlungshaus hin und her, mit Kassava-Kuchen und Keksen, Schüsseln mit Fischeintopf und Haufen von Tangsalat. Salote bebt vor Neugier und Fragen; sie hat heute den Laden ihrer Tochter überlassen, das hier darf sie nicht verpassen. Mosese sitzt im Schatten auf einem Stuhl und sieht sich alles an. Als ich nach seiner Meinung frage, nickt er, das normale Nicken nach hinten, das alles bedeuten kann. Heute bedeutet es vermutlich Zustimmung.

Irene beteiligt sich nicht an Verpflegung und Servieren, heute hat sie eine andere Aufgabe. Still und klug ist sie da, wo sie sein sollte, sagt Armand ab und zu etwas ins Ohr, zeigt ohne großes Gewese auf etwas, das repariert oder umgestellt werden muss. Kennt sie sich wirklich mit allem aus, oder ist das einfach die unangestrengte Lockerheit, die sie immer ausstrahlt?

Es stellt sich heraus, dass jeder Dame eine Rolle zugeteilt worden ist, der Film scheint sich in kontinuierlicher Entwicklung zu befinden. *Im Paradies ist auch Platz für dich* ist die Idee, und Armand arrangiert Ingrid, Sina, Lisbeth und mich in je einer Szene.

Lisbeth geht total auf in ihrer Rolle, in weißem Kleid mit passenden Sandalen. Der Drink, von dem niemand sehen kann, dass es einfach nur Saft ist, wurde mit einer knallgelben Zitronenscheibe aus dem Garten verziert. Lisbeth sitzt auf der Hollywoodschaukel, und im Hintergrund glitzert dekorativ das Meer. Elegante Sonnenbrille, das Lächeln, bei dem sie sich bewusst von der richtigen Seite zeigt. Der Spruch »Ein kleines Stück vom Glück – auch für dich!« wird mit tadellosem Timing serviert. Der Applaus von den Umstehenden macht ihr rote und junge Wangen, und für einen Moment erkenne ich die Prinzessin aus der 3b des Reitviker Gymnasiums.

Ingrid ist natürlich nicht ganz so elegant. In ihrem groß geblümten, farbenprächtigen Sulu steht sie mit Kassava-Wurzeln in den Händen da und lächelt mit aller Kraft, während die Kamera ganz dicht an sie herangeht, um nicht den weiterhin verwüsteten Küchengarten zu zeigen. »Der reichgedeckte Tisch vor der Tür« ist ihr Spruch, und als sie zum dritten Mal »der reichgetischte Deck« sagt, muss die ganze Crew eine Pause einlegen. Aber Ingrid lacht lauter als alle anderen, und es würde mich nicht überraschen, wenn die Szene mit ihr und ihren großen Füßen zwischen den Kassava-Pflanzen die beste von allen würde.

Sinas Aufgabe besteht darin, das Süßhaus vorzuführen. In ihrer langen grünen Schürze, umgeben von strahlend sauberen Formen und Schüsseln, steht sie mit einem Tablett voller frischer, glänzender Schokoladenstücke in den Händen da. Ihr Text lautet: »Du formst dein eigenes Glück«, doch als sie die Wörter zwischen steifen Lippen herausquetscht wie im Essen gefundene Insekten, gibt sogar Armand auf. Und Irene, Gott segne Irene, geht zu Sina und streichelt ihren Arm: »Du brauchst das nicht in die Kamera zu sagen. Wir können deine Stimme in den Hintergrund legen.«

Für mich ist eine Art Gastgeberinnenrolle geplant. Ich soll mit einem Salusalu auf der Treppe zu Vale nei Kat stehen, den Arm zum Willkomm ausstrecken und sagen: »Bula vinaka! Willkommen auf Fidschi!« Dann soll ich einen Bilo voll Kava leeren, den Bilo wegstellen und dreimal in die Hände klatschen, wie es der Brauch ist. Das klingt nicht schwierig, doch obwohl ich finde, ich halte mich genau an die Instruktionen, muss viermal neu gedreht werden, ehe mein Einsatz gut genug ist.

Aber natürlich sind die Rugbyszenen das Wichtigste. »Ich werde auch Aufnahmen vom Training verwenden«, erklärt Armand, und ich sehe es vor mir: wie sie an den Sanddünen auf und ab laufen, das erbarmungslose Training, die schmerzverzerrten Gesichter, Knie und Oberschenkelmuskeln bis zum Äußersten angestrengt.

Die heutigen Szenen sind trotzdem von entscheidender Bedeutung: der Ball, der zwischen kräftigen Händen hin und her fliegt, dann folgt die Kamera einem gewaltigen Wurf zwischen Himmel und Palmenzweigen. Großaufnahme eines Beines, das über das verstaubte Spielfeld jagt, Schwenk zum Strand mit dem glitzernden Meer im Hintergrund. Der Kameramann, den Armand angeheuert hat, fängt alles ein, und plötzlich fließt das Chaos um mich herum zu einem Bild zusammen, das einen Sinn ergibt. Jemand wird einen Kakaobaum pflanzen, jemand wird das Messer hervorziehen und die Frucht vom Stamm hacken. Jemand wird die Bohnen rösten, jemand wird die Schokolade in die Formen gießen. Und an einem ganz anderen Ort wird jemand, der nie den Baum gesehen oder das Lachen im Süßhaus gehört hat, den Herzschlag der Nation spüren, wenn der Ball durch die Luft fliegt, wird ein Stück Schokolade in den Mund stecken und denselben Geschmack kennenlernen wie die, die ihr eine glückliche Reise gewünscht haben.

Der wirkliche Spaß beginnt, als die Aufnahmen abgeschlossen sind. Die Goldhelden lächeln mit Kindern auf den Schultern in die Handykameras. Die Jungen heben die schweren grauweißen Rugbybälle auf und werfen sie sich gegenseitig zaghaft zu. Sie werden mutiger, laufen hin und her, ihre Mütter rufen, sie sollten sich benehmen, aber lachen ebenso entzückt und aufgekratzt über ihre Nachkommenschaft, als Jerry und Vatemo und Viliame sich ins Spiel stürzen, täuschen und den Jungen Pässe vorgeben. Ein zahnloser Greis tritt einen verirrten Ball zurück auf das Spielfeld, und der Jubel will kein Ende nehmen.

Ateca steht da mit Niki auf dem Arm. Sie lächelt, dass ihr ganzes Gesicht leuchtet, und drückt den kleinen Jungen an sich. Ich freue mich darüber, dass sie ihn Niki nennen, obwohl er auf Niklas getauft ist. Gerade jetzt, wo Korototoka vor Leben und Begeisterung brummt, fehlt mir mein Mann am meisten – dass er mitten in der Freude steht, mit Händen, die eifrig unterstreichen, was er sagt, dass er rasch und sorglos in meine Richtung lächelt: »Siehst du?«

Das hier hat er gewollt. Das hier hätten wir zusammen haben sollen. Mein Blick sucht Maraia. Sie habe ich noch. Der Meerstern erlebt das alles zusammen mit mir.

*

Der Rugbybus ist gefahren, der Lärm ist abgeebbt. Vielleicht glauben die beiden, die auf der Treppe sitzen, ich sei in dem alten Korbsessel hinten in der Ecke eingeschlafen, aber meine Ohren sind wach.

»Was glaubst du, Maraia?«

Das war Irene.

»Glaubst du, der Rugbyfilm wird Leute nach Fidschi locken?«

Maraia überlegt, ehe sie antwortet.

»Ich weiß nicht, Miss Irene«, sagt sie. »Nur weil einem das eine gefällt, mag man ja nicht unbedingt auch das andere. Aber ich glaube, der Film wird viele dazu bringen, Rugby zu mögen.«

Irene lacht. Eine klingelnde Glocke, ein warmes kleines Tier. »Da hast du sicher recht.«

Ich hebe ein wenig die Augenlider, sehe die beiden Köpfe, die von der Abendsonne golden gefärbt werden. Maraias Züge kenne ich auswendig, die Oberlippe mit dem Herzbogen, das Kinn, das weiß, was es will. Irenes kurzes, glattes Haar ist leicht gekräuselt, eine kleine Fidschibrise darin.

»Ab und zu muss ich Armand aufhalten«, sagt sie. »Er hat immer so viele Ideen. Aber diese finde ich gut. In Rugby liegt so viel Freude.«

Ich glaube zu hören, wie Maraia nickt. »Wir sind glücklich, wenn Fidschi Gold holt.«

»Das kann ich gut verstehen. So glücklich fast, wie man von eurer Schokolade wird.«

Eine Pause, und ich merke, wie ich wieder eindöse. Aber dann ist Irene wieder da, diesmal etwas leiser. »Bald bist du an der Reihe, oder nicht, Maraia? Du wirst doch alles übernehmen?«

Irene muss auf die Antwort warten, und ich luge kurz zu den beiden hinüber. Maraia richtet sich auf, etwas in ihrem Gesicht verschließt sich. Eine Schale um die weiche Muschel. Ich lasse mich im Sessel zurücksinken. Warte so gespannt, dass sich etwas in mir zusammenballt, auf ihre Antwort. Dass sich darin eine Erwartung entfaltet, Freude darauf, dieses Erbe auf sich zu nehmen.

Aber ich weiß, was sie antworten wird, ich habe es schon gehört, als ich zum ersten Mal mit ihr gesprochen habe. Auf einem eine Ewigkeit zurückliegenden Adventsfest, unter einem von Gesang und flackernden Fackeln erfüllten Nachthimmel.

»Maraia bedeutet Meerstern«, sagt sie. »In meinem Namen liegen Verheißungen und Verantwortung.«

Die Sekunde, die die Zeit anhält, eine Glocke, die geräuschlos schlägt.

37
Maraia

Es ist früher Nachmittag, als Maraia das Boot nimmt und um die ganze Landspitze herumsegelt. Heute hat der Meeresgesang die Stimme von Penaia, das erkennt sie. Penaia und sie hatten dieselben Wörter. Über die Farbe am Himmel, die Vogelschreie über dem Wasser, wo der Fisch stand. Sie wussten, schon ehe sie die Körbe ins Boot zogen, ob Krebse darin waren, sie hörten denselben Ruf im Wind, wenn die Zeit gekommen war, an Land zurückzukehren.

Der Strand auf der anderen Seite der Landspitze liegt noch immer voll von Treibholz und Baumstämmen, hier hat niemand das weggeräumt, was der Zyklon fortgeworfen hat. Sie steuert an Land, zieht das Boot hinauf und lauscht. Der Gesang ist eine pochende Tiefe unter leichtem, lichtem Wellenschaum.

Sie geht den Weg hoch zum Gipfel, Penaias Land heißt sie willkommen und zeigt ihren Füßen, wohin sie gehen sollen. Als sie oben ankommt, sieht sie sein Haus am Hang oberhalb des Strands auf der anderen Seite. Der Sturm hat ihm übel mitgespielt, ein Teil des Daches ist zerstört, und die kleine Veranda, auf der er abends immer gesessen hat, ist verschwunden. Das Haus ist nicht abgeschlossen, sie geht hinein und zieht die Tür hinter sich zu. Die Luft drinnen ist einsam und leer. Auf dem Tisch steht ein zerbrochener Krebskorb, Penaias Werkzeug liegt in einem zweiten Korb daneben. An der Wand hängt eine Zeichnung, die Maraia ihm als Kind geschenkt hat, das Bild zeigt ihn und sein Boot. Sie wusste nicht, dass Penaia die Zeichnung aufbewahrt hatte. Als sie das Bild von der Wand nimmt und glatt streicht, öffnet sich die Tür, und der Wind kommt herein. Er bringt den Gesang vom Strand mit, gibt den Tönen Worte, die sie verstehen kann. Der Reichtum, den du geerbt hast, sagt das Lied. Die Erde, auf der du stehst. Das Meer, das allen gehört.

Sie geht den Weg zurück, den sie gekommen ist, das Boot wartet auf sie. Als sie um die Landzunge fährt und auf der anderen Seite die Häuser von Korototoka sieht, überlässt sie die Zeichnung dem Wind. Der nimmt das Blatt mit und lässt es in der Luft tanzen, bis es in Tropfen und Glitzern verschwunden ist, ein Versprechen, das sie Penaia gibt.

Nur die jungen Menschen können frischen Wind in die Gedanken der alten blasen. Ratu Meli ist stolz darauf, Großvater zu werden, auch wenn er nicht weiß, dass es zwei Babys sind, deren Vater sein Sohn bald sein wird. Maraia sucht ihn auf, während die Sonne untergeht, und findet ihn zusammen mit seinem Sohn vor dem Haus. Er und Asaeli haben vom Kava schwere Augen. Asaeli sieht sie zuerst: »Bula, Maraia! Flora ist nicht hier, hast du es schon bei ihren Eltern probiert?«

Maraia schüttelt den Kopf, sie weiß, dass Flora nicht da ist. Dann nickt sie Asaelis Vater zu: »Bula Vinaka, Ratu. Ich muss mit dir reden.«

Er mustert sie verblüfft, und sie redet eilig weiter: »Aber nicht hier.«

Asaeli rutscht unruhig hin und her, er ist daran gewöhnt, dass sein Vater um einiges respektvoller angesprochen wird. Maraia sieht aus dem Augenwinkel, wie Asaelis Mutter in der Türöffnung steht und alles beobachtet. Maraia macht das nichts aus, sie weiß, dass Ratu Melis Frau auf ihrer Seite ist. Flora hat erzählt, dass ihre angehende Schwiegermutter sich Sorgen um ihren Mann macht: Er ist wütend, er will nichts essen, er verschwindet nachts. Vakatevoro.

»Es ist wichtig«, sagt Maraia. »Für die, die deinen Namen weitertragen sollen.«

Jetzt erwacht Ratu Melis Gesicht zum Leben. Er schaut sie an, das Weiße in seinen Augen ist gerötet, seine Augenlider sind geschwollen. »Hat es etwas mit Flora zu tun?«

»Bitte, komm mit«, sagt Maraia nur.

Ihr Boot ist klein, und Ratu Meli ist ein großer Mann, das Boot liegt schwer im Wasser. Der Mond ist aufgegangen, eine gelbe und freundliche Hand, die sie um die Landspitze schiebt, auf den Ivi-Palmenhain zu, wo sich die Rotbrustpapageien bereits zur Ruhe begeben haben.

Maraia sagt erst etwas, als das Riff sie unter eine

wogende Decke aus Mondgleißen weiß anblinkt. »Die Delphine haben hier für deinen Vater getanzt«, sagt sie zu Ratu Meli. »Und vorher für seinen Vater. Oben auf dem Hügel stand Asaeli, als er klein war, und sah, wie sie sich im Halbmondriff tummelten, bis das Meer vor Freude schäumte.«

Ratu Meli hat den Kopf von ihr weggedreht. Seine Nackenmuskeln zucken, ein angepflocktes Tier, das hinauswill. »Wenn ihr an Mister Armand verkauft, dann haben deine Enkel Aussicht auf Liegestühle und Sonnenschirme«, fährt sie fort. »Die Lieder, die die Erde für dein Volk gesungen hat, werden im Gebrüll der Wasserscooter verschwinden. Die Ahnen, für die du den schlechten Kava gebraut hast – dort, wo ihre Gebeine begraben sind, wird es Asphalt und Parkplätze geben.«

Ihre Finger erstarren, als sie ihm die Hand auf den Arm legt, ihre Haut scheint zu schrumpfen und zu klein zu werden. Sein Unterarm ist kalt und knotig, die Haut eines toten Fisches. Er dreht ihr das Gesicht zu, und seine Augen sind ebenfalls zu den Augen eines Fischs geworden, flach und leer sehen sie Dinge, die Maraia nicht wahrnimmt. »Tu das nicht«, flüstert sie. »Das darfst du nicht.«

Er senkt den Kopf und atmet rasch und stoßweise. Das Meer senkt sich jetzt, die Sandbank vor der Landspitze liegt dicht unter der Oberfläche. Maraia hält das Boot vor dem Wind, es bebt und zittert, während Ratu Melis schwerer Körper sich zu schütteln beginnt. Sein Kopf wogt am Hals hin und her, und sein Leib windet sich wie der einer Schlange. Im selben Moment verschwindet der

Mond, als ob jemand auf einen Lichtschalter gedrückt hätte. In der Dunkelheit hört Maraia Zischen und Knurren aus seiner Kehle, leise Schreie von kämpfenden Kräften. Die Minuten vergehen, Maraia umklammert das Ruder mit beiden Händen, während die Geister um Ratu Meli kämpfen. Ein ekelhafter Geruch hüllt sie ein wie der Rauch eines mit schlechtem Holz entfachten Feuers. Plötzlich legt sich der Wind, und der Mond wird wieder eingeschaltet. Das Ruder ruht still in ihrer Hand, und das Meer glitzert, blank wie der Tau auf einem Blatt.

Ratu Meli liegt unten im Boot. Seine Augen sind geschlossen, und er atmet langsam, lautlos und ohne Träume.

Auf der Rückfahrt sagen die beiden kein Wort. Als das Boot über den Sand schrappt, springt er hinaus und verschwindet in der Dunkelheit, ohne ihr zu helfen, es an Land zu ziehen.

Am nächsten Morgen herrscht Unruhe in der Küche von Vale nei Kat. Als Maraia eintritt und grüßt, schlüpft Salote aus der Tür und läuft eilig davon. »Ich muss machen, dass ich in den Laden komme. Vielleicht braucht ja jemand irgendwas.«

Ateca kocht Tee für Maraia und behält dabei ihre Gedanken für sich. Sie hört Madam Ingrid im Wohnzimmer und macht eilig auch für sie eine Tasse bereit. Mit nur einem kleinen Löffel Zucker, wie Madam Ingrid das mag. Ateca gibt ihr den Tee und kann die Neuigkeit, die Salote gebracht hat, nicht mehr für sich behalten.

»Ratu Melis Stier ist tot! Als er gestern Abend nach seinen Tieren sehen wollte, lag der Stier platt auf dem Boden, mit ausgestreckten Beinen. Und der Kopf«, ihre Stimme wird leiser, als habe sie Angst, das Folgende auszusprechen, »war schwarz. Pechschwarz! Als sie ihn aufschnitten, war er innen ganz leer. Herz und Magen und alles war total eingeschrumpelt. Nur braune Fetzen übrig.«

Madam Ingrid nippt an ihrem Tee. »Das ist ja traurig«, sagt sie. »Die haben doch sicher nur einen Stier? Und wenn das Fleisch so schlecht ist, wie du sagst, können sie wohl auch nichts als Nahrung verwenden. Aber das Fell können sie bestimmt noch gebrauchen?«

Atecas Gesicht ist traurig, doch Maraia sieht, dass sie auch schockiert ist. Sie wissen beide, weshalb.

»Ach nein, Madam Ingrid«, antwortet Ateca. »Von dem Stier ist nichts zu gebrauchen. Der hat die Strafe für den auf sich genommen, der seine Vanua verkaufen wollte, und nun muss er so schnell wie möglich verbrannt werden. Er muss verbrannt werden, und die Reste begraben.«

Madam Ingrid sieht sie lange an, antwortet aber nur: »Ach was?«, ehe sie ihre Teetasse leert und die Küche verlässt. Jetzt wird sie es Nau Kat erzählen.

Die Nächste, die zur Tür hereinkommt, ist Miss Irene. Ohne Mister Armand. »Armand geht es heute nicht so gut«, sagt sie, nachdem sie die beiden begrüßt hat. »Er hat Magenschmerzen.«

Atecas Augen werden rund und ängstlich. »Ich werde

fürs Essen ein bisschen Kassava ernten«, sagt sie und geht zur Tür. »Du kannst mir helfen, Maraia.«

»Es geht um das Grundstück«, flüstert sie, sowie sie hinter dem Haus stehen. Das Flüstern ist eigentlich nicht nötig, hier hört sie niemand. »Penaias Familie hätte nicht versuchen dürfen, das Land zu verkaufen.«

Maraia nickt, das weiß sie. Ratu Meli weiß es. Und jetzt wird Mister Armand es auch bald wissen. »Ich werde mit Miss Irene sprechen«, sagt Maraia. »Sie ist die Einzige, die es Mister Armand begreiflich machen kann.«

»Möchtest du mit auf die Plantage kommen?«, fragt sie Miss Irene. Auf dem Weg durch das Dorf begegnet ihnen Litia. Sie geht langsam, ihr Körper ist so alt, dass er fast alle seine Kräfte aufgebraucht hat. Sie hat das mit dem Stier auch schon gehört. »Die hatten Glück«, sagt sie zu Maraia. »Es hätte auch eins von den Kindern sein können.«

Litia hat recht. Wenn jemand zur Schwarzen Kunst greift, lässt sich der Teufel immer bezahlen. Die Ernte geht ein, die Netze sind leer. Jemand verliert sein Vieh oder seine Frau oder ein Kind. Wer lange mit der Schwarzen Kunst weitermacht, hat am Ende niemanden mehr.

Sie und Maraia haben in ihrer eigenen Sprache gesprochen, und als Litia weitergeht, fragt Miss Irene, worüber. »Das war doch die Frau von Mosese, nicht wahr?«

»Ja. Wir haben über den Stier von Asaelis Vater gesprochen. Dass der gestorben ist, weil seine Sippe etwas getan hat.«

Sie sind oben am Hang angekommen, wo das Haus des Häuptlings steht, sein *Bure.* Es liegt an der höchsten Stelle im Dorf, aber niemand wohnt dort. Es gibt drinnen eine große Tanoa, um Kava zu mischen, und haufenweise prachtvolle Matten. Keulen und Speere lehnen an den Wänden, die beschützen, was beschlossen wird, wenn sich der Häuptling und seine Berater treffen. Mana, die Kraft, wohnt dort drinnen.

Miss Irene bleibt stehen und packt Maraias Arm. »Der Stier«, sagt sie. »Was ist mit dem passiert? Wann ist er gestorben?«

»Gestern Abend. Zuerst der Kopf, er war ganz schwarz. Und alle Innereien waren eingeschrumpft. Magen und Herz und Lunge.«

»Wegen etwas, das die Familie gemacht hat?«

»Miss Irene«, sagt Maraia. »Was wir tun, reicht viel weiter, als wir sehen können. Eine Welle, die vom Strand in Korototoka wegrollt, kann in weiter Ferne dein Land treffen.«

Miss Irene wartet lange, ehe sie etwas sagt. »Und eine Ferienanlage auf einem Grundstück, wo man nicht willkommen ist, wird nicht viele Gäste anlocken, meinst du das?«

»Darüber weiß ich nichts«, sagt Maraia. »Aber die Krebse ziehen immer weiter hinaus. Die Frauen, die bei Ebbe Seetrauben sammeln, müssen jedes Mal weiter hinausgehen, um ihre Körbe füllen zu können. Wir haben eine Verantwortung für das, was uns anvertraut worden ist, wie Eltern für ihre Kinder.«

Sie gehen ein Stück weiter und haben gerade den Weg zur Plantage erreicht, als Miss Irene die nächste Frage stellt. Die handelt nicht vom Stier oder Penaias Grundstück. »Hat Kat die Verantwortung für dich, Maraia?«

Maraia muss sich ihre Antwort überlegen. »Ich gehöre zu Nau Kat«, sagt sie dann. »Na Sai und Kelera sind mein Blut. Aber Nau Kat und ich sind füreinander verantwortlich.«

»Dann begreifst du, dass sie für deine Sicherheit sorgen will, wenn sie nicht mehr da ist?«

»Das verstehe ich«, sagt Maraia. »Sie hat mir das Boot gegeben, damit ich auf das aufpassen kann, wofür ich verantwortlich bin. Meine Vanua ist viel größer als *Kat's Chocolate.*«

Miss Irenes Stimme hat Wind in sich. Kein wildes Sturmbrausen, sondern einen Hauch, der durch viele Wälder gereist ist.

»Meerstern«, sagt sie. »Du übernimmst die Verantwortung für uns. Nicht umgekehrt.«

Sie überlegt es sich anders und will doch nicht mit auf die Plantage kommen. »Ich muss zurück zu Armand«, sagt sie.

»Ja«, antwortet Maraia. »Mister Armand ist krank, und jetzt weiß Miss Irene, weshalb.«

Sie findet Vilivo auf einem Feld mit jungen Kakaobäumen. Die sind noch nicht so groß und haben den Sturm gut überstanden. Aber die Früchte sind klein, und Vilivo ist mit der Farbe nicht zufrieden. Die Amelonada-Hülsen müssten gelb und glatt sein, wie kleine Honigmelonen. Diese hier haben schwarze Flecken, und Vilivo macht ein düsteres Gesicht. Der Regen, der dem Sturm gefolgt ist, hat Pilzsporen von Pflanze zu Pflanze schwimmen lassen und Krankheit verbreitet.

Als Maraia von dem Stier erzählt, wird Vilivos Miene noch bedrückter. »Und Mister Armand ist krank«, fügt sie hinzu. »Er hat Magenschmerzen. Vielleicht wird auch sein restlicher Körper zerstört.«

Vilivo wird zuerst böse. Maraia muss an Nunia denken und an alles, was nach dem Brief aus Ba passiert ist, und sie weiß, dass Vilivo nichts über Schwarze Kunst hören will. Aber jetzt muss er zuhören.

»Wir müssen die Wörter sagen, auch wenn sie schlecht schmecken«, sagt sie. »Wir wissen, warum Ratu Melis Stier gestorben ist.«

Jetzt ist Vilivo weniger wütend, dafür aber ängstlicher. Auch er hat viel zu verlieren. »Hast du Niki heute schon gesehen?«, fragt er. »Ist Nunia gesund?«

Maraia nickt. »Sie ist gesund. Aber du musst mit Mister Armand sprechen. Ihr habt schließlich um deine Tanoa gesessen.«

Vilivo ist daran gewöhnt, die Verantwortung für die Plantage und die Maschinen im Süßhaus zu übernehmen. Aber jetzt gehen andere Dinge in Stücke, und die Teile fliegen nach allen Seiten, ohne dass er sie zusammensetzen kann. »Aber der Film!«, sagt er nun. »Der Rugbyfilm und das Business. Ein Freund von mir wollte bei Mister Armands Anlage Wasserscooter vermieten.«

»Ja«, sagt Maraia. »Und Mister Armand will elegante Restaurants und einen Schokoladensalon. Aber man kann nichts Gutes machen, wenn das Beste auf dem Weg dahin zerstört wird.«

Er weiß nicht, ob sie Penaias Land oder den toten Stier meint. Aber er weiß, dass er mit Mister Armand sprechen muss.

»Du musst es heute tun«, sagt Maraia. »Miss Irene wartet auf dich.«

Sie geht den ganzen Weg durch die Plantage. Als sie auf der anderen Seite herauskommt, verstummt das Summen der Insekten. Die Feuchtigkeit auf ihrer Haut wird vom Wind getrocknet. Die Sonne hebt die Meeresluft zu der kleinen Anhöhe, auf der Maraia steht, es riecht scharf und frisch. Sie lauscht dem Gesang, dem Rochen, der durch die tiefen Strömungen schwebt. In ihren blauen Namensschwestern dort draußen auf dem Riff fließt das Salzwasser in Hohlräume und Zellen. Pumpt ruhig und ununterbrochen Leben durch sie hindurch.

38
Kat

Ich sitze am Verandatisch und reinige zusammen mit Maraia Bohnen, als Irene herauskommt. Unruhige Schatten huschen durch Meersterns Gesicht, sie zieht auf die oberste Treppenstufe um und kehrt uns den Rücken zu. Ein Ohr, das lauscht, ein Mund, der erst etwas sagen will, wenn das unbedingt sein muss.

»Wir werden das Land von Penaia doch nicht kaufen.« Irene kommt gleich zur Sache.

Ich nicke. »Ich habe gehört, dass die Sippe sich die Sache anders überlegt hat.«

»Ja.«

Irene holt tief Atem. Maraia dreht sich noch weiter von uns weg.

»Aber das ist noch nicht alles. Armand und ich haben beschlossen, überhaupt nicht auf Fidschi zu bauen.«

»Wie meinst du das? Das ganze Projekt an den Nagel hängen?«

»*Gourmet Heaven,* ja. Es ist nicht das richtige Projekt für hier unten.«

Irene schaut mir in die Augen. »Du hast den Nagel auf den Kopf getroffen, als du von Ausbeutung gesprochen hast. Um ein prachtvolles Grundstück feilschen, wenn die Leute kaum satt werden – so wollen wir keine Geschäfte machen.«

Erleichterung und Verwirrung kämpfen miteinander, ich suche verzweifelt nach den richtigen Worten.

»Aber Armand hat doch klar geäußert …«

»Money talks, ja? Und unter reinen Geschäftsumständen wirkte es ja auch wie eine gute Idee. Aber an demselben Tag haben wir auch über Respekt gesprochen. Und das, was in den letzten Tagen geschehen ist, zeigt wohl, dass sich die Menschen hier nicht respektiert fühlen.«

Ich sage nichts, warte darauf, wie es weitergeht.

Irene hat keine Angst davor, die Dinge beim Namen zu nennen. »Armand geht es schlecht. Er kann sich den Magen verdorben haben. Aber ich will nicht so arrogant sein zu bezweifeln, dass es auch andere Gründe geben kann. Gründe, die ich vielleicht nicht verstehe, von denen ich aber nicht ausschließen kann, dass sie existieren und auf ihre eigene Weise wirken.«

Irene ist auch in der Begegnung mit dem Unfassbaren gefasst. Ich selbst habe Jahre gebraucht, um das zu akzeptieren, wovon sie spricht: Familien, die auf unerklärliche Weise von Krankheit und Unglück getroffen wurden, Wörter, die das Tageslicht nicht vertrugen und mit leiser Stimme gemurmelt wurden.

»Ihr gebt also aufgrund von Schwarzer Kunst euren ganzen Investitionsplan auf?«

Irene nickt, aber vor mir im Korbsessel auf der Veranda

sitzt keine kleinlaute Verliererin. Sondern eine patente Frau mit Sinn für Tatsachen. Die in ihrer Buchführung eine Spalte für Kosten hat, die in ihr unbekannten Zahlen berechnet werden.

»Wir haben die ganze Nacht darüber geredet. Aber«, fügt sie hinzu, und ein kleines Lächeln huscht über ihr Gesicht, »den Film werden wir verwenden. Wir haben einen guten Freund, der ihn für diesen Zweck schneiden und redigieren kann.«

»Für welchen Zweck?«

Irene macht ein überraschtes Gesicht. »Wir wollen helfen, das haben wir doch gesagt. Hast du das nicht geglaubt?«

Die Frage versetzt mir einen Stich – habe ich das? Ich spüre Maraias Blick und antworte nicht.

»Viktor ist Freelance-Fotograf, oder Filmemacher, das ist vielleicht richtiger. Er macht viele Natur- und Tierfilme, und im vergangenen Jahr hat er an einer Serie über den Klimawandel und dessen Folgen gearbeitet«, erklärt sie. »Wir haben heute Nacht mit Viktor gesprochen. Er wird Armands Aufnahmen in einer Folge der Serie verwenden, wo es um den Stillen Ozean geht. Steigender Meeresspiegel, auf einigen Inseln ist ja schon die Rede von Klimaflüchtlingen. Steigende Meerestemperatur, Korallenbleiche, durchbrochene Nahrungskette.«

Endlich begreife ich, worauf sie hinauswill. »Und Extremwetter«, sage ich. »Die Zyklonbilder aus Korototoka.«

»Genau. Die zeigen, wie ein Dorf über Nacht mehr oder weniger dem Erdboden gleichgemacht werden kann.

Der Zyklon, den ihr hier hattet, beweist, dass die tropischen Stürme jetzt schlimmer sind als früher.«

Armands Bilder flimmern durch meinen Kopf. Die zerschlagenen Bootsreste am Strand. Häuser, deren Dächer weggerissen worden sind.

»Aber stellt sie nicht zu jämmerlich dar«, sage ich. »Die Menschen von Fidschi sind keine Opfer. Sie stehen auf und bauen neu.«

Irene lächelt. »Dafür haben wir die Goldjungs«, sagt sie. »Die Szenen vom Rugbyplatz. Nichts kann Stolz und Furchtlosigkeit besser zeigen als sie.«

Sie beugt sich vor. »Und wenn die Sendung ausgestrahlt worden ist, können wir einen Aufruf für einen Beitrag zum Wiederaufbau von Korototoka folgen lassen, vielleicht hilft uns sogar der Sender dabei. Eine bestimmte Summe zum Ziel setzen, für eine neue Schule, zum Beispiel, oder eine neue Mole oder neue Brunnen. Die Menschen unterstützen lieber jemanden, der an seine eigene Zukunft glaubt. Außerdem«, fügt sie hinzu, »hat Amanda sich gemeldet. Lisbeth hat ihr von dem Film erzählt, und sie wird einige von Armands Aufnahmen für ihr eigenes Marketing verwenden. Rugby ist in Norwegen derzeit stark im Kommen, hast du das gewusst?«

»Dann habt ihr Verwendung für den Film«, sage ich. »Und könnt etwas für Korototoka tun. Aber was sagt ...«

Ist es Einbildung, oder verzieht Irene ein wenig den Mund? »Armand ist meiner Meinung«, sagt sie. »Es gibt ein Herz unter den großen Worten.«

Schlicht und einfach, ohne abweisend zu sein. Eine

klare Bestätigung seiner Torheiten, kein Blatt vor den Mund genommen, und doch das felsenfeste Vertrauen, das sie zu ihm hat: Darunter gibt es ein Herz.

»Wir hatten gehofft, hier etliche Arbeitsplätze schaffen zu können«, sagt Irene nun langsam. »Aber alles hat seinen Preis. Das Riff vor dem Strand, wo wir uns die verschiedenen Restaurants auf Terrassen am Hang vorgestellt hatten – Maraia war mit mir im Boot dort draußen. Du hast sie sicher schon gesehen, Kat, die Delphine, die aus der Tiefe kommen und im Halbmondriff ihren eigenen Spielplatz haben.«

»Ja, oft.«

»Wir können das nicht. Ich meine … die würden verschwinden. Wenn wir dort bauen. Es würde …«

Ihre Stimme versagt. Ihr Blick folgt den Schaumkronen, die über den Strand jagen. Der Sand ist nachmittagsgelb und sonnengebacken, ein Junge läuft herum und versucht, im Wind einen Drachen steigen zu lassen. Der Drachen stürzt immer wieder ab, ehe er endlich mit wogendem Schwanz zur Sonne hochschießt.

»Aber jedenfalls die Schokolade«, sagt Irene, und ihre Stimme ist wieder fest und zielbewusst. »Wenn ihr die Produktion steigern wollt. Wenn wir uns an Amandas Import nach Norwegen anhängen, dann können wir ein Stück vom Glück in jede von *Armands Kochtüten* legen. Ich glaube, unserer Kundschaft würde das gefallen.«

Unsere glänzende, saftige Schokolade. Der Kakao, der in Korototoka durch liebevolle Hände gleitet, während er gepflückt, gegoren und geröstet wird. Die behutsamen

Finger, die die Schokolade in Schachteln packen, die beiden Schildkröten auf dem Deckel. Unser Meisterstück, die Goldmedaille – soll denn Armand Guttormsen etwas mit *Maya* zu tun haben dürfen?

Irene sieht, wie sich mein Gesicht unwillig verzieht. »Das Glück verteilen«, sagt sie ruhig. »Ich habe verstanden, dass Teilen hier seine eigene Bedeutung hat.«

Etwas in mir löst sich. Ich lasse mich zurücksinken, merke, wie sich meine Halsmuskeln entspannen. »Ja«, antworte ich. »So ist es.«

Maraia sagt erst etwas, als Irene gegangen ist. »Mister Armand wird jetzt wieder gesund«, sagt sie.

Mein Kopf ist heiß und verwirrt, ich bin nicht sicher, ob ich weiß, was sie meint.

»Hast du deshalb Irene die Delphine am Riff gezeigt?«, frage ich. »Damit Armand seine Baupläne aufgibt?«

»Das Meer kann für sich selbst sprechen«, sagt Maraia. »Penaias Vanua hat seine Versprechen gehalten.«

39
Ingrid

Sie haben die fünf Australier soeben an Bord willkommen geheißen, als Johnnys Telefon klingelt. Ingrid zeigt den Kunden ihre Stühle an der Reling und lässt sie Angelruten aussuchen, sie sieht Johnnys Gesicht nicht, hört aber seine Stimme. Sein Tonfall verändert sich, wird leise, die Wörter werden kürzer. Er nickt sie zu sich, und Ingrids erster Gedanke ist, dass das Krankenhaus in Suva anruft. Seit sie ihn endlich überreden konnte, sich dort zu melden, warten sie auf einen Röntgentermin. Der Arzt, mit dem sie gesprochen haben, wirkte nicht sonderlich besorgt, und er konnte ihnen gleich sagen, dass es eine Weile dauern würde.

Es sind schlechte Nachrichten, aber sie kommen von Kosrae. »Edsons Mutter ist tot«, sagt Johnny. Er wirkt schockiert, als hätte er sich niemals vorstellen können, dass die Invalidin – die, wenn Ingrid es richtig verstanden hat, fünfzehn Jahre lang bettlägerig war – jemals sterben könnte.

Edson kommt am Kai entlang und schiebt einen Karren mit einer großen Kühltasche vor sich her, das Mittagessen für die Gäste und kalte Getränke für einen langen Tag auf See.

»Soll ich mit ihm sprechen?« Ingrid geht plötzlich auf, dass sie noch nie ein solches Gespräch geführt hat. Niemals hat sie bisher eine Todesnachricht überbringen müssen.

»Das mach ich. Sag du den Gästen, dass wir verspätet ablegen werden.«

Sie beobachtet die Körpersprache der beiden genau, Johnny, der sich dem Jungen nähert, seine ganze gebeugte Gestalt zeigt, dass ihm vor diesem Gespräch graut. Edson in rotem Hemd, sein Kopf, der hochschnellt, das Lächeln, das verschwindet. Wie er zusammenbricht, als Johnny ihn bei den Schultern fasst. Wildrid schreit in Ingrid: *Lauf zu den beiden. Nimm ihn in den Arm. Bei dir kann er weinen, vor Johnny kann er das nicht.*

Die beiden Gestalten am Kai verschwimmen vor ihren Augen, zerlaufen zu Tränen.

Edson will sofort nach Hause fahren. Er sagt nichts über seine Mutter, wirkt aber total verstört beim Gedanken an den Vater. Johnny besteht darauf, ihn nach Kosrae zu begleiten, will aber, dass Ingrid in Labasa bleibt. »Ich muss jetzt seiner Familie helfen«, sagt er.

»Ich will auch helfen, das weißt du.«

Er nickt. »Das weiß ich. Aber du hilfst mir am besten, wenn du hierbleibst. Wir sind für diese und nächste Woche total ausgebucht. Stanley kann sehr viel übernehmen, aber du musst hierbleiben und alles im Auge behalten.«

Sie hilft den beiden beim Packen. Edson sitzt stumm auf einem Stuhl. Ab und zu holt er hart und rasch Atem, wie ein kleines Schluchzen. Ingrid weiß nicht, was sie tun soll. Braucht er eine Umarmung? Jemanden, der sagt, dass sicher alles gut gehen wird? Aber das wird es ja nicht, nichts geht jetzt gut. Ingrid erfährt, dass sich die Mutter einige Zeit lang schlechter gefühlt hat, aber das war offenbar nicht das erste Mal. Niemand hat damit gerechnet, dass das jetzt das Ende wäre. »Bleibst du lange weg?«, fragt sie Johnny, aber ihr ist klar, dass er keine Antwort geben kann. »Solange ich muss«, sagt er.

Ingrid weiß nicht mehr, wann sie zuletzt an ihre eigene Mutter gedacht hat. Solide und wortkarg war sie. Wenn gesprochen werden musste, übernahm das der Vater. Ihr fällt etwas ein, das die Mutter im Krankenbett gesagt hat, am Ende. »Ich hatte das Leben, das ich wollte, zusammen mit Vater und euch.« So schlicht und so dankbar. Jetzt kommen ihr die Tränen. War das alles, was du gewollt hast, Mutter? Das Leben in dem kleinen weißen Haus, Vater, der von der Arbeit in der Meierei kam, der säuerlich-kalte Geruch. Die Kinder, wurden wir so, wie du gehofft hattest? Du hast dir viele Enkel gewünscht, Mutter, aber dann kamen nur zwei. Und zwei Urenkelkinder. Jetzt werde ich bald deine allerjüngste Nachkommin kennenlernen, das wird seltsam. Weißt du, dass Simons Tochter nach uns beiden heißt? Ingelin Andrea heißt sie. Andrea nach dir.

»Wir müssen jetzt zum Flugplatz.«

Johnnys Lächeln ist traurig und liebevoll. »Danke dafür, dass du verstehst, dass ich hinfahren muss.«

Er ruft erst drei Tage später an. »Ich kann noch nicht nach Hause kommen«, ist das Erste, was er sagt. Sie nickt. »Okay. Und wie geht es ihm?«

»Edson? Der kommt zurecht.«

Was bedeutet das?, ruft Wildrid und schüttelt Ingrid so heftig, dass die sich setzen muss. *Kommt zurecht? Natürlich kommt er zurecht, ihm bleibt ja nichts anderes übrig, aber wie geht es ihm?*

Sie weiß nicht, wie sie Johnny eine Antwort entlocken kann. »Okay … was will er …. Was wollen sie machen?«

»Irgendwie …«

Er unterbricht sich, und Ingrid sehnt sich schmerzlich danach, ihm helfen zu können.

»Irgendwie wird es jetzt leichter für sie. Die Tochter, Edsons große Schwester, ist ja jeden Tag zwischen ihrer eigenen Familie und dem Haus ihrer Eltern hin- und hergegangen. Sie hat selbst vier Kinder, das war nicht so einfach.«

»Und sein Vater? Dein Vetter? Der ist doch arbeitsunfähig, kümmert sich jetzt niemand um ihn?«

»Ja, das …«

»Entschuldige, dass ich so herumnerve«, sagt sie. »Ich weiß ja, dass du noch nicht alle Fragen beantworten kannst.«

Edson! Wildrid kneift sie in den Arm. *Kommt er mit hierher zurück?*

»Und Edson, kommt er mit hierher zurück?«

»Ja, ich glaube, Edson kommt mit zurück nach Labasa«, antwortet Johnny nach einer Weile. »Das glaube ich schon.«

Zu ihrer Überraschung merkt Ingrid, dass ihr das nichts ausmacht. In gewisser Weise hat sie sich an die Anwesenheit des Jungen gewöhnt. An Deck ist er nicht der Schnellste, und sie hat noch immer starke Zweifel daran, ob seine Zukunft auf einem Fischerboot liegt. Aber er geht ihr nicht mehr auf die Nerven, sein verhuschtes Wesen ist zu einem Teil des Alltags geworden. Ein Teil meiner Familie. Ein großer, plötzlicher Gedanke: Ich habe eine Familie. Meine eigene.

Nun merkt Ingrid, dass am anderen Ende der Leitung schon seit einer ganzen Weile alles still ist. Ist die Verbindung unterbrochen?

»Hallo?«, fragt sie. »Hast du etwas gesagt?«

»Nein«, sagt Johnny. »Ich rufe bald wieder an.«

»Hilft es, wenn Edson nach Korototoka kommen und eine Weile hierbleiben kann?«, fragt Kat. »Kannst *du* nicht übrigens erst mal herkommen? Wo du da drüben ohnehin allein bist?«

Ingrid seufzt. »Ich kann hier nicht weg, wir sind total ausgebucht.«

»Ich verstehe.«

Durch das Telefon sieht Ingrid vor sich, wie Kat die Augen zusammenkneift und überlegt.

»Sag Bescheid, wenn wir irgendwie helfen können. Entweder dir oder Edson.«

Sie legt auf, und Ingrid schaut auf ihre Hand, die noch immer das Telefon umklammert. Ihre Finger, die Tausende von Ziffern in die Rechenmaschinen der Busgesellschaft eingegeben haben. Die weiche und abgenutzte Haut, die Sommersprossen auf dem Handrücken. Hände, die endlich liebevoll den Rücken eines anderen Menschen gestreichelt haben. Bereut sie etwas? Vielleicht nicht. Hätte sie häufiger etwas riskieren sollen? Unbedingt. Wenn wir viele Leben leben könnten, denkt sie. An einem Tag vorsichtig in flachen Schuhen spazieren gehen, am nächsten bei einem Meke barfuß tanzen. Im selben Atemzug Ingrid und Wildrid sein. Sie schüttelt den Kopf und sagt laut, als ob Kat sie noch immer hören könnte: »Edson ist nicht dumm. Aber ich weiß nicht, wie wir ihm am besten helfen können.«

40
Maraia

Das neue Jahr hält viel in den Händen. Der Sand im Meer hat sich wieder zur Ruhe gelegt, und Jone und die anderen können so volle Netze einholen, wie sie es gewohnt sind. Jetzt werden die langen Blätter gehackt, die um die Yamswurzeln wachsen, und die Apfelsinen werden gepflückt.

An dem Tag, an dem Flora heiratet, ist Maraia schon am frühen Morgen bereit. Ihr Sulu Jaba ist hellblau, mit einem Muster in Rosa, wie die Blume hinter ihrem Ohr. Sie holt Nau Kat ab, und da wartet Ateca zusammen mit Edson. Seit seiner Rückkehr von Kosrae war er viel bei ihnen in Vale nei Kat. »Der Junge muss doch eine richtige fidschianische Hochzeit erleben«, sagt Ateca. »Zu essen gibt es da sicher genug.« Sie trägt Festkleidung in leuchtendem Rot, dazu eine geflochtene Tasche und einen Fächer im selben Muster. »Was siehst du gut aus, Ateca«, sagt Nau Kat zu ihr. Ateca nickt zustimmend und zeigt zufrieden auf Edson in knielangem Sulu und weißem Hemd. »Er ist ebenfalls schön genug, um ein Fest zu besuchen.«

Der Himmel ist wolkenlos, und die Sonne lächelt, als sie zum religiösen Teil der Hochzeit zur Kirche hochgehen. Die Zeremonie dauert mehrere Tage, aber die *Vakamau*, die Bestätigung, findet in der Kirche statt. Edson trägt das Geschenk von ihnen allen, er braucht beide Arme, um die große Rolle Baumwollstoff zu umfangen. Sie bleiben vor dem Haus von Asaelis Vater stehen, um das Geschenk zu überreichen. Hier strömen seit Tagen die Hochzeitsgeschenke herein, Bettwäsche und Kissen, Decken, Mückennetz, Küchengeräte und ein fettes Schwein. Das liegt hinter dem Haus im Schatten, und Nau Kat rümpft die Nase: »Will Flora den Geruch wirklich so dicht beim Haus haben, wo so viele Gäste kommen?«

Maraia glaubt nicht, dass für Flora der Geruch eine Rolle spielt, und die junge Braut hat ohnehin nichts zu sagen. Dem Brauch gemäß hat ihr Vater Asaelis Familie einen Walzahn gegeben, gegen das Versprechen, dass sie jetzt die Verantwortung für Flora übernehmen werden. Sie gehört nun der neuen Sippe an, und was dort beschlossen wird, gilt auch für sie.

Ein langes Stück *Masi* ist zwischen Asaelis Haus und dem von Floras Eltern aufgespannt; die dünne, platt gehämmerte Rinde des Maulbeerbaums zeigt, dass das Brautpaar miteinander verbunden ist. Die Tradition verlangt, dass die Mahlzeit, welche die Jungfräulichkeit der Braut bestätigt, der Familie des Mannes am Morgen nach der Hochzeit dargebracht wird. Ein am Stück gebratenes Schwein wird genau untersucht, und wenn die Haut nicht auf die richtige Weise geplatzt ist, bedeutet das, dass die

Braut keine Jungfrau war. Doch alle wissen, dass Flora und Asaeli bald Eltern werden.

Vor der Kirche begegnen ihnen Hochzeitsgäste aus beiden Familien. Angehörige desselben Hausstandes tragen *Kala Vata* aus Stoffen mit denselben Farben und Mustern. Die Familie von Floras ältestem Vetter leuchtet oben am Kirchhang in ihren knallrosa Kleidern, die Hemden der Männer sind ebenso farbenfroh wie die zweigeteilten Gewänder der Frauen.

Niemand geht hinein, solange das Brautpaar noch nicht gekommen ist. Flora und Asaeli tragen Salusalus um den Hals, die roten und weißen Blumen lassen in der Hitze den Kopf hängen. Der Masi, den sie beide festhalten, hat Muster, die Wohlstand, Gastfreundschaft und Freundlichkeit sichern sollen. In der weichen, zähen Rinde liegen der Atem des Baumes, der sie hergegeben hat, und die Kräfte derer, die sie weich gehämmert und ihnen Farbe und Zeichnung hinzugefügt haben.

Flora ist glücklich, aber ihre Stirn ist düster vor Müdigkeit, als sie dann zusammen mit Asaeli auf den Matten vor dem Altar sitzt. Bald werden sie die Verantwortung für zwei Kinder tragen, die Asaelis Namen haben und seiner Familie angehören. Flora hat vor einigen Wochen erfahren, dass es Zwillinge sind. »Asaeli hofft auf einen Jungen und ein Mädchen«, sagte sie, als sie es erzählt hatte. Maraia sieht den Bauch unter dem Hochzeits-Masi und die beiden Jungen, die darin liegen. Sie schmiegen sich in der warmen Dunkelheit aneinander,

der eine hat den Arm um den anderen gelegt. Er wird seinen Bruder beschützen, wenn das Licht hart wird und der Wind stark.

Asaeli sitzt ernst und bewegungslos da, während Vater Iosefa den feierlichen Text über Liebe und Treue und über die Unverletzlichkeit des Ehebundes vorträgt. Es ist heiß in der Kirche, und Atecas Fächer knirscht, wenn sie ihn hin und her bewegt. Nau Kats Gesicht glänzt vor Schweiß, aber sie seufzt nicht und wischt sich nicht die Stirn. Ihr Blick geht in die Ferne. Floras Blick haftet an dem Geistlichen. Als die Samenkörner in ihrem Bauch noch winzig klein waren, fuhr Asaeli nach Nadi, um sich einen Job zu suchen, und Maraia weiß, dass Flora sich Sorgen machte, ob er zurückkommen würde. Sie hatte Angst, weiter mit ihren Eltern und ihren Geschwistern in einem überfüllten Haus wohnen zu müssen. Aber Asaeli kam zurück. Das Dorf ist klein, und es ist wichtig, dass einmal geknüpfte Bande nicht zerrissen werden. Wenn zwei Zungen dasselbe Versprechen abgelegt haben, darf es nicht gebrochen werden.

Die letzten Töne des Schlusschorals steigen zum Kirchendach empor. Alle warten, während Flora und Asaeli die Papiere unterschreiben, dann ziehen die Verwandten ihnen die oberste Masi-Schicht ab und legen sie auf die Matten. Dort bleibt sie als Geschenk für Vater Iosefa liegen. Er kommt mit zum Fest im mit Blumen und geflochtenen grünen Blättern geschmückten Versammlungslokal.

Viele Gäste sind von den umliegenden Inseln gekommen, sie haben Fische und Dalo und Kassava mitgebracht, die jetzt im Lovo liegen. Maraia sieht, dass Atecas Blicke immer wieder über den Erdhügel und den zwischen den Steinen hervorsickernden Rauch hinweggleiten. Ehe der Lovo ausgegraben wird, müssen Reden gehalten und Geschenke überreicht werden. Flora wird ein Walzahn um das Handgelenk geknüpft, sie soll nicht mit leeren Händen in Asaelis Haus gehen. Einer ihrer Vettern dankt den Eltern: »Ihr habt euch gut um Flora gekümmert und sie zu Stolz und Freude der Familie gemacht«, sagt er. Asaelis ältester Onkel spricht für die Sippe des Bräutigams und verspricht Floras Eltern, dass der neue Schwiegersohn ein wohlerzogener junger Mann ist, bereit, für den Rest des Lebens die Verantwortung für sie zu übernehmen. »Wir sind jetzt eine Familie«, sagt er. »Kinder, die geboren werden, Alte, die sterben, von heute an werden wir alles teilen, was groß und wichtig ist.«

Maraia ist ausgehungert, als der Lovo endlich geöffnet wird. Sie legt sich Geflügel und ein großes Stück Schinken auf den Teller, Zwiebelsaft und Tomate mischen sich mit der Kokosmilch, die aus den Palusami-Päckchen sickert, und werden zu einer köstlichen Soße.

»Habt ihr auf Kosrae auch diese Sorte Lovo?«, fragt sie Edson, der sich neben sie setzt. Er kaut langsam und gründlich auf einem Stück Taro, ehe er antwortet. »Ja, es ist das Gleiche«, sagt er. »Aber die Hühner hier sind größer. Und das ist Schweinefleisch fetter.«

Sowie der Magen voll und der Kava gemischt ist,

eröffnen Asaelis weibliche Verwandte den Tanz. Mit wogenden Hüften und eifrigen Rufen lassen sie ihre Füße den Weg zwischen leeren Tellern und schlafenden Kindern finden. Sie legen einander die Hände auf die Schultern und bilden einen Zug, der sich im Takt der Trommeln bewegt. Sie schreien vor Lachen, während sie neue Strophen für die Lieder ersinnen: *Asaeli bekam ein winziges Huhn, ein winzig kleines Huhn. Aber ach, was konnte es Eier legen, Eier legen …* Flora lacht und klatscht ebenfalls, bleibt aber auf dem Boden sitzen, während sich die Gäste auf die Schenkel klopfen und vor Freude heulen.

Alle begleiten das Brautpaar nach Hause und sehen zu, wie die beiden ihre erste Mahlzeit als Eheleute verzehren. Es ist nicht schwer zu sehen, dass Flora schon längst satt ist, aber sie gehorcht dem Brauch und leert ihren Teller. Danach waschen sich beide die Hände in süßem, duftendem Kokosnussöl, und die Frauen aus Floras Familie können die Reste des Essens mitnehmen.

Das Bett des frisch verheirateten Paares wird im Haus von Asaelis Vater bereitet, wo die Matten, die den beiden geschenkt worden sind, auf einen Haufen gepackt werden. Floras Mutter legt die allerletzte darauf, dann hängt sie vor der Schlafstätte ein Stück gemusterte Rinde auf. Jetzt wird Flora immer hinter diesen Vorhang gehören. Jetzt ist sie ein Teil von Asaelis *Leve Ni Vale,* den Leuten in seinem Haus.

Nau Kat beugt sich zu Maraia vor.

»Glaubst du, sie werden es gut haben?«, fragt sie.

»Wir bekommen das, wofür wir arbeiten«, antwortet Maraia. »Flora hat hart für ihre Hochzeit gearbeitet.«

Edson hat gehört, worüber sie sprechen. »Sie sieht nicht gerade froh aus«, meint er.

Maraia schaut zu ihrer Freundin hinüber, deren Kopf schwer und zufrieden auf dem runden Bauch liegt. »Ach, doch«, sagt sie. »Flora ist da, wo sie sein soll.«

Als Asaelis Vater mit einem Korb voller Walzähne ankam, um die Braut zu bitten, waren alle froh. Floras Familie sagte Ja und teilte es ihr mit, und damit war die Sache entschieden. *Vosa Yalewa,* das Versprechen der Braut, gilt für den Rest des Lebens. Maraia weiß, dass ihr eigenes Boot unter Winden segeln muss, die sie noch nicht kennt. Die Wellen können niemals erzählen, wie hoch sie an den Strand schlagen werden oder wie weit sie hinausrollen wollen.

Nau Kat ist jetzt alt, und Maraia weiß, was sie sich wünscht. Als Mister Niklas gestorben war und sie in Vale nei Kat allein zurückgelassen hatte, hat sie ihre Schwestern aus Norwegen zu sich eingeladen. Ihre Leben wurden hier leichter, hatten kürzere Wörter und weniger Sätze. Während Vilivo viele Jahre lang nicht in Korotoka war, hielt die Arbeit Atecas Tage im Zaum. Meine eigene Na hat ihren emsigen Händen und ihren starken Füßen keine Ruhe gegönnt, denkt Maraia. Wir tun, was wir tun müssen, dort, wo wir sein sollen.

Für Nau Kat bedeutet Verantwortung zu wissen, dass die Schokolade Maraia Sicherheit geben wird, wenn Kat selbst ihr Leben in Korototoka beendet hat. Und Maraia hat keine Angst vor der Arbeit. Sie liebt die Plantage, ihr Herz wird leicht, wenn sie die Hülsen aufschneidet und die blanken, frisch geborenen Bohnen ihr entgegenleuchten. Sie spürt die Freude im Mund, wann immer sie die Tür zum Süßhaus öffnet und dort vom Lachen der Frauen empfangen wird: »Bula, Maraia!« Sie haben Schokoladentropfen an den Knien, und ihre Schürzen weisen braune Fingerabdrücke auf, sie freut sich mit ihnen über die dicke Schokoladenmasse, die ohne einen einzigen Klumpen über die Zunge gleitet. Das Dröhnen des Röstofens, das Klicken des Thermostats, wenn die Temperatur steigt oder fällt, die kurzen Bemerkungen Madam Sinas, in denen so viel Liebe zur Arbeit liegt. Maraia kennt das und kann das, und das ist es, was Nau Kats Herz sich wünscht.

Aber in Maraia singen viele Stimmen. Wenn sie sieht, dass Nau Kat die Augen schließt, um sich auszuruhen, hört sie die Stimme, die sagt, das hier ist das Dach, unter dem du wohnst. Das hier ist der Baum, zu dem du gehörst, hier hast du das Essen, das du verzehren, und die Schritte, die du gehen sollst. Unter den Wellen in ihrem eigenen Boot jedoch singt eine andere Stimme. Ein wogendes Summen, Wasser, das von Dingen flüstert, die gestern hier waren, und davor und davor. Der Gesang, der sagt, dass Liebe ebenso mit Mut wie mit Verantwortung zusammengehört. Mit dem Mut, eine Gelegenheit zu ergreifen, oder etwas loszulassen, das dich festhält.

Nau Kat hat ihr das Boot gegeben, und irgendwo im

tiefsten Herzen muss sie wissen, dass die, die den Meeresgesang hört, niemals aufhören wird zu lauschen. Manchmal singt das Meer in lautem Gebrüll, dann wieder flüstert es mit dem Atem eines schlafenden Tieres. Es sendet uns Freude und große Feste oder leere Netze und tote Fische, die mit dem Bauch nach oben schwimmen. Es verbirgt Schätze, die wir uns nicht vorstellen können, und Ungeheuer, denen wir nicht gegenüberzutreten wagen. Das Meer verschlingt und nimmt auf, es läutert und repariert.

Ab und zu ist der Gesang so laut und ungestüm, dass Maraia ihn aussperren möchte. Wie wird die letzte Strophe lauten, wenn das Wasser sich so erwärmt, dass die Leben, die sich voneinander ernähren sollen, einander nicht mehr finden? Wenn der Kreis unterbrochen wird und Teile davon verschwinden, ist es unmöglich, die übrig gebliebenen Stücke zu verbinden. Das Lied von der Verantwortung ist das Lied vom Mut. Davon, was uns zwingt, und davon, dass es eilt. Und wer es hört, hat den Mut einzustimmen.

Nau Kat weiß das genau. Sie weiß es, aber sie will es nicht verstehen.

41
Ateca

Ich vertraue auf dich, Gott. Du hast den Vögeln Flügel und den Menschen Füße gegeben, aber bald soll auch ich fliegen. Ich verlasse mich darauf, wenn ich das Flugzeug betrete, das uns zu Mister Armands Hochzeit bringen soll, dann wirst du mich unversehrt wieder auf den Boden setzen.

Danke dafür, dass ich alle Papiere bekommen habe, die ich brauche; einen Pass zu erhalten hat viele Reisen zur Polizei in Suva erfordert. Maraia und ich haben jede einen neuen Sulu Jaba für das Fest, und ich habe Madam Kat geholfen, das Hochzeitsgeschenk zu besorgen. Ich bin reisebereit, Gott. Zeig dem Flugzeugfahrer den Weg, damit wir am richtigen Meer landen.

Ich bitte dich, keinen Sturm zu senden, während wir dort sind. Madam Kat sagt, ich irre mich, aber ich erkenne die Zeichen: die Vudi-Pflanze, die ihren obersten Spross senkt, und die Sonnenstrahlen, die von den Blättern gleiten und keinen Halt finden. Wird es zu Mister Armands Hochzeit ein Unwetter geben? Bitte, lass das graue Meer nicht wütend werden und sich über die grauen und runden Steine ergießen, die ich in meinen Träumen gesehen habe.

Der dünne Junge, der nach Sydney gefahren war, wird hier wohnen, während wir in Norwegen sind. Er soll Vilivo und den Frauen im

Süßhaus helfen. Gott, du siehst, dass Edson weder schnelle Hände hat noch Ohren, die Wind und Regen hören. Er kann auch keine Maschinen reparieren oder den Lastwagen fahren. Ich habe Mosese gefragt, ob er ihm etwas über den Boden und die Früchte und was sie brauchen beibringen kann, aber er schüttelte den Kopf. Nunia hat zu viel mit den Kindern und dem Blumengarten zu tun, sie hat auch keine Zeit, sich um ihn zu kümmern. Lieber Gott, du musst auf alles aufpassen, während wir verreist sind, damit mit der Plantage und der Schokolade alles gut geht.

Ich habe heute Nacht von Penaia geträumt, Gott. Er fehlt mir. Der Zyklon hat sein Boot geholt, aber zwei zerfetzte Körbe liegen noch unten am Strand. Niemand will sie übernehmen. In meinem Traum hatte Vilivo sie geholt. Er war wieder klein und fuhr mit einem Boot aus, das ich nicht kannte. Ich sah, wie die Wellen ihn hinaustrugen, er war kleiner als die Körbe, die das Boot füllten, niemand konnte es steuern. Plötzlich war Penaia da, er saß in einem Kanu, das ich in Korototoka nie gesehen habe. Er lenkte es dicht an Vilivos Boot heran und stieg hinüber. Dann half er meinem Jungen dabei, die Körbe auszulegen, und sie füllten sich mit Krebsen, fast noch ehe sie den Grund erreicht hatten.

Lieber Gott, ich weiß, dass du Vilivo helfen wirst. Halte Wind und Stürme fern und zeige Edson, wie er sich nützlich machen kann. Lass den Ofen im Süßhaus die richtige Wärme behalten und lass über Vale nei Kat nur gute Sterne leuchten, solange wir weg sind.

In Jesu Namen. Emeni.

42
Sina

Wie die Trauung in der Kirche von Kvitøya wohl vor sich gehen wird? Mit rauschendem Kleid und gewaltigem Brautstrauß? Wird Irene von einem ihrer Brüder zum Altar geführt werden, oder tut man das vielleicht nicht mehr? Eine plötzliche Erinnerung an die Hochzeit von Lisbeth und Harald lässt Sina schwindlig werden – sie war dabei, mit dem Kind des Bräutigams im Bauch. Nur zur Trauung natürlich, sie hat sich in ihrem Zustand nicht in Reitvik gezeigt, und zum Fest war sie auch nicht eingeladen. Aber sie saß auf der Empore, als die Kirchtüren aufgingen und Lisbeth hereinkam, mit langer Schleppe und Myrthenkranz. Sie sprang auf und reckte den Hals, wobei das Geländer ihren Bauch verbarg. Auch damals ging nicht alles nach Vorschrift, es war Høie senior, nicht Lisbeths eigener Vater, der sie in die Ehe gab. Aber wie er sie zum Altar führte, seine selbstverständliche, steifrückige Würde, ließ den Gedanken, das sei nur die zweitbeste Lösung, sofort verfliegen. Auch Achtbarkeit ist für Geld zu kaufen, das hatte Sina damals begriffen. Das absurde Gespräch mit ihrer Mutter, als sie nach Hause kam: »Wie hat Lisbeth ausgesehen? Das Kleid, war das elegant? Und sie hat einen eleganten Bräutigam an Land gezogen, das steht fest. Wenn ich daran denke, in welche Lage *du* dich gebracht hast …« Sina hatte Ja und hm gemurmelt und ihre Zimmertür hinter sich zugezogen.

Ein winziges Aufbegehren in ihr: Auch Armand wird ein eleganter Bräutigam. Und Irene, egal in welchem Kleid, eine schöne Braut. Sie werden es schon sehen.

Sie war erleichtert und enttäuscht zugleich gewesen, als die Pläne eines Luxusrestaurants auf Penaias Grundstück begraben wurden. Erleichtert, weil noch ein mögliches Fiasko abgewehrt worden war, und enttäuscht, weil der Traum ihres Kindes in Scherben ging. Oder war es etwas anderes? Die Enttäuschung, denkt Sina, war eigentlich Angst. Davor, dass Irene zusammen mit der verworfenen Idee verschwinden könnte. Wird das jetzt ihre nächste Sorge, die Frage, ob Irene durchhalten wird? Nicht ob Armand das Examen schafft oder seine Stelle behält oder Schulden gemacht hat, die er nicht zurückbezahlen kann. Über die Liebe einer anderen zu deinem Kind zu wachen, ist das die allerletzte Aufgabe?

Sina kann nicht alle Fragen beantworten, die ihr Ateca stellt. Nach dem Essen, nach Geschenken, danach, wo die Gäste schlafen werden und wer alles vorbereiten wird. »Miss Irenes Schwestern helfen doch sicher?« Sina will erklären, ein weiteres Mal, dass Irene keine Schwestern hat, aber ehe sie den Mund aufmacht, fällt ihr ein, dass Schwestern für Ateca nichts mit Blutsverwandtschaft zu tun haben. »Ich weiß nicht. Die Frauen in ihrem Dorf, in diesem Ort – ich weiß nicht, wie sie das halten. Und Irene wohnt ja auch seit vielen Jahren nicht mehr dort. Es ist wohl üblicher, sich die Dienste zu kaufen, die man braucht.«

Ateca blickt sie verständnislos an. »Kaufen, von Leuten, die sie nicht kennen?«

Sina nickt.

»Aber … die, die kochen und den Kava mischen. Die alles mit Blumen schmücken und Matten auslegen. Es ist doch besser, wenn sie die kennen, die essen und trinken und sich setzen sollen.«

»Wie meinst du das?«

Sina wird ungeduldig. Wirbelt Ateca jetzt wieder dieser Zauberunsinn durch den Kopf? Hexengebräu und Verwünschungen?

Der Blick der Haushälterin wird abweisend, und sie presst die Lippen aufeinander.

»Das, woran wir glauben, ist für uns wirklich, Madam Sina.«

»Ateca …«

Sina kann nicht glauben, dass sie gleich diese Frage stellen wird.

»Siehst du … gibt es … wird für Armand und Irene etwas schiefgehen?«

Ist es Mitleid, das sie in den ruhigen braunen Augen sieht? Ja, entscheidet Sina, es ist Mitleid. Verbunden mit der unendlichen Geduld, die sie ab und zu beruhigt, aber ebenso oft irritiert.

»Etwas geht immer schief, Madam Sina. Aber noch mehr geht gut.«

Sie hat es niemandem gesagt, aber Sina hat einen Plan. Ein Geheimnis und einen Plan. Hinter Unruhe und Besorgnis, wie viel Irene aushalten kann, liegt eine kleine Idee, die zur Tat heranwachsen durfte. Ein wilder und verrückter Gedanke, eine vollständig un-Sina-ische Handlung. Sie beschäftigt sich jeden Sonntagnachmittag damit, wenn die Wochenendstille träge und ereignislos auf dem Haus lastet und Kat auf der Veranda eingeschlummert ist. Ateca lässt sich sonntags nur selten sehen, Maraia auch nicht, und da kann Sina sich leicht für eine Weile verdrücken. Sie weiß nicht, ob es ihr gelingen wird, ihren Plan durchzuführen, aber solange niemand etwas weiß, braucht sie sich nirgendwo zu rechtfertigen, wenn es nicht klappt. Wenn Ingrid in Korototoka ist, ist es schwieriger, Ingrid hat eine Nase wie ein Bluthund und stellt Fragen nach allem. Schlimmer als Salote, fast, denkt Sina und bekommt eine Gänsehaut bei dem Gedanken, dass die Ladenbesitzerin sie bei ihrem raschen Gang durch das Dorf sehen und fragen könnte: »*Ni sa bula,* Madam Sina! Guten Tag. Deine Füße haben es eilig?«

Solange sie nicht sicher ist, dass das hier zu etwas führen kann, tut Sina Guttormsen das, was sie am besten kann: den Mund halten und weiterarbeiten.

Eine Woche ehe sie nach Norwegen aufbrechen, bekommt Johnny einen Röntgentermin. Ingrid fährt mit ihm ins Krankenhaus nach Suva und ist müde und irritiert, als sie nach Hause kommen. »Wieso können die das alles nicht sofort klären? Jetzt haben sie ihn durchleuchtet, aber der, der sich die Aufnahmen ansehen soll, ist zu einer Fortbildung in Sydney und erst in zwei Wochen wieder zurück.«

»Wundert dich das?«, fragt Sina, die einen kleinen Triumph nur mit Mühe verbergen kann. Jetzt wird sie sehen, Ingrid, die immer betont, dass es sich bei dem, was Sina als Schlamperei und Chaos bezeichnet, um kulturelle Unterschiede handelt, denen man mit Respekt zu begegnen hat. Wenn es um sie selbst geht, werden sofort andere Saiten aufgezogen. »Ihr erfahrt es, wenn es so weit ist«, sagt Sina. »*Bula time*, du weißt schon.«

Ingrid schnaubt, gibt aber keinen weiteren Kommentar ab, und Johnny bleibt offenbar gelassen. »Ich leg mich vor dem Essen noch kurz aufs Ohr«, sagt er. »Wenn euch das recht ist.«

Während sie das Essen zubereiten, plaudern Ingrid und Kat. Sina ist daran gewöhnt, ihre Arbeit schweigend zu verrichten; für sie es ist natürlicher, den Mund zu halten, statt draufloszureden. Sie hört die beiden über die Reise sprechen, über Details wie Auswahl der Sitze und Wartezeit zwischen den Anschlussflügen. Es ist sofort zu erkennen, dass Kat diejenige mit der Erfahrung ist, etwas erwacht in ihr zum Leben, wenn sie Flughäfen mit fremden Namen erwähnt und erzählt, wie dort ihr Gepäck verloren gegangen ist. Sina hat in ihrem Leben noch nicht in vielen Flugzeugen gesessen, und sie konzentriert sich auf die gebratene Kassava. Ateca fegt ein letztes Mal den Boden, wie sie das immer macht, ehe sie nach Hause geht, aber jetzt hält der Besen inne, und es ist deutlich, dass sie den beiden zuhört, die gerade den Tisch decken: »Kann ich nicht neben dir im Flugzeug sitzen, Madam Kat?«, schaltet sie sich ein. »Kann ich nicht den Sitz neben deinem haben?«

Kat sieht sie überrascht an. »Doch … das lässt sich sicher machen. Willst du das denn so?«

Ateca nickt energisch.

»Ja. Und du musst am Fenster sitzen, damit du aufpassen kannst, dass wir uns nicht verfahren.«

43
Kat

Während das Flugzeug von einer Welt in die andere durch die Nacht jagt, gleitet Vale nei Kat in meiner Aufmerksamkeit davon, und die Umrisse von Orten und Geschehnissen, die viele Jahrzehnte lang vage und blass waren, treten schärfer hervor. Ateca schläft neben mir auf ihrem Sitz, aber in mir sind alle Sinne wach, während mein Kopf zwischen Fidschi und Norwegen schneller reist als mein Körper. Bilder und Geräusche und Gerüche – da ist das Klicken des Radios auf der Fensterbank, das leise Rauschen, ehe es die gewünschte Sendung gefunden hat. Der Geruch der Seife in der Plastiktasse neben Spülmittel und Spülbecken. Vaters Messer, das langsam die Kartoffel auf dem Teller zerteilte, das jeden Tropfen Soße aufkratzte. Bild und Traum gleiten ineinander über: die Tapete in meinem Zimmer, dünne Blumenranken in Grün und Rot. Schulaufgaben am Schreibtisch, während der Blick immer suchend aus dem Fenster wanderte, hinaus auf den stillen Kiesweg, wo nie etwas passierte.

Die Flugbegleiterin bietet Getränke an. Ateca wacht auf und lässt sich einen Becher Wasser geben. Blickt mich fragend an: »Sitzt du gut, Madam Kat? Tut deine Hüfte weh?« Sie streckt die Hand aus und schiebt das Kissen hinter meinem Kopf zurecht.

Ich lächele sie an und gleite zurück in mein Traumdämmern. Vor meinem inneren Auge taucht der Sommer in Reitvik auf, lauwarmer Saft in Plastiktassen. Brote in Butterbrotpapier in der Badetasche hinten auf dem Fahrrad, riesige Bremsenstiche an der Wade nach Stunden auf einer Decke, dick mit Nivea eingeschmiert. Weit hinten im Kopf erinnert mich eine Stimme daran, dass wir Mitte März schreiben, aber Bilder und Gedanken machen ihre eigene chaotische Reise, während sich das Flugzeug Oslo nähert und Karsten und Katrine spielen, streiten und in einer Nacht aus Zeit und Träumen zum Leben erwachen.

Wir sind erschöpft, als wir in Gardermoen durch die Ankunftshalle taumeln. »Es ist sicherer, das Hochzeitsgeschenk am Zoll vorzuzeigen«, sage ich zu den anderen. »Besser, als auf Grün zu gehen und angehalten zu werden.«

Die Matte, die wir Armand und Irene schenken wollen, ist groß und umfangreich, gewebt hat sie Atecas Kusine. Flache, trockene Pandanus-Blätter, dazu in dunkleren Farben eingeflochten *Armand & Irene* und das Hochzeitsdatum. Vor dem Einpacken wurde sie ausgiebig gelüftet und mit Insektenschutzmitteln besprüht. Aber ich habe keine Ahnung, wie streng die Einführungsregeln sind, und verspüre ein leichtes Prickeln im Magen, als Ateca den Riesenkoffer mit dem Geschenk öffnet. Die Zollbeamtin findet uns offenbar exotisch und witzig und vielleicht auch ein bisschen einfältig: »Hochzeitsgeschenk, wie nett!« Sie kneift allerdings die Augen zusammen, als sie den restlichen Inhalt des Koffers überprüft. »Was ist das?« Die behandschuhten Hände ziehen einige trockene, knotige Stöckchen aus einem Stoffbeutel, es sieht aus wie ein Bund Reisig. Das Schwindelgefühl durchwogt mich, als ich die braunen Wurzeln sehe. »Ateca! Hast du etwa Kava mitgenommen?«

Der Blick, den sie mir zuwirft, ist eine Mischung aus Erschrecken und Selbstzufriedenheit. »Madam Kat, zu einer Hochzeit gehört Kava. Das Brautpaar muss jeweils einen Bilo leeren, um die Familien zusammenzubringen!«

Die Vertreterin der Zollbehörde sieht das anders. »Kava darf ohne Sondererlaubnis nicht nach Norwegen eingeführt werden«, sagt sie. »Haben Sie eine?«

Ich blicke sie flehend an. »Das ist ein Missverständnis. Wir sind zu einer Hochzeit eingeladen und …«

Stirnrunzeln. »Ja?«

»Wir wohnen auf Fidschi, da gibt es zu festlichen Angelegenheiten immer Kava. Sie hat nicht gewusst, dass …«

Jetzt schaltet sich Ateca ein. »Kava gehört dazu! Mister Armand und Miss Irene müssen den trinken, um die alten Tage mit den neuen zu verbinden!«

»Sie haben das für eine zugelassene Substanz gehalten?«, fragt die Zollbeamtin, und ihrem Tonfall entnehme ich, dass es hier eine falsche und eine richtige Antwort gibt. Was soll ich sagen? Ich weiß, dass ich Nein gesagt habe, als Ateca vor einigen Monaten als Hochzeitsgeschenk eine prachtvoll geschnitzte Tanoa vorschlug, eine Kava-Schüssel. »In Norwegen wird kein Kava getrunken. Ich weiß nicht mal, ob das erlaubt ist.«

»Nein, also … ich war nicht sicher«, antworte ich zögernd.

»Aber Sie haben das trotzdem eingepackt?«

»Sie hat …« fange ich an und weise auf Ateca, die trotzig den Kopf hebt, aber Angst im Blick hat. Und dann reiße ich mich zusammen. »Es tut mir schrecklich leid«, sage ich. »Es war ein Missverständnis, und ich werde natürlich das Bußgeld bezahlen.«

»Wir sind nicht befugt, Bußgelder zu verhängen«, sagt die Zollbeamtin, und nun weiß ich, dass ich nicht die richtige Antwort gegeben habe. »Und ich muss den Kava natürlich einbehalten«, fügt sie hinzu und lässt den umstrittenen Beutel neben sich in einen Behälter fallen.

Ich atme erleichtert auf – ist das alles? »Ja, natürlich«, sage ich.

»Und dann ist es eine Ermessensfrage, ob eine polizeiliche Anzeige erstattet wird«, fügt sie hinzu, und der Stein in meinem Magen ist wieder da. Anzeige? »Wenn Sie vorhatten, die Ware unverzollt einzuführen, kann eine Anzeige erfolgen. – Es wäre natürlich etwas anderes«, fährt die Zollbeamtin langsam und deutlich fort, »wenn Sie auf Rot gegangen sind, um die Ware zu verzollen. Dann wäre die Ware einbehalten und vernichtet worden und Sie wären vielleicht mit einer mündlichen Warnung davongekommen.«

Sie hält meinen Blick fest. »Das war vielleicht Ihre Absicht?«

Ja, ja, ja! »Genau das«, sage ich so bestimmt und ernst, wie ich nur kann. »Absolut. Matte und Kava. Deshalb sind wir ja auf Rot gegangen.«

Die Zollbeamtin nickt langsam, jetzt haben wir einander verstanden. »Gut, dass Sie das gemacht haben«, sagt sie und kehrt einem Kollegen, der vom Schalter neben ihrem neugierig herüberschaut, den Rücken zu. »Und jetzt wissen Sie also, dass diese Ware hier nicht zugelassen ist. Wenn Sie das nächste Mal in Norwegen eine Hochzeit besuchen …«

»Werden wir uns für das Brautpaar etwas anderes ausdenken«, sage ich rasch und versuche ein Lächeln.

»Das wäre sicher das Sinnvollste«, sagt sie, ohne mein Lächeln zu erwidern.

Ateca weicht meinem Blick aus, während sie mit schroffen Bewegungen die Hochzeitsmatte zurück in den Koffer packt. Armand und Irene müssen bei ihrer Hochzeit ohne Kava auskommen.

Ich bereue, dass wir für die Reise nach Kvitøya keinen Zeitpuffer eingeplant haben. Ein Bett in einem Hotelzimmer, einen Ort, um sich nach sechsunddreißig Stunden auf verschiedenen Flugzeugsitzen ausstrecken zu können – diese Vorstellung ist himmlisch. Aber wir müssen nach Norden. In der Ankunftshalle stehen die Wartenden in Gruppen hinter einer Absperrung, Mützen und Handschuhe, Mäntel und Stiefel. Manche halten einen Blumenstrauß oder eine norwegische Flagge in der Hand, aber niemand blickt in unsere Richtung. Ateca schaut sich suchend um: Werden wir denn gar nicht erwartet? Doch, da steht Lisbeth! Sie ist einige Stunden zuvor aus Schweden eingetroffen, und nun winkt sie eifrig mit einem braungrauen Fellbüschel, einem Pelzhut, der zu ihrem Mantel passt. Ich kann gerade noch denken, dass es aussieht wie Waschbär, schon ist sie da und umarmt uns begeistert: »Da seid ihr ja endlich! Seid ihr müde? Ist es kalt, Ateca, was meinst du?«

Es riecht nach feuchtem Wollstoff und heißen Würstchen. Ateca hat Vilivos Daunenjacke ausgepackt, und einige schweineteure Tassen Kaffee später sind wir bereit für die letzte Etappe. Als wir an Bord des kleinen Flugzeugs steigen, das uns nach Norden bringen wird, habe ich das Gefühl, den Bauch eines Käfers zu betreten, im Gegensatz zu dem des großen Albatros, der uns aus Nadi weggebracht hat. Die Rollbahn vor dem Fenster ist schwarz und vereist, und ich nehme eine Decke für meine Beine mit dankbarem Nicken an.

Ehe wir gebeten werden, vor der Landung die Sicherheitsgurte zu schließen, teilt uns der Kapitän mit, dass uns auf dem Boden elf Grad unter null erwarten. Der Kälte zum Trotz freue ich mich auf die Begegnung mit Nordnorwegen, ich war noch nie so hoch im Norden. Und wir wollen nicht nur zu einer Hochzeit, danach werden wir Trondheim besuchen, wo das Brautpaar wohnt. Ateca ist gespannt auf Irenes Cateringküche, und wir werden uns außerdem mit Mayas Tochter und Enkelin treffen. Keine von uns hat Evy gesehen, seit sie einige Monate vor deren Tod bei ihrer Mutter auf Fidschi war.

Die Reise nach Reitvik mache ich anschließend. Als Karsten anrief und erzählte, dass er zum 1. März einen Platz im Pflegeheim hat, hörte ich die Not in meiner Stimme: »Könnt ihr mit dem Umzug warten, bis ich komme?«

Er war überrascht. »Das schaffen wir allein, Kat, du brauchst nicht ...«

Als ob wir uns vorgestellt hätten, wie ich beim Umzug anpacke, mit dem Stock in der einen und einem Umzugskarton in der anderen Hand.

»Ja, aber ich will ... da sein, Karsten.«

Er begriff. Der liebe gute Karsten, noch immer bereit, auf den Einfall seiner kleinen Schwester hin einen Meter zu springen.

»Kein Problem. Dann warten wir auf dich.«

Ich versuche, uns von außen zu sehen, wie wir da mitten in der Halle des kleinen Flughafens in Væreid stehen. Vier ältere Damen. Die mit dem gepflegten glänzenden Helm aus silbergrauem Haar sieht aus wie eine selbstverständliche Teilnehmerin an einer zusammengescharrten Pauschalreise, mit dem Pelzmantel über dem Arm und dem Hut in der Hand. Die etwas kleinere und eher vierschrötige Frau hat eine Strickjacke, die weit über ihren Hintern hängt, und einen braunroten Rock, der die Knie bedeckt. Die dritte und größte hat unter einer dicken Jacke mit zu kurzen Ärmeln die Bluse streng bis zum Hals geknöpft, sie steht dicht neben einem dunkelhäutigen Mann in einer abgenutzten Trainingshose und einer Wollmütze. Die vierte hat ihren Trachtenumhang aus dem Koffer genommen, das dicke Kleidungsstück umschließt meinen Körper schützend und lässt meine schmerzende Hüfte ein bisschen weniger murren.

Neben dieser betagten Reisegesellschaft stehen zwei exotische Blumen: Die ältere hat sich einen farbenfrohen Schal um den Kopf gewickelt, und unter einer unförmigen Jacke reicht ein geblümter Rock bis auf die Spitze ihrer Turnschuhe. Die jüngere hat eine riesige Schultertasche und mehrere Pullover übereinander, die goldene Haut ist an der Nasenspitze leicht rosa angehaucht. Wir sind ein ziemlicher Anblick, das begreife sogar ich.

In Væreid begegnen wir zum ersten Mal dem Schnee. Einige leichte Flocken treffen Ateca im Gesicht und streuen Puderzucker in Maraias Haar. Sie bleibt stehen und hebt die Handflächen. Das Lächeln auf ihren Lippen, ihr Staunen. »Nau Kat«, sagt sie. »Hier sind Wasserblumen in der Luft.«

Ateca lächelt und zeigt die Lachlücke an der Stelle, wo der eine Eckzahn fehlte. »Die verschwinden, wenn ich sie anfasse.«

Die Fähre nach Kvitøya ist die erste Etappe. Es ist halb fünf am Nachmittag, und es ist dunkel. Das Deck der Autofähre ist mit Schneematsch bedeckt, und Atecas Schuhe sind bereits aufgeweicht. Im Café sind alle Tische besetzt, aber als sich Ateca lächelnd an den Rand einer Bank quetscht, werden Taschen und Jacken verschoben, bis plötzlich Platz genug für uns alle ist. Niemand will noch mehr Kaffee, und ich merke, dass meine Augen zufallen, als ich hier zwischen einer Mütze mit Ohrenklappen und einem großen blauen Rucksack eingeklemmt sitze. Die betaute Fensterscheibe macht mein Spiegelbild ein wenig unklar und verzerrt, mein Rücken ist unter dem Trachtenumhang schweißnass. Ich bin fast eingenickt, als mich eine Stimme erreicht: »Seid ihr das, die zu der Hochzeit von der Irene Kuhsvein wollen?«

Ich hebe ein Augenlid und sehe, dass Lisbeth rote Wangen hat. Von der Hitze der Heizkörpers unter dem Tisch, aber auch wegen der Aufmerksamkeit des Mannes, der ihr in einer dicken blauen Daunenjacke genau gegenübersitzt. »Kusveen? Nein, Stiberg heißt sie. Und der Bräutigam heißt Armand Guttormsen und ist der Sohn der Dame dort drüben«, sagt sie und nickt zu Sina hinüber. »Wie haben Sie das erraten?«

»Ach, wir kriegen ja nich jeden Tag Besuch ausser Südsee.«

Der Daunenjackenmann hat die Neugier des ganzen Cafés geweckt, und mehrere am Tisch nicken wissend. »Der Armand hat schon erzählt, dass zur Hochzeit Hula-Damen kommen.«

Natürlich hat Armand das erzählt. Ateca und Maraia sehen verwirrt aus, und ich erkenne dieses Gefühl: Du weißt, dass über dich geredet wird, du hörst das Lachen, ohne zu wissen, woraus es besteht. Ich schalte mich eilig in das Gespräch ein und übersetze: »Sie sehen, dass ihr aus weiter Ferne kommt. Und wollen wissen, ob ihr euch auf die Hochzeit freut.«

Eine kleine Notlüge, weißer als Schnee, und ich luge rasch zu Ingrid hinüber. Sie reagiert nicht. Sie und Johnny dösen vor sich hin, sein Kopf ist auf ihre Schulter gesackt. Aber Ateca gefällt meine Übersetzung, sie lacht so herzlich, dass der Schal um ihren Hals tanzt, sie schlägt sich die Hand vor den Mund und starrt den Tisch an, während sie murmelt, ja, sie freut sich auf die Hochzeit.

»Findet ihr's kalt hier?«

Noch andere beteiligen sich jetzt an dem Gespräch, und ich übersetze. Daunenjacke und die anderen sprechen sicher hervorragend Englisch, aber das habe ich schon häufiger erlebt: Norweger haben furchtbare Hemmungen davor, in Gegenwart anderer Norweger Englisch zu sprechen.

»Können die kein Englisch?«, fragt Ateca und löst das Problem, indem sie mit übertriebener Geste auf ihren Schal zeigt. »Cold. Very cold.«

»Habt wohl noch nie Schnee gesehen«, sagt ein jüngerer Mann und zeigt auf das Schneegestöber vor dem Fenster.

»Doch«, sagt Ateca. »Am Flughafen.«

Er taut auf. »Wo kommt ihr noch her?«

»Fidschi«, sagt Maraia. »Fidschi-Inseln.«

Fährt ein kleiner Seufzer durch Wollpullover und Fellhandschuhe?

»Oh verflixt«, sagt der junge Mann. »Das ist aber weit weg.«

»Ja«, sagt Maraia. Ein kleines Lachen, ein Windstoß in einer Palme.

»Ich will mal sehen, ob ich jemanden finde, der euch abholen kann«, ist das Letzte, was wir von Armand gehört haben, aber in der fröstelnden Schar, die am Kai steht, erwartet uns niemand. Die anderen Fahrgäste verschwinden in Autos, die im Leerlauf Rauch ausspeien und mit roten Hecklichtern zum Abschied blinken. Ingrid fängt an, sich nach Taxis zu erkundigen, doch Daunenjacke hat uns im Auge behalten und kommt uns zu Hilfe. »Braucht ihr nen Wagen?«

Das tun wir allerdings. Ich könnte ihn vor Erleichterung umarmen, begnüge mich aber mit dem Eingeständnis, dass ich nicht so recht weiß, wohin wir wollen. »Aber vielleicht ist der Ort nicht so groß?«

»Hier am Wochenend gibt's nur eine Hochzeit, soviel ich weiß«, ist die bedächtige Antwort. »Und ich weiß doch, wo der Kuhsvein wohnt.«

»Warum sagen Sie Kusveen?«

Er blickt mich überrascht an. »Der hieß nu mal Svein, der Vater von der Irene. Der hatte den größten Milchbetrieb hier. Und da nennen wir den Hof eben so.«

Kuh-Svein. Nicht Kusveen. Als der abgenutzte Kombiwagen von Bjørn, wie unser neuer Freund heißt, auf den Hofplatz vor einem zweistöckigen weißen Haus neben einer roten Scheune fährt, wissen wir viel über Familie Stiberg: Dass der Vater der größte Milchbauer auf der Insel war, dass er den Betrieb aber um die Mitte der neunziger Jahre eingestellt hat. Dass er sich stattdessen einen kleinen Maschinenpark zulegte und Ausrüstung für Bau- und Rodungsprojekte vermietete, für Straßenbau und Grabenanlagen. Und dass die drei Kinder, zwei Jungs und die kleine Irene, schon mit knapp über zehn mutterlos wurden: »Die wurd' überfahren, die Kuh-Marit. Aufm Rad, auf der Heimfahrt ausm Laden.«

Lisbeth übersetzt die ganze Zeit für Ateca, die die Rückbank mit ihr und Sina teilt. Ateca nimmt diese vielen Informationen über Miss Irenes Kindheit auf und will wissen, wer sich um die Kinder gekümmert hat.

»Um die Kinder gekümmert? Na ja, der Kuh-Svein hat sich ja wohl alle Müh gegeben, und die Kinder sind so ziemlich allein zurechtgekommen, wenn der Svein arbeiten musste. Die waren tüchtig, die beiden Jungs. Gut inner Schule und gut zu Hause. Ham auf die Schwester aufgepasst.«

Ateca hat noch eine Frage, und Lisbeth übersetzt. »Ateca möchte wissen, wer gekocht hat.« Sie versucht, das mit einem entschuldigenden Lächeln zu überspielen, aber es ist leicht zu sehen, dass auch Lisbeth auf Irenes Kindheit neugierig ist.

Bjørn Daunenjacke schaut sie im Spiegel ein wenig überrascht an. »Das mussten die wohl selbst lernen. Macht man doch so.«

Ateca nickt, und Sina ebenso. Das ergibt einen Sinn. Man muss es eben lernen. Die Karten ausspielen, die man bekommen hat.

»Und ihre Brüder?«, fragt Lisbeth. »Die sind in der Immobilienbranche, wenn ich das richtig verstanden habe?«

Bjørn nickt. »Die wohnen in Oslo, der Leif und auch der Viggo. Aber die halten das Haus hier oben gut in Schuss, auch wenn's leer steht. Lassen das anstreichen und bewachen. Jeden Sommer kommense her und bleiben einige Wochen, mit Familien und allem.«

»Da gehen die Geschäfte wohl gut?«

Mir ist das unsäglich peinlich: Aber Lisbeth! Doch Bjørns Schultern bleiben entspannt. »Sieht wohl so aus. Und die Irene hat ihren eigenen Laden in Trondheim. Läuft offenbar auch nicht so schlecht.«

Lisbeth nickt und lässt sich auf dem Sitz zurücksinken, während Ateca noch mehr wissen will, ehe wir aus dem Auto aussteigen. »Denen gehört das große Haus, und dann wohnen sie nicht hier? Warum denn nicht?«

Ich komme Bjørn zuvor und sage etwas darüber, dass man die Insel verlassen muss, um zur Schule zu gehen oder Arbeit zu suchen, aber Ateca glaubt mir nicht so ganz und runzelt die Stirn.

»Gibt es hier denn keine Arbeit? Gibt die Erde nichts? Kassava kann man doch überall anpflanzen.«

Ich sehe eine einfache Erklärung und weise mit großer Geste auf verschneite Felder und schwarzen Nadelwald. »Hier ist es zu kalt für das allermeiste. Du kannst nichts anpflanzen, wenn der Boden mit Schnee bedeckt ist.«

»Aber …« Ateca ist noch immer nicht zufrieden. »Das ist doch ihre Vanua, ihre Erde. Haben sie die Geister ihrer Toten verlassen?«

»Ateca, das haben wir auch getan. Sina und Ingrid und Lisbeth und ich.«

Ateca macht ein Gesicht, als käme ihr dieser Gedanke jetzt zum ersten Mal. »Aber wer kümmert sich dann um die Gräber?«

»Wir haben … es gibt Leute, die das tun. Gegen Bezahlung.«

Das ist total falsch, und ich bereue es sofort. Im Alltag kann Ateca gut damit leben, dass Arbeit gegen Lohn ausgeführt wird, aber für die Geister gilt das nicht. Sie schüttelt ablehnend den Kopf, hält sich aber an das Allerwichtigste: »Das ist Miss Irenes Vanua«, wiederholt sie.

Das Taxi, das uns mit Ingrid und Johnny, Maraia und dem Gepäck dicht auf den Fersen ist, kommt gerade zum Stehen, als die weiß gestrichene Haustür geöffnet wird. »Da seid ihr ja! Willkommen in Norwegen und willkommen auf Kvitøya!«

Armand thront auf der Treppe, wie ein schmerbäuchiger Kaufmann Mack steht er da und empfängt, mit Besitzermiene, als hätte er das Königreich und die Prinzessin gewonnen. Das hat er ja eigentlich auch. Er umarmt zuerst Sina, dann uns andere der Reihe nach.

Maraia steigt als Letzte aus dem Taxi hinter uns. Ihr ist im Auto warm geworden, und sie hat ihren Schal abgebunden. Jetzt kehrt sie das Gesicht dem reich besternten Himmel zu und lässt die Schneeflocken auf ihren Wangen schmelzen.

44
Maraia

Am seltsamsten ist der Schnee. Maraia hat darüber gelesen, sie hat Bilder gesehen, aber sie hat ihn sich nicht so vorgestellt. Wie weißer Regen, ein Sternenspiel, das nur einen Augenblick dauert. Ein Rieseln aus weißen Federn oder gefrorenen Blumen.

Und es ist so kalt, ihre Zehen schrumpfen in den Schuhen, und ihre Arme sind von starrer Gänsehaut überzogen. Alle hier tragen mehrere Schichten von Kleidern übereinander, im Haus mindestens drei und draußen noch mehr. Mister Johnny hat schon früher Schnee gesehen, er hat in anderen Ländern gewohnt, die Ähnlichkeit mit diesem haben. Er leiht sich von Mister Armand große Schuhe und geht jeden Tag zusammen mit Madam Ingrid hinaus.

Ateca will ihr Kopftuch nicht abnehmen, nicht einmal im Haus. Sie bekommt Kopfschmerzen, wenn es kalt ist, wie wenn sie nach einem Nachmittagsregen in Korototoka nasse Haare hat. Maraia versteht, was sie meint. Ihr selbst wird bis tief unter die Haut kalt, deshalb erstarren ihre Gedanken, und das Blut schleppt sich durch ihren Körper. Wenn die Leute draußen miteinander reden, verstecken sich die Wörter in Dampfwolken, die vor dem Mund hängen.

Maraia möchte Miss Irene gern bei allem helfen, was getan werden muss. Aber hier gibt es keine Kokosnüsse zu reiben und keine Körbe zu flechten; wenn sie fragt, wird ihr nur gesagt, sie solle sich hinsetzen und es sich gemütlich machen. Maraia fragt Madam Lisbeth, wie man das macht, die Antwort ist einfach ein Lachen. »Nimm dir eine Tasse Kaffee«, sagt Madam Lisbeth. »Setz dich hin, sieh mal nach, ob es etwas im Fernsehen gibt.«

Maraia begreift nicht, was sie meint – es ist doch immer etwas da, wenn man den Fernseher einschaltet. Und wenn sie so viel Kaffee trinkt wie die Damen aus Norwegen, bekommt sie Magenschmerzen.

Miss Irene wird in ihrer norwegischen Tracht heiraten. Und zwar, weil es Farben für die Alten gibt und andere für die Jungen. Miss Irene hat gesagt, dass sie kein weißes Brautkleid tragen kann, weil sie so alt ist – vielleicht gibt es ein weißes Brautkleid, wenn die Braut unter zwanzig ist? Maraia hat die Tracht noch nicht gesehen, sie weiß nicht, welche Farbe die hat. Aber auf jeden Fall wird Miss Irene einen Salusalu über dem Kleid tragen, sie und Mister Armand bekommen beide geflochtene Kränze. Ein Stück Ehre von Fidschi, das sie mit hergebracht haben.

Nau Kat und Madam Ingrid werden auf der Hochzeit ebenfalls Tracht tragen. Maraia hat sich gefragt, ob alle Frauen sich kleiden werden wie die Braut – eine seltsame

Vorstellung. Aber Nau Kat hat geantwortet, alle Trachten seien unterschiedlich, auch wenn sie sich ähnlich sähen.

Ateca und Maraia selbst haben neue Sulu Jabas. Maraias ist rot und hat ein grünes Muster. Atecas ist weiß mit lila Blumen. Mister Johnny hat das größte Problem. Er hat einen prachtvollen Sulu, aber mit nackten Waden kann es doch arg kalt werden. Und alle seine Bula-Hemden haben kurze Ärmel.

Die Blumen für die Hochzeit sind in einem Laden bestellt worden. Auf dieser Insel gibt es keine Blumengärten wie Nunias. Hier wachsen weder Papageienblumen noch Frangipani, selbst wenn kein Schnee liegt. Maraia glaubt, dass Miss Irene mit Schneeblumen im Haar schön aussehen würde. Mit glitzernden und blinkenden, wie Schaum auf nächtlichen Wellen.

Madam Sina hat gesagt, dass es eine kleine Hochzeit sein wird. Vielleicht nur für die, die auf dieser Seite der Insel wohnen? Mister Armand hat keine große Verwandtschaft, er hat nur Madam Sina. Vielleicht kommen Gäste aus der anderen Stadt, wo er und Miss Irene wohnen, wenn sie nicht gerade heiraten. Sie hofft, dass die beiden froh sind, selbst wenn die Hochzeit klein ist, gehört große Freude dazu. Und Tanz. Maraia freut sich darauf, den Meke der Menschen hier zu sehen. Sie fragt sich, was die für Trommeln haben und wer darauf spielen wird. Sie glaubt nicht, dass Mister Armand mit einer *Lali* umgehen kann, und sicher können das die Männer, mit denen sie auf der Fähre gesprochen haben, auch nicht. Deren Finger waren viel zu steif und weiß.

Vielleicht bringen nur die Gäste von Fidschi *Tevutevu* mit? Maraia weiß, dass Madam Sina und Miss Irenes Mutter Matten schenken müssten, aber Miss Irenes Mutter ist doch tot. Vielleicht bleibt es also bei der einen Matte, die sie aus Korototoka mitgebracht haben. Dort sind die Matten das letzte Bett, das die Mütter ihren Kindern zurechtmachen. Nach der Hochzeit müssen die Frischverheirateten das selbst tun, wenn sie ihr neues Leben als neue Familie beginnen.

Das Haus, in dem Miss Irene aufgewachsen ist, ist groß. Ein Zimmer für sie und Mister Armand und für jeden Bruder eins. Der eine hat eine Frau, der andere ist allein. In einem anderen Haus neben dem großen haben Madam Ingrid und Mister Johnny ein Zimmer bekommen, und Madam Sina hat eins nur für sich. Madam Lisbeth teilt ihr Zimmer mit Nau Kat, aber Maraia glaubt, sie würde lieber mit Madam Sina zusammenwohnen. Nau Kats Schnarchen ist lauter als der Donner, der über Korototoka brüllt. Ateca findet die Betten zu weich, aber Maraia schläft in ihrem gut. Sie haben große, schwere Decken, die sie nachts über sich ziehen können.

Das Essen ist gut, alle hier kennen sich mit Kochen offenbar aus. An einem der ersten Tage gibt es eine ganz weiße Mahlzeit: Der Fisch ist weiß, er ist in große Stücke geschnitten, und dazu gibt es weiße Kartoffeln. Daneben liegen dicke Scheiben hellbrauner Rogen, Fischeier in dünner geäderter Haut. Es gibt hier weder Roro noch Dalo, aber sie bekommen süße Möhren und dicke gelbe

Butter. Kein Chili, aber es schmeckt, auf eine bleiche, salzige Weise. Maraia fragt, wie der Fisch heißt, sie weiß nicht, welche Fischarten in so kaltem Meer schwimmen können. »Das ist Skrei, also Winterkabeljau«, sagt Miss Irene und sieht dabei stolz aus. »Was für ein Glück, dass ihr jetzt hier seid, gerade richtig zur Saison.«

»Das ist ein Liebesfisch«, sagt Mister Armand. »Und da passt es doch besonders gut, dass wir jetzt heiraten.« Madam Sina lächelt, sie freut sich über die Liebe zwischen Mister Armand und Miss Irene.

Maraia fragt, was er meint, und Mister Armand hat eine lange Erklärung. »Der Skrei wächst weit vor Norwegen im Meer auf. Aber wenn er geschlechtsreif wird, kommt er an die Küste, genau an die Stelle, wo er selber als Laich abgelegt worden ist. Millionen von Skreis, die sich hier in der Tiefe vor der Küste ein Stelldichein geben, stell dir das vor! Und später wiederholen sie diese Wanderung jedes Jahr, die lange Reise bis hier an die Küste. Das ist doch mal Treue! Liebe, die tief reicht, kann man sagen.«

Mister Armand lacht über seine Rede und hebt das Glas. »Auf den Skrei!«

Der Mann, der sie von der Fähre hergefahren hat, ist ein Freund von Miss Irene und ihrer Familie. Er heißt Mister Bjørn und besitzt eine Fischfabrik, so nennen sie das hier. Sie holen den Fisch an Land, dann wird er in der Fabrik gereinigt und zerlegt. Kaivalagi finden es schön, wenn andere für sie den Fisch säubern und in Stücke schneiden. Dann werden die Stücke in Schachteln gepackt und in die Tiefkühltruhe gelegt.

»Ihr müsst hier unbedingt mit im Boot rausfahren«, sagt Mister Bjørn. »Ihr seid doch sicher seefest, ihr kommt schließlich auch von einer Insel. Und du«, sagt er zu Mister Johnny, »hast bestimmt Lust zu sehen, wie wir hier oben die großen Fische fangen.«

Miss Irene macht ein erschrockenes Gesicht, als Maraia fragt, ob man hier im Meer baden kann. »Meinst du, jetzt?«

»Nicht jetzt«, sagt Maraia. »Aber wenn kein Schnee liegt, badet ihr dann?«

»Wir baden im Sommer«, antwortet Miss Irene. »Aber dir wäre es wohl zu kalt. Hier wird das Wasser nie so warm, wie du das gewöhnt bist.«

Maraia nickt. Das ganze Meer hängt mit sich selbst zusammen. An einigen Orten ist es warm, an anderen kalt. Manchmal öffnet es dir seine sanfte Umarmung, dann wieder stößt es ein wütendes Gebrüll aus, mit dem du dich nicht anfreunden kannst. Es gibt dir zu essen, es folgt deinem Herzschlag mit Ebbe und Flut. Dennoch ist es seltsam, dass das Meer, das hier in Miss Irenes Dorf grau und hart gegen die Hafenmauer schlägt, dasselbe ist, das still und nachdenklich über den Strand von Korototoka rollt.

»Wir haben dafür auch unterschiedliche Wörter«, sagt sie zu Miss Irene. »Zu Hause sagen wir, dass Dakuwaqa wütend ist und mit den Zähnen nach den Booten schnappt.«

Miss Irene lächelt. »Wenn wir hier ein Unwetter haben, sagen wir, heute ist er schlecht gelaunt.«

»Wer ist ›er‹?«, fragt Maraia.

Miss Irene lächelt noch immer, aber ein kleiner Gedanke zeichnet eine Furche zwischen ihre Augenbrauen. »Ja, das ist eine gute Frage«, sagt sie. »Vielleicht reden auch wir hier von Dakuwaqa.«

An dem Tag, an dem sie zum Fischen mit hinausfahren wollen, stehen sie früh auf, es ist noch dunkel, als Mister Bjørn sie mit dem Auto abholt. Die anderen haben anderes zu tun, deshalb sind nur Ateca, Maraia, Madam Ingrid und Mister Johnny dabei.

»Wir werden viele Stunden draußen sein, wir müssen also hoffen, dass er sich ruhig verhält. Ihr werdet doch wohl nicht seekrank?«, fragt Mister Bjørn. Madam Ingrid schüttelt den Kopf, Mister Johnny lächelt nur. Er wird von der See nicht krank.

Ateca sitzt auf der Fahrt zum Hafen auf der Rückbank. Sie hat offenbar eine Frage, aber Maraia kann sehen, dass es ihr schwerfällt, sich an Mister Bjørn zu wenden. Am Ende rückt sie damit heraus. »Ist der Tintenfisch größer als eure Insel?«

Mister Bjørn schaut sich verdutzt um. »Welcher Tintenfisch?«

»Der, der Boot und Mannschaft auf einmal verschlingt. Ist der größer als Kvitøya?«

»Ateca, wovon redest du da?« Madam Ingrid sieht überrascht und ein bisschen verlegen aus, sie will nicht, dass Mister Bjørn glaubt, die Gäste aus Fidschi steckten voll von dummem Aberglauben.

Aber Madam Ingrid war nicht dabei, als Nau Kat von dem Monstertintenfisch erzählt hat. »Sie meint den Kraken, Mister Bjørn«, sagt Maraia. »Der größer ist als eine ganze Insel.«

Er richtet den Blick auf die Straße und überlegt eine Weile, ehe er antwortet. »Der Krake, ja«, sagt er endlich. »Ich glaube eigentlich nicht, dass wir dem begegnen werden. Erstens liegt der meistens auf dem Meeresgrund. Manchmal stoßen die Boote beim Fischen auf ihn, und dann muss man die Flucht ergreifen, wenn er an die Oberfläche kommt und ihm das Wasser aus den Nasenlöchern sprudelt.«

Er erklärt das langsam, auf Englisch, und Ateca starrt seinen Hinterkopf an, um ja nichts zu verpassen.

»Zweitens«, fügt er hinzu, »ist die Gefahr, vom Kraken verschlungen zu werden, gar nicht so groß. Es ist eher wahrscheinlich, dass das Boot in den gewaltigen Sog gerät, wenn er sich wieder hinlegt. Und drittens …«

»Bitte, Bjørn, nun mach uns doch keine solche Angst!« Madam Ingrid unterbricht ihn und lacht, aber Maraia hört dem Lachen an, dass sie nur für sich und Bjørn einen Scherz macht.

»Drittens«, redet Mister Bjørn weiter, »glaube ich, dass er jetzt reichlich satt ist. Erst vor wenigen Wochen ist draußen vor Svartholmen ein kleines Boot verschwunden, keine Spur von Boot und Mannschaft. Und der Krake braucht Monate, um eine Mahlzeit zu verdauen, und da glaube ich, dass wir heute keine Spur von ihm sehen werden.«

Die Fischerboote auf Kvitøya sind anders als die, an die Maraia von zu Hause gewöhnt ist. Das *Fahrzeug der Ehre*, Jones Boot, lässt dich die Wellen unter deinem Körper spüren, wenn du darin sitzt. Auf der *Tarisso*, Mister Johnnys Boot, sitzen die Gäste auf Drehstühlen an der Reling und haben ein Gestell, in dem sie die Angelrute befestigen können, wenn sie zur Bierdose greifen. Die großen Fischerboote hier haben Maschinen, die die Netze auswerfen und einholen, und unter Deck stehen große, mit Eis gefüllte Behälter bereit, um die Fische aufzunehmen.

Sie fahren geradewegs aufs offene Meer hinaus. Ihnen geht es nicht um Riff-Fische, das Boot steuert den Bereich an, wo das Meer dunkler ist, als Maraia es je gesehen hat. Der Tag kommt langsam, behutsam, gerade mit genug Licht, dass man die Berge im Inselinneren erkennen kann. Schwarz, mit breiten weißen Schneestreifen an den Hängen. Das Licht ist grau, und die Luft ist nass vor Nebel. Die Mannschaft gibt ihnen zusätzliche Kleidung: große Overalls mit schwarzem Fellfutter. Als Maraia in ihren steigt und den Reißverschluss hochzieht, lacht Ateca so sehr, dass sie sich hinsetzen muss. Sie zieht sich die Kapuze über ihr Kopftuch und nimmt sie erst wieder ab, als sie an Land gehen. Mister Johnny sucht sich einen Platz an Deck, vor der Kajütenwand, wo er stehen und alles beobachten kann.

In Korototoka brauchen Jone und seine Söhne viele Zeichen, um den Fisch zu finden, sie orientieren sich an Vögeln, Wind und der Farbe des Meeres. Hier benutzen sie einen Computerbildschirm, um den Fisch unter

Wasser zu finden, das hat Maraia noch nie gesehen. Sie kann es gut verstehen, es ist schwer, wenn das Meer so schwarz und das Wasser so tief ist. Aber auch hier gibt es Vögel. Eine Wolke von Möwen folgt dem Boot aufs Meer hinaus, die Möwen schreien ungeduldig und verlangen eine Antwort.

Als sie an die Stelle kommen, wo die Fischer am Vortag ihre Leinen ausgelegt haben, hat sich der Nebel gelichtet und das Licht hat Farbe angenommen. Es schwebt leicht und rosa über dem Wasser, und Maraia weiß jetzt, dass sie einen reichen Fang machen werden. Sie schaut zu Mister Johnny hinüber, der aus zusammengekniffenen Augen die zitternde Linie mustert, wo Himmel und Meer aufeinandertreffen. Er hat in vielen Ländern das Licht gelesen, er versteht auch das hier.

Sie brauchen mehrere Stunden, um die ausgelegten Leinen einzuholen. An jedem Haken sitzt ein Fisch, und jeder Fisch ist groß und gesund. Mister Johnny beobachtet alles genau, das hier hat keine Ähnlichkeit mit dem Fang, den er auf der *Tarisso* einholt. Hier gibt es keine leuchtenden Papageienfische oder Rote Schnapper, keinen Dreißig-Kilo-Tunfisch oder Fächerfisch mit stehenden Rückenflossen. Der Fisch, der hier hochgehievt wird, ist graugrün und hat einen weißen Bauch und einen Bartstummel unter dem Kinn. Und es gibt so viel davon! Der große fette Fisch gleitet über die Reling, in einem Strom, der nie ein Ende nimmt, während ein Motor die Leine hochzieht und die Männer sie abwechselnd leeren. Einige Fische haben riesige Mägen, wie aufgeblasene Ballons.

»Am besten fischt man früh am Tag«, sagt Mister Bjørn. »Ehe der Fisch von Hering und Ruderfußkrebsen zu satt ist, um den Köder zu schlucken.« Mister Johnny nickt, er weiß, was es bedeutet, wenn der Fisch zu satt ist. Dann müssen die Leute in den Booten hungern.

Die Mannschaft zieht die Fische mit einem Haken herein und wirft sie in riesige Behälter an Deck, die sind im Nu voll. Jeder Fisch bekommt einen Schnitt unter den Kiemen, um auszubluten, ehe er in den Laderaum hinabgelassen und mit Eis gefüllt wird. Maraia beobachtet die schnellen Hände mit den gelben Plastikhandschuhen, die einholen und schneiden und werfen, einholen und schneiden und werfen. Der Berg aus Fischen wächst und wächst, ein glatter grauer Berg aus Nahrung, die zappelt und ruck- und stoßweise lebt. Sie kann Ateca ansehen, dass die dasselbe denkt: Wer soll das alles essen? Die Fischer in Korototoka fangen so viel, dass ihre Familien und das restliche Dorf an diesem Tag satt werden. Am nächsten Tag fahren sie wieder hinaus und fischen für einen Tag. Maraia starrt den Fischberg an, bis ihr schwindlig wird und sie wegschauen muss.

Der Himmel ist die ganze Zeit klar, aber obwohl das Licht stärker und die Sonne größer wird, wird es nicht warm. Ateca bleibt in der Kajüte und trinkt viele Tassen Kaffee, während Madam Ingrid Madam Ingrid ist und die ganze Zeit alles wissen will. Sie essen Brote, die in Plastikdosen verpackt waren, mit Käse und Fleischstücken. Die Möwen folgen ihnen den ganzen Tag, sie stürzen herab und schnappen sich Nahrung von der Wasseroberfläche. Eine landet an Deck und steht dort auf Beinen, die dick und kurz sind wie Ruder. Sie steht ganz still da und beobachtet Maraia mit gelben scharfen Augen.

Auf dem Weg zum Land ist das Boot schwer von Fischen. Die Leinen sind für den nächsten Tag ausgelegt, und Mister Bjørn lacht und fragt, ob sie auch dann wieder mit ausfahren wollen. Maraia lehnt dankend ab: »Miss Irene heiratet in ein paar Tagen, es ist viel zu tun.« Mister Johnny deutet vage ein Nicken an, und Maraia fragt sich, ob er wohl gern noch einmal mit hinausfahren würde. Sie fängt seinen Blick ein: Würdest du gern auf einer einzigen Tour so viele Fische fangen? Der Fächer von Runzeln um seine Augen lächelt zurück, und sie hört die Antwort, die er nicht ausspricht: Solange mein Magen nicht leer ist, habe ich Zeit, die Seeschwalben über meinem Kopf schreien zu hören und darauf zu warten, dass der Fisch den Weg zum Köder findet.

Der Himmel ist kalt und wolkenlos, als sie sich dem Kai nähern, die Farben sind zaghaft, wie wenn man den Pinsel in Wasser tunkt. Die Sonne zündet die Wellen an und lässt sie flackern und leben, aber hier fängt nicht das ganze Meer Feuer wie in Korototoka.

Die Strände von Kvitøya sind nicht wie die von Fidschi. Es gibt hier keinen Sand, auch nicht, wenn kein Schnee liegt. In Korototoka haben sie nur einen Anleger, hier haben sie mehrere. Die Fähre, mit der sie hergekommen sind, hat ihren eigenen Kai, und die Fischerboote liegen in einer langen Reihe nebeneinander, eine wogende Kette auf einer dunklen Brust. Das Meer hier ist groß und kalt, aber hier scheint es den Menschen zu gehören. Auf Maraias Insel wissen alle, dass es umgekehrt ist, dass sie dem Meer gehören. Sie hat Miss Irene gefragt, ob es hier Zyklone gibt, ob Wind und Meer kommen und ihre Kraft zeigen. »Ach ja«, antwortete Miss Irene. »Hier wissen wir, was ein Orkan ist. Und wir wissen auch, dass das Meer bestimmt. Aber wir zähmen es, so gut wir können.«

In Korototoka zähmen wir das Meer nicht, denkt Maraia. Du kannst nicht Herr über etwas sein, das du nicht besitzt.

45
Sina

Sina erkennt alles hier oben auf Kvitøya, dennoch ist ihr alles unbekannt. Sie und ihre Mutter sind nie verreist, Nordnorwegen, das waren einfach drei von roten Strichen getrennte Regierungsbezirke oben auf der Wandkarte im Klassenzimmer. Sina war noch nie nördlich des Polarkreises, dennoch findet alles um sie herum seinen Platz, unangestrengt und gelassen. Die Luft, die sie einatmet, der hemmungslose Wind. Der Geruch im Haus, die Stiefel auf dem Gang, der grau-rot gestreifte Flickenteppich. Die Küche in Irenes Elternhaus ist großer als Sinas war, viel größer und viel besser eingerichtet. Aber das Ticken der Wanduhr ist das gleiche, das Zittern des Zeigers jedes Mal, wenn er weiterspringt und anzeigt, dass eine weitere Minute vergangen ist. Auch sie und Armand hatten eine Küchenuhr in der kleinen Wohnung im Rugdevei. Sie hatte ihm beigebracht, dass er, wenn der lange Zeiger auf 2 stand und der kurze auf 8, Schuhe und Jacke anziehen musste und nicht vergessen durfte, die Tür ganz fest zuzuziehen, wenn er zur Schule ging. Ein vager Schmerz, den Sina sich selten wahrzunehmen gestattet, legt sich schwer unter ihr Brustbein. Armand hatte es nicht so leicht. Schlüsselkind, so hieß das damals, lange vor den Schulfreizeitangeboten. Aber sie musste doch zur Arbeit gehen, davon lebten sie schließlich, sie beide. Ihre Mutter war von schlechter Gesundheit gewesen und starb, ehe der Junge eingeschult wurde, andere Verwandtschaft hatte sie nicht, nur ein paar Vettern und Kusinen in weiter Ferne. Aber sie haben es geschafft. Wir haben niemandem zur Last gelegen, sagt sich Sina. Gott weiß, wie oft sie das im Lauf der Jahre gedacht hat.

Sie und Harald haben nie ein Wort darüber gewechselt. Sina arbeitete bei ihm im Lager, während ihr Bauch dicker wurde. Und als Armand geboren worden war, kam Lisbeth auf der Wochenstation zu Besuch, mit einer hellblauen Strampelhose und einem Blumenstrauß. Wohlwollen und Verlogenheit mischten sich in ihrem Lächeln: »Ich soll auch ganz herzlich von Harald grüßen und gratulieren.« Als ihre beste Freundin mit dem blinkenden Goldring am Finger und dem Babybündel auf ihrem gediegenen karierten Mantelschoß dort saß, da, gerade da war es schwer, nichts zu sagen. Aber Sina hatte die Lippen aufeinandergepresst und das Versprechen gehalten, das sie einige Monate zuvor abgelegt hatte. Niemals würde sie verraten, wer der Vater war. Immer würde sie allein zurechtkommen.

Fast fünfzig Jahre lang hat sie das Versprechen gehalten. Bis am Ende heiße Wellen alles an einen Strand am Stillen Ozean spülten. Und ob man es glaubt oder nicht – die Welt ging nicht unter. Lisbeth – ja, die Wunden sind da, tiefe Narben. Aber das Gleichgewicht, das

Gefühl von – Sina sucht nach dem Wort – Gerechtigkeit, das sich dabei trotz allem eingestellt hat, darüber freut sie sich. Es ist, als könnte sie dem, was jetzt passiert, dem Glück, das Armand in den Schoß gefallen ist, mit etwas geringerer Angst gegenübertreten, es zu verlieren. Ist es so, fragt sich Sina, dass es uns fester stehen lässt, wenn wir unsere Geheimnisse verraten? Werden wir sicherer, je nackter wir uns zeigen?

Irene klopft an die Tür: »Hallo, bist du hier? Ich wollte fragen, ob ich dir etwas zeigen kann, hast du Zeit?«

Sina nickt. »Natürlich, ich habe es nicht eilig.«

Sie gehen im schwachen Vormittagslicht über den Hofplatz. Sina sagt nichts. Sie war nie eine, die drauflosplaudert, und sie merkt, dass das Irene nur recht ist. Die Stille der angehenden Schwiegertochter sendet auf einer anderen Frequenz als ihre eigene Schweigsamkeit, aber dazwischen gibt es keinen Widerspruch, nur ruhigen Atem, Seite an Seite.

Irene geht mit ihr in den ersten Stock. Öffnet eine Schranktür und nimmt eine kleine Dose heraus. Schlägt gelbes Seidenpapier zur Seite und hält eine schwarze Messerscheide in der Hand. Die Spitze ist aus Silber, und das Messer, das sie vorsichtig aus der Scheide zieht, weist an der Stelle, wo der Birkenschaft auf die Klinge stößt, einen silbernen Ring auf. Ihre Finger streichen über das goldbraune Holz; es ist in der Mitte heller, dort, wo es in einer warmen Handfläche geruht hat. »Das hat meinem Vater gehört«, sagt sie. »Und vorher meinem Großvater.«

Sina sieht, dass es ein Prachtmesser ist, die Schaftspitze ist auch mit Silber beschlagen und hat am Ende einen kleinen Knopf. Damit wurden keine Holzspäne geschnitzt oder Räucherspeck zerteilt. »Ein Erbstück«, sagt sie. »Das ist aber schön.«

Irene nickt. »Meine Brüder haben beide eine Tracht«, sagt sie. »Das volle Programm, mit Messer und Uhrkette. Aber ich habe Papas Messer geerbt. Und ich will es Armand schenken. Am Hochzeitstag, wenn du nichts dagegen hast.«

Etwas dagegen? Sina sieht sie verdutzt an. »Warum sollte ich etwas dagegen haben? Es ist doch wohl deine Sache, wem ...«

Sie verstummt, als es ihr aufgeht. Irenes Worte, der sanft singende Akzent, sind mehr als eine Frage nach einem Gegenstand in einer Dose. Sie sind eine Einladung, eine Tür, die Irene öffnet. Irene sieht, sie hat verstanden. Hat den Hunger bei denen gesehen, die niemals etwas besessen haben, die niemals in Namen ausruhen konnten, welche über Generationen weitergereicht wurden. Hat die Zerbrechlichkeit eines Daseins verstanden, das nie mehr war als fast: fast genug, fast bereit, fast erreicht. Wo es niemals eine Möglichkeit gegeben hat, etwas beiseitezulegen, einen Vorrat aufzubauen, etwas in Reserve zu haben. Ein Leben von der Hand in den Mund, ohne Verankerung in Sippe oder Tradition. Ohne Erbsilber oder Geschichte. Und das bietet Irene nun an – Armand zu einem Teil dessen zu machen, was ihr gehört. Ihm Wurzeln zu geben, die er tief in den Boden strecken kann. Und sie hat Angst, Sina zu verletzen, wenn sie das tut.

Ihre schweren, leeren Hände haben es noch nie leicht gefunden, etwas anzunehmen. Jetzt streckt Sina sie Irene hin, öffnet die Handflächen und schlingt, ehe sie sich die Sache anders überlegt, die Arme um die Verlobte ihres Sohnes. Zieht sie an sich und umarmt sie fest, während sie mit gepresster Stimme sagt: »Nein, da kannst du sicher sein, Irene. Dagegen habe ich überhaupt nichts!«

In der Küche ist es warm und behaglich. Mit der Kaffeetasse vor sich auf dem Tisch am Fenster blickt Sina über die Felder hinter der alten Scheune. Jetzt ist sie zur Garage umgebaut und hat im ersten Stock Platz für Geräte; im zweiten liegen ein großer Raum und ein zusätzliches Schlafzimmer. Das Licht ist blau und zögerlich, vorsichtig wartet es auf den Tag.

»Bist du nervös?«, fragt Sina Irene, die sich mit kleinen, zielbewussten Bewegungen ein Brot schmiert. Irene wirkt überhaupt nicht nervös, und Sina kann sich auch nicht vorstellen, dass sie das ist, aber so eine Frage muss man wohl stellen, oder nicht?

Irene schaut überrascht auf und hält dabei den Käsehobel in der Hand. »Nein«, sagt sie einfach, »ich glaube, wir haben das meiste im Griff.«

»Wird … wird dein Bruder … einer von ihnen dich in die Ehe geben?«

Die Überraschung schlägt sich in einer Falte über

Irenes Nase nieder. »Mich in die Ehe geben?« Dann prustet sie los. »Mich zum Altar führen, meinst du?«

Sina nickt, plötzlich verlegen. »In die Ehe geben«, was für eine hoffnungslose Ausdrucksweise.

Irene packt ihre Hand. »Ich kann ja verstehen, dass du fragst, aber Armand und ich haben darüber geredet und beschlossen, dass wir zusammen die Kirche betreten.«

Natürlich. Sina sieht das auch so. Das einzig Vernünftige.

Irene hält ihre Hand weiter fest, ihre kleinen Finger sind warm und stark. »Mein Vater hätte es wunderbar gefunden, mich zum Altar zu führen, und ich hätte ihn gern dabeigehabt. Aber er lebt ja nicht mehr, und Armand hat ja auch keinen …«

Da war es. Mit plötzlichem Verstummen mitten im Satz und einer Farbe in den Wangen, die deutlich macht, wie sehr Irene sich wünscht, es nicht gesagt zu haben: Armand hat ja auch keinen Vater.

Sina weiß, dass Irene nicht bohren will. Sie ist nicht neugierig oder auf Klatsch versessen. Und ist es eigentlich so seltsam, dass sie etwas darüber wissen möchte? Sie kennt mich ja kaum, denkt Sina, und Armand hat sich sicher genau überlegt, welche Stücke seiner Herkunft und seiner Kindheit er teilen will. Sie hat gehört, wie er über seinen Erzeuger sprach, immer auf dieselbe Weise: »Nicht der Rede wert. Mein Mütterchen und ich haben das allein geschafft.« Er hat einfach abgewunken, als wäre es ein Fleck auf dem Hemd, den er wegwischen könne. Sie hat gedacht, das sei in Ordnung, so sei es gut. Wenn er es leicht nähme, betonen könnte, was sie beide geschafft haben, dann wäre nichts besser als das.

Sie hatte von Anfang an beschlossen, dass er an dem Tag, an dem er fragte, eine Antwort bekommen würde. Nicht den Namen, niemand würde den Namen erfahren, aber Armand sollte wissen, dass seine Mutter sich für ihn entschieden hatte. »Du warst nicht geplant«, sagte sie zu ihm, »aber als es passiert war, wollte ich dich haben.« Schlicht und einfach. Als er zum ersten Mal fragte, war er so klein, dass er unmöglich verstehen konnte, was »geplant« bedeutete, aber sie hatte sich nun einmal dafür entschieden, genau das zu sagen, und so hatte sie sich ausgedrückt. Du warst nicht geplant, aber ich wollte dich haben. »Dein Vater? Wir waren nie richtig zusammen. Er weiß nicht, dass es dich gibt.« Dieses Letzte ist allerdings nicht die ganze Wahrheit. Aber das muss so genügen. So hat es immer genügt. Für sie und für Armand.

Genügt es auch für Irene? Will ich, dass es ihr genügt? Wenn ein Knoten erst einmal gelöst worden ist, wird er danach lockerer wieder gebunden. Der Dampf der Kaffeekanne, der das Fenster beschlagen lässt, die Wanduhr, die tickt und tickt. Es-reicht, es-reicht, sag-es-jetzt.

Sina schaut die Hand an, die ihre noch immer umfasst.

»Amanda«, hört sie ihre Stimme sagen. »Amanda und Armand sind Halbgeschwister.«

Das Ticken der Uhr, die Sekunden, die ungerührt die Zeit verzehren. Die Furche über Irenes Nase ist jetzt zum Zickzack geworden. »Amanda«, sagt sie endlich, als sei an der Schultafel endlich eine Gleichung dritten Grades gelöst worden. »Lisbeths Tochter.«

Mehr scheint Irene nicht hören zu müssen. Die Wahrheit über die Herkunft ihres angehenden Ehemanns ist offenbar etwas, das sie einfach einsortiert, eine Gabel in einer Schublade, ein Kreuz auf einem Kalender. Sie erhebt sich und schenkt ihnen beiden mehr Kaffee ein, spricht nur eine einzige Frage aus, stellt etwas fest: »Und er weiß es nicht.«

Und Sina gibt nur eine einzige Antwort: »Sie auch nicht.«

Mehr ist nicht nötig. Zwei Hände nebeneinander auf dem Tisch, jeweils um eine Tasse gelegt. Ein Schweigen und eine Stille, die einander für einen Moment überlappen, sich dann für eine kurze Sekunde öffnen, mit einigen wenigen Wörtern, die geteilt werden mussten. Und Sina kann es nicht ausdrücken, aber sie sieht es. Den Wunsch Irenes, es zu schaffen. Lachen um einen Tisch, Geschenke am Heiligen Abend. Ein Anruf, nur um zu plaudern. Ein Bruder und eine Schwester. Irene weiß nur wenig, aber sie wird es erfassen. Die Dinge so weiterführen, wie es ihr am besten erscheint.

Als Lisbeth hereinkommt und in der Türöffnung ihren Schal ausschüttelt: »Da hat es doch wirklich schon wieder geschneit«, ist schon alles gesagt, was gesagt werden muss.

Die Hochzeitsgeschenke sind in dem Zimmer gelagert, das Kat und Lisbeth teilen, und am späten Vormittag versammeln sich dort die Damen, um die Übergabe zu planen. »Ich finde, wir legen die Matte einfach auf den Gabentisch«, sagt Kat. »Ganz ohne Zeremonie. Wir brauchen nichts Besonderes daraus zu machen, die Beziehung zu Fidschi steht am Tag von Armand und Irene nicht im Zentrum.«

Lisbeth sieht das auch so. »Fidschi wird mehr als genug im Zentrum stehen, wenn sie bekränzt werden«, sagt sie. Es ist längst abgemacht, dass Maraia dem Brautpaar die Salusalus um den Hals legen soll. »Ein kleiner Gruß von Fidschi macht sich gut«, findet auch Ingrid. »Aber es ist trotz allem eine norwegische Hochzeit. Wir wollen nicht übertreiben.«

Sina spürt ein leises Kneifen im Magen. Nicht übertreiben. Im Hintergrund bleiben, sich nicht blamieren. Sie denkt an das Päckchen ganz unten im Koffer, sorgfältig eingewickelt in Blasenfolie, die sie sich in den Läden von Rakiraki erbettelt hat. Sich nicht blamieren. Aber ihr Entschluss ist gefasst.

Lisbeth und Ingrid verlassen das Zimmer, und Sina bleibt auf der Bettkante sitzen, ein wenig antriebslos und erschöpft, obwohl sie an diesem Morgen noch keinen Handschlag gemacht hat. Kat überprüft, ob das Trachtenhemd richtig gebügelt ist, dass die Ärmel keine Bügelfalte haben und der Kragen vorschriftsmäßig gestärkt ist. »Ist alles in Ordnung?«, fragt sie plötzlich. »Du bist nicht nervös?«

Sina schüttelt den Kopf, sie hat plötzlich ein Gefühl, über das sie sich freut, einen Stich der Irritation über die Einmischung, zusammen mit Wärme, weil Kat sich kümmert. Sie hat es Lisbeth gegenüber erwähnt, dass Kat abbaut. Als ob alles eine Nummer langsamer ginge, die Räder drehen sich noch, aber langsamer und mit geringerer Wirkung. Nicht dass sie … verkalkt ist ein gutes Wort, denkt Sina, sie kann sich vorstellen, wie die Kalkablagerungen in den Adern langsam dicker werden und den Durchgang immer enger machen, wenn sich das Blut durch die Adern ins Gehirn presst. Nein, so ist Kat nicht. Es zeigt sich eher in den Pausen, wie in langen Aufenthalten, die ein Zug im Bahnhof einlegt, mit leeren Fenstern, ohne dass irgendwer aus- oder einsteigt. Der Mund, der ab und zu halb offen steht, ohne dass etwas herauskommt. Die Trägheit, mit der sich die Hände bewegen.

Aber Kat hat jetzt nichts Träges an sich, und Sina fährt fast zusammen. »Nervös? Nein, das bin ich nicht. Ich soll ja schließlich nicht heiraten.«

Aber sie kennen einander zu gut, und Kat setzt sich neben sie. »Was ist es denn dann?«

Was es ist? Sie hat losgelassen, das ist es. Komme, was wolle. »Ich habe es Irene gesagt. Dass er Amandas Bruder ist.«

Keine Verkalkungen in der Hand, die ihre Schulter packt, kein Zögern in den Lippen, die die Frage abfeuern: »Du hast es Irene gesagt? Und was ist mit Armand?«

Sina schüttelt nur den Kopf. Sie hat das alles getragen und getragen und getragen. Geschwiegen und geschwiegen. Jetzt ist eine andere an der Reihe.

Kats Hand sinkt zurück auf ihren Schoß. Sina sieht, wie der Zug im Bahnhof anhält, die Fenster sind beschlagen und erlauben ihr keinen Blick ins Abteil. Eine Minute vergeht, zwei. Sina hat keine Worte, bringt es nicht über sich, die Fragen auszudrücken, die wie Schmeißfliegen ihr wundes, verängstigtes Herz umsummen. Wird Irene Armand etwas sagen? Was wird sie sagen? Wird sie sich an Amanda wenden? Lisbeth? Großer Gott, Lisbeth, sie hat es Lisbeth doch versprochen: Niemals ein Wort, an niemanden. Was hat sie getan?

Kats Augen werden wieder klar. »Ich weiß, was du getan hast«, sagt sie, und ihre Stimme ist ruhig und stark. »Du hast die Last weitergereicht an eine, die sie auf neue Weise tragen kann.«

Sina nickt. Ihre Schicht ist zu Ende. »Ja«, sagt sie zu Kat. »Das war die Wachablösung.«

In ihrem Zimmer befreit sie das Geschenk vorsichtig aus den Schichten von Blasenfolie. Schaut abwartend den blau gemalten Gegenstand an, den sie auspackt, als ob der selbst das Wort ergreifen und erklären könnte, weshalb er dort liegt. Eine neue Weise, schärft Sina sich ein. Zeit, alles auf eine neue Weise zu tun.

46

Maraia

Am Tag vor der Hochzeit steht Maraia in aller Frühe mit Ateca auf. Sie ist daran gewöhnt, dann aufzustehen, wenn die Sonne sagt, dass der Tag beginnt. In der Küche gibt es heißen Kaffee, und sie sehen zu, wie immer mehr Kuchen auf den großen Tisch unter dem Fenster gestellt werden. Offenbar wird Kvitøya ausschließlich von tüchtigen Bäckern und Bäckerinnen bewohnt; den ganzen Morgen lang bringen die Leute Platten und Kartons und bitten sie, die anzunehmen. Maraia erkennt eine von denen, die kommen, und zwar Madam Hohelene, die mit Mister Bjørn verheiratet ist. Der Kuchen, den sie mitbringt, ist der beste auf der Welt, das sagt sie selbst. »Bjørn wartet draußen im Auto«, fügt sie hinzu, nachdem sie den Kuchen auf den Tisch gestellt hat. »Er möchte dich etwas fragen.«

»Würdest du gern einen Wal aus nächster Nähe sehen?«, das wollte Mister Bjørn sie fragen.

Maraia spricht nicht aus, was sie denkt: Auf Fidschi fangen wir keine Wale. Sie haben ihren Teil des Meeres, und wir haben unseren. Aber es kommt vor, dass sie ins Seichte geraten und nicht mehr wegkommen, und manchmal müssen sie dann getötet werden.

»Der ist in schlechtem Zustand«, sagt Mister Bjørn, und Maraia hört seiner Stimme an, dass »manchmal« jetzt ist.

Miss Irene hat mitbekommen, was er gesagt hat. Sie macht ein besorgtes Gesicht, und Maraia begreift, dass ihr der Vorschlag gar nicht gefällt. »Werden sie ihn töten?«, fragt sie, und Mister Bjørn nickt. »Es sieht nicht gut aus.«

»Dann ist das doch nichts für die Kleine«, legt Madam Ingrid los, aber Maraia hat bereits die Autotür geöffnet und ist eingestiegen.

Der Wal liegt in einer Untiefe in einer kleinen Bucht ein Stück vor der Fischfabrik. Dort wimmelt es von Menschen, Feuerwehrleuten in roten und gelben Overalls, die einander zurufen. Mister Bjørn begrüßt einen jungen Mann in einer dicken Regenjacke. Der lächelt und sagt Hallo, und Maraia erkennt ihn von dem Abend her, an dem sie mit der Fähre gekommen sind. Er ist der, der fand, dass Fidschi weit weg liegt.

»Erik«, sagt er und streckt ihr die Hand hin.

»Ich heiße Maraia«, antwortet sie.

Er lässt seinen Blick zwischen ihr und dem Wal hin und her wandern. »Schade, dass du das sehen musst, wenn du schon mal hier bist«, sagt er.

Mister Bjørn geht zu den Feuerwehrleuten hinüber, Erik und Maraia bleiben stehen. Sie sehen einander an, und sie weiß, dass er dasselbe hört wie sie, jämmerliche Klagerufe.

Sie hat noch nie einen Wal aus nächster Nähe gesehen. Der Cuvier-Schnabelwal taucht vor Vitu Levu nicht oft auf, aber sie wissen, dass er dort ist. Gleitet in der Dunkelheit unter den Booten hindurch, mit schwer und langsam schlagendem Herzen, wenn er sich in Tiefen hinabsenkt, die niemand erreichen kann und von denen niemand etwas wissen soll. Da unten braucht er niemanden, und wer ihn aus dem Wasser hat springen sehen, berichtet, dass er allein unterwegs ist.

Er ist groß, viel größer als Jones Boot. Das Wasser spült über die dunkle, glatte Haut, die voller Striemen und Narben ist. Sein Kopf ist heller, fast weiß, das eine Auge starrt sie zwischen weichen Hautfalten an, eine schwarze Nuss in einer Schale. Langsam wiegt er sich hin und her, als ob die ganze Aufregung ihn überhaupt nichts anginge. Er weiß, dass es zu Ende ist. Es hört hier auf, in diesem kalten Meer weit weg von den tiefen Strömungen, in denen er zu Hause ist.

Sie schaut Erik an. »Denkst du manchmal daran?«

Er nickt. »Dass das Meer unbarmherzig ist, meinst du? Dass es seine eigenen Entscheidungen trifft?«

»Ja«, sagt sie. »Dass wir es mehr brauchen, als es uns braucht.«

Er gibt keine Antwort. Aber da stehen sie nun zusammen und hören das Wasser an die Steine schlagen. Wie Wörter, die sie gut kennen, aber nicht auszusprechen brauchen.

Das Meer vor Kvitøya ist viel dunkler als das bei Fidschi, Maraia weiß, dass es andere Dinge auf andere Weise verbirgt. Hier wissen sie nichts von Abaia, dem grausamen Riesenaal, oder von der Duna mit den dicken Lippen. Als sie Erik fragt, ob er sich vor Adaros fürchtet, sieht er sie lange an, ehe er den Kopf schüttelt. »Die haben wir hier nicht«, sagt er.

Ein *Adaro* ist ein boshafter Meermann mit Schuppen am ganzen Leib und einem spitzen Horn auf der Stirn wie ein Schwertfisch. »Du weißt, dass sie über den Regenbogen reisen können?«, fragt sie.

Er schüttelt wieder den Kopf und hat nie gehört, dass ein Adaro Fischer töten kann, indem er giftige fliegende Fische auf sie hetzt. Er weiß auch nichts von *Dogai*, den Seegeistern, die die Fische aus dem Netz verscheuchen.

»Wir müssen uns vor anderen Dingen fürchten als vor Geistern und Ungeheuern«, sagt er. Seine Augen hängen noch immer an dem Wal. »Wir sollten viel größere Angst vor dem haben, was wir nur zu gut kennen.«

Maraia denkt an die Korallenriffe ohne Farbe und Penaias Krebse, die in kälteres Wasser umgezogen sind. »Du meinst das, was unsere eigene Schuld ist?«, fragt sie.

Seine Stimme klingt bedrückt. Sie spürt, dass er schon oft wiederholt hat, was er nun sagt. »Das meiste ist unsere eigene Schuld.«

Maraia sieht den Wal an, der sein Leben hier an diesem steinigen Ebbestrand beenden und nie mehr draußen in der Tiefe für seinesgleichen singen wird. Sie fragt sich, ob auch das schwarze Meer hier oben wärmer wird und höher an Land kriecht wie in ihrem eigenen Dorf. Ob sie hier mit Gift fischen, ob auch hier an den Stränden

Gürtel aus Plastikflaschen liegen. Ob sie in diesem Meer Fische finden, die es vorher hier nicht gab, und ob Fische, die immer da waren, verschwinden. Ob die Schiffe Öl verlieren und ob das, womit sie die Felder besprühen, um die Ernte zu steigern, ins Wasser sickert und wie zu Hause die Algen erstickt. Sie will fragen, ob alles, was hier auf der Insel geschieht, etwas mit dem Meer macht, so wie das, was auf ihrer eigenen Insel passiert, über Leben und Tod im Meer um Vitu Levu entscheidet.

Als er antwortet, geschieht das mit Worten, die sie kennt. »Alle Meere sind dasselbe Meer«, sagt Erik.

Sie erzählen einander vieles. »Eine der allertiefsten Senken auf dem Grund des Stillen Ozeans hat meinen Namen«, sagt Maraia. »Sie heißt Marianengraben, und sie sieht aus wie ein neuer Mond.« Erik erzählt ihr von dem schwarzen Gold unter dem Meeresboden vor dieser kalten Küste und dass viele es nach oben holen wollen. »Das wäre eine Katastrophe«, sagt er. »Wir müssen es lassen, wo es ist.« Maraia erzählt ihm vom Säbelzahnfisch, der in einer Tiefe von mehreren Kilometern lebt und so große Zähne hat, dass er den Mund nicht schließen kann. Er erzählt ihr, dass jedes Jahr von dem vielen Kunststoffabfall hunderttausend Säugetiere im Meer getötet werden.

Sie erzählt eine alte Geschichte von Fidschi, über damals, als die Menschen von der Küste ins Gebirge zogen, weil sich das Meer senkte und die Ernten versagten, die Korallenriffe trockenfielen und die Fische starben. Sippen fingen an, miteinander um die Nahrungsmittel zu kämpfen, und bauten Festungen auf den Berggipfeln.

»Jetzt wird es wärmer, und das Meer klettert an Land und lässt die Inseln zerfallen. Alles, was mit dem Meer passiert, passiert auch mit uns.«

»Ich weiß«, sagt Erik. Sein Blick haftet an dem Wal, aber nun lässt er ihn zu Maraia weiterwandern. »Was willst du dagegen machen?«, fragt er.

Sie versucht, das Blau seiner Augen zu erfassen. Die Farbe ist anders als das Glitzern am Horizont am Morgen oder das Funkeln eines Riffbarsches zwischen den Korallen.

»Deine Zeit gehört allein dir«, sagt er. »Was willst du also machen?«

Jetzt erkennt sie dieses Blau, es ist ihre eigene Farbe. Das scharfe, klare Blau, das die Umrisse des Meersterns vor dem Meeresgrund abzeichnet. »Ich werde alles benutzen«, sagt sie. »Die fünf Arme des Seesterns. Die Tiefe, die Stille, den Gesang, die Furcht und den Mut.«

»Ja«, antwortet er. »Du wirst vor allem den Mut brauchen.«

Sie bleiben lange dort stehen. Maraia friert, aber sie muss stehen bleiben. Die Feuerwehrleute setzen am Ende einen Kran ein, der hebt den Wal aus dem Wasser und an den Strand. Maraia hört, dass er tot ist, als sie ihn ablegen; das Geräusch, mit dem er auf die Steine rollt, ist schwer und flach und ohne Hoffnung. Der Mund, der durch den Tod lächelt, ist verzogen, als ob er ihnen etwas sagen wollte. Sie lauscht, aber der Wind und das leere Auge erzählen ihr nichts.

47
Ateca

Lieber Gott!

Ich weiß, dass deine Größe keine Grenzen kennt. Du gibst uns Tag und Licht, du gibst uns Nacht und Ruhe. Du herrschst über Meer und Himmel. Aber heute Abend weiß ich nicht, was ich gesehen habe. Licht und Dunkelheit flogen gleichzeitig über den Himmel; grüne leuchtende Bögen aus Träumen und Zeichen. Die Sterne über dieser Insel sind wie kalte Punkte, Schuppen, die durch viele Schichten aus unruhigem Wasser leuchten. Heute Abend sind sie verblasst, Gott, hinter dem Licht, das über uns flammte, einem großen und wirbelnden Licht, das sich in Bögen und Schleiern über den Himmel wand wie der Rauch eines Feuers. Es tanzte grün und lila über unseren Köpfen, es schwang sich in Winkel und Falten wie ein Laken sich bläht, wenn es ausgeschüttelt wird. Dieses viele Licht hast du in der kalten schwarzen Nacht hier oben versteckt, und heute Abend hast du die Tore geöffnet, sodass es herausströmen konnte.

Mister Armand wusste schon, was Mister Bjørn wollte, als er am späten Abend angefahren kam. »Wir wollen ihnen doch mal zeigen, was wir zu bieten haben«, sagt er. »Zieht euch gut an, meine Damen, heute Abend lädt Kvitøya zu einer Vorstellung, wie ihr sie noch nie gesehen habt. Und ihr habt Gratiskarten!«

Ich wollte schon schlafen gehen, ich war müde, und morgen ist die Hochzeit. Aber Madam Kat hatte frohe Augen, und sie lief ganz schnell, als sie warme Kleidung holte. »Du kommst mit, Ateca«, sagte sie. »Das hier erlebst du kein zweites Mal.«

Wir fuhren über eine Straße, die mitten in die Dunkelheit führte, es gab nur Schnee und einige hohe Bäume zu sehen, als die Häuser hinter uns verschwanden. Wir hielten an, wo die Straße endete, und stiegen aus dem Auto aus. Um uns herum war nur flache, offene Landschaft. »Schaut nach oben«, sagte Mister Bjørn. Er hätte es nicht zu sagen brauchen, Gott, wir standen mitten im lodernden Licht. Es war, als ob ich Flammen über den Himmel laufen hörte, es knisterte und zischte in meinem Kopf. Das Licht zitterte und umströmte mich, Wogen aus gefrorenem Feuer. Ich dachte, so siehst du aus, Gott, es war dein Atem, der über unseren Köpfen brannte.

Ich musste mich an Madam Kat festhalten, um nicht zu fallen, und als ich mich umdrehte, sah ich Maraia ins Gesicht. Sie trank das Licht mit offenem Mund, schluckte die grünen Flammenzungen, die dort oben züngelten und wirbelten. Farben, deren Namen ich nicht weiß, tanzten und jagten in ihren Augen um sich selbst, ein Meer ohne Wasser, mit Wellen aus Eis und Sternen.

Danke für das Wunder, das sich hier in der Dunkelheit verbirgt, Gott. Danke dafür, dass dieses kalte Meer voller Fische ist und dass die Häuser warm sind. Danke dafür, dass ich das Licht nicht zu verstehen brauche, um in seinem Schein zu stehen.

In Jesu Namen. Emeni.

48
Ingrid

In dem blau gestrichenen Raum im Anbau, der einmal der Stall war, machen sie sich für die Nacht bereit. Die Festspiele am Himmel tanzen noch immer in Ingrids Kopf, Johnny hat seit ihrer Rückkehr geschwiegen. Sie zieht den Pullover aus und lächelt ihn mit etwas an, das ihr wie Stolz vorkommt: »War das nicht phantastisch?«

Er lächelt zurück. »Ja. Himmelsbrand.«

Ingrid hatte ein wenig mehr Begeisterung erwartet, aber sie weiß, dass Johnny große Worte und Gesten nicht liegen. »Ich bin froh, dass du das sehen konntest«, sagt sie. Fügt rasch hinzu, wie ein Zugeständnis, das sie sich nicht verkneifen kann: »Ich habe so etwas auch noch nie gesehen. Das Nordlicht ist in Reitvik nicht oft zu Besuch.«

»Mm.« Er nickt. »Ich wünschte, Edson hätte das sehen können.«

Edson. Ingrid hat dem Jungen, der in Korototoka zurückgeblieben ist, seit ihrer Abfahrt kaum einen Gedanken geschenkt, und sofort schlägt ihr schlechtes Gewissen zu.

»Edson, hat er … wie geht es der Familie auf Kosrae?«

Johnny hat sich ausgezogen und sitzt auf der Bettkante. Ingrid sieht plötzlich, dass er zu dünn ist, das weiße T-Shirt hängt ihm locker über der Brust. Die Oberschenkel unter den Boxershorts, sie kann die Knochen sehen, wo vorher lange, starke Muskeln waren. Sie ist verwirrt und verliert den Faden.

Er blickt sie aufmerksam an. »Der Familie?«

Edson, sie reden über Edson. »Ja … sein Vater, ich habe mich gefragt, wie er zurechtkommt. Du hast ja einmal gesagt, dass seine Tochter mit ihrer Familie alle Hände voll zu tun hat. Ich weiß ja nicht, wie stark behindert der Vater ist, aber …«

»Ausreichend«, fällt Johnny ihr ins Wort, in seiner Stimme liegt eine unbekannte Schärfe. »Ausreichend behindert, wie du das nennst, um ihn abhängig von anderen zu machen. Auf Kosrae gibt es nicht viele Möglichkeiten. Die Tochter hat vier Kinder und einen arbeitslosen Mann. Und der Sohn … na ja, Edson ist ja auf Fidschi.«

Er will, dass der Vater zu uns kommt, geht es ihr auf. Johnny will eine alte Dankesschuld dadurch bezahlen, dass wir einen erschöpften und behinderten Mann zu uns nehmen.

»Er hat keine anderen … Leute, die …?«

Johnny lässt den Blick zum Fenster hinüberwandern. Hinter dicken gestreiften Vorhängen kratzen die Zweige eines blattlosen Baumes geduldig über das Glas. Johnny seufzt und dreht sich wieder zu ihr um. Klopft neben sich auf die Bettkante. »Setz dich zu mir.«

Die Geschichte ist bizarr, aber Johnny erzählt sie kurz und bündig. Als Edson klein war, ungefähr zur Zeit seiner

Einschulung, ging ihr Vater eine Affaire (Johnny verwendet das Wort »Affaire«) mit einer anderen Frau ein.

»Hast du davon gewusst?«, fällt Ingrid ihm ins Wort, ohne es wirklich wissen zu wollen.

Er sieht sie überrascht an. »Ich war schon längst von Kosrae weggezogen.«

Ingrid schließt den Mund und gelobt sich, Johnny nicht mehr zu unterbrechen.

»Das Besondere an der Sache war, dass es sich um die Schwester seiner Frau handelte.«

»Er hat sich mit seiner Schwägerin eingelassen?«

Sie hat schon vergessen, was sie sich eben vorgenommen hatte.

Johnny nickt. »Ja. Sie war einige Jahre jünger als Edsons Mutter und wohnte noch zu Hause bei den Eltern. Sie war in der Nacht, als es passiert ist, im Dorf, aber niemand weiß, ob sie etwas mit dem Brand zu tun hatte.«

Ingrid starrt ihn an. »Du meinst … es war Brandstiftung?«

»Niemand weiß das sicher. Eigentlich wäre Edsons Vater in dieser Nacht nicht zu Hause gewesen. Er sollte jemanden zum Flughafen fahren und wurde erst am nächsten Tag zurückerwartet. Aber er war dann doch zurückgefahren und kam gegen Mitternacht zu Hause an. Als einige Stunden später der Brand ausbrach, lagen alle vier im Haus und schliefen.«

»Und dann …?«

»Ja. Das habe ich dir schon erzählt. Edsons Vater wurde davon geweckt, dass das Haus in Flammen stand. Er rief seine Frau, aber die wurde nicht wach, vielleicht war sie vom Rauch schon bewusstlos. Also brachte er die Kinder in Sicherheit, aber als er wieder ins Haus lief, um seine Frau zu holen, brach fast das gesamte Dach ein, und er wurde unter einem Balken eingeklemmt. Seine Schulter wurde zerschmettert, aber er zog und zerrte mit dem anderen Arm an seiner Frau, bis Hilfe eintraf. Alle vier kamen mit dem Leben davon, aber ….«

»Es wurde nie wieder so wie vorher«, fügt Ingrid hinzu. Sie kennt die Geschichte, die Mutter, die auf Dauer bettlägerig wurde, der Vater mit dem lahmen, hilflosen Arm.

»Aber ihre Schwester – was hast du da eigentlich angedeutet?«

Johnnys Blick gleitet wieder aus dem Fenster. »Sie hat nie geheiratet. Die Eltern der beiden Schwestern sind längst tot, und sie wohnt noch immer in dem Haus, in dem sie aufgewachsen ist. Es ist im Dorf kein Geheimnis, dass Edsons Vater die meisten Nächte dort verbringt, jedenfalls tut er das, seit die Kinder einigermaßen groß sind.«

»Aber sie kann doch – wenn sie damit zu tun hatte –, sie kann doch eine Mörderin sein!«

»Niemand ist ums Leben gekommen«, sagt Johnny. »Und mein Vetter glaubt es nicht. Aber du kannst dir ja denken, dass es viel Gerede gegeben hat. Schwer für Edson und seine Schwester, natürlich, sie ist doch die Tante der beiden.«

Aber der Mann? Ingrid verspürt eine Wut, die sie nicht ganz erklären kann. »Aber wenn … wie konnte dein Vetter denn noch weiter mit ihr zusammenbleiben? Wenn sie es vielleicht war, die …«

Johnny nimmt ihre Hand. »Nichts ist leicht«, sagt er. »Die Brandursache wurde nie geklärt. Und ein schlechtes Gewissen haben sie sicher beide.«

»Ja, wenn sie … aber sie hätte sich doch um ihre bettlägerige Schwester kümmern müssen!«

Ingrid ist außer sich.

»Du verstehst sicher, dass Edsons Mutter das nicht wollte«, sagt Johnny, und seine Hand streichelt ihr Kreuz an der ewig schmerzenden Stelle.

»Hat sie es denn gewusst?«

Wildrid springt von der Bettkante auf.

»Ihre eigene Schwester, und der Mann, der …« *Wie kannst du ihn in Schutz nehmen?*, will sie Johnny anschreien. *Was für ein Trottel, was für ein Waschlappen, was für ein …* Sie findet keine Worte.

Seine Augen sind traurig. »Wie gesagt, eine Brandursache wurde nie gefunden.«

Er sieht sie lange an, sein Blick fühlt sich auf ihrer Haut schmerzhaft liebevoll an.

»Nichts ist leicht«, sagt er noch einmal. »Jedes Dorf hat seine eigenen Regeln. Was der eine nicht gutheißen kann, kann dem anderen als praktische Lösung erscheinen. Die Familien werden zusammengehalten, der Besitz bleibt bestehen, Ehre und Würde sind unversehrt.«

Ehre?, ruft Wildrid aufgebracht, aber Johnny hört sie nicht.

»Man muss sich der Situation anpassen. Mein Vetter

hat nicht mehr viel Kraft, und seine Gedanken sind nicht so klar wie früher. Und jetzt, wo er allein ist, hat er niemanden, der sich um ihn kümmert. Vielleicht ist es die beste Lösung.«

Ingrid merkt plötzlich, dass sie friert. Tritt einen Schritt auf die einsame Gestalt auf der Bettkante zu. Etwas in ihr wird weicher, ihre Hände brauchen Trost, und sie legt sie um sein Gesicht. Setzt sich und lehnt den Kopf gegen seinen warmen Brustkasten. Spürt, wie sein Herz schlägt und schlägt, ein treuer Puls unter ihrer Wange.

Am nächsten Morgen werden Armand und Irene einander alles versprechen. Eine Reise, von der sie überzeugt sind, dass sie sie zusammen zu Ende führen werden, ohne etwas über unbekannte Stationen, Zugwechsel und Weichen zu ahnen.

Nichts ist leicht. Ingrid lässt sich zurücksinken und zieht Johnny mit sich.

49
Sina

Sina hat einmal gehört, »die Mutter des Bräutigams ist anwesend und trägt Beige.« Das bedeutet wohl, dass sie nicht viel mehr tun muss, als zur Stelle zu sein? Jedenfalls führen die beiden Hauptpersonen an diesem Tag Regie. Irene ist kein junges Mädchen, das große Augen macht, einen zitternden Strauß in den Händen hält und ihre Stimme irgendwo hinter einem Kloß im Hals verliert. Irene und Armand sind erwachsene Menschen, die wissen, was sie tun, und die ihr Leben im Griff haben. Und das ist ja das Unglaubliche, denkt Sina und setzt sich in Strümpfen und Unterrock auf die Bettkante. Dass Armand endlich sein Leben im Griff hat.

Sie schaut aus dem Fenster, auf den Samstag, der sich hellblau und hoffnungsvoll über Kvitetind und das Meer dort draußen erhebt. Heute heiratet er, ihr Junge, und etwas ist zu Ende. Endlich ist etwas zu Ende. Ein schlechtes Gewissen, ein quälender Druck im Nacken. Ein unterdrückter Atemzug, den Sina in einem kalten Gästezimmer in einem alten Haus auf einer unbekannten Insel im hohen Norden entweichen lässt. Jetzt geht es um ihn und Irene. Die Mutter des Bräutigams braucht nur Beige zu tragen.

Sie beugt sich vor und zwingt ihre Füße in ein Paar neue Schuhe mit halbhohem Absatz. Das wird nicht der beste Tag für ihre Beine. Aber ansonsten ist sie freier als jemals seit weit über fünfzig Jahren.

Die Kirche ist bis auf den letzten Platz besetzt, aus irgendeinem Grund hat sie gewusst, dass es so sein würde. Eine kleine Hochzeit, hat Irene gesagt, aber vielleicht werden danach nicht alle mit auf das Fest kommen. Dunkle Anzüge und elegante Kleider zwischen den Trachten, dicke Stiefel unter den Bänken. Sina schielt zu Kat neben sich hinüber, verspürt zu ihrer Überraschung einen Stich desselben Neides wie vor hundert Jahren bei ihrer Konfirmation, als die anderen Mädchen alle Tracht trugen und sie selbst froh war, weil der Umhang ihr Kleid von der Stange verbarg. Kat ist in ihrer Tracht eine Königin, damals wie heute. Groß und blond, die bestickte Haube elegant auf dem Kopf drapiert. Lisbeth, frisch geschminkt und kühl in einer eleganten langen Kreation, die sicher ein Vermögen gekostet hat. Johnnys kräftige Waden sind nackt und braun unter dem koksgrauen Sulu, er trägt den knielangen Rock mit derselben Würde wie Ingrid neben ihm die Reitviker Tracht. Maraia fingert an der Goldkette herum, die sie um den Hals trägt, ein exotischer Vogel in rot-grünem Sulu Jaba. Die Sandalen bieten Platz genug für ihre Zehen. Sina versucht, nicht an ihre eigenen wehen Füße zu denken. Die Bänke sind grau gestrichen und hart, ohne Kissen, und die Orgel, die die Minuten vor sich herschiebt, keucht und knirscht.

Da kommen sie. Alle erheben sich, als die Tür geöffnet wird und Armand und Irene zusammen die wenigen Meter durch den Mittelgang zurücklegen. Ganz unerwartet kommt eine heiße Tränenflut, und Sina ist wehrlos. Sie hat sich auch nicht vorsichtshalber ein Taschentuch eingesteckt, aber Lisbeth zieht eins aus der Packung in ihrer Handtasche und schiebt es Sina zwischen die Finger. Der Ernst in Armands Gesicht, der ist es, der sie überwältigt. Hat sie ihren Sohn jemals so gesehen? Sie hat es gewünscht, hat es gehofft, hat davon geträumt, Jahr um Jahr; von dem Dauerhaften, etwas von Bedeutung. Und da ist es. Über der doppelreihigen Brokatweste und der silbernen Halsbinde ist es da, im Blick: das Solide. Etwas Gediegenes. Etwas, das zwischen ihm und der Frau an seiner Seite andauern wird, dieser kleinen und aufrechten Frau, einer Säule der Ruhe.

»Um alles in der Welt, der ist aber elegant!«, flüstert Lisbeth. Sie zieht noch ein Papiertaschentuch hervor und reicht es Sina. »Sie sind beide wunderschön. Ich wusste gar nicht, dass Armand eine Tracht hat.«

Das hat Sina auch nicht gewusst. Aber in diesem Moment stimmt alles. Beide sind wunderschön. Solide und fest entschlossen, ein Handschlag vor dem Altar, befestigt durch Silberknöpfe und Hosenbänder. Und dort, unter der Jacke gerade noch zu ahnen, eine schwarze Messerscheide mit blanker Spitze.

Der Pastor spricht über Reife, Vertrauen und Verantwortung. Sina hört nicht alles, registriert aber das Wort Verantwortung. Er ist nicht mehr ihre Verantwortung.

Irene musste kommen, damit Armand die Verantwortung für sich selbst übernimmt. Irene, die jetzt Sinas Schwiegertochter ist. Ihre Brüder in der ersten Reihe jenseits des Mittelgangs, Schwägerin, Nichten und Neffen. Das ist jetzt ihre Familie. Als sich das Brautpaar zur Gemeinde umdreht, schickt die Sonne rote und gelbe Pfeile durch die Glasmalereien in den Fenstern. Trifft Irenes Gesicht und badet es für einen Moment in etwas, für das Sina keinen Namen hat. Ihr Blick findet Ateca. Der strömen Tränen über die Wangen, und sie presst sich ein Taschentuch auf den Mund, um das Lachen zurückzuhalten. Ihre Augen strahlen, ihr Körper wiegt sich vor Freude hin und her, und plötzlich findet Sina das Wort, das sie gesucht hat. Glückseligkeit.

Ihr ist schwindlig, lange ehe sie zu Tisch gehen. Da sind der Jan und die Bodil, die Anna und der Trygve und der kleine Per, Nachbarn und Freunde und Verwandtschaft, alle sind mit allen verwandt. Leute, die mit Irene und ihren Brüdern zur Schule gegangen sind, Leute, deren Eltern für ihren Vater gearbeitet haben, und die, bei der Irene das Backen von ganz dünnen Waffelfladen gelernt hat. Es ist ja unbeschreiblich, was sie für eine Schwiegertochter bekommen hat – allesamt waren sie sicher, dass sie es weit bringen würde, die war was Solides, die Irene, war sie immer schon. Sina nickt und grüßt und nimmt etwas entgegen, bei dem sie nicht sicher ist, worum es sich handelt – Komplimente, die eigentlich ihrem Sohn gelten, denn er hat doch diesen ersten Preis ergattern können?

Oder ihr selbst, die einen so vortrefflichen Partner für die geliebte Tochter der Insel aufgezogen hat? Sina ist überwältigt und stolz und verlegen zugleich, aber es geht ihr schon besser, nachdem bei der Ankunft im Gemeindehaus ein langstieliges Glas mit prickelndem Inhalt serviert worden ist. Die Mutter des Bräutigams, heute ist sie jemand, sie ist die Mutter des halben Festes, genau das ist sie. Anwesend sein und Beige tragen, ja verflixt! »Tausend Dank«, sagt Sina zu dem Bjørn und der Helene. »Ich danke euch allen, ja, natürlich bin ich stolz, ich war immer schon stolz auf Armand.«

Kat hat sich auf eine Bank in der großen Eingangshalle gesetzt. Sina spürt ihren Blick, und etwas Schweres legt sich auf ihre Schultern, eine dumpfe Verlegenheit, ihre eigenen Worte sind das Spiegelbild von Armands bekannter Prahlerei. Sie holt tief Luft und setzt sich ganz aufrecht in dem neuen Kleid, das absolut nicht beige ist, sondern dunkelrot mit schwarzem Besatz an den Ärmeln. Das hier ist der erste Tag der neuen Sina, und sie hat keinerlei Grund, sich zu schämen. Aber als Kat ihren Blick erwidert, liegt darin keinerlei Ironie oder Tadel. Nur ein Funkeln liebevoller Aufmunterung, als sie das Glas hebt und Sina zuzwinkert. »Dazu hast du auch allen Grund, Sina«, sagt sie. »Auf alles, worauf wir stolz sein können!«

Sie wird ganz schwach, als Lisbeth ihr auf dem Weg zu Tisch eine einfache Frage stellt. »Graust du dich?«, flüstert die Freundin und streicht sich den Silberhelm hinter den Ohren glatt. Das tieflila Kleid sitzt eng über den

Hüften, und Sina kann nicht begreifen, wie sie auf den dünnen Absätzen das Gleichgewicht halten kann. Ob sie sich graust? Wovor denn?

»Der Rede natürlich.«

Eine Eiskralle im Bauch.

»Der Rede?«

»Ja … du wirst doch wohl eine Rede halten?«

»Nein? Nein, ich wollte … ich muss doch nicht …« Aber mehr Zeit bleibt ihr nicht, sie kann Lisbeth gerade noch einen panischen Blick zuwerfen, ehe ihr ein Stuhl zurechtgerückt wird. »Ich habe die Ehre, die Mutter des Bräutigams zur Tischdame zu haben, wie ich sehe. Ich freue mich sehr!«

Viggo, Irenes jüngster Bruder, lächelt sie strahlend an und scheint es ehrlich zu meinen. »Ich hoffe, Sie haben Hunger«, sagt er und schiebt seinen Stuhl neben ihren. »Und Sie haben ja auch Zeit, das Essen zu genießen. Sie müssen wohl erst nach dem ersten Hauptgang in den Ring, nehme ich an.«

In den Ring. Sina wird es plötzlich schlecht bei der Erkenntnis, dass es hier Formalitäten gibt. Es gibt Tradition und Reihenfolge und Regeln, wie alles zu geschehen hat. Das hier ist kein Lovo unter den Sternen mit dem Essen auf den Knien und einem Sitzplatz auf dem Boden und jemandem, der zwischendurch zur Gitarre greift. Hier gibt es Erwartungen und Regeln. »Ich habe nicht … ich …«

Sina weiß nicht, was sie sagen soll, und sie kann es auch nicht mehr sagen. Denn in diesem Moment tippt jemand an sein Glas, und der Toastmaster, Irenes Vetter, ergreift das Wort. »Dann hoffe ich, dass alle einen Platz gefunden haben und hoffentlich den, den wir für euch ausersehen hatten, haha. Im Namen von Armand und Irene habe ich die Freude, euch hier zu Tisch willkommen zu heißen …«

Als Vorspeise gibt es Melone mit Schinken, Sina hat schon lange keinen Räucherschinken mehr gegessen. Irenes ältester Bruder spricht für die Familie, Armand bedankt sich für die Braut. Dann kommen die Trauzeugen an die Reihe, eine Jugendfreundin von Irene und ein Freund von Armand, dem Sina noch nie begegnet ist. Dampfender gekochter Lachs wird auf vorgewärmten Tellern serviert. Große gelbe Kartoffeln und Gurkensalat in Sauerrahm. Wieder werden die Gläser gefüllt. In Sinas Magen dreht und dreht sich alles, eine Nähmaschine, die die Wörter zu großen Klumpen zusammenzurrt. Sie hat in ihrem ganzen Leben noch keine Rede gehalten, sie weiß nicht, wie man das macht. Sie verflucht sich, weil sie das nicht vorhergesehen hat, wie konnte sie nur so dumm sein? Warum hat niemand ihr etwas gesagt, warum hat Kat … Sie versucht, Kats Blick einzufangen, aber die hat Bjørn zum Tischherrn und scheint sich zu amüsieren, da ist keine Hilfe zu holen. Ingrid unterhält sich lebhaft mit ihrem Nachbarn, nur Johnny richtet den Blick auf Sina, ruhig und aufmerksam. Sina will ablehnen, kann sie nicht einfach ablehnen? Aber dann muss sie das jetzt machen, ehe der Toastmaster wieder an sein Glas tippt und sagt, ich hoffe, ihr habt jetzt den ärgsten Hunger gestillt, denn jetzt wird die Mutter des Bräutigams …

»… ein paar Worte sagen. Bitte sehr, Sina!«

Sie tut es, sie erhebt sich. Pflanzt die Füße, die sich schon während der Vorspeise von den schrecklichen Schuhen befreit haben, fest auf den Boden, leert das halbvolle Weinglas auf einen Zug und hält sich an der Tischkante fest, während sie aufsteht.

»Lieber Armand, liebe Irene!«

Alles hält inne. Die Welt ist voller Wörter, auch ihr Kopf, ihr Bauch, ihr Mund. Die Wörter tanzen und schwimmen und versuchen, sich gegenseitig die Hände zu reichen, aber sie entgleiten einander wieder, und »gratuliere« findet keinen Kontakt zu »glücklich« oder »Sohn« oder »Kindheit«. Sechzig Augenpaare starren sie an, pressen sie an eine Wand, die nicht da ist, um ihr Halt zu geben, wenn sie fallen wird, jetzt gleich. Bilder und Töne durchjagen sie, ein Zyklon schlägt gegen die Fenster, und sie weiß, jetzt, jetzt kommt die Welle. Sie schaut auf Viggo neben sich hinab, richtet ihren Blick auf ein Stück Lachs auf seinem Teller. Denkt daran, wie Armand sie in Vale nei Kat über fidschianische Gerichte belehrt hat, an Mayas verwirrtes, verletztes Gesicht, als er sich über sie lustig gemacht hat. Armands Lehrerin auf der Grundschule, die sie anrief: »Sie müssen mit Armand über seine ewigen Lügen sprechen, er muss den Unterschied zwischen Phantasie und Wirklichkeit lernen.« Den Tag, an dem er ihr lässig mitteilte, dass er das Studium abgebrochen habe. »Ich brauche kein Papier, um zu zeigen, was ich wert bin.« In Sina krampft sich alles zusammen, etwas will heraus. An der falschen Stelle, zur falschen Zeit, aber das Boot löscht jetzt seine Ladung, es löscht sich selbst.

»Dass ich eines Tages hier stehen würde«, fängt sie an, »hätte ich nie gedacht.« Ein zusammenhangloser Satz, sie weiß nicht, woher sie den nächsten nehmen soll. Dann ist er da.

»Aber irgendwie habe ich immer gewusst, dass ich es tun würde. Denn es gab sonst niemanden. Es gab immer nur dich und mich, Armand. Keine anderen.«

Lisbeths Blick, auf sie gerichtet. Sina nickt, ohne den Kopf zu bewegen. Nein, Lisbeth, ich werde nichts sagen.

»Es gab dich und mich in einer kleinen Wohnung in Reitvik. Nicht viel Geld, das hatten wir nie. Auch keine große Familie. Vieles von dem, was anderen Kindern selbstverständlich ist, hattest du nicht. Ich habe dir nicht viel geben können.«

Sieht er verlegen aus? Sie weiß es nicht, sie muss weiter.

»Aber weißt du, was ich hatte, Armand? Ich hatte Hoffnung. Jede Menge Hoffnung. Die Hoffnung, die alle Eltern für ihre Kinder haben. Wenn sie sonst nichts haben, wenn wir kein Geld und keine Pläne und keinerlei Einfluss darauf haben, was euch so alles einfällt, dann haben wir doch Hoffnung. Hoffnung für alles, was ihr werden sollt. Die Träume, die ihr erfüllen werdet. Nicht unsere eigenen Träume, sondern die, die ihr selbst habt, irgendwo im tiefsten Herzen. Dass ihr sie finden werdet und dass sie lebensfähig sind, damit sie euch das geben können, was ihr braucht. Wir können euch Essen und Kleider geben, euch beibringen, die Toilette zu benutzen, aber wohin eure Träume gehen, das müsst ihr selbst herausfinden.«

Armand ist verlegen, jetzt ist sie sicher. Er schaut auf die Tischplatte hinab, liegt das daran, dass sich bei ihr die Wörter ein wenig überstürzen? Sina wirft einen Blick in ihr Weinglas, das ist noch immer leer.

»Die Hoffnung«, sagt sie wieder, mit starker Betonung. »Ich habe für dich gehofft und gehofft, Armand. Und wenn ich ehrlich sein soll, so ist diese Hoffnung einige Male zerbrochen. Ja, nicht ganz zerstört«, fügt sie plötzlich beschönigend hinzu. »Aber an den Ecken leicht eingebeult, vielleicht. Denn du konntest bisweilen reichlich hoffnungslos sein.«

Sie findet, dass sie jetzt richtig im Fluss ist, das Lachen, das hier und da in der Runde erklingt, lässt ihre Wangen heiß werden.

»Es war nicht so leicht zu hoffen, als du Importeur wurdest und auf Kredit eine riesige Partie italienischer Herrenhemden übernahmst. Rosa und perlgraue Hemden mit langem Kragen, wie kein Mann aus Reitvik ihn jemals am Hals tragen würde, das stand jedenfalls fest.«

Wieder Lachen am Tisch, es verstummt, als sie ihre Erzählung mit dem Zusammenbruch des Hemdenabenteuers fortsetzt. »Ich weiß noch, dass ich den ganzen nächsten Winter mit dem Rad zur Arbeit gefahren bin. Der Hemdenreinfall hat uns das gekostet, was die Versicherung für mein Auto ausgemacht hätte. Und noch etwas mehr.«

Sie versucht, den Blick ihres Sohnes einzufangen,

aber dessen ganze Aufmerksamkeit ist weiterhin auf die Tischdecke gerichtet. »Dann bist du von zu Hause weggegangen, und ich habe dir meine Hoffnung mit auf den Weg gegeben. Mit auf ein Boot in Rio oder ein Flugzeug ans Schwarze Meer. Als du von einem Strand in Agadir mit wunderbaren Ausbaumöglichkeiten gehört hast. Du hast geglaubt, ich habe gehofft. Und vielleicht auch ein bisschen geglaubt. Das wollte ich jedenfalls gern.«

Um den Tisch herum ist es still, und Sina spürt die Blicke. Nicht Armands, aber die aller anderen. Kats forschende, Lisbeths kritische, Ingrids mitfühlende, Irenes … wie sind die? Hoffnungsvoll? Warten sie darauf, dass Sina etwas Schönes und Lobendes über ihren Sohn sagt? Das muss sie doch! Sina hebt den Kopf, was macht sie hier eigentlich, es ist doch ein Festtag! Einige schöne Episoden, etwas zum Lachen, nun mach schon!

»Ich weiß noch, dass deine Lehrerin an der Grundschule dich erfinderisch genannt hat, Armand. Daran habe ich oft gedacht. Wie recht sie hatte: Du hast *erfunden,* und du hast *ge*funden. Wie als du einen Onkel erfunden hast, der als Kapitän auf einem großen Schiff alle Weltmeere befuhr.« Sie zeichnet mit den Fingern Anführungszeichen in die Luft. »Weißt du das noch? Und dabei habe ich nicht einmal einen Bruder.«

Sieht sie jetzt ein Lächeln bei Armand? Ja, ein kleines.

»Und als jemand zu dir nach Hause kommen wollte, um die – war es eine Alligatorenhaut, die du von deinem Onkel bekommen hattest, oder die Federkrone eines Indianerhäuptlings, das weiß ich nicht mehr. Da hast du einen Einbruch bei uns erfunden, bei dem unser ganzes Hab und Gut gestohlen worden war. Und niemand könne zu dir nach Hause kommen, weil es dort von Polizei wimmelte, die versuchte, die Diebesbande zu entlarven, und du müsstest ihnen dabei helfen.«

Um sie herum wird geschmunzelt, Armands Mund dagegen ist klein und stramm. Sina versucht ein Rettungsmanöver. »Erfindergeist und Optimismus haben dir viele Male geholfen. Du hast jedenfalls eine viel lebhaftere Phantasie, als mir geschenkt worden ist.«

Irenes Blick ist noch immer offen und erwartungsvoll. Sie wartet auf das Gute, das noch kommen wird. Sina muss es hervorholen, muss ihr zeigen, dass nicht alles nur Mühsal war. Dass sie heute auch andere Erinnerungen mitgebracht hat.

»Du hast sie ab und zu so gut nutzen können, deine Phantasie. Weißt du noch, wie wir den Sommerkalender gemacht haben? Als deine Klassenkameraden in die Ferien fuhren und du dich gelangweilt hast, weil ich arbeiten musste? Da haben wir für jeden Tag einen Zettel beschrieben mit Dingen, die du allein unternehmen konntest, Dingen, die nicht allzu viel kosteten. Und dann legten wir alle Zettel in eine Schüssel, und jeden Morgen hast du einen gezogen. ›Mama überraschen‹ stand auf einem. Da hattest du einen Kuchen gebacken, als ich nach Hause kam. In der Mitte klitschig und zusammengesunken, aber du hattest ihn mit Stiefmütterchen geschmückt, die du hinter dem Block gepflückt hattest.

Oder als dein heißester Wunsch ein Ausflug nach

Legoland in Dänemark war? Das konnten wir uns nicht leisten, und deshalb hast du Stunden im Spielwarenladen in der Nygate verbracht. Hast vor dem Legoregal auf dem Boden gesessen und die schönsten Modelle von den Bildern auf den Kartons abgezeichnet. Die hast du zu Hause an die Wand gehängt und gesagt, das seien Bilder, die du während der Ferien in Legoland gemacht hättest.«

Die Stille in der Runde wird von einem kurzen Schluchzen unterbrochen. Lisbeth wischt sich mit einem zusammengeknüllten Papiertaschentuch die Nase. Sina sieht, dass Viggo ihr Wasserglas gefüllt hat, sie trinkt einen Schluck und denkt fieberhaft, dass sie die Stimmung heben muss. »So was nennt man lösungsorientiert, glaube ich«, sagt sie, so munter sie kann.

Sie lässt den Blick zu Irene weiterwandern. Ihre Schwiegertochter ist ernst, aber ihre Züge sind sanft und wach. Sie lauscht mit ihrem ganzen Wesen, und Sina fällt plötzlich ein, dass sie in ihrer Rede auch die Braut erwähnen muss.

»Meine Hoffnung und dein Erfindergeist, Armand«, sagt sie und hört selbst, dass in ihrer Stimme eine Art Enthusiasmus erwacht ist. »Diese Kombination hat dafür gesorgt, dass wir heute hier sitzen. Denn es ist doch so«, sagt sie und sucht ein wenig nach der richtigen Reihenfolge der Wörter, »dass wir, wir Eltern, niemals aufhören zu hoffen, auch wenn die Kinder auf die Nase fallen. Und oft ist es auch so«, jetzt hat sie es, jetzt kann sie alles miteinander verbinden, »dass die, die Tatkraft und Optimismus besitzen, am Ende das große Los ziehen, und eines

Tages geht alles in Erfüllung. Auch wenn das selten so passiert, wie wir es uns vorgestellt haben.«

Sina legt eine Kunstpause ein, jetzt läuft es, jetzt genießt sie es fast.

»Sehr lange Zeit habe ich nicht einmal von dir gewusst, Irene. Armand hat nichts erzählt. Ich glaube, ich hatte die Hoffnung ganz hinten in eine Schublade gelegt und die zugeschoben. Dann bekam Kat eines Tages eine E-Mail. Von Mayas Tochter Evy, die in derselben Stadt wohnt wie ihr.«

Sina schaut sich um. »Die meisten von euch hier wissen nicht, wer Maya ist. Sie war die fünfte in unserer Clique aus Reitvik. Maya war die … die …«

Sie ist total unvorbereitet auf das Weinen, das plötzlich ihren Hals füllt. Kat sieht es und räuspert sich diskret, aber deutlich auf der anderen Seite des Tisches. Ergreift das Wort, während Lisbeth die jetzt fast leere Packung Papiertaschentücher hervorzieht.

»Maya war die, von der wir fast alles gelernt haben«, sagt Kat. »Nicht nur, weil sie so viel wusste und eine gute Lehrerin war. Sondern weil sie das mit Respekt und Fürsorge gemacht hat, und mit Ehrlichkeit. Viele prachtvolle Wörter, ja, und ich verwende sie ohne Zögern, denn so war sie. Prachtvoll. Maya hat im ersten Jahr mit uns zusammen in Vale nei Kat gewohnt, und wenn ihr unsere Schokolade kennt – sie war es, die das Logo mit den beiden Schildkröten gezeichnet hat.«

Sina hat sich jetzt gesetzt, sie weiß nicht mehr, was sie gesagt oder gedacht hat oder wie sie weiterkommen soll.

Sie sieht nur Mayas Gesicht vor sich, die hellen blauen Augen, wechselnd wie der Himmel über Korototoka; klar und scharf, vage und bewölkt oder leer und blank, ohne Ausdruck. Eine Hand drückt auf dem Tisch ihre, eine Stimme an ihrem Ohr: »Sie haben über Maya und ihre Tochter gesprochen. Über eine E-Mail.«

Sina holt tief Luft, drückt ihrerseits Viggos Hand. »Danke.« Spürt den Boden unter den Füßen, erhebt sich wieder und richtet den Blick auf Irene.

»Evy, Mayas Tochter, hat uns erzählt, dass sie eine Anzeige mit euren Namen gesehen hatte. *Irenes Catering*, und Armand wurde erwähnt. Dein Name, weißt du«, sie grinst ihren Sohn an, »der ist ja nicht gerade häufig. Also wollte Evy wissen, ob du das sein könntest. Und so habe ich von dir erfahren, Irene, und habe die Schublade noch einmal aufgemacht. Habe die Schublade aufgemacht und den Staub weggeblasen. Und hier sitzen wir also!«

Sie hält sich wieder an der Tischkante fest, aber diesmal vor Erleichterung, nicht, weil ihr schwindlig wäre. Sie kommt ans Ziel, gleich ist sie dort. Ein Funken von Inspiration, den hat sie jetzt, jetzt hat sie's.

»Solange es Leben gibt, gibt es Hoffnung, heißt es. Ich glaube, ich würde es eher umgekehrt sagen. Solange es Hoffnung gibt, gibt es Leben. Ich habe gehofft und gehofft, und noch immer lebe ich. Und jetzt sehe ich euch beide, und meine Hoffnung hat sich erfüllt, und da habe ich jedenfalls vor, noch lange zu leben. Herzlichen Glückwunsch und vielen Dank!«

Sie lässt sich auf den Stuhl fallen, springt aber wieder

auf, als Viggo ihr Glas mit Wein füllt und es ihr zuschiebt. »Sie müssen auf das Brautpaar anstoßen!«

»Prost!«, ruft Sina, benommen vor Weinen und Triumph. »Auf die Hoffnung und auf das Brautpaar!«

Auf der Querseite der zusammengerückten Tische wird ein Stuhl zurückgeschoben. In der schwarzen Trachtenjacke mit den Reihen aus Silberknöpfen auf der Brust sieht er fremd und neu aus, als er nun auf sie zukommt. Er bleibt stehen und hebt sie fast vom Stuhl, als er sie an sich drückt. »Danke, vielen Dank, Mama«, sagt er mit zitternder Stimme. »Es gab immer uns, dich und mich. Ich danke dir.«

Maraia und Ateca blühen beim Kaffee auf. Sie heben sich nicht nur farbenfroh von den anderen ab mit ihren lila, roten und grünen Bula-Blumen, die Leute von Kvitøya haben nun auch ihr Englisch ausgelüftet, das die meisten von ihnen eigentlich gern praktizieren wollen. Atecas Lachen hebt und senkt sich vor den Tellern voller Mandelkranz und Baisertorte und Eis, während der kleine Per und der Johannes Maraia verstohlen mustern und hoffen, dass bald getanzt wird.

Der Gabentisch steht groß und voll beladen vor der Wand des Nebenraumes. Sina lässt ihren Blick über Sautépfanne und Hammelfleischtopf, Designer-Brotkorb und italienische Kaffeemaschine wandern. Ateca tritt hinter sie, sie hebt einen vergoldeten Leuchter hoch, spielt ein wenig daran herum, dann stellt sie ihn kopfunter zurück auf den Tisch. Ateca blättert in den großen

Umschlägen mit den wunderschönen Karten – es sind Bilder von Orten, die sie besuchen werden, erklärt Sina. Das Brautpaar bekommt Wellnessferien und Städtetouren geschenkt – damit sie ein bisschen Zeit für sich selbst haben, gewissermaßen.

»Sie bekommen Zeit geschenkt?«

Ateca blickt Sina fragend an. »Die Zeit ist doch dieselbe, ob sie nun zu Hause sind oder anderswo?«

Sina zuckt mit den Schultern, denkt an die lange, stille Morgenstunde allein im Süßhaus, ehe die anderen eintreffen. Nur sie, das Geräusch ihrer Schritte, in ihrem Tempo. »Ja, aber sie kann sich anders anfühlen.«

Ateca schaut sich fragend um, hebt die Tischdecke und schaut unter den Tisch. Lässt den Blick über die Decke aus Spelsauwolle und die Kartons mit den drei verschiedenen Karaffen wandern, ehe sie verrät, wonach ihre Augen suchen: »*Uma i sulu?* Stoff? Bekommt das Brautpaar denn keinen Stoff?«

Sina schüttelt den Kopf. Nicht dass sie Expertin für Hochzeitsgeschenke wäre, aber … Stoff? »Meinst du, um Kleider daraus zu nähen?«

Ateca nickt eifrig. »Ja. Bei uns wird der nach der Hochzeit aufgeteilt, und jede Familie bekommt etwas ab. Wer viele Kinder hat, bekommt mehr. Mit dem Petroleum machen wir das auch so.«

»Petroleum?'« Nun schaut auch Sina eilig unter den Tisch, um sich davon zu überzeugen, dass sich unter der bodenlangen Tischdecke kein Lager von Petroleumkanistern verbirgt.

»Ja. Wir teilen das auf, damit alle ein bisschen zum Licht und zum Kochen bekommen.«

»Also … die Hochzeitsgeschenke sind nicht nur für das Brautpaar bestimmt?« Sina dämmert es jetzt, worauf Ateca hinauswollte.

»Aber nicht doch!« Ateca sieht erschrocken aus. »Die bekommen ja ohnehin so viel. Bettwäsche und Decken und Mückennetze. Uma i Sulu und Petroleum werden mit der Familie geteilt. Alle tun sich doch zusammen, um dem Brautpaar alles Gute zu wünschen.«

Eine Zweizimmerwohnung in Reitvik, ein Zimmer in einem Bure auf Fidschi. Wenn du mehr hast, als du brauchst, teilst du. So einfach ist das.

Sina nickt, betrachtet das Service mit Tropfenfänger und Vakuumverschluss. »Das stimmt«, sagt sie. »Eine Hochzeit geht alle Beteiligten an.«

Ateca schweigt eine Weile und blättert zerstreut in einem Kochbuch. *Die geschmackvollen Suppen des Starkochs.* »Wann machen wir das?«

»Wann machen wir was?«, Sina schaut verwirrt in das Buch. »Suppe kochen?«

»Nein, nein.« Ateca runzelt die Stirn. »Sie bekränzen. Das Brautpaar. Jetzt sind sie doch verheiratet, und …« Sie zeigt zum Festsaal hinüber, wo die Musiker jetzt ihre Ausrüstung aufbauen und alles für den Brautwalzer vorbereiten.

Sina begreift. Ateca meint, dass der offizielle Teil der Hochzeit nun zu Ende geht, und sicher hat sie recht. Von nun an wird es allerlei Trinksprüche und gelockerte

Schlipse geben, schweißnasse Hemdsrücken und dass alle einfach drauflos singen. Und die Salusalus, die Ateca von Fidschi mitgebracht hat, vorsichtig in mehrere Papierschichten gewickelt, liegen noch immer in einem Karton draußen auf dem Flur.

Sina will sagen, dass sie nicht weiß, wann der richtige Augenblick wäre, um die Kränze zu holen, sie kann mit Armand sprechen, oder mit Kat, vielleicht weiß die einen Rat. Aber sie reißt sich zusammen. Sie hat hier eine Rolle, sie kann das klären. Sie ist die Mutter des Bräutigams, und sie kann hier neue Sitten einführen, jawohl, das kann sie.

»Ich glaube, jetzt ist der richtige Augenblick«, sagt sie und nimmt Ateca am Arm. »Komm, dann reden wir mit dem Toastmaster.«

Die beiden Sessel sind aus dem Kaminzimmer im Keller geholt worden. Massiv und schwer, mit geschnitztem Rücken und bestickten Kissen. Armand und Irene sehen gespannt aus, als sie dort sitzen, er mit wachsamem Blick, und Sina spürt einen wehen Stich im Bauch, reg dich nicht auf, bitte. Niemand will dir etwas Böses. Niemand wird dich verspotten oder hinters Licht führen, Armand. Du sollst nur ein Geschenk entgegennehmen.

Aller Augen ruhen auf den beiden Frauen hinter dem Brautpaar. Ateca steht hinter Armand, klein und untersetzt und in einem lilageblümten Sulu Jaba, die Haare wie ein Glorienschein um den Kopf. Sie lächelt nervös und hält den Salusalu mit beiden Händen vor sich.

Hinter Irene steht Maraia, sie leuchtet in Rot und Grün. Die Frauen von Korototoka sind barfuß, ihre Gesichter strahlen zufrieden. »Mister Armand«, beginnt Ateca. Ihre Stimme ist laut und schwer vor Würde. »Gestattest du, dass ich dir diesen Kranz um den Hals lege?«

Es ist still im Saal, es ist ein Augenblick von etwas Großem im Bürgerhaus von Kvitøya. »Ja«, sagt Armand.

Ateca beugt sich vor und legt ihm den Salusalu um den Hals. Die papierdünnen Schlingen aus getrockneter Rinde sind zu ausgefeilten Schichten gefaltet und geflochten: cremefarbene, braune und orange Fächer, Spiralen und geflochtene Blüten. Ein Kranz aus Feierlichkeit und guten Wünschen.

»*Vinaka*«, sagt Armand und klatscht dreimal in die Hände. Danke. Kein Grinsen, kein blöder Spruch.

So ist es. Sina weiß es, endlich weiß sie es. So ist es, wenn eine Mutter auf ihren Sohn stolz sein kann.

Die Tasche hat in der Garderobe gelegen, seit sie gekommen sind, niemand hat bemerkt, dass sie die Tasche unter den Arm geklemmt hat, als sie und Ateca die Kränze holten. Nach der ersten Rede ihres Lebens, für einen Sohn in Tracht und Salusalu, ist nichts mehr unmöglich, und Sina zögert nicht. Holt einen Stuhl und stellt ihn vor das Brautpaar, das noch immer reich geschmückt dasitzt, bemerkt Kats fragenden Blick kaum. Verspürt nicht den Hauch von Nervosität, als sie die Schuhe abstreift, sie braucht Luft um die Zehen, um ihr Vorhaben auszuführen. Sie hat dem Toastmaster nichts gesagt, sie hat nicht geplant, wie sie anfangen wird. Aber das ist die neue Art der neuen Sina: einfach loslegen. Im Hintergrund stehen und die Klappe halten? Das ist vorbei. Sich blamieren? Dieses Wort hat sie noch nie gehört. Sina bückt sich und öffnet die Tasche, zieht die blau angemalte Ukulele hervor und legt sie auf ihrem Schoß zurecht. Klimpert einige Male, die Saiten geben einen zarten Ton, stark genug jedoch, um sich Ruhe zu verschaffen. Die drei Akkorde, die sie kennen muss – *mehr brauchst du dir nicht zu merken!*, im Kopf hört sie die Stimme von Jimi, Floras Bruder –, liegen in ihren Fingern bereit, und sie legt sie ruhig zum ersten Akkord zurecht: Zeigefinger, Mittelfinger, Ringfinger, unterster Bund. »Auf Fidschi«, beginnt sie, verliert aber fast den Faden, als sie Kats Blick begegnet, die Fidschisache nicht übertreiben, hat Kat das gemeint? Sie umschließt den Hals ihrer kleinen Klampfe fester, spürt, wie sich die Nylonsaiten in die Fingerspitzen drücken. Die neue Sina, die neue Art! »Auf Fidschi«, sagt sie noch einmal, »singen wir *Isa Lei,* wenn sich unsere Wege trennen. *Was für ein Kummer,* bedeutet das. Es ist ein schönes Lied, das alle kennen, ein schöner Text über Trennungen.«

Sie sieht, wie Maraia und Ateca die Ukulele anstarren, ihre Gesichter sprechen von freudiger Verwirrung. Haben sie wirklich nichts gehört? Sina hat versucht zu üben, wenn sonst niemand zu Hause war, hat mit einer Decke über dem Kopf auf dem Bett gesessen und leise den Text gesummt, während ihre unwilligen Finger sich über die Saiten arbeiteten. Haben sie gar nichts davon mitbekommen? Ateca, die ihre Augen überall hat, hat sie die Ukulele nie entdeckt, als die eingewickelt in ein altes Laken oben im Kleiderschrank lag? Offenbar nicht. Die Haushälterin sieht ebenso überrascht aus wie das Brautpaar und die anderen Gäste, und sie schlägt beide Hände vor den Mund, als Sina nun weitermacht. »Aber ich werde jetzt nicht dieses Lied singen. Denn obwohl Armand und Irene Kvitøya in einigen Tagen verlassen und die anderen und ich nach Fidschi zurückkehren werden, geht es hier nicht um einen Abschied.«

Sie sieht, wie Lisbeth Ateca die Übersetzung ins Ohr flüstert, und Ateca nickt, während es hinter tropischen Blumen vor Lachen wogt. Sina schaut rasch an ihrem eigenen roten Festtagskleid hinunter, das ist elegant, kein Zweifel, aber jetzt bereut sie, nicht ihren eigenen Sulu Jaba mitgebracht zu haben. Was sie vorhat, handelt von Sandkrebsen, die zwischen Muscheln und Korallenstücken am Strand Blasen machen. Von der Papageienblume, die protzig zur Sonne hochstrebt, und von der Kakaofrucht, die warm in der Handfläche ruht. Sie hätte sich in Orchideen und Passionsblumen kleiden sollen, nicht in eine Pracht für zweitausend Kronen aus dem Laden. »Es geht um Willkommen«, sagt sie und richtet den Blick auf Irene. »Heute darf ich Irene in meiner Familie willkommen heißen, wie sie und ihr Armand in eure aufnehmt.«

Lisbeth flüstert Ateca hektisch ins Ohr, und Ateca nickt eifrig. »Deshalb werde ich ein Willkommenslied singen, und das richtet sich an alle hier. Ich hoffe, wir sehen euch eines Tages auf Fidschi.«

Drei Akkorde, drei Akkorde. Ganz ruhig jetzt, Sina,

das geht sehr gut. *Nicht die Gesangsstimme ist das Wichtigste,* hört sie noch einmal die Worte des Ukulele-Lehrers. *Sondern die Loloma, die Liebe, die du ihnen zusingst.*

Sie hat immer gewusst, dass sie nicht singen kann. Kat war diejenige mit der Gesangsstimme. Lisbeth stand daneben und piepste ab und zu leise und zaghaft. Ingrid konnte den Text für alle Strophen aus dem Ärmel schütteln. Sina stand ganz hinten, murmelte den Text, presste das Kinn auf die Brust und wusste immer, dass sie gemeint war, wenn der Musiklehrer genervt abwinkte. »Wer kann denn hier nicht den Ton halten?« Jetzt schlägt sie die Saiten an, wiegt sich einige Male hin und her, um den Rhythmus der wogenden, trällernden Melodie zu finden, die sich in drei einfachen Griffen wiederholt, Zeile für Zeile. Sina tritt mit den Zehen in ihrer Strumpfhose den Takt und lässt der Sache ihren Lauf.

Bula Maleya kei Viti talega
Eins, zwei, drei, vier, tipp, tipp, tipp, tipp.

Dass es bei den Anfangszeilen eigentlich um fidschianische und malaysische Soldaten im Dienste des Britischen Empire geht, interessiert Sina nicht im Geringsten, es hat sowieso nichts mit der Sache, dieser Sache, zu tun. Sie macht es auf ihre Weise. Hebt den Schnabel, den sie nun einmal hat, und singt in ihrem allerbesten Vosa vaka-Viti.

Nanumi Viti vanua lalai
Denkt immer an Fidschi, das kleine Land.

Ateca und Maraia sind barfuß. Sinas Augen kleben an ihrer linken Hand auf den Saiten, aber aus dem Augenwinkel ahnt sie, dass eine lila und eine rotgrüne Blume sich nun bewegen, hört Füße, die zusammen mit ihren eigenen den Takt treten, dem Gesang unter die Arme greifen und ihn weitertragen.

Me noda tu na lagilagi
Jetzt feiern wir

Und nun passiert es, das, was Jimi die ganze Zeit gewusst hat, was in all den Monaten, in denen sie heimlich geübt hat, zwischen den Saiten der blauen Ukulele liegen sollte. Die Stimmen von Ateca und Maraia legen sich wie Abendwind und Wellenschlag hinter ihre eigene unmusikalische. Johnny stimmt ein, die Gesichter drehen sich überrascht zu ihm um, als eine klangvolle Stimme einen treuen und tiefen Bass unter das Ganze legt. Ihre Stimmen heben den Text, verleihen ihm Gestalt und Sinn für die Leute von Kvitøya, lassen die Hüften von der Helene und der Anna einen weichen Takt wiegen.

Eda sa cibicibi taka yani, singen sie.
Wir werden eins.

Sie weiß nicht, wer anfängt, den Takt zu klatschen, jedenfalls ist es ein einfacher Rhythmus. Eins, zwei, drei, vier, ihre Finger gleiten lässig durch die Akkorde. Jetzt singt ein Chor im Kaminzimmer des Bürgerhauses, und plötzlich erfüllt Sina das mehrstimmige Brausen beim ersten Adventsfest in Vale nei Kat, die Jungen mit der Gitarre, *Amazing Grace.* Es ist einfach wunderbar, kann sie noch denken, oder fühlen, das, was hier passiert. Ihre Hände schaffen die Griffe, ohne dass sie hinstarren muss, sie sieht Armand an, ihren Sohn, der lächelt und sich wiegt.

Eda sa mai veikune tale
Wir sehen uns wieder

Wir sehen uns wieder, singt Sina für Kvitøya. Von nun an ist alles neu. Kommt doch nach Fidschi. Ich habe dort ein Zuhaüse, ich habe etwas anzubieten. Wir sehen uns wieder.

50
Maraia

Die Hochzeit ist erfüllt von Freude. Mister Armand ist heute Abend auf andere Weise froh, als wenn er laut redet und seine Zähne blitzen lässt. Miss Irenes Stimme ist rund und warm, wie die Eier des Kakadus. Als sie sich am Tisch erhebt und Mister Armand ihre schönsten Wörter sagt, sehen alle, dass er groß und schön wird. Madam Sina ist außerdem auf eine neue Weise froh. Das Lied, das sie von Fidschi mitgebracht hat, hat lange darauf gewartet, freigelassen zu werden.

Maraia spricht eine ganze Zeit mit Erik. Er studiert, und er sagt, je mehr er lernt, desto mehr begreift er, was er alles nicht weiß. Wenn er fertig ist, wird er Doktor sein. Nicht so wie Kelera, er will über das Leben im Meer forschen. »Alle müssen helfen, wo sie können«, sagt er.

»Das Meer weiß, was es tut«, antwortet Maraia. »Wir brauchen Hilfe, um den Blick zu ändern, mit dem wir sehen.«

Ihre Antwort gefällt ihm.

»Du kommst doch von Fidschi«, sagt er. »Ihr verkauft Wasser in Plastikflaschen, überall in der Welt kaufen

Leute die. Hast du gewusst, dass in jeder einzelnen Minute eine Million Plastikflaschen verkauft wird?«

»Eine Million Flaschen Wasser von Fidschi?«

»Nein, nicht nur von Fidschi, aber alle Plastikflaschen sind gleichermaßen unwillkommen, wenn sie im Meer landen.«

Maraia denkt an den Flaschentanz am Strand von Suva, die Flaschen mit dem rosa Hibiskus auf dem Etikett, die zwischen Pommestüten und Limodosen wogten und dümpelten.

»In einigen Jahren«, sagt er nun, »wird es im Meer mehr Plastik als Fische geben.«

»Wann passiert das?«

Er überlegt. »Ungefähr dann, wenn unsere Kinder erwachsen werden.«

Maraia erzählt ihm von der Schildkröte bei Barry's Coffee Shack, die von einem Plastikstreifen fast erwürgt worden war. Von dem verängstigten pochenden Bauch zwischen den Händen, die helfen wollten. Erik hört wortlos zu, und sie sieht, dass er versteht.

Er fragt, ob sie sein Meer bei Nacht sehen möchte. Maraia nickt, und sie holen ihre warmen Jacken. Niemand begegnet ihnen, als sie den Weg zum Meer hinabgehen. Die Bäume haben keine Blätter und strecken lange Finger in die Dunkelheit.

Die Nacht singt auf Kvitøya andere Lieder als in Korototoka. Dort rollen die Wellen jeden Abend dieselbe Strophe über den Strand, ein Wiegenlied, das Maraia schon als kleines Kind gekannt hat. *Wo ist Mutter, wo ist Vater, wo sind sie hin? Mutter ist fischen gefahren, Vater holt Dalo vom Feld. Wenn sie nach Hause kommen, essen wir.* Die alten Trommeln liegen unter der Melodie und wogen wie Dolden von Grünalgen in den Wellen. Auf Kvitøya zischt das Nachtlicht wie Flammen, es glüht in grünen Stößen über ihren Köpfen, ein Lied mit spitzen Tönen und flüchtigen Strophen. Der Boden jammert unter ihren Schritten, und Maraias Augen frieren und tränen.

An dem langen Kai liegen die Boote hintereinander wie an einer Schnur, wie wogende Erbsen in einer Hülse. Sie ruhen unter dem kalten Himmel und sind hier zu Hause. »Ich will mir ein Boot zulegen«, sagt Erik.

Die Wörter flackern für einen Moment durch ihren Kopf, dann finden sie ein Echo, die Stimme von Edson: *Ich will mein eigenes Boot. Deshalb gehe ich nach Sydney.*

»Willst du fischen?«, fragt sie.

Erik schüttelt den Kopf. »Nein. Ein Forschungsboot. Vielleicht kann ich kein eigenes haben, aber auf jeden Fall will ich auf einem arbeiten.«

»Was denn?«

Er breitet die Arme aus, wie um zu zeigen, wie viel Arbeit es gibt. »Alles. Informationen sammeln, verstehen. Über das Leben im Meer lernen, die Verhältnisse auf dem Meeresboden.«

Er breitet die Arme noch weiter aus. »Es gibt so viel, was wir nicht wissen. Mit einem richtig ausgestatteten Forschungsschiff können wir Proben nehmen. Wir können Daten aus verschiedenen Gegenden sammeln und vergleichen. Je mehr wir wissen, desto besser können wir verstehen, wozu der Klimawandel führen wird.«

Maraia nickt, sieht vor sich die Felder, die vom Salzwasser überflutet werden, wenn sich das Meer weiter und weiter nach oben frisst. Die Kokospalmen, die den Halt verlieren und umkippen, wenn der Strand in den Wellen verschwindet.

»Wir können Kohlendioxid registrieren und beobachten, was passiert, wenn das Meer saurer wird«, fährt Erik fort. »Tiere, die Kalk brauchen, um Skelett oder Panzer zu entwickeln, werden es schwerer haben.«

»Wie Seeigel«, sagt Maraia und sieht vor sich die Hände von Na Sai, voller Wunden und Schnitte, nachdem sie die spitzen Stachel entfernt hat, um das weiche, lebende Fleisch darunter zu erreichen. Die feinen Muschelschalen, die sie mit einem Messer öffnet.

»Ja«, sagt Erik. »Und Seesterne.«

Maraia lässt den Blick über das schwarze Meer wandern und denkt an das Riff vor Korototoka. An den blauen Stern, der funkelt, wenn das Licht zwischen den Korallen tanzt und die knotigen Arme trifft. »Weißt du, dass mein Name Meerstern bedeutet?«, fragt sie.

»Maraia«, sagt er.

»Das ist der Name der Heiligen Jungfrau.«

Er schweigt einen Moment, runzelt die Stirn. »Komm«, sagt er schließlich. »Ich möchte dir etwas zeigen.«

Oben beim Bürgerhaus holt er sein Auto, während Maraia an der Treppe wartet. Sie hört drinnen Musik, und die Geräusche von Tanz und Freude kommen zu ihr herausgeflogen, unsichtbare Vögel in der Dunkelheit.

Sie fahren am Meer entlang, vorbei an Bäumen und Feldern und Häusern mit geschlossenen Augen, dann halten sie bei einer niedrigen Mauer. Die Büsche dahinter sind von Schnee bedeckt, und Erik geht zu einem Tor. Sie folgt ihm einen Hang hinauf, ihre Füße treten Spuren in den Schnee, wo noch niemand gegangen ist. Als er stehen bleibt, haben sie ein kleines weiß gestrichenes Gebäude erreicht, auf dem oben ein Kreuz steht. »Gibt es hier noch eine Kirche?«, fragt Maraia, während Erik um die Ecke zu einer Seitentür geht. Er hat einen passenden Schlüssel an seinem Schlüsselbund. »Das ist die alte Kapelle«, sagt er. »Ich spiele hier manchmal auf der Orgel.«

In der Kapelle ist es kalt, der rote Läufer im Mittelfeld verschluckt das Geräusch ihrer Schritte. Die Wände sind aus Stein, mit Kreuzen aus Schmiedeeisen zwischen den Fenstern. Die wenigen Bänke sind kurz, und Maraia denkt, dass hier nicht einmal genug Platz für Jones Familie wäre.

»Hier hätten wir die Hochzeit von Miss Irene nicht feiern können«, sagt sie.

»Hier finden auch keine Trauungen statt«, erklärt Erik. »Die Kapelle wird fast nicht mehr benutzt. Aber ich dachte, sie würde dir gefallen. Wegen deines Namens.«

»Wie meinst du das?«

»Wir nennen sie Marienkapelle«, sagt er. »Aber eigentlich heißt sie Stella-Maris-Kapelle. Schau her, hier steht es auf den Gesangbüchern.«

Er hebt ein kleines schwarzes Buch hoch. »Gemeinde Stella-Maris-Kapelle«, steht auf der Innenseite. »Vor langer Zeit gab es hier ein Kloster. Aber das ist es nicht, was ich dir zeigen wollte.«

Er nimmt Maraias Arm und zieht sie zum Haupteingang.

Das Bild hängt in einer Nische gleich neben der Tür. Der Rand ist blau und gelb, wie ein Rahmen um die Heilige Jungfrau. Sie steht mit einem Kind auf dem Arm an einem Strand, die Wellen spülen über ihre Füße. Ihr Gesicht leuchtet im Licht von Himmel und Meer, und im Regenbogen über ihr tanzt jede einzelne Farbe. Das Kind streckt die Arme zu den Schaumkronen der Wellen aus, wie um die Stille dort unten zu umarmen. Der Stern singt über ihnen, in dem Licht, das sie alle miteinander verbindet.

»Unsere Liebe Frau, der Meerstern«, sagt Erik. »Stella Maris.«

»Ja«, antwortet Maraia. »Auch ich habe meinen Namen an einem Strand bekommen.«

Als sie das Licht gelöscht und die Tür der Kapelle hinter sich geschlossen haben, bleibt Erik stehen und legt den Kopf in den Nacken. »Ich glaube, ich weiß, wo dein Stern ist«, sagt er. »Hier nennen wir ihn Stella Polaris, den Nordstern.«

Maraia hebt das Kinn, und sofort wird ihr schwindlig. Der Raum über ihnen ist rund und hoch, und die Sterne wirbeln und schwimmen in einem Tanz, dem sie nicht folgen kann. Sie stolpert einen Schritt rückwärts, und Erik nimmt ihre Hand und zeigt damit zum Himmel hoch. »Siehst du? Der helle, da oben auf der Schwanzspitze des Kleinen Bären.«

Sie runzelt die Stirn und kneift die Augen zusammen. »Kleiner Bär?« Erik schiebt ihren Arm bis zu ihrem Gesicht und legt seine Wange daran. »Schau an deinem Arm vorbei … siehst du?«

Er zeigt mit ihrem Finger durch den kalten Dampf, der aus ihren Mündern quillt. »Der zeigt dir immer, wo Norden ist. Die Wikinger haben ihn den Leitstern genannt.«

Maraia versucht, den Stern mit ihrem Blick einzufangen. Es gibt so viele, aber als ihr Finger ihn trifft, erkennt sie ihn. Leitstern. Der dir zeigt, wohin du gehen musst.

Sie bleiben eine Weile stehen und hören das Meer tief unter ihnen gegen die Steine schlagen. Der Wind ist kalt und salzig, und obwohl Maraia in der Dunkelheit die Wellen nicht sehen kann, hört sie, dass die grau und stürmisch sind.

»Ich habe zu Hause in Korototoka ein Boot«, sagt sie, als sie zum Auto zurückgehen. »Eine Takia, ein kleines Auslegerboot.«

Er nickt. »Was machst du damit?«

Sie hat schon den Mund geöffnet, um zu sagen, »fischen«, als ihr seine frühere Frage einfällt. Die sie nicht sofort verstanden hatte. *Was willst du dagegen machen?*

»Den Gesang hören«, sagt sie. »Den Rochen begegnen, die unter mir durch das Licht gleiten.«

Er lächelt. »Du hast also schon dein eigenes Forschungsboot.«

Maraia schüttelt den Kopf. »Es hat keine Ausrüstung wie die, die du erwähnt hast. Nur eine Ruderbank und ein Ruder und ein Segel.«

Er ist jetzt ernst, das Lächeln ist verschwunden. »Aber du sitzt auf der Ruderbank und hältst das Ruder«, sagt er. »Das ist der ganze Unterschied.«

Die Sterne funkeln über ihnen.

»Hat dein Boot einen Namen?«

»*Qaqa.* Das bedeutet mutig.«

Er nickt. »Das passt.«

Seine Augen finden den Weg in ihre. »Aber wie mutig willst du sein?«

Die Farbe funkelt in der dunklen Meeresnacht. Lässt die Gerüche aus dem Süßhaus ihre Nase füllen, ruft ihr den weichen Geschmack der Schokolade in Erinnerung. Sie spürt, wie sich ihre Hände um weiche Kakaohülsen schließen und wie sich ihre Nägel in die braunlila Schale graben. Hört die Holzschaufeln über den zum Trocknen ausgelegten Bohnen hin und her klappern, sieht Mosese hineinkneifen, um den Gärungsgrad zu überprüfen. Sie kneift die Augen zusammen und setzt sich ins Boot. Lässt die Sonne über ihrem Kopf größer und größer werden, während sie zum Riff hinauspaddelt. Findet die Öffnung und gleitet auf einer schon wartenden Welle hinein. Merkt, wie alle Geräusche davontreiben und wie der Wind dem Blut einen anderen Rhythmus gibt. Breitet unter sich die Flügel des großen Rochens aus und gleitet durch ein Meer aus Sternen nach dem anderen.

Sie holt tief Luft, und die Nacht brennt kalt in ihrem Hals. »Mutig wie Ulumalaidua«, sagt sie. »Der mit dem Haar. Der Junge, den seine Eltern so sehr liebten und der ihnen treu und ergeben war. Aber er hatte immer Hunger. Er aß so viel und so gierig, dass die Eltern es schließlich satthatten, ihm Nahrung zu besorgen. Also überredeten sie ihn, sich im Lovo vergraben zu lassen, ›dann kannst du Bescheid sagen, wenn das Essen gar ist‹, sagten sie. Ulumalaidua gehorchte, und die heißen Steine unter der Erde taten ihm nichts. Am nächsten Tag baten sie ihn, mit den Angelgeräten auf den Meeresgrund zu gehen, ›dann kannst du Bescheid sagen, wenn wir den Fisch hochziehen sollen‹. Ulumalaidua war treu und mutig und tat, wie ihm geheißen, und auch diesmal überlebte er. Abends hörte er seine Eltern darüber reden, wie der Junge bloß all diese Gefahren überstehen konnte. Als der gute und loyale Sohn, der er war, erzählte Ulumalaidua, dass das Geheimnis in dem einen Haar auf seinem Kopf lag. Das machte ihn unsterblich. Als er eingeschlafen war, schnitten ihm die Eltern das Haar ab, und Ulumalaidua wurde nie wieder wach.«

Erik starrt sie an. »Er hatte übernatürliche Kräfte und hat denen, die ihm das Leben nehmen wollten, erzählt, wie sie ihn besiegen können. Nennst du das mutig?«

»Vertrauen zu haben ist das Mutigste von allem«, erwidert Maraia.

»Selbst wenn es dein Leben kostet?«

Sie überlegt, ehe sie antwortet.

»Selbst wenn es mein Leben kostet. Du musst dich auf das verlassen, was du weißt. Und wenn es dein Vertrauen ertragen kann, kannst du es weitergeben.«

»Weitergeben?«

Erik blickt sie fragend an. »Wie meinst du das?«

»Es andere lehren.«

Ihre Stimme ist leise, aber sie zögert nicht. »Das ist das Wichtigste, was du tun kannst.«

Auf dem Gang im Bürgerhaus schlägt ihnen Musik entgegen. Ein Rhythmus und eine Melodie, die Maraia unbekannt sind, aber offenbar nicht den meisten anderen Gästen: Als sie und Erik in den Tanzsaal kommen, ist die Tanzfläche dicht bevölkert. Die Musiker auf der Bühne treten allesamt den Takt, und der Mann, der auf einer Art Fächer spielt, den er öffnet und schließt, nickt und drückt dabei auf weiße und schwarze Knöpfe. Die Paare auf der Tanzfläche haben die Arme umeinander gelegt und springen zwei, drei Schritte vor, dann fassen sie einander um die Taille und wirbeln einige Male um sich selbst. Dann weitere Sprünge und neues Wirbeln. Die Musik ruckt und zuckt in den Beinen der Tanzenden, die Absätze knallen auf den Boden. Maraia sieht Mister Bjørn und Madam Hohelene zu, als er sie herumschwenkt, dass ihre Röcke nur so flattern.

»Soll ich dir Rheinländer beibringen?«, fragt Erik. »Als Kind war ich in einem Volkstanzkreis.« Maraia schüttelt den Kopf, und nun ändert sich die Musik. »Mal mehr

Schwung auf der Tanzfläche«, ruft der mit dem Fächerinstrument und vertauscht es mit einer Gitarre. »Zeigt mal, dass ihr euch bewegen könnt!«

Mister Bjørn wirft seine Jacke weg, sein Schlips hängt locker um seinen Hals. »Na los, Mutti«, ruft er seiner Frau zu, nimmt ihre beiden Hände, schiebt die Hüften vor und wackelt damit hin und her. »Let's twist again!«

Mister Viggo lacht zufrieden und streckt die Hand nach Madam Sina aus, die den Kopf schüttelt und nicht aufstehen will. »Nein, herrjemine, nie im Leben!«, protestiert sie, aber Maraia sieht, dass sie sich freut, weil Mister Viggo sie gefragt hat. Er zuckt mit den Schultern und dreht sich zu Ateca um, die lacht und ihm auf die Tanzfläche folgt. Er will nach ihrer Hand greifen, aber Ateca lässt ihn nicht. Stattdessen hebt sie beide Hände, legt sie aneinander und wiegt sich in den Hüften hin und her. Sie hängt Netze zum Trocknen auf, sieht Maraia, sie ist die Frauen am Strand von Korototoka, wenn die Boote voller Fische hereinkommen. Sie ist die langen Arbeitsstunden, wenn Mais gereinigt und Dalo geerntet werden sollen. Sie ist die Mütter, die die Kinder in den Schlaf singen, wenn der Mond am Himmel hinaufgewandert ist.

Der schnelle Rock-Rhythmus passt nicht zu dem weichen Bogen, den Atecas Arme beschreiben, erst hoch nach rechts, dann hinunter nach links, und dann wieder hoch nach rechts. Der Gitarrenmann auf der Bühne sieht es und gibt den anderen ein Zeichen. Der Mann mit den Trommeln übernimmt die Führung, mit kurzen trockenen Schlägen folgt er Atecas Bewegungen. Mister Viggo hat sich ein Stück zurückgezogen, die anderen Tanzenden folgen seinem Beispiel. Ateca schüttelt sich vor Lachen, aber sie tanzt immer weiter. Schlägt *Cobo,* dreimal mit hohlen Handflächen, lässt ihren Blick der klaren, langsamen Sprache ihrer Arme folgen. Maraia gleitet neben Ateca auf die Tanzfläche, während sie Ausschau nach Mister Johnny hält. Kann er mit ihnen tanzen? Der Krieger mit Speer und Keule sein, mit den Füßen trampeln, Feinde verjagen und die warnen, die der Sippe Böses wollen? Aber sie sieht weder Mister Johnny noch Madam Ingrid, und sie lächelt Erik zu, ehe sie neben Ateca tritt und ihre Hüften im selben Rhythmus bewegt. Die Wellen schlagen sanft um ihre Füße, und die Trommel auf der Bühne wird zur Lali. Das große hohle Holzstück berichtet von Geburt, Fest, Krieg oder Tod, abhängig davon, wie man mit den Stöcken darauf schlägt. Die anderen auf dem Tanzboden weichen zur Seite, während die Füße von Ateca und Maraia jetzt im Jubel wirbeln, die Arme umfangen Fest und Feier, Freudenrufe werden gegen die Trommel geschleudert. Aus dem Augenwinkel sieht Maraia Madam Kat lächeln und im Takt nicken, die anderen auf der Tanzfläche klatschen nun ebenfalls.

»Danke«, sagt Erik danach, als sie atemlos und schweißnass auf einem Stuhl an der Wand sitzt. »Das war mal eine Vorstellung!«

Maraia schüttelt den Kopf. »Das war keine Vorstellung«, sagt sie. »Das war Korototoka, das Mister Armand und Miss Irene Lolomas geschickt hat.«

Nach einer ganzen Weile, als die Musik langsamer ist und nur noch wenige tanzen, kommt Nau Kat zu ihr. Maraia sieht sofort, dass etwas nicht stimmt. Nau Kats Lippen zucken unruhig, als ob sie Seeflöhe im Mund hätte. »Ich kann Ingrid nicht finden, Maraia. Hast du sie gesehen?«

Erik dreht mit ihnen eine Runde durch die verschiedenen Räume. In dem einen gibt es Tanz, im anderen Essen, im dritten Geschenke und überall Menschen und Gläser. »Wann hast du sie zuletzt gesehen?«, fragt Nau Kat. »Vielleicht hat sie sich nicht wohlgefühlt, sie oder Mister Johnny, und sie sind nach Hause gegangen?«

»Ist Mister Johnny auch nicht da?«, fragt Maraia.

Nau Kat sieht sich ratlos um. »Ich weiß nicht.«

Madam Lisbeth kommt auf sie zu. »Jetzt gibt es im kleinen Saal einen Imbiss, Bouillon und Brötchen. Kommt ihr?«

»Gleich«, sagt Nau Kat. »Geh du mit Ateca, sie hat sicher Lust auf einen Teller Suppe.«

In diesem Moment winkt Erik ihr von der Tür her zu. Maraia läuft zu ihm, dicht gefolgt von Nau Kat. Am Ende des Gangs zeigt er die Treppe zum Kaminzimmer hinunter. »Ich habe Johnnys Stimme gehört. Und Ingrids – ich glaube, sie weint.«

Nau Kat drängt sich an ihnen vorbei. An der Treppe dreht sie sich um und wirft Maraia einen Blick zu: Warte hier! Humpelt mit gehetzten Schritten die Stufen hinab.

Maraia wartet lange. Dann wartet sie noch eine Weile. Oben aus dem Festsaal sind das Klirren von Besteck und das Klappern von Schuhen zu hören, jemand lacht, ein lauter Ruf. Die Stille von der Treppe ruft noch lauter, ein Rauschen, das Gedanken und Vorsicht übertönt, und Maraia bringt die Stufen mit vier langen Sprüngen hinter sich.

Madam Ingrid bebt vor Weinen. Nau Kat hält ihre Hände, sie sitzen auf einem Sofa im dunklen Kaminzimmer. Mister Johnny steht neben ihnen, das Mondlicht fällt durch das Fenster in sein Gesicht. Er hält ein Telefon in der Hand, klammert sich daran, als könne er nicht verstehen, was er soeben gehört hat. Seine andere Hand liegt auf Madam Ingrids Schulter wie ein großes, hilfloses Tier.

Nau Kats Worte sind ruhig, aber ihre Stimme trägt eine schwere Last. »Eine Minute nach der anderen jetzt, Ingrid«, sagt sie. »Eine Minute nach der anderen.«

51
Ateca

Ich kann das nicht verstehen, Gott, wie kann es wahr sein? Mister Johnny ist krank, und sie halten es für gefährlich. Ich weiß, du hast gesagt, wir sollen uns nicht fürchten, aber ich fürchte mich trotzdem. Das tut auch Madam Ingrid. Ihre Hände sind alt und ängstlich, und ihre Brust ist so eng, dass der Atem fast nicht den Weg herausfindet.

Als mitten auf dem Hochzeitsfest Mister Johnnys Telefon klingelte, hat das alle Pläne umgestoßen. Jetzt werden sie doch nicht in Madam Ingrids Dorf fahren, sie reisen morgen zurück nach Fidschi. Pass während der Reise auf sie auf, Gott. Halte ihr Flugzeug in deiner großen Hand und setze es sicher in Nadi auf den Boden. Wir anderen fahren mit Mister Armand und Miss Irene nach Trondheim, wie wir es vorhatten. Aber Madam Kat ist ernst, und Madam Sinas Ukulele singt nicht mehr.

Danke dafür, dass ich herkommen durfte, Gott. Dass ich das grüne Licht sehen durfte, das nachts hier am Himmel brennt, und dass ich Mister Armand den Salusalu um den Hals legen durfte. Du weißt, dass ich Angst vor der Reise hatte, vor dem Flugzeug und dem unbekannten Meer hier oben. Aber nicht das Unbekannte ist gefährlich. Das, was wir am besten kennen, tut uns am meisten weh. Für Madam Ingrid wäre es nicht so schlimm, dass Mister Johnny krank ist, wenn er ihr nicht so vertraut wäre. Wenn das, was Mister Johnny fehlt, gefährlich ist, wird Madam Ingrid zerbrechen. Sie ist so groß, dass man den Knall noch in weiter Ferne hören wird.

Lieber Gott, ich weiß, dass du Mister Johnny helfen kannst. Bitte, zeig dem Doktor in Suva, wie er ihn gesund machen kann.

In Jesu Namen. Emeni

52

Maraia

Nau Kat will eigentlich nicht länger in Norwegen bleiben. Maraia sieht es daran, wie sie Madam Ingrid umarmt, als das Taxi sie und Mister Johnny abholt. Nau Kat will mit den beiden zurück nach Fidschi fahren. Sie glaubt, dass sie etwas tun, dass sie das Tier entfernen oder aufhalten kann, das seine giftigen Fangarme in Mister Johnnys Körper ausstreckt. Nau Kat spürt, dass die Krankheit jetzt von allen Seiten nach ihr greift, auf die Sorge um ihren Bruder legt sie die Sorge um Mister Johnny.

Aber Madam Ingrid will allein mit Mister Johnny fahren. »Ihr könnt ja doch nichts tun«, sagt sie. »Jetzt müssen wir den Ärzten vertrauen und hoffen, dass wir rechtzeitig kommen.« Sie versucht zu lächeln, als das Taxi losfährt. Nau Kat winkt, und ihre Hand ist schlaff und langsam. Wie der Schwanz eines alten Hundes, der niemals aufhören will zu zeigen, dass er dich liebt.

In ihrem Haus in Trondheim haben Mister Armand und Miss Irene eine große Küche. Miss Irene hat an den Wänden Listen von allem hängen, was sie herstellen und liefern, Mahlzeiten und Gemüse und Nachtische. Ateca lacht, als sie die Produkte von *Kat's Chocolate* im Kühlraum sieht, aus Bohnen der Plantage in Korototoka, die den ganzen Weg hierhergereist sind.

Miss Irene ist eine tüchtige Köchin, das weiß Maraia. Dennoch kann sie nichts essen, als die Mahlzeit aufgetischt wird. Das Fleisch in der dicken Soße riecht gut, und Mister Armand ist stolz, als er zu Tisch bittet. »Das hast du bestimmt noch nie gegessen«, sagt er zu Maraia. »Aber Lisbeth und Kat, ihr kennt das doch sicher noch? Wir benutzen dein Rezept, Mama«, sagt er zu Madam Sina. »Genau wie du es gekocht hast. Walsteak in brauner Soße, mit Möhren und jeder Menge Zwiebeln. Aber die Soße ist mit Rotwein angereichert, du merkst doch, dass sie ein bisschen mehr Schwung hat, was? Bon appétit, meine Damen!«

Er steht am Tischende und füllt die Teller, die Soße fließt glänzend und braun über die Kelle. Maraia sieht an Nau Kats Mund, dass sie sich darauf freut zu probieren. Stücke vom Wal auf die Zunge zu legen und zu zerkauen. Sie selbst spürt, wie sich ihre Kehle zuschnürt, und sie versucht, Nau Kats Blick einzufangen, aber die lächelt nur und nickt: »Wunderbar! Als ich klein war, kam jede Woche Walfleisch auf den Tisch. Billige und gute Kost, ich hatte total vergessen, wie lecker das schmeckt.«

Maraia schaut zu Ateca hinüber. Das Lachen auf Atecas Lippen liegt der Gabel im Weg, und nun schluckt sie es zusammen mit einem Stück des dunklen, riesigen Tieres hinunter.

Maraia ist hungrig, ihr Mund jedoch wie ausgedörrt.

Der Wal am Strand, der Kummer in dem blanken Auge, das sie anstarrte. Die braunen Flecken auf der narbigen Haut, der Mund, der ein Lächeln mit in den Tod nahm.

Miss Irene sieht, dass Maraias Hals nicht schlucken kann. »Was ist los, Maraia? Schmeckt es dir nicht?«

Das ist schwer zu beantworten. Maraia will nicht, dass Miss Irene traurig ist. Wir fangen in Korototoka keine Wale, möchte sie sagen. Dieses große geheimnisvolle Tier ist in der Tiefe zu Hause und gehört nur sich selbst.

Laut sagt sie nur: »Es ist nicht, dass es mir nicht schmeckt.«

Aus dem Augenwinkel sieht sie Ateca den Kopf abwenden. »Aber ich brauche kein Fleisch von einem Wal.«

Miss Irene schaut die anderen an, deren Gabeln kratzen zufrieden über die Teller. Ateca kaut und kaut.

»Das sind sehr leckere Kartoffeln«, sagt Maraia.

Mister Armand hat Rotwein im Mund, als sie das sagt. Er knallt sein Glas auf den Tisch und lacht so sehr, dass der Wein zwischen seinen Zähnen tanzt. »Hahaha, du bist ein Scherzkeks«, würgt er hervor, als er wieder sprechen kann. »Dich mit Kartoffeln vollzustopfen, wenn wir eine solche Delikatesse servieren. Hat dir unser Hochzeitsessen vielleicht auch nicht geschmeckt?«

Maraia schüttelt den Kopf und sieht, dass Ateca die Gabel weggelegt hat. »Das Essen bei der Hochzeit war gut«, sagt sie und erinnert sich an den Geschmack des Lachses mit dem rosa Fleisch, weich und salzig im Mund.

»Das glaub ich dir gern«, er nickt zufrieden. »Und wenn du das nächste Mal nach Kvitøya kommst, kriegst du eine andere Delikatesse.« Er schaut Miss Irene an. »Sollen wir verraten, woran wir da denken?«

Miss Irene lächelt. »Armand und ich haben darüber geredet, dass es eine Schande ist, den großen Saal zu Hause in der Scheune nicht zu benutzen. Im nächsten Jahr, wenn wir alles geklärt haben und wissen, ob es genug Kundschaft geben würde, eröffnen wir vielleicht ein Sommerrestaurant auf Kvitøya.«

Madam Lisbeth macht ein interessiertes Gesicht. »Sommerrestaurant, was bedeutet das?«

Als Miss Irene antwortet, hört Maraia den Wind in ihrer Stimme. Nicht den kalten, spitzen, der Gesicht und Hände peitscht, sondern den, der dort oben den Fisch trocknet und die ganze Nacht mit der Sonne spielt. »Das zu genießen, was das Meer bietet«, sagt sie. »Mølje, den Auflauf aus Kabeljaufleisch, -leber und -rogen habt ihr ja schon kennengelernt, und da wisst ihr, dass Kabeljau aus kaltem, sauberem Meer der beste Fisch ist, den man überhaupt kriegen kann. Aber es gibt noch viele andere gute Dinge! Gegrillten Seewolf zum Beispiel. Saftige Schellfischklopse. Oder gebratenen Heilbutt mit Zwiebeln und Sauerrahm.«

»Und Remoulade«, sagt Mister Armand. »Vergiss nicht die Remoulade, die ist der Hit! Der Hit unter der Mitternachtssonne!«

»Ach ja«, sagt Madam Lisbeth. »Ihr habt die Mitternachtssonne. Mittag mitten in der Nacht, was für eine spannende Vorstellung. Das muss ich Amanda erzählen.«

Jetzt lacht Mister Armand so sehr, dass das Walfleisch

in der Schüssel hüpft. »Mit Amanda hab ich schon längst gesprochen«, sagt er. »Sie hilft uns beim Import von *Maya* für *Armands Kochtüte.* Und ihr wisst doch sicher, dass sie den Film mit den Rugbyknaben im Marketing für eure Schokolade verwendet? Die ist wirklich ein tüchtiges Mädchen, das muss ich sagen.«

Maraia sieht, wie Miss Irenes lächelnder Blick zuerst über das Gesicht von Madam Sina huscht, ehe er Mister Armands Wange streichelt. »Das Mitternachtsmittagessen ist noch in der allerersten Planung. Aber das zu verwenden, was das Meer anbietet, und zwar auf vernünftige Weise, und zudem einen oder zwei Saisonarbeitsplätze zu schaffen, das könnte mir gefallen.«

Hinter dem Lachen am Tisch und dem Klappern der Teller sieht Maraia das alles. Glänzende Fische in einem fröhlichen Wirbel glänzender Tropfen. Die blauen Sterne, die am Riff ruhig hin und her wogen, während sie sich dort festhalten, wo sie hingehören. Ihre eigenen Stücke vom Glück. Mister Armand und Miss Irene werden ihre an einem viel kälteren Meer finden.

In Trondheim treffen sie auch Mister Viktor. Er wird den Film aus Korototoka ins Fernsehen bringen. »In mehreren Ländern, hoffe ich«, sagt er. Sie sprechen über den Sturm und die schlimmen Verwüstungen. »Ich war einige Male am Stillen Ozean«, sagt Mister Viktor. »Aber Fidschi habe ich noch nie besucht. Ich habe gehört, dass eure Korallenriffe zu den schönsten auf der Welt gehören.«

»Ja«, antwortet Maraia. »Da gibt es Fische, die in

keinem anderen Meer auf der Welt leben. Den goldschuppigen Riffbarsch, zum Beispiel, und Engelfische mit Spiralzeichnung. Und weiter draußen schwimmt der Napoleonfisch mit den dicken Lippen, der sehr alt werden kann.«

»Und gibt es noch immer viele von denen?«, fragt Mister Viktor. »Die Korallenriffe sind vom Zyklon nicht zerstört worden? Ich habe in Armands Film gesehen, dass es an Land gewaltige Schäden gegeben hat.«

»Der Sturm hat genommen, was ihm zukam«, erwidert Maraia. »Er hat getobt und verwüstet. Hat Wunden in die Riffe gerissen und die Korallen weggefegt.«

Madam Kat und die anderen blicken sie abwartend an. Sogar Mister Armand wartet ab, was sie jetzt sagen wird.

»Die Riffe werden sich wieder aufbauen«, fährt Maraia fort. »Tausend Jahre für uns sind eine Sekunde für das Meer. Aber wir müssen zuhören, wenn es zu uns spricht.«

Mister Viktor nickt. »Ja«, sagt er. »Lehren und voranbringen. Das versuche ich mit meinen Filmen.«

Voranbringen. Maraia denkt daran, was sie in der Nacht auf Kvitøya zu Erik gesagt hat. »Du musst darauf vertrauen, was du weißt. Andere zu lehren ist das Wichtigste, was du tun kannst.«

*

In dieser Nacht werden sie bei Madam Evy schlafen. Ihr Mann ist Maler, auf seinen Bildern gibt es Weite und Berge und Wald. Maraia freut sich darüber, auch Madam

Mayas Bilder an der Wand zu sehen, einige davon hat sie mit ihr zusammen gemalt.

Madam Evys Mann sitzt in einem anderen Zimmer vor dem Fernseher. Jetzt ruft er ihnen zu: »Ist das nicht da, wo ihr auf der Hochzeit wart?«

Madam Sina erhebt sich. »Kommt im Fernsehen etwas über Kvitøya?«

Maraia hört den Namen von Miss Irenes Insel und geht hinter Madam Sina her.

Und da ist die Insel, über dem ganzen Bildschirm. Nau Kat steht neben ihr, Maraia spürt ihre Hand auf dem Arm. »Das ist der Wal auf Kvitøya.«

Maraia nickt. Der Ruf, den sonst niemand gehört hat, erklingt noch immer in ihrem Kopf.

Jetzt haben sie den Wal geöffnet. Eine rote Wunde schreit sie vom Bildschirm her an, starke Handschuhhände schieben rosa Walspeck zur Seite. Etwas quillt mitten aus der dunklen Wunde hervor, Maraia begreift nicht sofort, was es ist. »Plastik«, sagt Nau Kat. »Sie haben in seinem Magen über vierzig Plastiktüten gefunden.«

Maraia sieht und versteht. Dort, wo die Nahrung hätte sein müssen, liegt ein großer Ball aus zusammengedrücktem Plastik und füllt den ganzen Magen. Eine glänzende blutige Masse, aus der Wörter und Buchstaben hervorblitzen. Eine Hand greift in die Plastikmasse und zieht eine weiße Tüte mit dem Aufdruck *Superspar* hervor.

Nau Kat übersetzt, was der Fernsehkommentator sagt: »Das Plastik hat den Bauch des Wals gefüllt und das Gedärm blockiert.«

»Der hatte keine Nahrung im Bauch?«

»Nein. Das Gedärm war leer. Er hat so viel Plastik verschluckt, dass es wie ein Stopfen im System saß, er hat seit Langem keine Nahrung mehr zu sich genommen.«

Maraia starrt den schleimigen Klumpen aus Plastiktüten an. Ein Stopfen aus Hunger und Tod. Sie denkt daran, was Erik gesagt hat. In einigen Jahren wird es im Meer mehr Plastik geben als Fische.

»Wissen sie, woher er kam?«, fragt sie.

»Woher der Wal kam?« Nau Kat hört jetzt wieder der Fernsehstimme zu. »Sie sagen, dass diese Walart normalerweise so hoch im Norden nicht vorkommt. Er muss total aus dem Kurs geraten sein.«

Was wollte er hier oben? Warum ist er zum Sterben bis zu Miss Irenes Insel geschwommen? Krank und hungrig, ohne Nahrung aus dem Wasser, das er durchquerte, zu sich nehmen zu können.

Sie denkt den ganzen Abend daran. Als sie schlafen geht, versucht sie, in der Dunkelheit den Meeresgesang zu finden. Das Echo von etwas Vertrautem, das ihr sagt, mit dem, wozu sie an diesem Abend einschläft, wird sie am nächsten Morgen erwachen. Aber die Bilder des blutigen Plastiks stehen ihr noch vor Augen, und sie denkt an einen Traum, den Ateca ihr vor langer Zeit erzählt hat. Über den Wal in dem kalten Wasser ohne Licht: »Er hatte ein Seufzen der Trauer im Herzen.«

Maraia taucht mit dem Wal. Sie schwimmen dort unten weiter, wo alles Bewegung ist, Leben, das sie nur spüren und nicht sehen kann. Der Gesang strömt um sie herum, die Melodie füllt sie in großen, dunklen Schlägen.

Plötzlich ist der Wal verschwunden, das Wasser wird kälter und ist voll von blinden Schlünden und scharfen Zähnen. Sie will nach oben, sie stößt sich ab und gewinnt an Tempo. Das Licht wird stärker, aber etwas hält sie fest. Es wickelt sich um ihre Arme und Beine, lange Bänder aus etwas Kaltem und Zähem. Sie versucht, sich loszureißen, verfängt sich aber in den Plastikstreifen, langen Bändern aus Nylon und Resten von Fischnetzen, Stücke einer zerbrochenen Boje schneiden ihr in die Hand. Eine flatternde Plastiktüte legt sich über ihr Gesicht, findet den Weg zwischen den Lippen in ihren Mund. Endlich durchbricht sie den Wasserspiegel und schreit, während sie sich mit der Hand über das Gesicht fährt. Als sie die Augen öffnet, hört sie Schritte, und die Tür wird geöffnet. Licht strömt herein. »Was ist los, Kind?«

Nau Kat sieht besorgt aus, ihr Haar steht in ängstlichen Büscheln von ihrem Kopf ab.

»Ich habe geträumt. Von dem Wal.«

Nau Kat setzt sich auf den Stuhl am Bett. »Du hättest diese Fernsehbilder nicht anschauen sollen.«

»Die Bilder zeigen nur die Wahrheit, Nau Kat.«

Nau Kat drückt ihre Hand. »Was ist Wahrheit, Maraia?«

Sie sucht eine Weile nach Worten. »Es liegt nicht daran, dass wir nicht verstehen und uns darum fürchten müssen. Sondern weil wir es verstehen, müssen wir Angst haben.«

53

Kat

Sie müssen es jetzt einfach hinter sich bringen. Den Umzug eines Körpers und eines Rollstuhls, einige Kartons mit Kleidungsstücken und persönlichen Habseligkeiten – ich fahre nach Reitvik, um etwas abzuschließen. Ein gemeinsames Leben, eine Reihe von gelebten Jahren in dem kleinen Haus von Karsten und Frank. Sie haben es vor einigen Jahren umbauen lassen, für einen Rollstuhllift und um die Türschwellen zu entfernen, ich habe Bilder gesehen. Aber jetzt ist Schluss. Auch Frank wird umziehen, er will sich etwas Kleineres suchen. »Allein hier in diesem Haus, ohne Karsten, das ertrage ich nicht.«

Ingrid war vernünftig wie immer, als wir am Abend vor der Hochzeit darüber sprachen. »Du darfst dir nicht zu viel aufladen, Kat. Du kannst keine Sofas und Esstische tragen, und das Finanzielle geht dich nichts an. Frank und Karsten haben sicher jemanden zum Schleppen angeheuert, und sie haben Freunde, die helfen können. Verlang nicht zu viel von dir, überleg dir, was du wirklich beitragen kannst.«

Ich kann Erinnerungen beitragen, wollte ich antworten. Meinem Bruder zeigen, dass jemand es noch weiß.

Ihm sagen, dass er noch immer Karsten Vale ist, nicht nur der Bewohner von Zimmer 212.

»Ich will da sein«, sagte sie zu Ingrid. »Jemand muss im Auto neben ihm sitzen, wenn es vom Haus wegfährt und sich alles verändert. Niemand kann Karsten diesen Aufbruch ersparen. Aber ich bin hundertmal umgezogen. Das immerhin kann ich mit ihm teilen.«

Es gibt noch etwas anderes. Etwas, das ich nicht erklären kann, nicht einmal Ingrid. Ich muss mit Maraia nach Reitvik. Die Bindung dorthin, sowohl die, die sie selbst spürt, als auch die, von der sie nichts weiß, die muss ich für sie knüpfen. Die Reise nach Reitvik handelt von Karsten, von der Vergangenheit. Aber es muss auch um die Zukunft gehen. Etwas auf dieser Reise muss die Vergangenheit in Ordnung bringen, damit die Zukunft Gestalt annehmen kann.

Ateca ist verletzt und traurig, als ich sie bitte, zusammen mit Sina und Lisbeth in Trondheim zu bleiben. Meine beiden alten Klassenkameradinnen haben nichts mehr, was sie an Reitvik bindet. Sinas Wohnung hat längst einen anderen Namen neben der Türklingel stehen, und Høie Bauwaren ist in der Kette Fargeland aufgegangen. Keins von Lisbeths Kindern wohnt hier in dem Ort, in dem wir aufgewachsen sind, und sie hat keinen besonderen Kontakt zu ihrem Bruder.

Reitviks Hauptstraße ist schneelos und trocken. Maraia sagt auf der Fahrt vom Flugplatz kein Wort, aber ihr Blick nimmt alles auf, wirklich alles: die blattlosen

Bäume, die Rasenflächen und die Felder mit hier und da einem schmutzigen Schneefleck, die Haufen aus glitschigem Laub aus dem Vorjahr. Menschen mit riesigen Schals und kleinen Gesichtern, verkniffen vor Sehnsucht nach Sonne.

Mein Gewissen murrt ein wenig, weil ich das Versprechen gebrochen habe, Ateca mein Dorf zu zeigen, aber als das Taxi vor dem Haus hält, weiß ich, dass ich die richtige Entscheidung getroffen habe. Ich werde Karsten nach so vielen Jahren wiedersehen, in einer Situation, die wir beide weder wünschen noch kennen, und es ist eine Begegnung, zu der ich nur Maraia mitnehmen kann. Sie steht nicht im Weg, versperrt nichts. Maraia ist eine, die öffnet.

Er ist so alt geworden. Mir ist klar, dass der Spiegel der größte Betrüger von allen ist, wir sehen uns selbst genauso, wie wir uns sehen wollen, aber dennoch, ich bin ja nur ein paar Jahre jünger als er. Und der kleine – ja, er ist klein, geschrumpft – Mann im Sessel neben dem Fenster ist so viel älter als selbst mein Vater in meiner Erinnerung jemals war. Wann habe ich Karsten eigentlich das letzte Mal gesehen? Vor vierzehn Jahren? Fünfzehn? Als Niklas noch lebte, jedenfalls. Ich habe es danach nicht mehr über mich gebracht, nach Hause zu fahren. Nicht allein. Als wäre es armselig, Witwe zu werden, eine Niederlage.

»Du hast dich nicht verändert«, sagt er.

Mehr ist nicht nötig, schon breche ich in Tränen aus. Natürlich habe ich mich verändert. Natürlich bin ich eine alte Frau, die genauso gut wie er weiß, dass wir uns hier vielleicht zum letzten Mal sehen. Aber er will mir das hier geben. Will mir die Würde geben, mich als die zu zeigen, von der er weiß, dass ich sie sein will: Kat, unbeschwert von allem. Die allen Herausforderungen und Rückschlägen mit einem Flugticket und einer neuen Idee gegenübertritt. Die noch keine ist, mit der alles passiert ist, die noch immer mittendrin steht, die Geschehnisse in Gang bringt. Die Tränen lassen meinen Hals brennen. Gott segne dich, Karsten. Weil du das sagst, auch wenn das, was du siehst, etwas anderes ist.

Ich lege die Arme um ihn und drücke ihn an mich, wende den Kopf ab, um meine Tränen zu verbergen. Seine Schultern sind schief und steif unter dem dünnen Wollpullover, der Protest eines Körpers, den selbst alle liebevollen Gefühle auf der Welt nicht aufweichen könnten.

»Vielen Dank, Karsten«, sage ich. »Vielen Dank.«

Es hilft, dass Frank so nüchtern ist. Er hat schon viele von Karstens Besitztümern in dessen neues Zimmer im Pflegeheim gebracht, ich brauche also die abgenutzte Heizdecke und den Rasierapparat in seinem mit grauen Bartstoppeln berieselten Etui nicht zu sehen. »Wir haben das zusammen gemacht«, sagt Frank nur. »Er hat nach und nach gepackt, als wir die Nachricht erhalten hatten.«

Der eigentliche Umzug findet zwei Tage nach meiner Ankunft statt. Er wird nicht so dramatisch, wie ich geglaubt hatte. Wir bekommen einen Sondertransport, das Pflegeheim hat ein eigenes Fahrzeug, und wir haben alle darin Platz. Eine weiß gekleidete Hilfspflegerin in klobigen Schuhen führt uns zu Karstens Zimmer, heißt uns herzlich willkommen und fragt uns, ob sie uns im Haus herumführen soll. Karsten und Frank haben schon alles gesehen, und ich lehne dankend ab, ich bringe das nicht über mich. »Alles klar«, sagt die Frau mit den Klumpenschuhen. »Aber einen Schluck Kaffee möchten Sie doch bestimmt? Ich hole eine Kanne und ein paar Tassen.«

Als die Tür zum Linoleumgang hinter uns geschlossen ist und ich Möbel und Bilder wiedererkenne, kann ich tun, als sei mein Bruder einfach in eine neue Wohnung gezogen. Er sieht müde aus, döst in seinem Sessel ein, rührt seine Kaffeetasse nicht an. Ich will schon fragen, werde aber von Franks strengen Augenbrauen zurückgehalten. Dann begreife ich. Er kann nicht. Die Finger meines Bruders sind schief, dick und entzündet, sie können den Henkel nicht fassen, um die Tasse an den Mund zu heben. Karstens Augen sind halb geschlossen und weit weg, den Schmerz sehe ich in Franks Blick, und mein Herz wird schwer, als ich begreife. Der Wagen, den ich auf dem Gang gesehen habe, mit Kannen und Tassen. Einige hatten auf jeder Seite einen Henkel und einen Deckel mit Sauger. Karsten will in meiner Anwesenheit nicht aus einer Schnabeltasse trinken.

»Sie haben hier Besuchshunde«, sagt Frank. »Hunde, die ruhig und geduldig und für diese Aufgabe geeignet sind. Es ist ja bekannt, dass Kontakt zu Tieren die Lebensfreude steigert.«

Ich berühre Karstens Hand. »Erinnerst du dich an Kito?«

Er nickt. Der Mischlingshund, den wir viele Jahre lang hatten, hatte seinen festen Platz an Karstens Fußende, zu Mutters tiefem Ärger: »Der Hund hat seine eigene Decke auf dem Boden, da soll er schlafen.« Karsten spricht langsam, aber in seiner Stimme liegt eine Wärme, die die weißen Wände, den Kleiderschrank in der Ecke und das Zuggestell über dem Bett, dem unsere Blicke auszuweichen versuchen, leichter erträglich macht. »Ich habe alle meine Geheimnisse mit Kito geteilt.«

»Alle, die du mir nicht erzählt hast?«

Ich versuche, einen leichten Tonfall in meine Stimme zu legen, aber nichts ist leicht an diesem viel zu früh dunklen Freitagnachmittag.

»Die ich niemandem erzählt habe.«

Nicht mir hat Karsten seine Geheimnisse verraten, diejenigen, die so groß waren, dass man sie nur in ein warmes Hundeohr flüstern konnte. Was ist es, das uns jemandem nahebringt? Zeit. Gewohnheit. Vertrauen. Hatte er zu einem Hund mehr Vertrauen als zu mir? Ich bin überrascht, weil diese Frage nicht wehtut. Natürlich war das so. Und ich, habe ich ihm immer vertraut? Etwas als gegeben zu nehmen – bedeutet Vertrauen etwas anderes als das?

Karsten lächelt, und es wird still. Draußen auf dem Gang klingelt eine Glocke, Schritte laufen an der Tür vorbei. In Zimmer 212 atmen vier Menschen dieselbe Luft ein und denken ihre Gedanken. Jetzt, geht es mir auf, gerade jetzt nehme ich Abschied von meinem Bruder. Vielleicht sehe ich ihn wieder, vielleicht begegnen wir uns das nächste Mal bei seiner Beerdigung oder meiner. Aber gerade jetzt, in diesem Augenblick der Anerkennung und des Verlusts, nehmen wir Abschied voneinander.

*

Ich habe mich darauf gefreut, Maraia den See zu zeigen, habe uns Arm in Arm auf dem gesehen, was im wahrsten Sinne des Wortes die Pfade meiner Kindheit ausmacht, an dem Gewässer, das wir so elegant den »Binnensee« genannt haben. Bei dem unsere Eltern allerlei Schreckensbilder benutzten, um uns fernzuhalten, wenn das Eis im Herbst dünn und unsicher war: »Wenn ihr einbrecht, müsst ihr ertrinken. Und im Wasser sind Egel, die beißen sich fest und lassen erst los, wenn sie euch alles Blut aus dem Leib gesaugt haben.«

Heute ist der Binnensee schwarz und offen, hier und da in den Schatten beim Ufer eine dünne Glasschicht. Ich wünschte, Maraia hätte ihn vereist sehen können, eine dünne, harte Haut aus Möglichkeiten.

»Hier hab ich Schlittschuhlaufen gelernt«, sage ich.

»Bist du schnell gelaufen?«

»Nicht sehr.«

Ich erinnere mich an meine ersten klobigen Stahlschlittschuhe, deren Schlüssel an einem Schnürsenkel um meinen Hals hing. »Wir Mädchen träumten alle von weißen Kunsteislaufschuhen. Damit wir uns mit wirbelndem Röckchen in Pirouetten drehen könnten.«

»Hattest du solche?«

Ich schüttele den Kopf. »Für so etwas gab es kein Geld.«

Es ist Anfang April, aber der Boden ist noch immer hart und schwarz, saugt in den kurzen Vormittagsstunden mit allen Kräften das Licht ein. Tropfen aus dampfendem Atem legen sich in den Flaum auf Maraias Wangen, ihre Augen nehmen alles in sich auf. Die Birke mit den nassen, nackten Zweigen, die noch unsichtbaren Knospen. Büschel aus altem Gras, die Erde leblos unter unseren Füßen. Als Maraia stehen bleibt und den Blick über die Landschaft gleiten lässt, die uns umgibt, bin ich dankbar für einen Augenblick zum Ausruhen.

»Was siehst du?«, frage ich.

»Die Farben hier sind so still. Das Wasser ist nur schwarz, und die Bäume sind nur braun. Keine Blätter, die grün und gelb spielen.«

»So ist es hier im Winter«, antworte ich. »Wir ziehen uns die Decke über den Kopf und schlafen. Ruhen und warten.«

»Auf neue Farben?«

»Ja, so kannst du das sagen. Aber jetzt dauert es nicht mehr lange, dann wird alles zum Leben erweckt. Ich kann das riechen.«

Maraia mustert mich forschend. Atmet tief durch die Nase ein und sucht die Witterung des Frühlings. Dann schüttelt sie kurz den Kopf. »Ich möchte lieber die ganze Zeit leben.«

In dem stillen Raum in der Pension Reitvik wälze ich mich im Bett unruhig hin und her. So viele Augenblicke im Laufe der Jahre, so viele Male habe ich mich gefragt, ob Maraia es weiß. Ein zufälliges Wort, eine Frage in einem klaren Blick. Die Schatten unter dem Zitronenbaum vor einem kleinen Haus an jenem Abend vor langer Zeit – konnte eine Sechsjährige dort gesessen und alles gehört haben? Sais Hände, die damit beschäftigt waren, Muscheln zu reinigen. Ihr Gesicht, ohne Bitterkeit, als sie über Niklas sprach: »Er hat nur einen Strand gesucht.« Ich musste kämpfen, um diese Worte an mich heranzulassen, obwohl ich es schon lange gewusst hatte. »Er hielt einen blauen Seestern in der Hand und sagte, der trage den Namen der Heiligen Jungfrau. Deshalb habe ich sie Maraia genannt.«

Die Selbstverständlichkeit in ihrer Stimme, ein Gezeitenwasser der Hinnahme.

Morgen wird Maraia mit mir auf den Friedhof kommen. Eine bessere Gelegenheit findest du nicht, sage ich mir. Du hast lange genug gewartet. Jetzt ist es so weit.

54
Maraia

»Ich möchte, dass du sie kennenlernst«, sagt Nau Kat, nachdem sie am Vortag Mister Karsten in sein neues Zimmer gebracht haben. Sie will Maraia ihre *Na* und ihren *Ta* vorstellen, die auf dem Friedhof liegen.

Der Grabstein, vor dem sie stehen bleiben, ist ziemlich klein, zwei Namen stehen darauf. Die Oberfläche ist uneben, als Maraia den Finger über die Buchstaben gleiten lässt. *Karen Vale. Trond Vale.* Vor dem Stein steht eine kleine Pflanze mit rosa Blüten, rund wie Beeren. Sie fühlen sich trocken an. Nau Kat liest die Namen vor. »Das waren meine Eltern«, sagt sie. »Und sie … in gewisser Weise waren sie deine Großeltern. In gewisser Weise.«

Nau Kat möchte erzählen, aber sie muss die richtigen Worte finden. Große Geschichten können viele Anfänge haben. »Sie waren gute Eltern«, sagt sie.

»Du meinst, sie haben dir beigebracht, gut zu sein?«

Diese Frage überrascht sie. »Findest du? Findest du, dass ich gut bin?«

Maraia nickt entschieden. »Ja. Du bist ein guter Mensch, Nau Kat.«

Es ist leicht zu sehen, dass Nau Kat sich freut.

»Als ich jung war und hier wohnte, habe ich nicht so viel auf meine Eltern gehört, fürchte ich«, sagt sie. »Ich sehnte mich nach … Freiheit, vielleicht. Danach, dass sich das Leben öffnete, dass etwas Strahlendes und Phantastisches passierte. Ich wusste, dass es außerhalb von Reitvik eine große Welt gab, und ich dachte, ich sei bereit, der zu begegnen.«

»Warst du nicht bereit?«, fragt Maraia.

Nau Kat überlegt, die Antwort muss richtig sein. »Doch, irgendwie schon, auch wenn ich noch sehr jung war. Ich war bereit, es zu versuchen.«

»Waren deine Eltern nicht bereit, es dich versuchen zu lassen?«

»Meine Mutter wohl nicht«, antwortet Nau Kat. »Sie hatte Angst vor allem, was passieren könnte.«

»Hatte dein Vater keine Angst?«

»Nein. Jedenfalls nicht so sehr wie meine Mutter.«

»Wie war er denn dann?«

»Wie er war?« Nau Kat lächelt. »Er war wohl so, wie Väter damals waren. Er ging zur Arbeit, und dann kam er nach Hause und aß und las. – Er hat gern gelesen«, betont Nau Kat, und nun lächelt sie noch mehr. »Er ist in den Büchern gereist.«

»Und deshalb hatte er keine Angst vor allem, was passieren könnte?«

Nau Kat schüttelt den Kopf. »Ich glaube eigentlich nicht, dass er Angst hatte. Ich glaube, er dachte, meistens geht es ja gut. Und dass er ja doch nichts machen könne. Er musste sich einfach darauf verlassen, dass ich zurechtkommen würde.«

»Dachtest du, du seist ihm nicht wichtig?«

»Nein!« Nau Kat ist erschrocken. »Warum fragst du das? Das habe ich überhaupt nicht gedacht!«

»Nein«, sagt Maraia. »Weil du wusstest, dass er ein guter Vater war. Er hat dafür gesorgt, dass ihr Haus und Essen hattet. Und er hat dir etwas beigebracht. Deshalb konnte er sich darauf verlassen, dass du zurechtkommen würdest, wenn du losziehen und frei sein wolltest. Damit du ein guter Mensch werden könntest.«

Wieder freut sich Nau Kat. »Was denkst du, Maraia?«, fragt sie. »Was ist ein guter Mensch?«

Maraia kennt ihre Antwort schon. »Das ist jemand, der Gutes tut, auch wenn es wehtut. Und der weiß, dass ein Mensch nur eins besitzen kann, nämlich seine eigene Zeit.«

Sie bleiben eine Weile stehen und spüren die Minuten, die vergehen. Maraia zieht die Fransen ihres Schals zwischen ihren Fingern hin und her.

»Mein Vater auch«, sagt sie endlich. »Er hat sich auch darauf verlassen, dass ich zurechtkommen würde.«

Nau Kats Gesicht ist klein und ängstlich. Ihre Haare verstecken sich unter der Mütze, und sie kneift im Licht die Augen zusammen. Die blasse Sonne von Reitvik ist scharf und ohne Wärme.

»Wie meinst du das, Maraia?«, fragt sie. »Warum sagst du das?«

»Er hat mich nirgendwohin mitgenommen und mir nichts gezeigt.«

Nau Kat gibt keine Antwort, aber Maraia sieht, dass sie unter dem dicken Mantel fieberhaft atmet.

»Na Sai hat mir beigebracht, Roro zu kochen«, sagt sie dann. »Und die Gezeiten zu beachten. Von ihr weiß ich, wann Menschen Wahrheit in den Augen haben und dass ich auf meiner Hut sein muss, wenn ich von Flammen träume.«

Nau Kat begreift nicht, was sie meint. »Wenn du von Flammen träumst?«

Maraia erklärt: »Wenn im Traum die Flammen auf dich zukommen, dann musst du dich davor hüten, was sich hinter ihnen versteckt. – Vilivo bringt Niki Dinge bei«, sagt sie dann. »Er geht mit ihm auf die Plantage und zeigt ihm abends den Mond. Er ist stolz auf sein Kind.«

»Das sind sicher alle Eltern«, sagt Nau Kat, aber ihre Stimme sagt etwas anderes als ihre Worte. Die Stimme lässt ihr Gefieder brausen, aber darunter sitzt ein ängstlicher Vogel.

Maraia schüttelt den Kopf. »Nein, nicht alle. Einige schämen sich ihrer Kinder. Und einige wollen sie eigentlich gar nicht.«

Nau Kat richtet ihren Blick auf die Mauer, die den Friedhof umgibt, aber Maraia weiß, dass sie jedes Wort hört. Sie tastet Maraias Worte ab, hält sie in der Hand. Sie wachsen zwischen ihren Fingern, finden Geschwister in ihrer eigenen Sprache, werden zu einer Erzählung, die sie weitergeben muss.

»Maraia«, sagt sie. »Dein Vater war ein guter Mann. Er war nicht so ein Vater für dich, wie Vilivo es für seinen Sohn ist. Aber er war ein guter Mann.«

Der verängstigte Vogel hat das brausende Gefieder abgeworfen. Seine Brust ist nackt, und das Herz pocht hart.

»Ich weiß«, sagt Maraia. »Er hat mir meinen Namen gegeben.«

Sie nimmt Nau Kats Hand. Die zittert, ein nacktes kleines Tier.

»Ich glaube, er war so wie dein Vater«, sagt Maraia. »Er dachte, dass es in der Regel gut geht. Dass ich zurechtkommen würde. Dass er ohnehin nicht viel tun könnte.«

Jetzt schüttelt Nau Kat energisch den Kopf. Maraia hört ihre Gedanken hinter ihrer Stirn laut rufen: *Er hätte viel tun können! Er hätte dich vom Tag deiner Geburt an in sein Leben holen können.*

Sie drückt Nau Kats Hand, hört das Weinen in ihr wie Regen.

Der Atem in der Brust des verängstigten Vogels beruhigt sich. Zu vergeben dauert eine Sekunde. Ein Blinzeln, einen Flügelschlag.

55

Ingrid

»Vom Blut im Urin hat er nichts erzählt«, sagt Ingrid zu Kat. »Oder dass er müde war und Rückenschmerzen hatte. Warum hat er nichts gesagt? Warum habe ich nichts bemerkt?«

Sie findet es schrecklich, darüber zu sprechen, doch sie kann es nicht lassen. Ingrid hatte sich geschworen, dass sie, wenn Kat aus Norwegen zurück ist, nur kurz und sachlich erklären würde, was der Arzt über Johnnys Krankheit gesagt hatte. Bösartig. Weit fortgeschritten. Aber sich jemandem anzuvertrauen, vor allem Kat, macht es auf irgendeine Weise leichter zu bewältigen. Jedes Jahr werden in der Welt fünfzehn Millionen Fälle von Krebs registriert, realistisch gesehen war es also zu erwarten, dass sie einen in ihrer Nähe haben würde.

»Dreihundertfünfzigtausend haben Nierenkrebs«, sagt Ingrid.

Krebs Krebs Krebs Krebs Krebs. Sie muss üben, dieses Wort auszusprechen.

»Und auf Fidschi ist die Sterblichkeitsrate für Männer mit Nierenkrebs in der Altersgruppe von siebzig bis fünfundsiebzig am höchsten.«

»Das liegt daran, dass sie die Ältesten sind«, erwidert Kat. »Wir haben doch ohnehin das größte Sterberisiko. – Entschuldigung«, fügt sie rasch hinzu und legt auf dem Verandatisch die Hand auf Ingrids. »Ich wollte nicht brutal sein. Ich glaube nur, es hilft weder dir noch Johnny auf irgendeine Weise, wenn du dich in Statistik verguckst. Die ist keine Landkarte, verstehst du. Die Statistik besteht aus denen, die es schaffen, und denen, die es nicht schaffen.«

»Ich weiß. Aber wenn er doch nur …«

Ingrid erkennt ihre eigene Stimme nicht wieder. Gepresst und rostig, mit einem jammernden Unterton. Wirst du so, wenn du die Lage nicht mehr im Griff hast? Denn so ist es doch. Ein Treffer mit einer Handgranate, ein plötzlicher Sturz über Bord aus großer Höhe.

»Wenn er dir doch nur erzählt hätte, dass er Blut im Urin hatte?«

Johnnys Urin ist jetzt zu einem ganz normalen Gesprächsthema geworden. »Denk daran, was sie im Krankenhaus gesagt haben, Ingrid. Auch wenn Johnny es erzählt hätte, wäre es doch ein Symptom für etwas gewesen, das bereits vorhanden war.«

»Ja, aber es hätte früher entdeckt werden können.«

Kat fährt sich über die Augen, und für eine halbe Sekunde hat Ingrid die vage Vorstellung, dass sie ihre Freundin belastet. Sofort ist dieser Gedanke wieder verschwunden.

»Vielleicht«, sagt Kat. »Vielleicht einen oder zwei Monate früher, oder auch drei. Aber wir können nicht wissen, ob das eine Rolle gespielt hätte. Jetzt holen sie die Geschwulst raus, vielleicht können sie den Rest der Niere retten. Vielleicht ist es noch früh genug, vielleicht können sie es aufhalten. Und immerhin kann man auch mit einer Niere sehr gut leben. Das Beste, was du jetzt für Johnny tun kannst, ist, *keine* deprimierenden Statistiken zu lesen.«

Ingrid nickt, aber die Mischung aus Ungeduld und Verachtung dröhnt und brennt in ihrem Magen. Pissgerede!, möchte sie sagen. Positive Gedanken, und jetzt musst du dich darauf konzentrieren, dass alles gut geht – was für eine Pisse! Sie will heulen, sich über den Tisch werfen und brüllen. Schreien, dass Kat aufhören soll zu sagen, sie solle den Mut nicht verlieren, es gebe vielleicht eine Behandlung. Was, wenn es keine gibt? Ingrid will schlagen, die Geschwulst mit den Fäusten bearbeiten, spüren, wie sich die Armmuskeln anspannen. Sie schaut Kat ins Gesicht. Sieht, wie grau und aufgelöst es ist, ebenso erschöpft und zerrissen wie ihr eigenes.

»Ich liebe ihn.«

Dieser Satz fließt zwischen ihnen, sickert langsam auf den Tisch. »Ich wünschte, ich liebte ihn nicht!«

Alles geht jetzt um Körperfunktionen. Um Urin und Blut. Um Streuung. Um Metastasen und Schmerzen und Erbrechen. Alles andere ist abgesagt worden. Kunden und Vereinbarungen, das Boot und das Fischen. Edson hat viele Anrufe übernommen, hat telefoniert und geschrieben und erklärt. Sie empfindet Dankbarkeit dafür, ein vages Gefühl von Schuld. Der Junge hat seine eigene Trauer, aber dafür hat Ingrid jetzt keinen Platz.

Johnny war zuerst überrascht gewesen, eigentlich eher überrascht als ängstlich. Hatte darauf bestanden, es könne nicht stimmen, er fühle sich nicht krank, nur ein bisschen müde und erschöpft vielleicht. Aber die Krankheit schien sich auszubreiten, sowie ihm die Diagnose bewusst wurde. Je mehr Gespräche sie mit dem Arzt führten, je mehr Röntgenbilder und Ultraschalluntersuchungen gemacht wurden, desto dünner wurde er vor ihren Augen. Die Stimme des Arztes, als er sie zum Gespräch bat, der Ausdruck, den er verwendete: »weit fortgeschritten«. Der harte Klang der Buchstaben in seinem Mund war der einer Tür, die hinter ihr zufiel. Eines herunterschnellenden Rollos. Etwas war vorbei, zu Ende.

Ihr erster Gedanke war, dass sie wegmüssten. Nach Sydney oder Singapur. Nur nicht in das kleine Krankenhaus in Suva. Sauber und ordentlich und freundlich, das schon, aber das Fachwissen, die Onkologen, die höchsten Kenntnisse und die neuesten Fortschritte in der Krebsbehandlung gibt es hier nicht. Geld und Versicherung stehen nicht auf der Liste ihrer Sorgen, sie hat in Norwegen Geld auf der Bank. Verdammt, sie könnten das Boot verkaufen! Wenn er nur überlebt. Wenn Johnny nur überlebt, wenn er nur überlebt.

Nachts liegt sie neben ihm, die Wärme seiner Haut, der Geruch von Schweiß und Boot folgen ihr in den Schlaf. Sie träumt, dass sie aufwacht, träumt, dass sie ihn neben sich im Bett sieht, sein Körper hat schwarze Flecken. Die wachsen vor ihren Augen auf der Haut, werden immer mehr. Er verwest unter ihren Blicken. Verzweifelt jagen ihre Hände über ihn, versuchen, die Flecken zu bedecken, sie zu verstecken. Sie fährt keuchend aus dem Schlaf hoch und setzt sich im Bett auf. Sitzt lange da und hört die Geschwulst in seinem Leib wachsen.

Das Datum für die Operation wird festgesetzt, sie wird in Sydney vorgenommen. Ingrid und Johnny sind jetzt auf Dauer in Korototoka, Edson wohnt in Salotes Fremdenzimmer. Ateca huscht wie ein Schatten um sie herum. Der ängstliche Blick und die zaghaften Schritte gehen Ingrid auf die Nerven. »Du brauchst nicht so leise zu sein, Ateca. Johnny kann es ertragen, andere um sich herum zu hören.« Sie versucht ein Lächeln. »Er kann es sogar ertragen, dich singen zu hören. Du singst ja nie mehr?«

Ateca schüttelt den Kopf, es ist deutlich, dass sie findet, jetzt, wo Mister Johnny krank ist, dürfte hier im Haus wirklich nicht gesungen werden. »Er braucht Ruhe, damit er stark ist, wenn der Doktor in ihm herumschneidet.«

Ingrid zuckt zusammen. Das Bild des Messers in der weichen, wehrlosen Haut ist etwas, das sie nicht ertragen kann. Sie reißt sich zusammen und sagt das Einzige, was sie sagen kann: »Die Ärzte im Krankenhaus in Sydney werden Johnny operieren und ihn gesund machen.«

Ateca nickt, aber der Zweifel ist ihrem Mund deutlich anzusehen. Sie murmelt etwas, und Ingrid geht auf die Tür zu, sie kann die geröteten Augen der Haushälterin nicht ertragen. Hinter sich hört sie, wie das Wasser ins

Spülbecken läuft, hört klappernde Tassen. Die Stimme dort drüben ist zuerst unsicher, gewinnt später in der ersten Strophe jedoch an Stärke:

Gott, lehre uns, auf dein Wort zu vertrauen,
in jeder Stunde auf dein Kreuz zu bauen,
lass uns demütig knien zu den Füßen dein,
denn Mut und Trost finden wir bei dir nur allein.

Am Abend drehen Ingrid und Johnny eine Runde durch die Plantage. Die eifrige Vegetation, die Pflanzen, die hervorsprengen und unbedingt wachsen wollen, haben das vom Zyklon hinterlassene Schlachtfeld bereits mit etwas Kräftigem und Überzeugendem erfüllt, das vor grüner Zukunft nur so strotzt.

»Alles wird gut«, sagt Johnny in die Luft hinein. Sie starrt ihn an, in ihrem Kopf steht alles still.

»Natürlich wird alles gut«, sagt sie. »Und man kann schließlich auch mit einer Niere sehr gut leben.«

Er schüttelt den Kopf und bleibt stehen. Schaut sich lange um, lässt die weißen Flecken aus Sonnenlicht über seinen Körper tanzen, über den Boden in ihrer Nähe. »Ich meine hier«, sagt er schließlich. »Die Plantage kommt wieder auf die Beine, du siehst ja, es passiert schon. Sie wird noch besser werden als vorher. Vilivo weiß, was er tut.«

Die Andeutung eines Lächelns in seinen Mundwinkeln, und sie hört, was er wirklich sagt. Du bist sicher, sagt er zu ihr. Du bist eine Wand in diesem Haus, und dieses Haus wird stehen bleiben, egal, welche Stürme auch kommen. Hier hast du ein Zimmer, hierher wirst du immer gehören.

Sie will vor seinen Augen nicht weinen. Sie geben einander Kraft, und mehr denn je ist sie es, die seine Kraft sein muss. Aber hier birst die Mauer. In dem flackernden Licht unter Zweigen, die verbergen und beschatten, brechen die Verteidigungswerke zusammen. Ihre breiten Schultern senken sich, ihr Kopf fällt auf seine Schulter, schlaff und willenlos. Das Schluchzen aus ihrer Kehle ist tief und grob, als sie ihrer Verzweiflung in langen Stößen freien Lauf lässt.

Er sagt nichts, er streichelt unablässig ihren Rücken. Streichelt die Bilder eines Körpers mit dunklen, verwesenden Flecken weg. Streichelt die Sonne auf dem Deck der *Tarisso* hervor, das lächelnde Gesicht unter der Schirmmütze, wenn sich eine Angelrute mit einem Ruck biegt und ein Kunde mit großen Augen ungläubig aufschreit. Streichelt eine Kanne Eistee auf der Veranda von Vale nei Kat hervor, das weiche Licht der Laterne am Abend. Den Geschmack von Schokolade. Streichelt die Wörter hervor, die er an dem Abend gesagt hat, als sie das Abenteuer mit den vielen Stücken vom Glück planten. *Das wunderbare Gefühl. Wieder und wieder.*

Sie versucht sich zu sammeln, die Kontrolle zurückzugewinnen, fährt sich mit dem Handrücken über die laufende Nase. »Ich weiß«, sagt sie und schnieft energisch, um sich von dem lächerlichen Pfeifen eines halb verstopften Nasenlochs zu befreien. »Die Plantage kommt zurecht. Vilivo ist tüchtig.«

Ich will nicht, dass du das sagst, schreit es in ihr. Du sollst es nicht einmal denken. Wir sollen auf dem Boot sein. In unserem Haus in Labasa. Wir sollen nach Korototoka kommen, wann wir wollen, und niemand soll Krebs haben, und niemand soll verwesen und sterben. Ich will beides haben, ich will alles.

Er nickt und streichelt weiter. Er hat jeden ihrer Gedanken gehört. »Ich werde niemals begreifen, warum ich das Glück gehabt habe, dich zu finden«, sagt er in ihr Haar.

56

Sina

Armand als Mannschaftsspieler, nie im Leben hätte sie sich das vorstellen können. Aber das berichtet Lisbeth in einer E-Mail aus Schweden:

> *In den Wiederaufbaufonds für Korototoka sind schon über 100 000 eingezahlt worden, Armands Zyklonbilder scheinen die gewünschte Wirkung zu haben. Die Zusammenarbeit zwischen ihm und Amanda und Viktor geht offenbar gut, was PR und Import betrifft. Wer hätte das gedacht?*

Nein, wer hätte das gedacht? Eigentlich ein unmögliches Projekt, so egozentrisch, wie die beiden sind, sagt Sina zu sich selbst. Aber offenbar funktioniert es. Alle Dummheiten, die Armand weiterhin begehen wird, seine Prahlereien, seine großspurigen Auftritte und seine Sturheit, das alles wird nicht verschwinden. Aber jetzt ist eine neue Zeit. Jetzt ist Irene da.

Sina sitzt allein auf der Veranda und raucht. Kat hat sich hingelegt, sie zieht sich früher zurück als bisher, und Maraia ist nicht im Haus. Sina reckt ihre knackenden Gelenke und fühlt sich alt. Sie ist alt. Hält sich am Geländer fest, wenn sie die wenigen Treppenstufen von der Veranda hinuntergeht, aus dem Sessel aufzustehen ist eine Operation, die geplant werden muss. Aber das hat auch etwas Angenehmes, eine Gleichgültigkeit, die sie sich bisher nie erlaubt hat. Sich einfach auf dem Sofa zurücklehnen. Nicht nachfragen, wenn sie nicht hört, was gesagt wird. Immer häufiger denken, dass es nicht so wichtig war.

Armand braucht sie nicht mehr. Tut das weh? Sina überlegt. Nein. Sie war da, als es darauf ankam. Nachgiebig und viel zu gutmütig vielleicht, aber sie hat getan, was sie konnte. Ob ihm das etwas gegeben hat, ob er etwas davon in seinem weiteren Leben mitnimmt, das weiß sie nicht.

Kat taucht in der Wohnzimmertür auf, ist sie doch nicht schlafen gegangen? »Ich konnte nicht einschlafen«, sagt sie. »Ich musste an Ingrid denken.«

Sina nickt und zieht an der Zigarette. »Gibt es etwas Neues?«

»Nein. Sie sagt, dass die Ärzte diskutieren und immer neue Proben nehmen.« Kat schluckt. »Es sieht nicht gut aus. Aber für morgen ist jedenfalls die Operation angesetzt.«

Sina hat Kat noch nie so mutlos erlebt, und sie kann ihr keine Antwort geben. Versucht verzweifelt, eine Verbindung zu dem zu finden, was sie eben gedacht hat, etwas war da, sie weiß, dass etwas da war. Loszulassen, darum ging es. Und zugleich etwas von dem, was gewesen ist, weiter mitzunehmen.

»Glaubst du, das ist wichtig?«, fragt sie. Sie hebt ungeduldig die Stimme, als die Freundin nicht ihre Gedanken lesen kann. »Dass von einem etwas bleibt?«

Kat kann ihr noch immer nicht folgen. »Meinst du … Johnny? Was er für einen Nachruf bekommt, falls er … wenn …?«

Sie schafft es nicht, das auszusprechen, stellt Sina fest.

»Nein, nicht das, was andere sagen.«

Sie versucht die richtigen Worte zu finden. »Ich dachte daran, was du selbst fühlst, wenn du zurückblickst. Dass du etwas getan hast, das … deins war. Das genutzt hast, was in dir war. Oder so.«

»Dass du an etwas anderem gemessen werden möchtest als an deinen Kindern?«

Sina blickt Kat erstaunt an: Was für eine seltsame Bemerkung von einer, die selbst keine Kinder hat. So hatte sie das nicht gemeint, aber – doch?

»Vielleicht«, sagt sie. »Aber ich weiß nicht, ob man das eine vom anderen trennen kann.«

Kat gibt keine Antwort. Ein abnehmender Mond schickt Streifen von Licht durch das geflochtene Strohdach über ihnen. »Wir sind eben da, wo wir sind«, sagt sie endlich. »Ohne uns darum zu kümmern, wo wir auf der Ergebnisliste stehen. Das Wichtigste ist wohl zu sehen, was die, die nach uns an die Reihe kommen, von uns mitnehmen können, ehe es zu spät ist.«

»Mm. Etwas den anderen überlassen.«

Wie bei Irene. War es feig, was sie getan hat? Irene von Harald zu erzählen, um die Schwiegertochter enger an sich zu binden? Um Armand abzusichern, ein weiteres Mal?

»Wie denkst du über Maraia?«, fragt Kat.

Sina zwingt ihre Gedanken zur Veranda und zur Freundin zurück. »Maraia?«

»Ja, wir haben doch über die gesprochen, die nach uns kommen.«

Sina starrt auf die Wellen draußen. »Ich bin nicht so sicher.«

»Nicht?« Kats Stimme wird schärfer. »Maraia kann das alles. Sie ist mit dem Kakao aufgewachsen. Und sie hat Vilivo. Ingrid hat ihr alles über die geschäftliche Seite beigebracht. Sie schafft das.«

Sina stößt weiteren Rauch aus. »Mm. Aber ihre Liebe ist nicht dabei.«

Da ist es wieder. Sich zurücklehnen, loslassen. Ein Schulterzucken, ein langes Ausatmen, das neue Wege öffnet und sie Wörter benutzen lässt, die sie in Reitvik niemals in den Mund genommen hätte. Die sie bisher überhaupt noch nie in den Mund genommen hat. Wir sind so alt, denkt Sina, dass es nicht mehr gefährlich ist. Jetzt können wir die großen Worte benutzen. Lieben. Leben. Sterben.

Sie sieht Kat an, den leicht zitternden Kopf. Die Schulterblätter sind mager unter dem Nachthemd, Flügel ohne Federn.

»Nein«, sagt Kat, und Sina glaubt, in ihrer Stimme Verwunderung zu hören. »Ich glaube, du hast recht. Ihre Liebe ist nicht dabei.«

Seltsamerweise hat Edson es nicht eilig mit der Abreise. Sina fragt sich, warum er nicht nach Labasa zurückfährt. Die *Tarisso* liegt untätig am Kai, jetzt, wo Johnny und Ingrid in Sydney sind.

»Wie geht es deinem Vater?«, fragt sie ihn eines Abends. Edson hat wie immer die Nase im Computer begraben. Sie kommt sich dumm vor, sie weiß nichts über seine Familie oder darüber, was die braucht. Aber sie hat jetzt mehr Platz, hat endlich das Kinderzimmer geleert und hat Platz zum Ummöblieren.

Edson hebt den Kopf und sieht sie an, blaues Bildschirmlicht spiegelt sich in seinen Brillengläsern. Er zuckt mit den Schultern und murmelt etwas.

»Was hat du gesagt?«

»Es geht schon.«

Er zieht den Laptop dichter an sich heran. »Er ist versorgt.«

Sie hat Kat nach der Sache mit dem Boot gefragt. Sollte der Junge nicht eine Art Lehre auf der *Tarisso* machen? Johnny wollte ihm helfen, ihn anlernen und für ein Darlehen zum Bootskauf bürgen, hatten sie das nicht so geplant? Kat sah sie mit einem so gewichtigen Blick an, dass Sina sich in ihrem Sessel gekrümmt hatte. »All das muss jetzt warten.«

Sie glaubt, dass er sich vielleicht Boote ansieht. Oder Filme oder Musik, oder was junge Leute eben stundenlang mit ihrem Computer machen. Aber als er für einen Moment das Zimmer verlässt und der Laptop offen auf dem Tisch steht, wirft Sina einen Blick auf den

Bildschirm. Er ist dabei, etwas zu schreiben, er ist bis Seite 3 gekommen. Sie sieht den Titel oben in der Ecke: *Einführung in Betriebswirtschaft und Buchführung. Aufgabe 4.*

In diesem Moment kommt er wieder herein, setzt sich und zieht den Laptop zu sich heran. Sina bleibt direkt hinter ihm stehen, eine Mischung aus Trauer und Mitleid lässt sie den Arm ausstrecken und dem Jungen die Hand auf die Schulter legen. Sie fährt bei dieser Berührung fast ebenso zusammen wie er, aber die Hand bleibt liegen. »Du studierst Wirtschaft?«, fragt sie. »Das wusste ich nicht.«

Er macht ein verlegenes Gesicht. »Ihr braucht vielleicht Hilfe«, sagt er. »Ingrid und … jetzt, wo Johnny …«

Sina nickt. Und Maraia, denkt sie.

»Und Maraia«, sagt er. »Zahlen sind nichts für sie.«

Sina nickt wieder, hebt die Hand von seiner Schulter und will schon die dicken Locken streicheln, ehe sie zur Besinnung kommt und die Hand zurückzieht. Sie spürt ihren Puls schwer und heiß in den Fingern schlagen.

»Nein«, sagt sie. »Zahlen sind nichts für sie.«

57
Ingrid

»Kat?«

»Ingrid? Ingrid … hallo?«

»Ja, ich bin's. Kannst du mich hören?«

»Ja, ja … wie ist es gelaufen? Ist die Operation vorbei?«

»Ja. Er ist zu sich gekommen. Ich konnte kurz mit ihm sprechen. Nur ein paar Sätze, dann war er wieder weg.«

»Wie geht es ihm?«

»Er … sie sagen, es geht ihm wie zu erwarten. Es war eine lange Operation, fast fünf Stunden. Und da ist er natürlich ziemlich mitgenommen.«

»Aber was sagen sie? Was sagen die Ärzte?«

»Die … Ach, Kat, es ist dazu gekommen!«

»Ingrid … was sagen sie?«

»Die Niere war nicht mehr zu retten. Die Geschwulst war so groß, sie mussten alles entfernen.«

»Aber was haben sie gesagt? Was haben sie noch gesagt?«

»Ich konnte nur kurz mit der Ärztin sprechen, sie hatte wenig Zeit, es war so schwer. Ich konnte nicht die richtigen Fragen stellen.«

»Das kann ich mir denken. Aber gibt es …«

»Hoffnung? Ich … ich habe das nicht richtig verstanden. Sie wissen, dass es gestreut hat, und Chemo wirkt bei dieser Sorte Krebs offenbar nicht. Es gibt etwas namens Immuntherapie, aber ich weiß nicht … Sie hat gesagt, sie können erst entscheiden, was passieren soll, wenn sie die Ergebnisse des Pathologen haben.«

»Und wie lange wird das dauern?«

»Einige Tage. Wir werden mit ihr sprechen, wenn er wieder richtig bei Bewusstsein ist, aber … Ach, Kat, ich habe es in ihrem Gesicht gesehen. Das hier wird nicht gut ausgehen!«

»Das weißt du nicht, Ingrid!«

»Mein einziger Gedanke ist die ganze Zeit, dass der Krebs immer noch vorhanden ist. Er steckt noch immer in seinem Körper, ein Ungeheuer, das sich festsaugt. Ich …«

»Liebes, du musst abwarten, ihr habt doch noch gar keine richtige Auskunft erhalten.«

Zum ersten Mal versagt Ingrids Stimme:

»Weißt du, was ich mir vorgestellt hatte? Ich hatte geglaubt, dass die Chirurgin zaubern könnte. Dass sie ins Wartezimmer kommen und sich die Haube vom Kopf reißen und mich umarmen und sagen würde, dass alles weg ist. Dass Johnny wieder gesund und so gut wie neu ist. Aber das ist er nicht!«

»Ingrid … du brauchst ihn nicht so gut wie neu. Das brauchst du nicht. Du brauchst nur, dass er lebt!«

»Das weiß ich. Ich weiß. Und ich bin froh darüber, dass die Operation vorbei ist. Aber jetzt geht eine ganz andere

Etappe los. Ein Weg, der immer enger und düsterer wird, so kommt es mir vor.«

Stille auf beiden Seiten. Ihr Atem, der von Kat ist hilflos, der von Ingrid abgehackt, gehetzt.

»Irgendwie hatte ich geglaubt, dass … dass wir jetzt mit irgendetwas fertig wären. Und er sieht so elend aus, Kat! So dünn und kümmerlich, wie er daliegt … das ist nicht auszuhalten!«

»Das kann ich verstehen. Hat er Schmerzen?«

»Ich bin nicht sicher, er war sehr vage und nur halb bei Bewusstsein. Ich weiß nicht, wie schlimm seine Schmerzen werden, wenn er richtig zu sich kommt.«

»Vergiss jetzt nicht zu atmen, Ingrid. Kleine Schritte zu machen. Du wirst ein klareres Bild bekommen, wenn du wieder mit der Ärztin sprichst.«

»Ja … ich weiß ja nicht, wie lange er hierbleiben muss. Vielleicht können wir ja zusammen zurückfahren. Ich habe doch keine Ahnung.«

»Eins nach dem anderen. Wie ist das Hotel, liegt das weit vom Krankenhaus? Wenn du eine Weile bleiben musst, brauchst du alles so praktisch und einfach wie möglich.«

»Ja, das … das Hotel ist schon in Ordnung. Sie haben gesagt, dass ich für heute Nacht hier im Krankenhaus ein Bett bekommen kann, aber das ist alles.«

Es wird ein langes Gespräch, sie reden über noch mehr Dinge. Ingrid fragt nach den anderen, bittet Kat, ihnen nicht so genau zu erzählen, worüber sie hier gesprochen haben. »Ateca soll keine zu große Angst haben. Und Edson auch nicht.«

»Ingrid, Ingrid.«

Kats Stimme ist sanft, ihre Aussage aber deutlich.

»Alle wissen, dass Johnny heute operiert worden ist, natürlich wollen sie wissen, wie es gelaufen ist.«

»Ja, ja, aber ...« Ingrids Stimme wechselt zwischen Selbstbeherrschung und Weinen. »Ich will doch den Abend nicht verderben und euch allen Angst machen.«

»Den Abend verderben ... liebste Ingrid. Dass wir uns umeinander Sorgen machen, verdirbt doch nichts.«

Sie ist so müde. Presst sich das glühend heiße Telefon ans Ohr und merkt, wie sich die Tränen einen Weg über ihre Wangen suchen. Kat hat recht. Wenn Ingrid in diesen letzten Wochen etwas gelernt hat, dann zu nehmen. Zu allem, was jetzt nichts mehr bedeutet, gehört auch die Abneigung dagegen, sich helfen zu lassen. Eine zu sein, die nimmt, ohne Kraft oder Möglichkeit, etwas zurückzugeben – Ingrid hat sich niemals so gesehen. Jetzt bedeutet es nichts. Es ist total belanglos, ob sie als armselige Bettlerin erscheint. Alles, was jetzt etwas bedeutet, ist Johnny, der Krebs, der ihm noch immer im Leib steckt. Sie kann auf die Knie fallen, sie kann flehen, sie kann ohne einen Gedanken an Stolz oder Scham nehmen. Wenn er nur wieder gesund wird. Wenn er nur leben darf.

Sie hört, dass Kat versucht, das Thema zu wechseln, einen Hauch von Normalität über dieses unerträgliche Gespräch zu legen, das auf einem schmalen Sims über den Abgrund balanciert. Ingrid ist dankbar, sie spürt, dass ein einziges übertriebenes Wort der Sympathie, ein mitfühlender Seufzer zu viel sie über den Rand und hinab in das wilde, schäumende Chaos stürzen würde.

»Du musst versuchen, auch ein bisschen an dich selbst zu denken, Ingrid. Ab und zu aus dem Krankenhaus rauszukommen, während Johnny schläft.«

Sie nickt, als ob Kat direkt vor ihr stünde. »Ich werde es versuchen.«

»Und dann rufst du wieder an, sowie du mehr weißt, ja? Ich lasse mein Telefon den ganzen Tag eingeschaltet.«

Ingrid umklammert ihr Telefon fester. *Geh nicht weg!*, will sie sagen. *Ich schaff das nicht allein.*

»Mach ich«, sagt sie. »Sowie ich mehr weiß.«

Sie legt das Telefon zurück in ihre Handtasche. Bleibt einen Moment am Fenster im Krankenhausfoyer stehen. Schaut hinaus auf den Platz davor, auf die im Halbkreis um ein Blumenbeet angeordneten Bänke. Zwei Ärzte laufen zu einem Nebengebäude hinüber, ihre hellblaue Kleidung sieht leicht und luftig aus, als ob sie niemals mit Geschwulsten, Blut, Erbrochenem in Berührung gekommen wäre. Als ob das, was jetzt in einer Plastikschüssel liegt und als biologischer Abfall verbrannt werden soll, nicht ihr Problem sei. Das ist es ja auch nicht. Der Krebs, der sich in Johnnys Körper festgesetzt hat, die Verwesung in ihm. Es ist ihre Arbeit, denkt sie. Aber es ist mein Problem. Denn er hat mir gezeigt, wer ich sein kann.

*

Ingrid hat Krankenhäuser schon immer verabscheut. Das liegt nicht nur am Geruch, dem bitteren Gestank von Desinfektionsmitteln und Angst. Es liegt auch an den Geräuschen, dem Swisch der Schwingtüren, dem ewigen Ticken der Wanduhren. Dem eiligen Pflegepersonal auf den Gängen, dem unbarmherzigen Gleißen der Leuchtröhren. Dem Gefühl von Hilflosigkeit, als der Arzt ihr erklärt, dass der Krebs auch beide Lungenflügel und das Gehirn befallen hat.

»Das Gehirn – wie meinen Sie das?«

Er schüttelt den Kopf. »Chirurgisch ist nichts mehr zu machen.« Er schaut über ihren Kopf hinweg aus dem Fenster. »Wir können noch eine Runde Immuntherapie machen, aber das wirkt nur schmerzlindernd. Und es würde ihm bestenfalls einige zusätzliche Wochen bringen. Die Metastasen haben auch auf das Skelett übergegriffen, und die Organe sind erschöpft. Das Gehirn dagegen …«

Er verstummt, aber Ingrid kann ihm nicht helfen. Er muss es ihr sagen, sie muss es Wort für Wort hören. Muss den besten Onkologen im Ellisdale Cancer Centre laut sagen hören, dass es für Johnny keine Hoffnung mehr gibt. Wildrid umklammert ihre Hand, als es nun ausgesprochen wird. »Der Tumor im Gehirn wird sich immer weiter ausbreiten. Es wird immer schwieriger werden, Ihren Mann zu erreichen.«

Er schaut ihr jetzt ins Gesicht. »Es ist Ihre Entscheidung, Ihrer beider, natürlich, aber …«

»Wie lange?«, fällt Ingrid ihm ins Wort.

»Das ist immer schwer zu sagen. Zwei Monate, vielleicht weniger. Wie gesagt, wir können es vielleicht um einige Wochen verlängern, aber ich an Ihrer Stelle …«

Er zögert, und plötzlich tut er ihr leid. Was hat er für einen Beruf, dieser Mann, der jeden Tag Hoffnungen zerstören und zusehen muss, wie Menschenleben in diesem braunen Sessel in diesem Zimmer in Stücke gehen. Er muss Kindern sagen, dass ihre Eltern sterben werden, einer Schwester, dass für ihren Bruder keine Hoffnung mehr besteht. Frauen wie mir in die Augen schauen und uns sagen, dass wir bald Witwen sein werden. Auf seinem Kittel neben dem Namensschild ist ein Fleck, sie hat Lust, den wegzuwischen.

Ingrids Gesicht ist kalt, als sie jetzt aufsteht. »Kann er zu Hause sein?«, fragt sie. »Können wir ihm zu Hause Morphin geben, damit er nicht zu leiden braucht?«

Er nickt, sieht erleichtert aus. Diesmal kein Zusammenbruch in dem braunen Sessel. »Darauf können Sie sich verlassen«, sagt er. »Das kann die Heimpflege übernehmen, er braucht keine Schmerzen zu haben. Haben Sie sonst jemanden zur Hilfe? Palliative Betreuung ist anstrengend.«

»Ja«, sagt sie nur. »Das habe ich.«

Die Benommenheit ist das Schlimmste. Dass sie einfach nicht zusammenbrechen kann. Durch die Telefongespräche mit Kat und den anderen, weil sie sich verantwortlich fühlt, andere zu trösten. Das albtraumhafte Labyrinth von Logik und Transport. *Weinen!*, sagt Wildrid. *Das hier ist wirklich. Du musst weinen.*

Sie kann nicht. Noch nicht. Zuerst muss sie ihn nach Hause bringen. Die Beteuerungen der anderen, die ihn in Vale nei Kat haben wollen, ignorieren. Sie trifft Verabredungen mit dem Heimpflegedienst in Labasa. Macht aus der Kabine ein Krankenzimmer. Lernt, was sie wissen muss über schmerzstillende Mittel, Kanülen, Infusionen und Dosierung. Lernt, Johnny beim Sterben zu helfen.

Sie wollen alle kommen, auch Ateca. Ich kann das nicht, würde Ingrid gern sagen, als Kat anruft und ihr das mitteilt. Sie kann es nicht ertragen, dass sie kommen, um die *Tarisso* mit Seufzern und geschäftigem Mitleid zu füllen. Atecas Gebete und Sinas unbeholfene Verzweiflung. Edson war schon hier, als sie aus Sydney zurückkamen, er ist stumm, aber zur Stelle, und er tut alles, worum sie ihn bittet. In ihr ist jetzt kein Platz für einen Gedanken an ihn. Den Weg, der vor ihr liegt, werden sie und Johnny allein gehen. Sie kann die Vorstellung nicht ertragen, dass die anderen kommen.

Aber als Maraia plötzlich dasteht, allein und einen Tag früher als der Rest, verspürt sie Erleichterung. Maraia erlebt nicht zum ersten Mal, wie sich die Wellen ändern. Eine junge Frau mit ruhigen Händen, die das enge Krankenzimmer unter Deck nicht füllt, sondern ihm Luft gibt. »Ich setze mich zu Mister Johnny«, sagt sie. »Du kannst ein bisschen schlafen. Ich setze mich zu ihm.«

Sie kann nicht schlafen. Will nicht, darf nicht. Ihr bleibt nur noch so wenig Zeit. Ingrid geht aufs Oberdeck, die Geräusche aus dem Hafen sind fern, die Nachmittagssonne ist bleich. Der Kapitän des Nachbarbootes schlendert vorbei, sie hebt die Hand zum Gruß, aber er wendet sich ab und gibt vor, nichts gesehen zu haben. Krebs ist auch hier ansteckend.

Ingrid hat Simon und Peter von Johnny erzählt, hat es ihnen überlassen, den Rest der Familie einzuweihen. Die E-Mail von Kjell, ihrem ältesten Bruder, konnte sie nicht öffnen, als sie den Betreff sah. *Mein Beileid,* stand dort. Als ob alles schon vorüber wäre. Sie wird die Mail öffnen, wenn sie so weit gekommen sind. Nicht falls, sondern wenn. Simon hat ebenfalls sofort geantwortet, es brennt hinter ihren Augen, und sie fährt sich für einen Moment mit der Hand über die Stirn. Ein kleines Video ohne Text. Die ein Jahr alte Ingelin, die auf einer knallbunten Decke auf dem Boden sitzt, sie wiegt sich hin und her und freut sich über die Melodie einer Spieldose. Weiße Perlzähne beißen auf einem Plastikspielzeug herum. Der Speichel hat einen großen Fleck auf den Pullover gemalt. Drei Wörter im Betreff. *Hab dich lieb.* Mehr ist nicht nötig.

Sie hört, wie Edson sich an Deck mit irgendetwas beschäftigt, kleine glucksende Wellen schlagen ruhig gegen den Rumpf der *Tarisso*. Ingrid lässt sich das Gesicht von der Sonne wärmen, merkt, wie sehr sie sich in diesen letzten Monaten danach gesehnt hat. Legt den Kopf in den Nacken und saugt die Luft tief und gierig in die Lunge.

Das Geräusch ist schwach, fast nicht zu hören. Aber es ist da. Ingrid beugt sich über die Reling, der Horizont blinkt und brennt in ihren Augen, sie strengt ihren Blick bis zum Äußersten an. Wildrid hört es ebenfalls, sie sagt *pst!* und holt das Fernglas. Aber es ist nichts zu sehen, nur Glitzern und Wellentanz.

Maraias Stimme, sie steht neben ihr. »Das ist immer da, Madam Ingrid. Wenn wir hören wollen.«

»Johnny!« Ingrid fährt herum. »Du hättest ihn nicht allein lassen dürfen. Ich will nicht, dass er allein ist.«

Sie will schon mit langen Schritten zur Treppe laufen, aber Wildrid hält sie zurück: *Hör sie an. Hör, was sie sagt.*

Maraias Haar funkelt in der Sonne. Schwarz und golden. »Wenn Mister Johnny auf dem Meer ist, ist er nie allein, Madam Ingrid.«

Unten in der halbdunklen Kajüte schläft er friedlich. Seine Stirn ist trocken und kühl unter ihren Fingern.

58

Ateca

Lieber Gott!

Heute Nacht habe ich sie wieder gehört. Die Todestrommel, in einem Traum. Ich habe die Schläge erkannt, sie haben mit nichts anderem Ähnlichkeit. Die Sonne spielte mit Gras und Schatten, und ich glaubte zuerst, das Tuckern eines Bootsmotors zu hören. Aber die tiefen Schläge kamen von der Trommel, die sich niemals irrt. Als ich sie zuletzt gehört habe, war das am Tag, ehe du Madam Maya heimgeholt hast. Jetzt erzählt sie mir, dass du bald Mister Johnny holen wirst.

Die anderen haben Edson mitgebracht, als sie gestern zurückgekommen sind. War es falsch von mir, nicht mit nach Labasa zu fahren, Gott? Hätte auch ich mitfahren sollen, um Madam Ingrid zu trösten? Aber Madam Kat hatte verstanden, dass ich dazu keine Kraft hatte, sie hat gesagt: Bleib hier, Ateca. Nunia braucht Hilfe bei den Kleinen.

Im Traum habe ich zuerst das Boot weit draußen gesehen. Der Strand war fremd und leer. Nur der Wind war da. Das Boot kam näher, und die Trommel peitschte die Wellen auf das Land zu. Es kam nicht ganz herein, es blieb weiter draußen liegen, während die Wellen mit jedem Trommelschlag höher und ungeduldiger wurden. Was ich sah, war die Tarisso, *Gott, und jemand wartete auf sie.*

Mister Johnnys Vanua ist Kosrae. Daher kommt er, aber er sagt, dass er dort nicht mehr hingehört. Jetzt gehört er zu Madam Ingrid. Sie hat ihre Vanua ebenfalls verlassen.

Will der Traum mir das erzählen, Gott? Dass Mister Johnny und Madam Ingrid jetzt beide an einen anderen Ort gehören? Aber was soll aus ihr werden, wenn Mister Johnny an Land geholt ist und sie allein auf dem Boot steht?

Edson war im Traum nicht dabei. Aber du hast auch für ihn einen Plan, Gott, für diesen seltsamen Jungen von Kosrae, der so wenig isst und spricht. Mister Johnny dachte, er sollte auf dem Boot sein, aber Edson hat das Meer nicht in sich. Und er hat nichts davon gesagt, dass er nach Kosrae zurückwill, wenn Mister Johnny stirbt.

Madam Ingrid will immer alles Mögliche wissen, du siehst, dass ich sie manchmal zu sehr Bosso finde. Aber jetzt, wo sie bald allein auf dem Boot sein wird, ist es gut, dass sie weiß, wie alles gemacht wird. Ich weiß noch, wie sie zum ersten Mal mit mir in der Kirche war, Gott. Sie war an unseren Gesang nicht gewöhnt, aber es war leicht zu sehen, dass er ihr Herz hob. Bitte, hebe ihr Herz jetzt wieder.

Halte Mister Johnny in deinen Händen, damit die Trommel ihm keine Angst macht. Lass ihn den Gesang hören, damit er ohne Furcht am letzten Ufer an Land gehen kann.

In Jesu Namen. Emeni.

59
Maraia

Das Ende kann unterschiedlich sein, genau wie der Anfang. Manchmal kommt es plötzlich, wie bei Madam Maya, ein Ei, das zerbrochen wird, oder ein Stein, der sich aus der Felswand löst. Manches Ende ist leicht und schnell, wie Blasen im Wasser. Andere sind schwer und schmerzhaft und gehen mit langsamen Schritten.

Madam Ingrid wird bei Mister Johnny sein, wenn er lebt und wenn er stirbt. Maraia sieht, dass sie Angst hat, die Trauer füllt sie ganz und gar aus. Sie will zu Madam Ingrid sagen, dass in manchem Ende ein Anfang liegt. Wie dann, wenn das Flussbett austrocknet und das Wasser unter der Erde sucht, bis es neue Wege findet und einen anderen Fluss bildet.

Nau Kat ist mit Mister Niklas auf vielen Flüssen gereist. Maraias Briefbeschwerer stammt von ihm. Der blaue Stern, der oben auf seinem Schreibtisch auf den Papieren lag.

»Der hat seine Tage zusammengehalten«, sagte Nau Kat, als sie ihn Maraia gab.

»Was hält deine Tage zusammen?«, fragte Maraia.

Aber Nau Kat lächelte nur und gab keine Antwort.

So schwer ist das gar nicht, findet Maraia. Das, woran wir nicht denken, das, was immer da ist. Dass die Sonne uns weckt und dass die Boote morgens ausfahren. Dass wir Fisch zum Essen haben. Dass der Regen der Erde Kraft gibt, sodass die Kassava groß werden kann. Dass wir Menschen haben, die kommen, wenn wir rufen.

Nau Kat war so alt wie Maraia jetzt ist, als sie ihre Eltern verlassen hat. »Da wusste sie nicht, wohin sie unterwegs war«, hat Ateca Maraia erklärt. »Sie ist vor vielen Winden gesegelt, und am Ende kam ihr Boot hierher.«

Maraias Boot ist hier, auf ihrem eigenen Meer. Der Gesang, der mit den Wellen hereinrollt und in einer Muschel summt, er ist es, der ihre Tage zusammenhält.

Sie hat auch Nau Kat nach Mister Niklas gefragt. Was seine Lieder waren, was ihn froh gemacht hat. Nau Kat hat geantwortet, er habe alles geliebt. Die Plantage, die neuen Kakaobäume, die neben den alten heranwachsen. Er liebte Kokoda und gebratene Kassava. Er liebte die Papayas an den Bäumen, die Schildkröten und die Sandkrebse und das Lachen von Ateca, wenn Mosese Brotfrüchte auf die Treppe legte.

»Hat er den Meerstern gekannt?«, fragt sie jetzt.

»Ja«, sagt Nau Kat und nickt. »Du hast ihn ja gesehen, als wir in Norwegen waren. Dort wird er Nordstern genannt.«

Maraia denkt an den kalten Himmel mit Eis in der Luft und an Eriks Hand, die mit ihrem Finger gezeigt hat. *Der zeigt dir immer, wo Norden ist.*

»Er heißt auch Leitstern«, sagt sie. »Er zeigt den Menschen, welchen Weg sie gehen sollen.«

Sie hat ein Boot. Sie hat einen Namen, der ihr den Weg weist. Vielleicht hat Mister Niklas die ganze Zeit gewusst, wohin sie gehen sollte.

Erik und Maraia skypen oft. Er erzählt ihr, dass die Wellen, die in der Nacht von Mister Armands Hochzeit weiß brüllten, jetzt andere und ruhigere Lieder singen.

»Ist es noch immer so kalt, dass der Atem zu Nebel wird?«, fragt Maraia.

»Ab und zu«, antwortet er. »Aber die meisten Nächte sind schön und sternklar.«

»Wie wenn etwas Neues anfängt«, sagt sie.

Er lächelt und ist ihrer Ansicht. »Ja. Fängst du jetzt etwas Neues an, Maraia?«

»Ich fange etwas Neues mit dem an, was ich immer getan habe.«

»Die Arme des Seesterns?«

Er hält die Hand vor den Bildschirm und spreizt die Finger.

Sie nickt. »Alle fünf.«

»In deinem Boot?«

»Ja.«

Maraia fällt etwas ein, das sie ihm erzählen will. »Mister Viktor sagt das auch. Dass wir das weitergeben müssen, was das Meer sagt.«

»Ja, ich weiß, ich habe mit ihm gesprochen. Er will eine der Episoden in seiner Serie hier oben einspielen.«

»Auf Kvitøya?«

»Ja. Er will mit einigen Forschern aus meinem Institut sprechen, und dann wird er an verschiedenen Orten hier oben filmen. Unter anderem auf Kvitøya.«

Maraia denkt wieder an den Wal. An die Delphine am Halbmondriff. An den Rochen, der sie beim Sturm an Land getragen hat. Alle Wellen treffen sich irgendwann, irgendwo.

»Wir alle werden das tun«, sagt sie zu Erik. »Mister Viktor gibt in seinen Filmen weiter, was das Meer sagt. Du tust es von dem Schiff aus, das du eines Tages finden wirst. Und ich mache es in der *Qaqa.*«

»Das wirst du«, antwortet er. »Und eines Tages besuche ich dich und sehe zu, wie du den Meeresgesang weitergibst.«

»Ja«, sagt Maraia. Sie denkt, dass Erik eine Frangipani hinter dem Ohr gut stehen wird. Wenn sie in ihrem Boot hinausfahren, wird der Wind, den sie ihr ganzes Leben lang gekannt hat, über sein Haar gleiten.

»Eda sa mei veikune tale«, sagt sie.

Er lacht und denkt an Madam Sinas Lied. »Ja«, sagt er. »Wir sehen uns wieder.«

Maraia geht in Nau Kats Zimmer, um gute Nacht zu sagen. Die Nachttischlampe wirft Licht über das Buch, das Nau Kat in den Händen hält, aber ihre Augen sind müde und lesen nicht.

»Nau Kat«, sagt Maraia vorsichtig. »Du hast gesagt, dass ich immer hier wohnen werde.«

»Ja«, antwortet Nau Kat. Auch ihr Lächeln ist müde, aber sie will, dass Maraia sich zu ihr setzt. »Vale nei Kat ist dein Zuhause, das war immer schon so. Lange, ehe du zum ersten Mal hergekommen bist.«

Maraia weiß, dass sie über den Mond in der Nacht spricht, in der Mister Niklas ertrunken ist. Der über sie beide leuchtete und hinter einem Boot einen Schatten malte.

»Ich will hier wohnen, Nau Kat. Aber du weißt, dass nicht ich Schokolade-Bosso in Korototoka sein werde.«

»Ich finde das nur so schwer, Maraia.« Nau Kat seufzt tief, ein Spatenstich in nassem Sand. Ihre Hand sucht nach Maraias, findet sie und packt sie. »Du musst daran denken, wie viele hier im Dorf von unserer Schokolade abhängig sind. Davon leben.«

Maraia nickt mit ernster Miene.

»Das stimmt, Nau Kat. Deshalb ist es wichtig, dass *Kat's Chocolate* auf gute Weise betrieben wird. Von einem Menschen, dessen Herz dabei ist.«

»Und das bist nicht du, willst du das sagen?«

Maraia gibt keine Antwort. Drückt Nau Kats dünne Hand, versichert ihr, dass alles, was geschehen wird, am richtigen Ort ist und auf die richtige Weise passiert.

Nau Kat hat die Augen geschlossen, und Maraia knipst die Nachttischlampe aus. Alles um sie herum ist still, ein Kanu, das über das Wasser gleitet. Ausleger auf beiden Seiten halten das Boot aufrecht. Nau Kat auf der einen Seite, der Meerstern auf der anderen.

Maraia wird vom Telefon geweckt. Es liegt im Wohnzimmer. Nau Kat will es nachts nicht in ihrer Nähe haben. Madam Ingrids Stimme ist leise und leer und weit weg. Auf der anderen Seite von etwas, das nur sie gesehen hat.

»Es ist vorbei«, sagt sie. »Ich lag neben ihm, und wir sind beide eingeschlafen. Als ich wach wurde, hatte er den Arm um mich gelegt. Ich lag da und sah den Puls an seinem Hals schlagen, langsamer und langsamer, bis er nicht mehr da war. Er hat nicht die Augen aufgemacht, ehe er gegangen ist.«

Maraia fragt, ob sie Nau Kat wecken soll, aber Madam Ingrid sagt Nein. »Wir bleiben hier liegen, bis es hell wird«, sagt sie. »Dann fahre ich mit dem Boot hinaus.«

Mister Johnny soll sich vom Meer verabschieden dürfen und das Meer von ihm.

Eine Weile schweigen sie und warten nur darauf, dass die Zeit alles wirklich macht.

»Ich sage es Nau Kat, wenn sie aufwacht«, sagt Maraia endlich.

»Ja. Und wenn du morgen früh mit Edson sprechen könntest.«

Als sie das Telefon weglegt, braucht sie sich nicht umzudrehen, um zu wissen, dass er dort steht.

Er macht einen Schritt auf sie zu, und ein Streifen Sternenlicht vom Fenster trifft die Wörter, während er sie ausspricht. »Johnny ist tot.«

»Ja«, antwortet sie. »Madam Ingrid hat mich gebeten, morgen früh mit dir zu sprechen.«

Er nickt. Seine Augen sind ohne Brille nackt. Einen Moment lang fragt sich Maraia, ob sie ihn in die Arme nehmen soll, so wie sie Niki in die Arme nimmt, wenn er seine Mutter sucht und nicht findet. Aber Edson hat ihre Gedanken gehört.

»Ich komm schon klar damit«, sagt er. »Aber wie geht es ihr? Ingrid?«

»Sie wird es gut haben«, antwortet Maraia. »Mister Johnny geht in Frieden, sie hat nichts, wofür sie um Vergebung bitten müsste. Sie kann alt und frei sein.«

»Auf dem Boot?«, fragt er.

Maraia antwortet, dass sie das glaubt. Versucht, seine Unruhe zu dämpfen, die ihn jetzt rüttelt und ihm sagt, dass er zurück nach Lasaba muss. »Warte ein bisschen«, sagt sie. »Warte, bis alle Netze hochgezogen sind.«

Sie sitzen für den Rest der Nacht zusammen, bis sie nach unten gehen und den Tag begrüßen, als er aus dem Meer aufsteigt. Die Grashalme unter den Palmen knirschen unter ihren Füßen. Ihre Zehen kühlen sich im feuchten Sand ab und zeichnen ihren Weg bis ans Wasser. Sie stehen beide da, während der Himmel Farbe annimmt, rosa und zaghaft zuerst, dann stärker und schwerer, mit Gold darin. Der erste Tag, an dem Mister Johnny nicht dabei sein wird. Die *Tarisso* fährt aus mit Madam Ingrid am Ruder.

»Sie ist nicht allein«, sagt Maraia. »Er wird immer hinter ihr stehen, die Hände um ihre Angelrute gelegt. Und wenn sie still ist, kann sie seine Stimme hören.«

Nau Kat ist alt, Falten durchziehen ihr Gesicht wie lange Flüsse, die das Leben gegraben hat. Als Maraia von dem Anruf aus Labasa erzählt, füllen sie sich mit Trauer. Es gibt viele Flüsse, und darin ist Platz genug für Mister Johnny und die Zeit, die er gehabt hat. In ihnen fließt auch Freude, über Madam Ingrid und die Tage der beiden im Boot. Sie sprechen über diese Tage, sie sprechen lange darüber. Sie weinen und denken an die Seeschwalben und die Tölpel, die über die *Tarisso* fliegen, während Mister Johnny Abschied nimmt.

Nau Kats Hände sind weiß und traurig. Sie liegen ruhig nebeneinander, aber Maraia sieht, was sie sich wünschen. Sie sehnen sich danach, die von Madam Ingrid zu halten.

»Hat sie etwas darüber gesagt, wann sie nach Hause kommt?«

Edson gibt die Antwort, mit einer Stimme, die älter ist als am Vortag. Darin liegen gelöschte Brände, Boote, die am Kai vertäut sind, geschlossene Türen. »Ingrid ist zu Hause«, sagt er.

60
Kat

Ateca ist nicht begeistert. Sie sagt nicht viel, als Ingrid beschließt, Johnnys Asche zu verstreuen, aber es ist deutlich, dass sie das ungehörig findet. Einäscherung ist nicht üblich auf Fidschi.

Ich kann Atecas Widerwillen verstehen, aber wir geben nicht nach. Hier muss Ingrid entscheiden. Die Matten, die nach Vale nei Kat kommen, werden nach Vanua Levu gebracht, sie liegen an Deck, als das Boot ausfährt. Ateca meint, wir müssten zumindest den Pastor mitnehmen, aber Ingrid will es auf ihre Weise machen. »Die *Tarisso* war Johnnys Kirche«, sagt sie. »Er braucht keinen anderen Choral als die Wellen.«

Wir singen trotzdem. *Isa Lei* – Oh, welche Trauer. Versucht, daran zu denken, wie glücklich wir waren. Und in Korototoka wirst du niemals vergessen werden.

»Versuch daran zu denken, wie glücklich ihr wart«, sage ich zu Ingrid. »Du brauchst keinen Grabstein, um dich daran zu erinnern.«

Ich habe aber Angst, dass sich alles ändert. Ich verstehe es nicht ganz – ich habe doch immer mit Veränderung gelebt. Habe sie ersehnt, sie angestrebt. Habe das Unkontrollierbare gewünscht, wollte, dass immer Möglichkeiten offenstanden. Die Freiheit und den großen Mut, den das verlangt; ich habe mit Maraia darüber gesprochen, dass beides immer zusammenhängt. Aber die Freiheit sieht anders aus als früher. Besteht nicht mehr in einer Bordkarte und einem Rucksack auf den Knien. Jetzt bin ich eingechecktes Gepäck, es sind mehr Gepäckstücke, als ich zählen kann. Und es ist schwer, sie zu bewegen.

Ich hatte keinen Plan für das hier. Nur ein vages Bild davon, gemeinsam in der Sonne zu sitzen, einer roten und trägen Sonne, die uns Zeit ließ, eins nach dem anderen zu bewältigen. Das Glas langsam auszutrinken und den Geschmack jedes Schlucks zu genießen. Ich hatte nicht an den Zerfall gedacht, die Trophäen im Regal, die eine nach der anderen fortgenommen werden. Ich frage Ingrid ganz offen, das muss ich noch immer tun können: »Kommst du jetzt zurück? Verkaufst du das Boot?«

Sie zögert nicht mit der Antwort. »Aber nein. Ich habe über sechzig Jahre gebraucht, um das Salzwasser in meinen Adern zu hören, ich habe nicht vor, jetzt an Land zu gehen.«

»Du wirst weiter in Labasa wohnen?«

»Ich werde auf dem Boot wohnen. Wenn ich ein paar Sachen in einer Ecke von Vale nei Kat abstellen darf? Ich will nicht viel mitnehmen.«

Ingrids Sachen im Haus. Vielleicht ändert sich doch nicht so viel. »Natürlich. Dein Zimmer steht bereit wie immer.«

Ingrid schüttelt den Kopf. »Ich möchte, dass du es Edson gibst. Johnny hat Vorsorge für ihn getroffen, er hat jetzt genug, um eine Weile zurechtzukommen. Ich will, dass er mein Zimmer bekommt. Auf Dauer.«

Ich starre sie an. »Auf Dauer? Aber …«

Dann begreife ich. Die Verantwortung, die Johnny für Edson übernommen hatte, die hält an, und jetzt werden wir sie teilen. Habe ich das noch immer nicht gelernt? Man teilt. Trägt mit dem bei, was man hat, ob es nun um Wohnraum oder Geld oder Zeit geht. Oder das, was man gut kann.

»Er soll die Ausbildung beenden. Betriebswirtschaft, Buchhaltung. Vieles von dem, was ich damals gelernt habe, nur heißt es heute etwas anders.«

»Aber hier gibt es doch keine Schule …«

»Das Netz, Kat. Hast du nicht gesehen, dass er den ganzen Tag am Bildschirm klebt?« Sie schaut mich auffordernd an, bis ich nicke, doch, das habe ich gesehen. »Zahlen ergeben für Edson einen Sinn«, sagt Ingrid. »Auf eine Weise, wie sie das für Maraia nicht tun.«

»Dann kann er also …«

»Ja.« Ingrids Lächeln, das schlichte, das nicht neckt und immer das Beste will. »Das sind allerlei Veränderungen. Aber du hast dich doch nie vor dem Neuen gefürchtet, oder, Kat?«

Ich versuche, in mich hineinzuhorchen. Habe ich Angst? Oder bin ich nur erschöpft? Die Arme, die sich jetzt schwerer heben lassen, können sie noch immer etwas entgegennehmen?

Ich erwidere ihr Lächeln. »Aber du bleibst im Boot? Du willst keine Veränderung?«

Ingrid sieht mich ernst an. »Ach, doch. Alles wird jetzt anders. Aber ich lasse nicht los, was ich gefunden habe. Und ich tu das nicht Johnnys wegen. Sondern meinetwegen.«

*

Es gibt so viel, was ich Maraia sagen möchte. Ich möchte ihr von den Jahren erzählen, die Niklas und ich zusammen hatten. Von Orten, Menschen. Dem, was wir gegessen haben, wie wir getanzt haben. Von den Schlachten und den Siegen, die mich zu der gemacht haben, die ich bin.

»Hast du keine Lust zu reisen?«, frage ich eines Nachmittags. Es ist *Vula i Kukicuki,* der Monat, in dem der Yams gepflanzt wird. Wir sitzen auf der Veranda, ich in einem Sessel, Maraia auf dem Boden, umgeben von Blüten und Rindenstücken. »Wäre es nicht spannend zu sehen, wie die Menschen anderswo leben? Mehr zu lernen? Neues zu erleben?«

Maraia sieht mich einen Moment lang an, dann nimmt sie ihre Arbeit mit den Rindenstreifen wieder auf. Schneidet sie in kleinere Stücke, lange dünne Riemen, aus denen sie Schlingen knüpft. »Ich lerne von dir, Nau Kat«, sagt sie. »Du erzählst es mir.«

»Ich kann nicht alles, Maraia«, sage ich, schroffer im Tonfall, als ich gewollt hatte. »Und das … du musst deine eigenen Erfahrungen machen. Das ist nicht dasselbe, wie andere darüber reden zu hören.«

Maraia macht einen Knoten in das Ende eines langen Rindenstreifens. Faltet den Streifen zusammen und befestigt eine Schlinge in einem dunkleren Farbton daran. »Soll ich denn weggehen, Nau Kat?«, fragt sie. »Soll ich losziehen und frei sein, so wie du damals?«

Ich erwidere ihren fragenden Blick. Die kräftigen Augenbrauen, der Mund, der kleine Leberfleck ganz unten auf der Wange. Jede Linie in diesem Gesicht kenne ich so gut.

»Du bist losgefahren, weil du darauf gewartet hast, dass etwas Phantastisches geschieht«, sagt Maraia und flicht grüne Blätter in die Rindenstreifen. »Darauf warte ich nicht, Nau Kat. Denn es passiert die ganze Zeit. Wir können da frei sein, wo wir sind.«

Ich folge ihren Händen mit dem Blick, jetzt wandern sie zur Mitte des Bandes aus gleichmäßigen, duftenden Schlingen. Fangen an, Blumen zu befestigen, in Gelb und Lila, eine nach der anderen. Binden sie mit unsichtbaren Schleifen fest. Am Ende macht sie an jeder Seite einen Knoten und reibt die Enden mit Kokosnussöl ein.

Der Kranz, der während unseres Gesprächs zwischen Maraias Händen herangewachsen ist, ist ein Kunstwerk. Lila Orchideen ruhen im Schoß von gelben Dschungelglocken, umgeben von glänzenden dunkelgrünen Blättern in strenger Habacht-Haltung.

»Der ist aber schön, Maraia. Für wen ist er?« Ich streiche behutsam über die weichen lila Blütenblätter.

»Für Edson.«

Ich spüre, wie die Verwirrung träge hinter meiner Stirn herumgleitet.

»Edson … hat er Geburtstag?«

Maraia schüttelt den Kopf. »Ich glaube nicht. Aber wir wollen seinen Anfang feiern.«

Ein Gedanke nimmt in meinem Kopf mühsam Gestalt an, eine Tür, die sich langsam öffnet. Maraias Geburtstagsmonat ist der August. Wie weit sind wir eigentlich gekommen? Kalenderblätter flimmern undeutlich vor meinen Augen. Am 20. August wird Maraia achtzehn. Welches Datum ist heute? Ich starre blind den Salusalu an, so einen müsste doch Maraia bekommen, wir brauchen dringend einen für sie! Wir müssen ein Fest vorbereiten, wir müssen … Das Geschenk in der untersten Schublade, wo hab ich nur den Schlüssel hingelegt? Die Schachtel, die stumm da liegt und darauf wartet, dass warme Finger sie öffnen. Maraia wird achtzehn. Jetzt ist es so weit.

Wie kann ich das nur vergessen haben? Johnnys Krankheit, Ingrid in Labasa, die allein ist, auch wenn sie nicht allein ist. Edson, der auf seine unsichtbare Weise hier bei uns wohnt. Alles war so chaotisch. Ich streiche mir energisch über die Stirn und versuche Ordnung in meine Gedanken zu bringen, mein Blick ist noch immer auf den soeben vollendeten Kranz gerichtet. Aber Maraias achtzehnter Geburtstag, dass ich den so einfach vergessen konnte!

Endlich erfasse ich Meersterns Worte. Seinen Anfang feiern.

»Welchen Anfang?«

Ihre Stimme streicht mir behutsam über das Haar. »Den man macht, wenn man das Alte loslässt.«

»Wie meinst du das?«

»Er ist mit dem Kurs fertig, dem, den er im Internet gemacht hat. Er hat alles geschafft, was da gefordert wurde, und er hat ein Diplom bekommen. Das wird mit der Post geschickt.«

»Er hat jetzt ein Examen?«

Wieso habe ich das nicht gewusst? Warum verliere ich alles um mich herum aus dem Griff?

»Ja.«

Keine Vorwürfe, keine Missbilligung oder Enttäuschung.

»Und jetzt können Madam Ingrids Zahlen seine sein.«

Endlich ergibt das alles einen Sinn. Edson hier mit Zahlen und Büchern, Amanda und Armand draußen mit Film und Bildern und großen Worten. Vilivo auf der Plantage unter den Bäumen. Sina, Gott segne sie, im Süßhaus, solange sie die Kraft hat, aber auch dort steht jemand bereit, um ihre Nachfolge anzutreten. *Kat's Chocolate,* unser Projekt. Es wird sein eigenes Leben leben. Und dort draußen, in ihrem eigenen Boot, auf ihrer eigenen Welle: Maraia. Unter Wolken, die sie niemals festhalten.

Ich nicke der jungen Frau zu, die da auf dem Boden sitzt, nehme das Lächeln entgegen, das sie mir schickt. Die Müdigkeit fegt langsam durch meinen Kopf. All die Schritte im Sand, die Gewissheit, dass sie alle Spuren hinterlassen haben. Keine Blasen, kein Tanz im Glas, nur ein Hauch von Portwein auf den Lippen. Dunkel und gewürzt von Tagen aller Art. Ein jeglich Ding hat seine Zeit. Ein Glas Portwein steht für mich noch aus.

61
Ateca

Lieber Gott!

Du verstehst die Tiefe und alles, was darin wohnt, du kennst alles, was wir nicht sehen können. Danke, dass du die Wellen unter allen kleinen Booten, die mutig sein wollen, ruhig hältst.

Maraia hört den Meeresgesang, das hat sie immer schon getan, Gott. Du siehst, dass ihr Herz weint, wenn die Wellen ihr erzählen, was passiert. Wenn die Korallen im Riff die Farbe verlieren und wenn weniger Muscheln zu finden sind, weil sich das Wasser zurückzieht.

Was uns das Meer gibt, gehört allen. Wir brauchen keine Schule, um das zu wissen, aber Maraia sagt, sie will trotzdem eine eröffnen. An Bord der Qaqa, *ihrem Boot. Sie wird mit den Kindern hinausfahren, damit sie die Wale singen hören können. Maraia wird ihnen zeigen, wie das, was an einem Strand in Korototoka passiert, mit dem Mond hinauszieht und mit neuen Wellen zu neuen Stränden reist.*

Danke, dass alle einen Platz haben, Gott. Danke dafür, dass Nunias Kinder gut essen und stark sind. Danke für Edson, er gehört jetzt zu uns. Seine Mutter ist auf der Insel der schlafenden Frau gestorben, und jetzt wird er auf unserer Insel wohnen. Er ist eine andere Art Sohn als Vilivo, aber sie werden um denselben Tisch sitzen.

Madam Kat ist alt, und sie ist oft müde. Aber in ihrem Kopf strahlt noch immer das Licht, das du bei ihrer Geburt angezündet hast, selbst wenn die Flamme flackert. Sie will, dass Kat's Chocolate *lebt, auch wenn sie selbst das nicht mehr tut. Streiche die Sorgen von ihrer Stirn, Gott, und zeige ihr, dass starke Rücken bereitstehen, um die Last zu übernehmen. Hilf ihr zu verstehen, dass der Stern des Meeres nur in seinem eigenen Wind segeln kann.*

Danke dafür, dass die Damen damals nach Korototoka gekommen sind. Danke für Tage und Essen und Arbeit. Danke dafür, dass bald Zeit zum Ausruhen sein wird.

In Jesu Namen. Emeni.

62

Kat

Wenn du ein Versprechen gibst, glaubst du, dass du es halten wirst. Es ist wie eine Fotografie: Der Moment, den die Kamera festhält, sieht aus, als ob er niemals ein Ende nehmen würde. Wenn du es anstarrst, ist die Zeit nur dort und an keinem anderen Ort. Ich halte das Bild in den Händen, sehe, dass die Farben verblasst sind. Mein weiter grüner Rock, der Kranz aus orangen Samtblumen. Wie lang meine Haare waren! Der Mann, mit dem ich von allem weggegangen bin, nein, *zu allem hingegangen.* Die Zeremonie in dem Kloster in Nepal, das stille Murmeln der Mönche. Ein Segensspruch über Pilger und Pilgerin, einige Sätze in einer mir unverständlichen Sprache. Die schmale blaugrüne Ranke, die wir uns um den Ringfinger tätowieren ließen, der Brief, den ich nach Hause schickte: »Niklas und ich haben geheiratet.« Alles teilen, dasselbe Ziel haben. Woran du glaubst, daran glaube auch ich. Ein Versprechen.

Maraia ist mehr Wille als Versprechen. Nein, nicht Wille, ein Geschick. Ein Weg, der für sie bereitet war, noch ehe sie die ersten Schritte gehen konnte. Ich bin nicht sicher, ob es Überzeugung ist, was sie vorwärtstreibt, vielleicht ist es ebenso sehr Resignation dem gegenüber, von dem sie weiß, dass es in ihrem Namen liegt.

Ich weiß, dass ich das hier aufschreiben muss. Die Wörter kommen nicht mehr so leicht wie früher, und oft verschwinden sie hinter Schleiern aus Stille, ins Leere. Aus der Ferne ist die Unklarheit beängstigend; wenn sie da ist, ist sie sanft und warm. Ich muss den Brief an Maraia beenden, ehe die Flut steigt und mich ganz und gar umschließt.

Wenn du das hier liest, stehe ich an der Sternenbrücke. Dem Bogen aus Lichttanz über dem Himmel am Abend, den wir so oft angesehen haben, du und ich. Wir haben den Kopf in den Nacken gelegt und die Augen dort oben spielen und träumen lassen. Du hast einmal zu mir gesagt, dass wer die Sternenbrücke überquert, einen weiten und steilen Weg vor sich hat. Ich bin jetzt weit gegangen, meine Beine haben nicht mehr viele Schritte in sich. Aber ich glaube nicht, dass das letzte Stück so steil ist. Ich werde auf Flügeln aus Staub und Erinnerungen hinübergleiten.

Ich werde dort oben klare Sicht haben. Ich werde auf dich herabsehen, auf Vale nei Kat und auf die Stücke vom Glück, die hier hergestellt werden. Ich werde ein neues Herz haben, das in den Samen der reifen Früchte schlägt. Ich werde neues Blut haben, aus Wasser und Licht, das frei durch Zeit und Tage strömt.

Ich werde mich über das freuen, was wir getan und

was wir geschafft haben. Und ich werde den Gesang hören, den du immer gehört hast, den, der dein Boot trägt. In deiner Zeit auf Erden wirst du ihn singen, mit Strophen aus tausend Sandkörnern und Rhythmen aus Wellen und Mond. Ich werde auf deinen Gesang lauschen und tanzen, wenn er mich erreicht.

Der Portwein in meinem Glas ist von tiefem Rotbraun. Elegant und duftend. Zugleich hat der Geschmack etwas Kräftiges, etwas Ausdauerndes. Wer hat ihn mir noch eingeschenkt? Ich blicke über den Tisch in zwei vertraute Augen. Ingrid lächelt und hebt ihr Glas. »Prost«, sagt sie.

»Trinken wir auf das Ende?«, frage ich.

»Auf eine getane Tat«, antwortet Ingrid. »Auf die Spuren im Sand, über die wir keine Kontrolle mehr haben.«

»Sie werden weggespült«, sage ich. »Stücke vom Glück, die mit der nächsten Welle verschwinden.«

Ich hebe den Kopf und sehe Maraia neben mir stehen. Im roten Licht der Fackeln hat ihr Haar die Farbe des Weines.

»Nicht weg, Nau Kat«, sagt sie. »Sie verschwinden nicht. Sie werden mit dem nächsten Boot hinausgetragen.«

63
Maraia

Es hat lange gedauert. Vielleicht hat es vor sehr langer Zeit angefangen, als alles noch Wasser und Licht war. Ehe der Schlangengott Fidschi erschuf und die ersten Menschen aus den Eiern schlüpfen ließ. Ehe der Sand sich unter die Palmen gelegt hatte, ehe die Boote gebaut und der Kakao gepflanzt wurde. Vielleicht hat ihr Name seit damals gewartet.

Maraia hat immer den Ton gehört, der unter allem vibriert. Er ist eine Farbe, ein Samenkorn. Dennoch hat es lange gedauert, denkt sie: Zu sehen, dass ich alles habe, was ich brauche, und dass alle mit mir im Boot sind. Nau Kat, die mir gezeigt hat, dass Freiheit und Mut zusammengehören. Ateca, die uns in Träumen und Gebeten Geborgenheit schenkt. Madam Ingrid, die die ganze Zeit etwas Neues lernt, und Madam Sina, die immer so hart arbeitet. Erik, der den toten Wal und das kalte Nachtmeer mit mir geteilt hat. Erik, der gefragt hat, was ich damit machen werde.

Sie weiß, dass sie mit der *Qaqa* etwas ausrichten kann. Ihr Boot ist klein, aber es hat Meeresgesang in den Segeln. Die *Qaqa* soll zur Schule werden. Zu einem Klassenzimmer, wo kleine Münder große Fragen stellen werden, Augen und Ohren werden sich öffnen wie rosa Korallen im Riff, wenn sie mit ihren Flimmerhaaren Wasser aus- und einspülen. Eine Schule, wo Wellen und Winde sich über ihre Begegnung freuen und wo die, die an Bord sind, die fünf Arme des Seesterns kennenlernen werden. Die Tiefe, damit wir begreifen, wie wenig wir wissen. Die Stille, damit wir unsere eigene Stimme nicht für die wichtigste halten. Den Gesang, damit wir uns von dem Wunderbaren berühren lassen können. Die Angst, damit wir unsere Abhängigkeit begreifen. Und den Mut zu glauben, dass nichts zu spät ist.

Alle sind zu ihrem Geburtstagsfest gekommen. Kelera ist aus Sova heimgekehrt und Madam Ingrid aus Labasa. Madam Lisbeth und Miss Amanda haben über Skype ein Geburtstagslied gesungen, und Miss Irene und Mister Armand haben aus Norwegen angerufen. Erik hat eine E-Mail geschickt, das hat sie im Postfach gesehen, aber sie will sie erst öffnen, wenn das Fest vorüber ist.

Die Matten, die sie bekommt, wurden von Atecas Kusine gewebt. *Maraia 18 Jahre* steht auf der schönsten. Nau Kat gibt sie ihr zusammen mit dem Schlüssel zum Erwachsenenleben. »Der passt nicht ins Schlüsselloch«, sagt sie, als sie ihr den großen Schlüssel an einer Goldschnur überreicht. »Aber du weißt, dass die Tür von Vale nei Kat dir niemals verschlossen ist.«

Die Flüsse, die aus ihren Augenwinkeln fließen, krümmen sich, wenn sie lächelt. »Den Schlüssel zu deinem

Erwachsenenleben besitzt nur du allein«, sagt sie, und in ihrer Stimme liegen Wind und Sonne und die Vögel, die jeden neuen Tag wecken. »Jetzt sitzt du selbst am Ruder, und ich weiß, dass dein Boot dich tragen wird.«

Ateca weint, genau wie Madam Ingrid, und auch Madam Sina, obwohl sie so tut, als putze sie sich die Nase. Na Sai weint nicht, sie findet es keinen Grund zum Weinen, wenn jemand erwachsen wird. Kinder lernen laufen und Muscheln sammeln und auf die Alten hören. Na Sai hat keine Tränen für den Yams, der auf dem Feld wächst, und den Mond, der das Wasser ein- und ausströmen lässt.

Der Masi, den sie ihr gibt, umhüllt ihren Körper wie ein Ehrenwort. Maraia streicht mit der Hand über die trockene, starke Oberfläche, spürt die Wärme der Farben. Braun wie die fette, feuchte Erde. Durchsichtiges Gelb wie das vor dem Sonnenaufgang zögernde Licht. Ocker wie getrockneter Lehm.

Im Stoff der Götter liegen die Geschichten, die sie mitnimmt, der Pakt, in den sie nun eintritt. Die dünne, zähe Rinde hat die Trommeln Wörter über Tränen und Trauer schlagen hören, über den Tanz, der den Boden beben lässt. In den braunen und schwarzen Figuren liegen viele Geschenke: der Fächer, der dem Blut Ruhe und Rhythmus gibt. Der Speer voll Mut und Stärke derer, die ihr vorangegangen sind. Der Hibiskus, der den Kopf vorstreckt, wach und neugierig.

Na Sais Hände sind schwer von Ehre, als sie ihr den Masi umlegt. Die Finger, die über das Muster streichen, haben eine gewaltige Arbeit vollendet.

Die Schachtel von Nau Kat ist ziemlich klein. Als Maraia sie öffnet und das Seidenpapier zur Seite schlägt, begreift sie, dass in dem Schmuck, den sie in Händen hält, eine andere Art Ehre liegt. Der Buchstabe auf der Rückseite, ein K in dünnen Rissen aus Zeit und Sehnsucht.

»Das hat dir gehört, Nau Kat?«

»Ja. Und vorher meiner Mutter.«

Maraia hält den kleinen Silberschmuck in Händen, hört den Gesang in zarten Ringen und Tropfen. »Du warst eine Kaivalagi, als du hergekommen bist, Nau Kat«, sagt sie. »Jetzt gehören deine Füße auf den Boden hier. Aber du hast immer ein Stück von deiner eigenen Vanua bei dir gehabt.«

»Ja«, sagt Nau Kat. »Das beste Stück haben wir immer bei uns.«

Maraia denkt an die Himmelsflammen auf Kvitøya, die stillen Farben am See in Reitvik.

»Deine Mutter, die nicht wollte, dass du weggehst«, sagt sie. »Sie hat dir das hier mitgegeben.«

Nau Kat nickt. »Es war die ganze Zeit bei mir. Jetzt soll es dich weiterbegleiten.«

»Egal, welcher Wind mein Boot lenkt.«

Wieder nickt Nau Kat.

»Egal, welcher Wind.«

Madam Sina spielt für sie, zusammen mit Jimi. Maraia hat ihre Ukulele seit der Hochzeit auf Kvitøya nicht mehr gesehen, Madam Sina freut sich sichtlich darüber, sie wieder hervorholen zu können. Sie singen über Fische und über die tief fliegenden Fledermäuse und über die Brotfrucht, die von den Bäumen fällt, wenn die Blätter braun werden. Die Hände von Madam Sina und Jimi folgen einander im Takt über die Saiten, und obwohl das Lied für Maraia ist, handelt es von allen.

Flora kommt auch zum Fest. Sie bringt die Babys mit, die sind jetzt zwei Monate alt. Alle wollen die beiden kleinen Jungen auf den Arm nehmen. Der eine hat eine breite Stirn und ballt die Fäuste, er schläft trotz Musik und Lachen. Der andere liegt ebenfalls ganz still, während sein blanker Blick sich mit einem Gesicht nach dem anderen vertraut macht. Seine Finger sind fadenfein, sie suchen den Weg durch eine neue Landschaft. Flora ist froh, auch wenn ihr Körper langsam ist und ihr Blick schwer. Sie hat einen anderen Schlüssel zum Erwachsenenleben bekommen als Maraia.

»Danke für diesen schönen Abend«, sagte Ateca, als die Gäste sich verabschiedet haben und das meiste weggeräumt ist. »Den Rest mache ich morgen.«

»Gute Nacht, du Liebe«, sagt Nau Kat. »Und danke für alle Hilfe. Ohne dich wäre das nicht möglich gewesen, das weißt du.«

»Das weiß ich, Madam Kat«, antwortet Ateca.

Maraia weiß es auch. Ateca und Madam Ingrid haben für alles gesorgt. Das liegt daran, dass Nau Kats Gedanken jetzt Löcher bekommen. Keine großen, nicht solche, wie der Mungo unter dem Dach macht oder der Leguan, wenn er seine Eier im Sand vergräbt. Nau Kats Gedanken haben winzig kleine Löcher, wie unsichtbare Risse in einem Gefäß. Ein Spinngewebe, so fein, dass man die Lücken zwischen den Fäden nicht erkennen kann. Maraia weiß, dass sie mit ihr sprechen muss, ehe die Löcher größer werden.

Alle Gäste sind gegangen, als sie sich auf die Veranda setzen. Sie sind nur noch zu dritt: Nau Kat im Korbsessel, Maraia auf der obersten Treppenstufe und das Meer unten in der Dunkelheit. Nau Kats Gesicht ist undeutlich, das letzte Öl lässt die Fackeln flackern und legt Schatten um die Köpfe der Menschen.

»Es ist schön, dass Edson hier ist«, beginnt Maraia.

Nau Kat nickt, aber Maraia sieht, dass ihre Gedanken vom Abendtau matt sind.

»Er kann fast so viel wie Madam Ingrid.«

»Ja. Er ist da, wo er sein soll.«

Die Freude durchfährt Maraia, wie wenn die Sonne einen Riss in die Wolken macht. Nau Kat hat dasselbe gesehen wie sie.

»Das ist er. Und das muss ich auch sein.«

»Das weiß ich, Maraia.«

Das Meer schickt eine Welle, die den Tau wegstreicht, und die Wörter kommen bei Nau Kat an. Wörter über Dank und Treue, darüber, wo wir sein sollen und was das von uns verlangt.

»Du weißt, dass ich an diesen Strand gehöre«, sagt Maraia.

»Ja«, antwortet Nau Kat. »Aber du musst den Wellen in deinem eigenen Boot begegnen.«

»Das muss ich«, sagt Maraia.

Sie bleiben lange so sitzen und sehen zu, wie das Himmelslicht über den Schaumkronen spielt.

»Für jedes Sandkorn am Strand gibt es draußen tausendmal so viele Sterne«, sagt Maraia.

Beide legen den Kopf in den Nacken, Maraia hebt den Arm und lässt das Licht zwischen den Fingern tanzen. Holt einen Stern herunter und hält ihn in der Hand. »Ich werde immer bei dir sein«, sagt sie.

Nau Kat nickt. »Und mein Ende wird dein Beginn sein.«

»Beginn und Ende sind dasselbe«, sagt Maraia. »Es ist nur eine Welle.«

Sie hält den Stern mit beiden Händen, wie ein Versprechen. Dann lässt sie ihn los, damit er dahin steigen kann, wohin er gehört.

Worterklärungen

Einige kurze Erklärungen zu den fidschianischen Wörtern und Ausdrücken, die im Buch am meisten benutzt werden. Sie sind hier in dem Zusammenhang erklärt, in dem sie im Text auftauchen, auch wenn viele von ihnen noch andere Bedeutungen haben können.

Balolo: kleine Seeschlange, die auf dem Meeresgrund lebt und in einer Nacht im Jahr an die Oberfläche kommt; gilt als Delikatesse

Bilo: Trinkgefäß aus Kokosnussschale, aus dem Kava getrunken wird

Bula: Hallo. Verwandte Ausdrücke sind *Bula vinaka* und *Ni sa bula*, die Herzlichkeit und gute Wünsche zum Ausdruck bringen. Das Wort wird als Adjektiv benutzt, um etwas typisch Fidschianisches, Farbenfrohes und mit Blumen Gemustertes zu benennen: Bula-Hemd, Bula-Muster usw.

Bure: traditionelles Haus auf Fidschi

Dakuwaqa: boshafter Meeresgott

Dalo: stärkereiche Hackfrucht, die überall auf Fidschi angebaut wird und zu den dortigen Grundnahrungsmitteln gehört

Emeni: Amen

Isa: Ausruf des Mitleids, des Bedauerns oder des Erschreckens

iTaukei: die Urbevölkerung auf Fidschi, d.h. die von melanesischer Herkunft

Kaivalagi: Ausländer, Fremde

Kava: leicht berauschendes Getränk aus getrockneter und zerstoßener Yaqona (Wurzel einer Pflanze aus der Pfefferfamilie), gemischt mit Wasser. Kava ist das meistverbreitete Genussmittel auf Fidschi, es wird privat und bei offiziellen Zeremonien getrunken.

Kokoda: fidschianisches Gericht, bei dem Fisch in Limonensaft gegart und in einer Soße mit Zwiebeln und Chili serviert wird

Lovo: unterirdischer Ofen in Form einer Grube, erhitzt von großen Steinen

Meke: traditioneller fidschianischer Tanz

Na: Mutter

Nau: Tante

Palusami: im *Lovo* zubereiteter Eintopf auf Corned Beef, Tomaten, Knoblauch und Zwiebeln

Roro: Spinat

Salusalu: Kranz aus Blumen, Rinde und Grashalmen; wird zu feierlichen Anlässen Ehrengästen um den Hals gelegt

Sova Yaqona: böser Geist, oft durch übermäßigen Kava-Genuss aktiviert

Sulu: ein rockähnliches Kleidungsstück für Frauen und Männer, kann auch eine lange Stoffbahn sein, die um die Taille gebunden wird. Knielang für Männer, bodenlang für Frauen. Frauen kombinieren ihn oft mit einem Oberteil aus dem gleichen Stoff, und beides zusammen wird *Sulu Jaba* genannt.

Tanoa: ein großes, oft reich verziertes Holzgefäß, das zum Mischen und Servieren von Kava benutzt wird

Vai: Rochen

Vakatevoro: Schwarze Kunst, Zauberei

Vale: Heim, Zuhause

Vale nei Kat: Kats Haus/Heim

Vanua: wortwörtlich »Erde«, aber im weiteren Sinn die familiäre und/oder emotionale Bindung an einen Ort oder ein Gebiet

Vinaka (vakalevu): (vielen) Dank

Vosa vaka-Viti: die Sprache von Fidschi

Danksagung

Bei der Arbeit an diesem Buch habe ich mich wieder auf Salote Kaimacuata gestützt. Ohne ihre Geduld mit meinen Fragen über alles hinsichtlich Glauben und Tradition, Bootkonstruktion und Mattenflechten wäre dieses Manuskript niemals vollendet worden. Ich danke auch Viliame Seruvakula, der mehrere Generationen seiner Familie nach Erfahrungen und Erlebnissen mit Vakatevoro befragt hat.

Auch diesmal durfte ich Ellen F. Fjeldstad medizinische Fragen stellen. Richard Markham war meine Rettung, wenn ich mich auf der Kakaoplantage verirrt hatte. Ohne Tone Rasmussens Hilfe hätte ich die Damen aus Fidschi niemals mit einem nordnorwegischen Fischerboot hinausschicken können.

Mein fester Halt zu Hause in Norwegen war meine Lektorin Kjersti Herland Johnsen, die immer weiß, was an Anfeuerungsrufen, strenger Korrektur oder Ermutigung auf steilen Wegstrecken nötig ist.

Ich danke euch allen von ganzem Herzen.